ein Wispern *des* Todes

DARCY BURKE

USA TODAY BESTSELLING AUTHOR

OLIVERHEBERBOOKS

EIN WISPERN DES TODES

Nachdem er brutal niedergestochen und zum Sterben zurückgelassen wurde, erkämpft sich Hadrian Becket, Earl of Ravenhurst,
seine Gesundheit zurück, um dann allerdings festzustellen, dass
er mit der verstörenden Gabe verflucht ist, für ihn unerklärbare
Visionen zu erleben. Aus Furcht, den Verstand zu verlieren, muss
er diese ärgerliche Gabe geheim halten. Als diese sich jedoch bei
der Verfolgung seines versuchten Mörders als nützlich erweist,
bleibt ihm keine andere Wahl, als diese neu gewonnene Kraft zu
akzeptieren. Die Retrokognition führt ihn zum Haus eines kürzlich verstorbenen Mannes, und dort trifft er auf die kluge und
faszinierende Miss Matilda Wren, die ihm womöglich bei der
Beantwortung der vielen Fragen behilflich sein kann, die der
Angriff auf ihn aufgeworfen hat.

Tilda und ihre geliebte Großmutter sind durch den Tod ihres
Cousins in eine prekäre finanzielle Lage geraten, da sie fest-
stellen müssen, dass ihre Investitionen verschwunden sind.
Angesichts des verlorengegangenen Geldbetrags und der nicht
enden wollenden Fragen des mysteriösen Lord Ravenhurst fängt
Tilda allmählich an, sich zu fragen, ob ihr Cousin vielleicht

ermordet wurde. In dem verzweifelten Bestreben, der Wahrheit darüber auf den Grund zu kommen, was wirklich geschehen ist, wird sie bei ihren Ermittlungen jede mögliche Spur verfolgen, um der Armut zu entgehen. Gegen ein Entgelt erklärt sich Tilda zur Zusammenarbeit mit dem Earl bereit, um die Wahrheit ans Licht zu bringen, wenngleich sie mutmaßt, dass er ein dunkles Geheimnis hütet.

Mit zunehmender Dauer ihrer Ermittlungen nimmt auch die Zahl der Toten zu, doch können die beiden einander genug vertrauen, um den Mann im Hintergrund zu entlarven? Oder werden die bösartigen Machenschaften des Schurken mehr als nur ein leises Wispern des Todes zur Folge haben?

PROLOG

London, Januar 1868

Frost hatte sich auf den Laternenpfählen gebildet, als Hadrian Becket, Earl of Ravenhurst, von Westminster in Richtung Whitehall strebte. Er war auf dem Weg zu einer Unterredung mit einem Inspektor von Scotland Yard, bei der es um die Explosion in Clerkenwell und die Fenians gehen sollte. Die Luft war kühl und schwer von dem allgegenwärtigen Nebel, der zu dieser Jahreszeit in den Straßen waberte.

Hadrian zog seinen Hut dichter zu seinen Ohren und nun tat es ihm leid, dass er den Schal ausgeschlagen hatte, den ihm sein Kammerdiener am Nachmittag hatte aufdrängen wollen. Er war allerdings in Eile gewesen, denn er hatte schnellstmöglich nach Westminster gelangen wollen.

Zu dieser späten Stunde – es war beinahe Mitternacht – waren nicht mehr viele Leute unterwegs, doch die Straßen waren auch nicht menschenleer. Mit gespannter Aufmerksamkeit sah sich Hadrian beim Gehen in der Gegend um. Er wollte sich nicht von einem Straßenräuber überraschen lassen.

Ein Junge mit schmutzigem Gesicht und runden dunklen Augen, die tief in ihren Höhlen lagen, kam auf ihn zu. »Hast ´nen Penny für meine jüngeren Geschwister, Chef?«

Mehr als diese kleine Ablenkung hatte es nicht gebraucht.

Hadrian wurde auf heimtückische Weise von einer Hand hinter ihm fest an der rechten Schulter gepackt. Als er den Kopf drehte, erhaschte er einen Blick auf einen Mann, der seinen Hut tief in die Stirn gezogen und mit seinem Schal das meiste seines Gesichts verdeckt hatte. Er zerrte an Hadrians Oberkleidung, sodass seine Seite entblößt wurde. Hadrian nahm das Aufblitzen eines Messers wahr, das auf ihn zielte und knapp unterhalb des Brustkorbs in seinen Körper drang.

Die Klinge war lang und scharf und schlitzte Hadrians Kleidung, seine Haut und dann seinen Körper auf. Als der Schmerz aufflammte, verschwendete er keinen Gedanken daran. Geistesgegenwärtig packte er das Handgelenk des Mannes, während das Messer noch in seiner Seite steckte.

Dann drehte er sich um. Er selbst war einen Meter achtundachtzig groß, kräftig gebaut und muskulös, während der Mann einige Zentimeter kleiner als er war. Ein grauer Schal bedeckte seinen Hals und die untere Hälfte seines Gesichts, sodass nur seine dunklen zusammengekniffenen Augen zu sehen waren. Der Straßenräuber war scheinbar gewiefter als er. Und das nicht nur, wenn es darum ging, sich vor der Kälte zu schützen.

Der Angreifer ließ seinen Blick über Hadrians Gesicht schweifen und dann hob er ihn kurz, um ihm in die Augen zu sehen. Für einen winzigen Moment spiegelte sich Überraschung darin. Wusste der Straßenräuber, wer er war? Hadrian hatte den Mann noch nie gesehen. Doch jetzt prägte er sich seine Augen ins Gedächtnis ein.

Wütend und wild entschlossen, sich zu befreien, packte Hadrian das Handgelenk des Mannes noch fester. Der Räuber drehte die Klinge. Hadrian sog die Luft ein, als ihn schlagartig ein Schmerz durchbohrte, den er nicht ignorieren konnte. Er war klug genug, um Hilfe zu rufen, und seine panische Stimme schallte durch die Nacht. Irgendjemand würde ihn schon hören. So weit war er nicht von Westminster entfernt.

Der Mann zog das Messer aus Hadrians Körper, doch Hadrian ließ nicht von ihm ab. Er wollte wissen, warum dieser Mann ihn töten wollte.

Der Schurke versuchte, sich loszureißen. »Lass los!« Knurrend und mit zornerfülltem Blick trat er mit seinen Bein gegen Hadrians Waden und schubste ihn vorwärts.

Hadrian konnte nur noch zu Boden gehen. Er kämpfte darum, die Hand des Mannes festzuhalten, was jedoch vergeblich war. Schließlich stürzte er auf das Kopfsteinpflaster. Da er die Hände nicht vor sich ausstrecken konnte, um den Sturz abzufangen, schlug er mit dem Kopf auf dem rauen Stein auf.

Lähmende Schmerzen ließen seinem Kopf explodieren und zwangen ihn, die Augen zu schließen. Ein schrecklicher Schwächeanfall übermannte ihn, der sich mit einem Gefühl der Hilflosigkeit paarte.

Als er allmählich das Bewusstsein verlor, nahm er gerade noch wahr, dass er etwas in der Hand hielt, das ihm nicht gehörte. Es gelang ihm mit letzter Kraft, den Gegenstand in seine Tasche zu schieben, während er um Luft rang. Zuallerletzt bewegte er seine Hand zu der Wunde an seiner Seite, aus der zähflüssiges, klebriges Blut floss.

Der Zorn brodelte in Hadrian, während er darum kämpfte, bei Bewusstsein zu bleiben. So sollten die Dinge wirklich nicht enden. Sein Schicksal würde nicht in einem Mord bestehen.

Doch er konnte nicht verhindern, dass die Schatten ihn umhüllten. Sanft und aufreizend mühelos schwebte er in die Tiefe.

KAPITEL 1

Eine Woche später

»Sharp!«

Hadrians Kammerdiener – er war ein kräftiger Mann Mitte dreißig mit grauen Augen, die jeden Aspekt eines Menschen wahrnahmen, mit der Absicht, herauszufinden, auf welche Weise er behilflich sein konnte – eilte zum Bett, wo Hadrian sich abmühte, eine aufrechte Position einzunehmen.

»Ja, Mylord?«

»Ich habe es wirklich satt, im Bett herumzuliegen. Ich begebe mich in den Salon.« Es waren nur wenige Schritte bis dorthin, da der Raum direkt an sein Schlafgemach grenzte, doch andererseits war es die längste Strecke, die er zurücklegen wollte, seit er niedergestochen worden war.

»Der Arzt hat geraten, die Dinge langsam angehen zu lassen«, ermahnte Sharp, der dabei seinen schmalen Mund verzog. »Wie wäre es, wenn Ihr Euch einfach in den Sessel dort setzen würdet?« Er deutete auf den Sessel neben dem Bett, auf dem

Sharp selbst, Hadrians Mutter, der Butler und ein paar andere Personen, darunter auch der Inspektor von Scotland Yard, der gestern zu Besuch war, Platz genommen hatten, während sie den Patienten mit besorgtem Blick ansahen. Mit Ausnahme des Inspektors. Weder hatte er besorgt gewirkt, noch war er sonderlich daran interessiert gewesen, überhaupt anwesend zu sein, um ehrlich zu sein.

»Nein ... vielen Dank«, presste Hadrian mit zusammengebissenen Zähnen hervor. Er war nicht gerade ein guter Patient, und das stundenlange Herumliegen und Schlafen gingen ihm furchtbar auf die Nerven, auch wenn er es nötig hatte. In Wahrheit hatte sein Kopf nach dem Angriff so sehr geschmerzt, dass nur der Schlaf ihm Linderung verschafft hatte. »In den Salon, wenn ich bitten darf.« Er schwang seine Beine auf den Boden.

Sharp wollte ihm zur Hilfe eilen und fasste ihn am Oberarm, doch Hadrian winkte ab. »Holen Sie einfach meinen Hausmantel, bitte.«

»Natürlich.« Sharp begab sich auf die andere Seite des Bettes, wo Hadrians Hausmantel aus dunkelblauer Seide lag. Der Kammerdiener brachte das Kleidungsstück zu Hadrian und half ihm hinein.

Als Hadrian aufstand, erfasste ihn ein Gefühl der Genugtuung, aber auch ein Ziehen in der Seite – denn dort befand sich eine saubere Reihe von Stichen und hielt die Wunde geschlossen – und ein scharfes Pochen in seinem Kopf. Verflixt, offenbar war die Kopfverletzung schwerwiegender als die Wunde an seiner Seite. Beim Anziehen des Hausmantels schmerzte ihn seine Seite für einen Moment allerdings mehr als sein Kopf.

Sharp brachte ein Paar Pantoffeln und Hadrian schlüpfte mit seinen Füßen hinein. Nach einem tiefen Atemzug schleppte Hadrian sich in Richtung Salon, wobei er bei jedem Schritt das Gefühl hatte, um ein Jahr zu altern. Vielleicht verhielt es sich aber auch so, dass er durch den Angriff um Jahre gealtert und nun irgendwie vierzig anstatt dreißig Jahre alt war. Verflucht, doch dies brachte ihn in Rage. Es war das Ereignis an sich, das ihn wütend stimmte. Warum um alles in der Welt sollte ein Straßenräuber, denn für einen solchen hielt der Inspektor Hadrians Angreifer, ihn niederstechen und nicht das Geringste rauben, ehe er die Flucht ergriff? Das ergab keinen Sinn.

In dem Moment, in dem Hadrian den Salon betrat, fühlte er sich besser. Aus welchem Grund auch immer hatte allein der Wechsel des Raumes eine beruhigende Wirkung auf ihn. Nein, es war weniger beruhigend, sondern eher belebend. Genau das brauchte er.

Er zwang sich, eine Runde durch den Raum zu laufen. Seine Kräfte waren erschöpft, ehe er seine Runde beendet hatte, doch er strengte sich an, den Tisch zu erreichen, der beim Fenster stand. Vollkommen erledigt und frustriert ließ er sich dort auf einen Stuhl sinken. Mit einer Hand, die er an die Stirn gehoben hatte, versuchte er, den Schmerz wegzumassieren. Das half allerdings nur wenig.

»Wünscht Ihr, Euer Frühstück hier einzunehmen?«, erkundigte sich Sharp. Seine Frage klang ein bisschen zaudernd.

»Das würde ich begrüßen. Ich bitte um Verzeihung, Sharp.« Hadrian wischte sich mit der Hand über das Gesicht und richtete sich dann langsam auf. »Ich weiß, ich war kein einfacher Patient.«

»Es gibt keinen Anlass, sich zu entschuldigen«, entgegnete Sharp mit fester Stimme. »Ihr habt ein schreckliches Trauma erlitten. Fast wärt Ihr *gestorben*.«

Leider war Sharp nicht zu überdramatisch. Hadrian *war* tatsächlich fast gestorben. Nur knapp hatte sein Angreifer seine Leber verfehlt und aller Wahrscheinlichkeit hätte Hadrian das nicht überlebt. »Zum Glück bin ich aber nicht gestorben, und ich freue mich schon sehr darauf, meine früheren Aktivitäten bald wieder in vollem Umfang aufzunehmen.« Die da wären: Im Park ausreiten, in Westminster seinen Aufgaben nachgehen, sich mit Freunden und Kollegen in einem seiner Clubs treffen.

Warum klang das alles mit einem Mal so eintönig? Lag es vielleicht daran, dass der Beinahe-Tod einen veranlasst, das eigene Leben in Frage zu stellen? War dies der Punkt, an dem Hadrian mit seinen dreißig Jahren hatte sein wollen?

Nein, er hatte erwartet, verheiratet zu sein und einen Erben und vielleicht sogar einen zweiten Sohn zu haben. Oder vielleicht würde er einer großäugigen Tochter auf Ravenswood, seinem Anwesen in Hampshire, das Fischen beibringen.

Leider war er unverheiratet und er wusste nicht einmal, wann er das jemals ändern würde. Zunächst einmal müsste er einer Frau den Hof machen und obwohl sein letzter Versuch bereits vier Jahre zurücklag, war er noch nicht zu diesem Schritt bereit. Seine Verlobte in flagranti in den Armen eines anderen Mannes zu erwischen, hatte weder sein Vertrauen noch seine Zuversicht in die Weiblichkeit gestärkt. Und auch nicht den Wunsch, sich je der Gefahr auszusetzen, sich zum Hahnrei zu machen.

»Ihr werdet für einen Monat oder noch länger nicht reiten können, hat der Doktor gesagt«, bemerkte Sharp, der bei seinen Worten die Stirn in Falten legte.

Hadrian bedachte ihn mit einem schmalen Lächeln. »Keine Sorge. Ich werde seinen Anordnungen in diesem Aspekt Folge leisten. Ein Spaziergang im Park würde jedoch nicht schaden.« Mit einem Mal machte sich ein stechender Schmerz in seiner Schläfe bemerkbar. »Davon bin ich allerdings noch ein ganzes Stück entfernt. Ich werde diesen Streifzug in einem anderen Raum nach besten Kräften genießen. In einigen Tagen kann ich vielleicht einen Versuch wagen, die Treppe hinunterzugehen.« Dieser Gedanke hätte ihn um ein Haar in einen Schwindel gestürzt. Nun, so wäre es wohl auch so gekommen, wäre er nicht vollkommen erschöpft gewesen.

»Mir ist bewusst, dass Ihr frustriert seid«, bemerkte Sharp mit leiser Stimme. »Aber darf ich mich wiederholen und noch einmal beteuern, wie froh ich darüber bin, Euch hier zu haben.

Es ist mir wirklich lieber, wenn Ihr … unangenehm seid als gar nicht mehr da.«

Das entlockt Hadrian ein Schmunzeln. »Haben Sie mich jemals als unangenehm empfunden?«

»Bislang nicht.« Sharp lächelte. »Offenbar müsst Ihr erst fast ermordet werden, um Euren Unmut heraufzubeschwören.« Sein Lächeln schwand und er erbleichte.

»Nein«, entgegnete Hadrian mit einem Kopfschütteln, das er umgehend bereute. »Wir sollten die Sache auf die leichte Schulter nehmen. Es führt zu nichts, sich in der Sinnlosigkeit und Frustration des Vorfalls zu ergehen.« Wenn er sich dies nur oft genug vorsagte, dann gelänge es ihm vielleicht auch, daran zu glauben oder wenigstens aufzuhören, sich darüber Gedanken zu machen, was geschehen war, und aus welchem Grund.

Nachdem er von einem Jungen abgelenkt worden war, hatte man ihn angegriffen. Machte der Junge mit Hadrians Angreifer gemeinsame Sache, um die Gentlemen aus Westminster auszurauben? Diesen Schluss hatte Inspektor Padgett gezogen, der gestern seinen Besuch abgestattet hatte. In Wahrheit hatte der Inspektor bereits einige Male vorgesprochen, doch Hadrian hatte sich nicht wohl genug gefühlt, um den Mann zu empfangen.

Padgetts Theorie war für Hadrian nicht schlüssig. Warum sollte ein Straßenräuber ihn niederstechen, ohne seine Wertsachen zu stehlen – was er nicht getan hatte?

Obwohl Hadrian seine Zweifel geäußert hatte, war Padgett fest bei seiner Überzeugung geblieben, dass es sich bei dem Angreifer um einen Straßenräuber handelte. Gelegentlich würden diese in Panik geraten und unüberlegt handeln, erklärte der Inspektor.

Wie beispielsweise Menschen niederstechen? hatte Hadrian gefragt. Padgett hatte genickt und Hadrian dann wissen lassen, dass er den Fall damit abschließen und zu den Akten legen würde. Das war, *nachdem* Hadrian von der Überraschung seines Angreifers berichtet hatte, als Hadrian sich zu ihm umdrehte, um sich zur Wehr zu setzen. Es war fast so, als hätte der Angreifer jemanden anderen erwartet. Auch das hatte Padgett mit einem Achselzucken abgetan und erwidert, dass es jeden überraschen würde, wenn ein vornehmer Gentleman wie Hadrian sich tatkräftig zur Wehr setzte. Er hatte sogar die Frechheit, darüber zu lachen.

»Ich muss noch einmal mit Inspektor Padgett sprechen«, bemerkte Hadrian zu Sharp. Zwar hatte der Inspektor den Fall abgeschlossen, doch Hadrian wollte sich damit keineswegs zufriedengeben. »Bringen Sie mir bitte Schreibzeug, damit ich eine Nachricht an ihn verfassen kann.«

»Ihr könnt sie auch von Elton schreiben lassen«, schlug Sharp vor und bezog sich dabei auf Hadrians Sekretär, mit dem Hadrian seit dem Angriff nicht mehr gesprochen hatte.

»Ja, das wäre gut. Ich sollte ohnehin mit ihm sprechen. Morgen.« Hadrian ahnte, dass dieser Ausflug in den Salon die größte Leistung wäre, die er heute zustande brachte. *Explosion.*

»Es ist gut, dass Ihr noch einmal mit dem Inspektor sprecht«, bemerkte Sharp. »Es geht um den Ring, den ich in Eurer Tasche gefunden habe, als ich die Kleidung inspizierte, die Ihr in jener Nacht getragen habt.«

Das hatte Hadrian vollkommen vergessen. Jetzt erinnerte er sich allerdings in aller Deutlichkeit daran. Er hatte seinem Angreifer den Ring vom Finger gezogen. »Wo ist der Ring?«

»Ich werde ihn holen.« Sharp verschwand im Schlafgemach, und es klang, als wäre er in den Ankleideraum gegangen. Einen Moment später kam er mit dem goldenen Ring zurück und legte ihn auf den Tisch. »Ihr solltet etwas essen. Ich komme gleich mit Eurem Tablett zurück.«

»Danke«, murmelte Hadrian, der seine Aufmerksamkeit ganz auf den Ring gerichtet hatte. Dies war kein Schmuckstück, das zu einem Straßenräuber wie seinem Angreifer passte. Die Kleidung des Mannes war aus groben Materialien und billig gewesen. Dieser Ring war kostspielig und sehr alt. Hadrian erkannte, dass er nicht ganz rund war, da er sich an den Finger des Trägers angepasst hatte.

Hadrian nahm ihn zwischen Daumen und Zeigefinger. Es war ein Siegelring mit einem in das Gold eingravierten M. Nein, das war kein gewöhnlicher Ring eines Straßenräubers, was in Hadrians Kopf nur noch mehr Fragen aufwarf. Vielleicht würde der Inspektor seine Theorie noch einmal überdenken, wenn er ihm diesen Ring zeigte, und zu dem Schluss kommen, dass es sich bei Hadrians Angriff keineswegs um einen gewöhnlichen, missglückten Diebstahl handelte.

Ein Bild schoss ihm durch den Kopf. Er sah sich selbst auf einer dunklen Straße, und seine Augen waren vor Schreck weit aufgerissen. Überraschung durchströmte ihn und gleich darauf Wut, die sich mit einem schrecklichen Schmerz an der Vorderseite seines Kopfes vereinte.

Was um alles in der Welt?

Hadrian atmete scharf ein und war bemüht, diese seltsame Vision und die daraus resultierende Empfindung aus seinem Verstand zu bannen. Dann passierte es noch einmal und dieses Mal sah er anstatt seines Gesichts ein hohes Denkmal. Mit einem Mal blitzte ganz kurz das Bild einer hübschen, rothaarigen Frau mit vollen, scharlachroten Lippen auf, die sie zu einem sinnlichen Lächeln formte. Er kannte sie nicht. Ein weiteres Bild tauchte auf, und es zeigte das zerschlagene Gesicht eines jungen Mannes. Seine Lippe war aufgeplatzt, und er murmelte etwas, das Hadrian nicht verstehen konnte. Eine Faust – als wäre es Hadrians eigene – landete auf der Wange des Mannes. Er fühlte eine unbändige Wut und das Bedürfnis nach Gewalt. Allerdings stammten diese Gefühle nicht von ihm. Hadrian nahm sie wahr, wie man eine Brise oder einen Geruch wahrnahm.

Keuchend ließ er den Ring fallen, als die Qualen nun Besitz von seinem Kopf ergriffen. Die Visionen hatten ebenso schnell ein Ende, wie die Empfindungen und Gefühle, die nicht zu ihm gehörten. Nichts davon gehörte zu ihm.

Hadrian schloss die Augen und versuchte, ruhig zu atmen, während der intensive Schmerz andauerte. Mehrere Minuten vergingen, bis er endlich abebbte, doch er verschwand nicht vollkommen.

Dann schlug er die Augen wieder auf und betrachtete den Ring auf dem Tisch. Die Neugierde besiegte seine Vorsicht, als er das Schmuckstück erneut in die Hand nahm. Nichts geschah.

Erleichtert stieß Hadrian die Luft aus und drehte den Ring zwischen seinen Fingern, ehe er ihn dann auf seinen kleinen Finger steckte. Sofort wurde er von Schmerz, Wut und Visionen überfallen und von Menschen und Dingen, die er nicht verstand. Fluchend zog er den Ring ab und legte ihn weit von sich weg auf den Tisch.

Was war das für ein verwunschener Gegenstand? Was hat er gerade eben gesehen und gefühlt?

Er wagte es nicht, den Ring erneut in die Hand zu nehmen. Wenigstens heute nicht. Er war zu erschöpft, und ein brennender Schmerz hatte seinen Kopf erfasst.

Andererseits konnte er den Ring nicht einfach fortgeben und schon gar nicht an Inspektor Padgett, dessen Interesse an Hadrians Ungemach bestenfalls als flüchtig zu beschreiben war. Offenbar war das Niederstechen eines Mannes auf offener Straße kein triftiger Grund für nennenswerte Ermittlungen.

Hadrian war da allerdings ganz anderer Meinung. Hinter diesem Angriff steckte mehr als nur ein törichter Straßenräuber. Sein Angreifer hatte einen Ring getragen, dessen rechtmäßiger Besitzer er wahrscheinlich nicht war. Obendrein besaß dieser Ring eine unerklärliche Macht, Visionen und Gefühle heraufzu- beschwören – und Schmerz. All dies gefiel Hadrian ganz und gar nicht, doch wenn es ihm bei der Klärung des Vorfalls half und ihn obendrein zu seinem vermeintlichen Mörder führte, würde er sich diesen Ring nach besten Kräften als Hilfsmittel zunutze machen. Selbst wenn er sich dabei wie ein Verrückter vorkam.

Sharp kehrte mit dem Frühstückstablett zurück und schritt

damit auf den Tisch zu. Mitten darauf lag der Ring, also schob Hadrian ihn schnell zur Seite. Er berührte ihn kaum, aber in seinem Kopf blitzte das Bild einer Glocke auf. Genauer gesagt handelte es sich um ein Symbol mit einer Glocke darauf.

»Würden Sie den Ring bitte in die Kommode neben meinem Bett legen?«, bat Hadrian. »In die oberste Schublade.«

»Gewiss.« Sharp nahm den Ring an sich, und Hadrian beobachtete ihn genau, um zu sehen, ob er dasselbe fühlte oder sah wie er selbst. Der Diener zeigte keinerlei Reaktion, steckte ihn in seine Tasche und machte sich daran, Hadrians Frühstück herzurichten.

»Wo hatten Sie den Ring aufbewahrt?«, fragte Hadrian.

»Den Ring?« Sharp schenkte Hadrian den Kaffee ein. »In der Schachtel mit Eurem anderen Schmuck.«

»Seit dem Angriff haben Sie nichts mehr damit unternommen?«

Sharp blinzelte. »Nein. Hätte ich das tun sollen?«

»Ganz und gar nicht. Es ist nur ... es ist ein seltsames Objekt.«

Sharp zog seine hellbraunen Augenbrauen zusammen. »Ist es das?«

Scheinbar hielt der Diener ihn für einen vollkommen normalen Ring. Diese Sache war überaus verwirrend. Zudem beschlich Hadrian das Gefühl, als hätte seine Kopfverletzung eine Art geistigen Defekt nach sich gezogen.

Es könnte sich aber auch einfach nur um ein zufälliges Ereignis handeln, das durch seine Kopfverletzung verursacht worden war. Ja, so musste es sein. Wahrscheinlich würde er den Ring morgen berühren, ohne dass das Geringste passierte.

Das sollte dann allerdings nicht im Entferntesten der Fall sein.

KAPITEL 2

Ende Februar

Ehe Miss Matilda Wren nach der Klinke greifen konnte, schwang die Tür auch schon auf. Die Haushälterin Mrs. Acorn begrüßte sie. Die Frau war hochgewachsen und schlank, mit taubengrauem Haar, das sie unter einer weißen Haube verbarg. Sie war Anfang sechzig und hatte eine überragende Begabung dafür, ein bemerkenswert ordentliches Haus zu führen, die besten Torten Londons zu backen und sich um Tilda zu kümmern, als wäre sie ihre eigene Tochter. Das war mehr als begrüßenswert, da Tildas Mutter vor neun Jahren wieder geheiratet hatte und nach Birmingham gezogen war.

»Wie ist es mit Mr. Forrest gelaufen?«, fragte Mrs. Acorn, als Tilda die kleine Diele des gedrungenen Reihenhauses ihrer Großmutter in Marylebone betrat.

Mr. Forrest war der Anwalt, für den Tilda gelegentlich Ermittlungsarbeit leistete. »Er war mit den Beweisen überaus zufrieden, die ich im Fall von Mrs. Paine vorgelegt habe.«

Mrs. Paine wollte sich wegen Missbrauchs und Ehebruchs von ihrem Mann scheiden lassen. Tilda hatte die Aussage eines Bordellbesitzers eingeholt, in dem Mr. Paine jeden Donnerstag der vergangenen vier Jahren verbracht hatte. Für den Missbrauch lagen bereits Beweise bei Scotland Yard vor. Dort hatte Mrs. Paine im vergangenen Monat Anzeige erstattet. Mr. Paine war tatsächlich ein furchtbarer Mann, und Tilda war hocherfreut, Mrs. Paine helfen zu können, ihn loszuwerden.

Eigentlich hätte Tilda ihre Aufgabe unentgeltlich erledigt, doch derzeit konnte sie es sich nicht leisten, wohltätig zu sein. Das von Tildas Großvater hinterlassene Vermögen, reichte nur bis zu einem gewissen Punkt, und von Tildas Vater gab es kein Geld – jedenfalls nicht für Tilda. Ihre Mutter hatte eine kleine Summe geerbt und in ihre neue Ehe mitgenommen. Sie hatte Tilda informiert, dass Großmutter für sie sorgen würde, zumal Tilda beschlossen hatte, bei ihr zu bleiben, anstatt mit ihrer Mutter zu deren neuen Mann nach Birmingham zu ziehen, wo er wohnte.

Wenngleich Tilda wahrscheinlich von ihrem Stiefvater Sir Bardolph Geld verlangen könnte, war sie nicht gewillt, das zu tun. Als Tilda im Alter von siebzehn Jahren beschlossen hatte, bei ihrer Großmutter in London zu bleiben, war er sehr erfreut gewesen. Seither beschränkte sich Tildas Beziehung zu ihrer Mutter auf einen monatlichen Briefwechsel und einen Besuch einmal jährlich, wenn ihre Mutter mit ihrem Mann nach London reiste, damit er eines seiner eigenen erwachsenen Kinder besuchen konnte. Nie kamen sie nur, um Tildas willen.

Mrs. Acorn lächelte und nickte Tilda aufmunternd zu. »Ich hoffe, Sie haben einen guten Lohn dafür bekommen.«

»Na ja.« Für Mr. Forrest zu ermitteln, war keine lukrative Arbeit, aber auch der geringste Betrag war schon eine Hilfe. »Leider hat er im Moment nichts anderes für mich.« Tilda zog es vor, an keinen Fällen zugunsten von Ehemännern mitzuwirken, sondern mit ihrer Ermittlungsarbeit konzentriert Frauen zu unterstützen, da diese nur wenig Hilfe hatten.

»Ach, das wird sich schon noch ergeben«, meinte Mrs. Acorn und strich dabei mit den Händen über ihre Schürze. »Am besten gehe ich rasch wieder in die Küche zurück, damit ich dann gleich den Tee nach oben bringen kann.«

Tilda ließ die Haube und ihre Handschuhe in der kleinen Diele zurück und ging an der Treppe vorbei in den Salon, in dem sie sicherlich ihre Großmutter antreffen würde. Wie erwartet saß Großmutter bequem in ihrem Lieblingssessel am Kamin. Sie hatte die Füße auf einen kleinen Hocker gelegt und eine Decke über ihre Beine gebreitet. Auf ihrer Nase prangte ihre halbmondförmige Brille, denn sie widmete sich der Lektüre einer Zeitung. Eine Lampe auf dem Tisch neben ihrem Sessel spendete ihr zusätzliches Licht, was sie zum besseren Lesen des Gedruckten brauchte.

»Ich bin wieder da, Großmutter. Mrs. Acorn wird den Tee bald bringen.«

Großmutter blickte über den Rand ihrer Brille zu Tilda auf. »Großartig. Wie war dein Treffen, meine Liebe?«

»Sehr angenehm, danke.« Tilda ließ sich auf dem anderen Sessel vor dem Kamin nieder. Einst glich er demjenigen ihrer Großmutter, doch die Polster waren voller und der Stoff aus dunklem Gold und Braun hatte mehr Leuchtkraft, da er nicht so regelmäßig benutzt wurde wie Großmutters Sessel.

»Dein Großvater wäre so stolz auf dich, obwohl ihn der Gedanke beunruhigen würde, dass du auf diese Art und Weise beschäftigt bist.« Großmutter ließ die Zeitung in ihren Schoß sinken, nahm ihre Brille ab und platzierte sie auf dem kleinen, quadratischen Tisch neben ihrem Sessel.

»Wenn Großvater noch unter uns wäre, würde er meines Erachtens sicher akzeptieren, wie sich die Dinge für Frauen verändert haben – und weiter verändern.«

»Ich bedauere, dass du überhaupt ein Bedürfnis verspürst, zu

arbeiten.« Großmutter runzelte die Stirn, und die bogenför-
migen Linien, die Mund, Nase und Kinn umrahmten, gewannen
an Tiefe.

Dieses Gespräch hatten sie schon des Öfteren geführt. Es war
keineswegs so, dass Tilda das Bedürfnis *verspürte*. Es handelte
sich schlicht und einfach um eine Notwendigkeit. Trotzdem war
Tilda klar, warum ihre Großmutter glaubte, es läge eher an ihrem
Bedürfnis dazu. Denn Tilda hatte Freude an ihrer Ermittlungsarbeit, und selbst wenn kein Bedürfnis bestünde, würde sie dieser
Arbeit gern nachgehen. Sie hätte gern, wie früher ihr Vater, eine
halbe Stelle bei Scotland Yard angenommen, wenn ihr ein
entsprechendes Angebot angetragen würde. Vater hatte ihr so
viel über seine Arbeit beigebracht – über die methodische und
gründliche Sammlung von Beweisen, über das Kombinieren und
das Ziehen von Schlussfolgerungen, über die Kunst des Fragen-
stellens und dem richtigen Verhalten, um Antworten darauf zu
erhalten. Sie konnte nicht anders, als einen tieferen Sinn für
Gerechtigkeit und das Bedürfnis, anderen zu helfen zu entwickeln. Von ganzem Herzen sehnte sie sich danach, so wie ihr
Vater, Gutes für die Menschen zu bewirken.

Was würde sie ohne diese Aufgabe mit sich anfangen? Einmal
abgesehen davon, ebenso wie alle anderen unverheirateten
Frauen unsichtbar zu sein.

Tilda fühlte sich in Wahrheit seit dem Tod ihres Vaters zwar
nicht unsichtbar, aber doch ... klein. Bei seinem Tod war das
Licht in ihrem Haushalt mit ihm erloschen. Hier bei ihrer Großmutter war es erheblich heller, doch Tilda dachte weiterhin, dass
ein Teil von ihr im Schatten verharrte und wahrscheinlich auch
für immer dort bleiben würde.

Dann wandte sich Tilda mit ihren Gedankengängen an ihre
Großmutter. »Großmutter, es hat ganz den Anschein, als seien
unsere Finanzen überaus knapp bemessen. Wir müssen mit Sir
Henry über eine Anhebung deiner vierteljährlichen Bezüge sprechen.« Großmutter erhielt Zahlungen aus einer Investition, doch

es gab auch noch eine zweite Investition, die für Großmutters Alterssicherung vorgesehen war und von der Tilda erst vor wenigen Monaten erfahren hatte.

Sir Henry Meacham war ein Cousin von Tildas Großvater und nach dem Tod von Tildas Vater ihr engster lebender männlicher Verwandter. Damals hatte Sir Henry die Verwaltung von Großmutters Vermögen übernommen.

»Ist das wirklich notwendig?«, fragte Großmutter mit leicht zusammengezogenen Lippen.

»Das ist es. Ich werde ihn aufsuchen.« Tilda wusste, dass es ihrer Großmutter unangenehm war, ihren Cousin um mehr Geld zu bitten. Sie erachtete dies als ein »grässliches« Thema. »Du erinnerst dich sicher, dass die Miete im vergangenen Jahr angehoben wurde.« Tilda war sich nicht sicher, ob dem tatsächlich so war, aber sie wollte ihrer Großmutter im Zweifelsfall Recht geben. »Und ich fürchte, einige Ausgaben sind einfach gestiegen.« Es kam Tilda seltsam vor, dass der vierteljährliche Zuschuss nicht ein einziges Mal angehoben worden war, seit sie vor acht Jahren zu ihrer Großmutter gezogen war. Immer wenn sie einen Versuch unternommen hatte, dieses Thema mit Sir Henry zu erörtern, und in letzter Zeit dann zusätzlich über die zweite Investition zu sprechen, hatte er sie mit der Ausrede abgewiesen, dass es nicht opportun sei, und sie vertröstet, dass sie »bald« darüber sprechen würden. Ihr war bewusst, dass er ein sehr beschäftigter Mann war, doch allmählich glaubte sie, dass ihre Großmutter und sie ihm nicht wichtig waren. Vielleicht sollte sie sich selbst um die Verwaltung der Finanzen kümmern – wenn sie das nur könnte.

»Das liegt an meiner neuen Medizin, nicht wahr?« Großmutters besorgte blaue Augen trafen auf Tildas. »Wenn sie zu kostspielig ist, nehme ich sie nicht länger. Meinen Händen geht es viel besser.«

»Das ist Mr. Harveys Creme zu verdanken«, entgegnete Tilda. »Deine Medizin ist unverzichtbar und wir können uns diese

Ausgabe leisten.« In Wahrheit *war* dies einer der Gründe, warum sie mehr Geld brauchten. Tilda rechnete bis zum letzten Penny. »Großmama, bitte mach dir keine Gedanken darüber. Morgen spreche ich mit Sir Henry und es wird alles gut werden.« Tilda bereute bereits, ihre Großmutter damit belastet zu haben. Sie hätte einfach zu Sir Henry gehen sollen, ohne das Thema zu erwähnen.

»Wenn du das sagst, meine Liebe. Versprich mir nur, dass du Sir Henry nicht übermäßig bedrängst.«

Das würde Tilda auf jeden Fall tun, wenn sie müsste. Sie würde nicht dulden, noch länger von ihm hingehalten zu werden.

Zudem setzte sie ihre Hoffnung auf weitere Aufträge von Mr. Forrest. Wenn sie nicht für Scotland Yard arbeiten oder sich als Privatdetektivin selbstständig machen konnte, wäre dies die nächstbeste Möglichkeit. Eigentlich sollte sie auch andere Arbeitsbereiche erwägen, doch abgesehen von dem Gebiet der Ermittlungen besaß sie keine weiteren Fähigkeiten. Weder konnte sie nähen noch auf Kinder aufpassen – denn sie hatte absolut keine Erfahrung mit Menschen, die jünger waren als sie selbst. Es könnte ihr gefallen, als Büroangestellte zu arbeiten, aber in Wirklichkeit *wollte* sie nichts anderes, als Menschen bei der Lösung ihrer Probleme helfen. Manchmal fragte sie sich, ob sie einfach nur egoistisch war.

Tilda stieß die Luft aus und überlegte, dass der Tag kommen könnte, an dem sie einen Posten als Büroangestellte oder eine andere leidenschaftslose Arbeit annehmen würde. Oder noch schlimmer, sie würde heiraten. Dies lehnte sie noch stärker ab als eine Arbeitsstelle, die sie nicht inspirierte. Im Moment konnte sie sich mit ihrer gelegentlichen Arbeit für Mr. Forrest begnügen, vor allem, wenn sie Sir Henry dazu überreden konnte, die vierteljährliche Zahlung anzuheben.

Mrs. Acorn brachte das Teetablett herein und schenkte ein, ehe sie sich wieder in die Küche begab.

Lächelnd nippte Großmutter an ihrem Tee und griff dann

nach einem Stück Zitronenkuchen. »Ich habe heute Morgen Mr. Orchard getroffen«, bemerkte sie, bevor sie in den Kuchen biss.

Tilda antwortete mit einem vagen »Hm«. Sie wollte das Thema Mr. Orchard nicht mit ihrer Großmutter besprechen. Er war Witwer, hatte zwei Kinder und war sehr nett. Er war auch eindeutig an Tilda als potenzielle Mutter für seinen Nachwuchs interessiert. Wenn sie sich um Kinder kümmern wollte, dann würde sie sich nach einem Posten als Gouvernante umsehen.

»Du könntest ihn zumindest in Betracht ziehen«, schlug Großmutter vor. »Du bist doch kein Mauerblümchen, oder?«

Mit ihren fünfundzwanzig Jahren betrachtete sich Tilda als alte Jungfer, womit sie keinerlei Probleme hatte. Heiraten bedeutete für sie so viel wie alles aufzugeben, und da sie so wenig besaß, mangelte es ihr an Bereitschaf dazu. Auch die Ehe als Institution fand sie wenig attraktiv, aber Tilda hatte bislang auch nur eine unglückliche Ehe miterlebt – die ihrer Eltern. Inständig wünschte sie sich, sie hätte ihren Großvater gekannt und ihre Großeltern zusammen gesehen. Noch immer war die Liebe präsent, die ihre Großmutter für ihn empfand, auch wenn er nicht mehr da war.

»Genau das bin ich, glaube ich, Großmutter«, entgegnete Tilda. »Außerdem finde ich den Platz an der Mauer sehr bequem. Die Aussicht ist sehr reizvoll.«

»Nun, dann werde ich mir Mr. Orchard aus dem Kopf schlagen.« Großmutters Blick wanderte zu ihrer Teetasse, aber nicht bevor Tilda den Schimmer von Traurigkeit in ihren Augen wahrnahm. Sie wollte sicher sein, dass Tilda nicht allein wäre, wenn sie diese Erde einmal verließ. Tilda konnte sie nur trösten, indem sie versicherte, dass es ihr nichts ausmachte, allein zu sein, und sie diese Unabhängigkeit obendrein genoss. Daraufhin schnaubte Großmutter – mit einem Lächeln – und erklärte, dass es gar nicht so schlimm sei, abhängig zu sein. Tatsächlich wäre es schön, für jemanden zu sorgen und jemanden zu haben, der einen versorgt.

Bei solchen Kommentaren rückte Tildas Vater immer wieder in den Vordergrund ihrer Gedanken. Sie vermisste ihn schmerzlich. Er hatte sich sehr um sie gekümmert – mehr als ihre Mutter es je getan hatte. Sein Verlust schmerzte immer noch, und Tilda wusste, dass sich daran nie etwas ändern würde.

Tilda stellte ihre Teetasse ab. »Ich glaube, es ist Zeit für unsere Worträtsel.« Eine ihrer »Luxus«-Ausgaben war ein Buch mit Wortspielen, das monatlich erschien. An den meisten Nachmittagen knobelten sie gemeinsam ein paar Seiten.

Strahlend beugte sich Großmutter vor. »Oh, ja, lass uns anfangen.«

Tilda schob den Tisch neben ihrem Sessel zwischen die beiden und holte das Buch. Sie schlug es bis zum letzten fertigen Rätsel auf und blätterte zum nächsten.

Großmutter rieb ihre Hände aneinander. »Das hier sieht ziemlich kompliziert aus.«

Sie machten sich daran, das Rebus zu entziffern, und Tilda schob ihre finanziellen Sorgen beiseite. Für den Moment.

Nach fünf Wochen Genesung war Hadrian mehr als bereit, die Enge seines Hauses in Mayfair zu verlassen. Aber das Ziel seines ersten Streifzugs in die Welt hätte jeden überrascht. Auf keinen Fall würde er seine Absichten verraten, nicht einmal gegenüber Sharp. Das konnte er einfach nicht.

»Ihr seht sehr gut aus, Mylord«, freute sich der Diener, als er zurücktrat.

»Ich fühle mich auch gut, danke.« Der hartnäckige Schmerz in Hadrians rechter Seite – es war die Seite mit der Stichwunde – hatte endlich nachgelassen.

Auch seine Kopfschmerzen waren weniger geworden, obwohl sie ihn gelegentlich noch plagten. Er hatte einen schlimmen Schlag abbekommen, hatte der Arzt gesagt. Dem musste Hadrian zustimmen, denn seit dem Aufprall mit dem Kopf auf dem Pflaster war nichts mehr wie zuvor. Doch lastete er wirklich der Verletzung die Schuld an oder eher diesem verflixten Ring, den er seinem Angreifer unbewusst vom Finger gezogen hatte?

Hadrian hatte weitere Visionen und Empfindungen erlebt, wann immer er den Ring mit bloßen Händen berührte. Je öfter er den Ring anfasste, umso länger dauerten die Visionen an und er konnte immer mehr Einzelheiten erkennen. Allerdings reichte es bis vor wenigen Tagen nie ganz, um alles zu erfassen, als er dann endlich herausgefunden hatte, was er eigentlich sah. Er hatte das sichere Gefühl, dass die Visionen ähnlich wie Erinnerungen waren, die allerdings dem wahren Besitzer des Rings gehörten.

Es hatte kein Problem dargestellt, Scotland Yard diesen Ring vorzuenthalten. Der Inspektor war nicht wiedergekehrt, um noch einmal mit Hadrian zu sprechen, wenngleich Hadrian ihm sogar zwei Briefe mit der Bitte um sein Erscheinen geschickt hatte. Es lag zwar nicht in Hadrians Absicht, den Ring aus der Hand zu geben, oder ihn auch nur zu erwähnen, doch er wollte unbedingt erreichen, dass sein Fall wiederaufgenommen wurde.

Möglicherweise sollte Hadrian nächstens einmal Padgett bei Scotland Yard aufsuchen, doch ihm war daran gelegen, etwas Dringenderes anzugehen – er wollte Antworten auf die Bilder finden, die ihm erschienen waren, als er den Ring berührt hatte. Sollten diese Visionen ihn zu seinem Angreifer führen, könnte Hadrian die Wahrheit darüber herausfinden, was hinter dem Angriff steckte, denn der Mann war keinesfalls ein gewöhnlicher Straßenräuber gewesen. Hinter diesem Verbrechen steckte ein anderer Beweggrund, und Hadrian wollte dieses Rätsel lösen. Schon immer hatte er das Gefühl gehabt, einen Sinn im Leben finden zu müssen, doch dies war eine andere Sache. Dies war ein instinktives Bedürfnis, den Grund dafür herauszufinden, warum er fast gestorben wäre.

Hadrian ließ von dem Gedanken an den Ring ab und Sharp, dessen Stirnfalten zwischen den Brauen inzwischen tiefe

Furchen gebildet hatten, übergab ihm seinen Hut und seine Handschuhe. »Vergessen Sie die Sorgen. Es geht mir wirklich gut, und ich freue mich schon darauf, an die frische Luft zu kommen.«

Hadrian setzte den Hut auf und verließ sein Ankleidezimmer. Auf dem Weg nach unten zog er seine Handschuhe an. Sein Butler, Collier, begrüßte ihn in der Eingangshalle. »Es ist schön, Euch ausgehen zu sehen, Mylord.«

»Danke. Sorgen Sie bitte dafür, Sharp etwas Tee nach oben zu schicken. Er scheint wegen meines Ausflugs nervös zu sein. Ich habe ihm versichert, dass alles in Ordnung ist.«

»Das werde ich tun«, antwortete Collier mit einem Nicken. »Wir alle sind um Euer Wohlergehen besorgt. Gebt bitte gut auf Euch acht.«

»Jederzeit.« Hadrian verließ das Haus und trat auf die Curzon Street hinaus. Er hatte bereits beschlossen, zu Fuß zum Piccadilly zu gehen, von wo aus er eine Mietdroschke zu seinem dubiosen Ziel nehmen würde.

Es war ein gutes Gefühl, draußen zu sein, wenn auch die Luft scheinbar schlechter war. Möglicherweise war ihm in den Wochen, die seit seiner Verletzung vergangen waren, auch einfach entfallen, wie schlecht sie tatsächlich war. In jedem Sommer verlebte er mehrere Wochen auf seinem Anwesen in Hampshire und bei seiner Rückkehr nach London war er immer wieder von der Luftqualität schockiert.

Als er den Piccadilly erreichte, hatte er keinerlei Schwierigkeiten, eine Droschke zu rufen. »Fish Street Hill«, trug er dem Kutscher auf, als er ihm den Fahrtpreis entrichtete. Hadrian stieg ein und zog die Tür von innen zu.

»Aye«, entgegnete der Kutscher, und sie fuhren rasch an.

Hadrian konnte die Energie und Geschäftigkeit der Stadt förmlich spüren, als sie nach Osten unterwegs waren. Elegant gekleidete Ladys und Gentlemen machten den Geschäftsleuten Platz, die eilig auf den Bürgersteig entlanghasteten. Je weiter sie nach Osten fuhren, umso mehr Menschen waren auf der Straße zu sehen – die nun allerdings einer deutlich niedrigeren Einkommensschicht angehörten. Kinder rannten umher, und einige arbeiteten mit ihren Eltern. Sie verkauften Kuchen, Kaffee oder andere Waren. Manche Kinder arbeiteten allein und boten Streichhölzer oder Blumen feil. Von den Letzteren sah er nur ein einzelnes Kind, denn es war noch früh in der Saison. Es hatte mehrere Bund von gerade erst aufblühenden Narzissen, deren strahlendes Gelb einen Vorgeschmack auf die bevorstehende Frühlingssonne gab.

Blinzelnd staunte Hadrian über seine heutige Stimmung von Neugier und sogar Nostalgie. Er dachte bei sich, dass er wohl zu lange eingesperrt gewesen sein musste.

Schließlich kamen sie am Fish Street Hill an. Dort erhob sich nun vor ihm das Bild, das sich am häufigsten vor seinem inneren Auge abgezeichnet hatte. Es war unverkennbar, obwohl es ihn mehr als eine Woche gekostet hatte, die Vision lange genug zu halten, um genau erkennen zu können, was er da vor sich sah.

Hadrian stieg aus der Droschke und schritt langsam auf das Monument zu. Es wurde vor mehr als zweihundert Jahren als Gedenken an den Großen Brand errichtet, der einen Großteil Londons zerstört hatte. Dieser Obelisk hatte sich Hadrian bereits seit Wochen ins Gedächtnis gegraben, wie auch ein Schild mit einer geschnitzten und stilisierten Glocke. Auf der Suche nach diesem Zeichen drehte er sich einmal um seine eigene Achse.

Es war natürlich nicht auf Anhieb zu erkennen. Er beschloss, ein wenig umherzulaufen und entschied sich, dem Fish Street Hill in Richtung Fluss zu folgen. Nach mehreren Dutzend Schritten entdeckte er das Schild, und es sah genauso aus, wie er es in seiner Vision gesehen hatte. Es hing über einer Taverne – The Bell.

Hadrian schritt nun schneller, bis er direkt vor dem Lokal stand. Nachdem er tief durchgeatmet hatte, trat er ein. Doch dann hatte er keine Ahnung, was er nun anfangen sollte.

Der Ring hatte ihn hierhergeführt, doch jetzt brauchte er Hilfe, um weiterzukommen. Es war ihm lästig, auf diesen ärgerlichen Gegenstand mit seiner nicht mit Logik zu erklärenden Macht zu vertrauen, und das nicht nur, weil ihm das Sehen und Fühlen der Visionen, heftigste Kopfschmerzen bereitete. Der seltsame Ring weckte seine Zweifel an seinem Verstand. Es war schon schlimm genug, diese Dinge zu sehen und zu fühlen, aber ihnen auch noch zu folgen? Bald schon würde er in einer Irrenanstalt landen.

Aus genau diesem Grund hatte er auch niemandem von dem Ring erzählt.

Hadrian wappnete sich und zog einen Handschuh aus, um in seine Tasche zu greifen und über den Ring zu streichen. Im ersten Moment passierte nichts Ungewöhnliches.

Komm schon, drängte Hadrian leise. Dass der Ring ihn zu irgendetwas führen wollte, war das Einzige, was er mit Sicherheit wusste. Warum sollte der Ring ihm sonst das Monument und diese Taverne zeigen?

Weil diese Dinge mit dem Mann im Zusammenhang standen, der den Ring getragen hatte. Der Straßenräuber, der kein Straßenräuber war, egal, was Scotland Yard urteilte.

Hinter Hadrian knarrte die Tür, als sich jemand in den Raum drängte. Eilig trat Hadrian zur Seite und seine Augen gewöhnten sich allmählich an das schummrige Licht und die niedrigen Decken. Der Schankraum des Pubs war langgezogen und bestand aus einer Ansammlung grob gezimmerter Tische, die einen Großteil des Raums einnahmen. Zwei schmutzstarrende Fenster gingen auf den Fish Street Hill hinaus. Die Theke befand sich im rückwärtigen Teil des Raumes, und ein stämmiger Barkeeper mit Bart stand dahinter. Er sprach auf vertraute Weise mit dem Mann, der gerade durch die Tür gekommen und direkt zur Theke gegangen war.

War der Mann, dessen Ring Hadrian in seiner Tasche trug, ein Stammgast in diesem Pub? Falls Hadrians Visionen, tatsächlich in dem Ring eingeschlossene Erinnerungen seines Trägers waren, dann war das gut möglich. Es sei denn, sein Angreifer hatte keinen Fuß in diesen Pub gesetzt. Vielleicht hatte er auch nur das Schild gesehen, als er auf dem Weg zu seiner Unterkunft daran vorbeikam.

Es war sehr gut möglich, dass Hadrian seine Zeit und Energie verschwendete. Und wofür? Wollte er den Straßenräuber höchstpersönlich nach Whitehall schleppen? Oder Scotland Yard in Kenntnis setzen, dass er seinen Angreifer aufgespürt hatte … mit Hilfe der Visionen von einem magischen Ring?

Den letzten Teil verschwieg er besser, aber den Rest, verflixt noch mal, ja. Wenn Scotland Yard es nicht für notwendig erachtete, dann musste ein anderer sich darum kümmern. Hadrian hatte mit dem Gedanken gespielt, einen Privatdetektiv zu engagieren, doch zuerst einmal wollte er herausfinden, was der Ring ihm mitzuteilen versuchte.

Aber wie sollte er das dem Mann plausibel machen, den er beauftragen würde?

Hadrian schob diese Überlegungen beiseite. Er musste sich auf die Beantwortung der Frage konzentrieren, warum auch immer der Ring ihn hierher getrieben hatte.

Noch einmal griff er in seine Tasche und holte den Ring heraus, um ihn auf seinen kleinen Finger zu stecken. Normalerweise erzielte er die besten Ergebnisse, wenn er ihn trug, denn dann konnte er die Visionen länger sehen anstatt sie nur für mehr als einen flackernden Moment wahrzunehmen. Dies war allerdings auch die sicherste Methode, pochende Kopfschmerzen auszulösen, doch da er nun einmal hier war, würde er dieses Risiko eingehen.

Hadrian fuhr sich mit dem Zeigefinger seiner rechten Hand über das eingravierte M und fragte sich, wofür die Initiale stand. Aller Wahrscheinlichkeit nach handelte es sich um einen Familiennamen, aber wessen? Ganz gewiss nicht des Mannes, der ihn angegriffen hatte. Ganz offensichtlich gehörte er nicht zu der

Sorte, dessen Familie eine solche Kostbarkeit ihr Eigen nennen würde.

Immer wieder fühlte sich Hadrian durch den Ring verunsichert, und es war, als hätte ihn soeben eine schlechte Nachricht erreicht. Das versetzte ihn in eine gewisse Unruhe, die ihm ganz und gar nicht gefallen wollte, doch sein Bedürfnis nach Informationen war stärker als sein Unbehagen. Jedenfalls im Augenblick.

Ein paar Tische waren besetzt, aber der Großteil stand leer. Das würde sich aller Wahrscheinlichkeit im Laufe des Tages ändern. Somit hatte Hadrian die Möglichkeit, bei jedem einzelnen Tisch stehen zu bleiben, um herauszufinden, ob sich *irgendetwas* in seinem Gehirn regte.

Nachdem er von einem Tisch zum nächsten geschlendert war und außer einem wachsenden Schmerz hinter seinen Schläfen nichts Konkretes gespürt hatte, bemerkte Hadrian, dass der Barkeeper und der Gast, der nach ihm hereingekommen war, in seine Richtung schauten. Warum auch nicht? Sein Verhalten war merkwürdig. Er verhielt sich seltsam.

Frustriert ließ Hadrian sich an einen Tisch nieder und legte seine Hand auf die verschlissene Holzoberfläche. Nun flackerte etwas in seinem Bewusstsein auf, das sich wie eine Energie anfühlte. Hadrian schloss die Augen und drückte seine bloße Hand noch fester auf die Tischplatte.

Da! Ein Bild nahm in seinem Kopf Gestalt an. Allerdings war der Eindruck unbeschreiblich kurz. Dann unternahm er noch einen Versuch und konzentrierte sich auf sein inneres Auge. »Zeig es mir«, flüsterte er.

»Wollen Sie etwas bestellen?«

Als Hadrian die Augen aufschlug, sah er den Barkeeper vor sich stehen. Keinesfalls wollte er vor die Tür gesetzt werden, weil er sich benahm, als gehörte er in ein Irrenhaus, was angesichts des argwöhnischen Blicks und dem harten Zug um den Mund seines Gegenübers unmittelbar bevorzustehen schien. »Ale, vielen Dank«, entgegnete Hadrian freundlich.

Der Barkeeper schlurfte zur Theke zurück. Während dies geschah, sah Hadrian ein anderes Bild vor seinem inneren Auge. Ganz eindeutig konnte er nun das Gesicht eines Mannes erkennen. Außer der rothaarigen Frau und dem verletzten Mann hatte er keine anderen Gesichter erkannt. Trotzdem er sie wiederholt gesehen hatte, war der Wiedererkennungswert nicht gestiegen. Hadrian kannte diese Personen nicht, und warum sollte er auch?

Bei diesem Gesicht regte sich allerdings etwas in seinem Gehirn. Ein Gefühl der Erregung durchströmte ihn. Nun zog Hadrian seinen anderen Handschuh ebenfalls aus und fragte sich, ob es hilfreich sein könnte, beide Hände gleichzeitig auf den Tisch zu drücken. Verflixt nochmal, aber er hatte nicht die geringste Ahnung, was er da tat. Er wusste nur, dass er dieses Gesicht noch einmal vor seinem inneren Auge sehen musste.

Der Barkeeper stellte einen Humpen auf den Tisch, und Hadrian bezahlte ihn für das Getränk. »Danke«, verabschiedete er ihn, und wartete darauf, dass der Barkeeper sich entfernte.

»Sie scheinen eine ganzes Stück von zu Hause fort zu sein«, bemerkte der Barkeeper.

»So weit ist es gar nicht.« Hadrian kniff die Augen ein bisschen zusammen, als er zu dem Mann aufschaute. Viel lieber wäre es ihm, freundlich zu sein, denn dies trug im Allgemeinen zur Beruhigung angespannter Situationen bei. Dieser Mann war jedoch spröde und sein Verhalten war von Misstrauen und Argwohn geprägt. »Ich bin geschäftlich hier in der Gegend und hatte Lust auf ein Ale.«

Der Barkeeper betrachtete ihn noch einen Moment und nickte dann, ehe er wieder zur Theke zurückging.

Hadrian hielt seinen finsteren Blick gerade noch zurück, hob den Humpen an die Lippen und trank einen kräftigen Schluck. Das Ale war dünn, aber es war feucht und linderte seinen Kopfschmerz ein wenig.

Hadrian trank einen zweiten Schluck und setzte den Humpen dann ab. Er nahm seine ganze Konzentration noch einmal zusammen, drückte die Hände noch einmal fest auf den Tisch und schloss die Augen. Nichts passierte.

Dann fiel ihm wieder ein, dass er eigentlich mehr sah, wenn er seine Augen offen hielt. Er verfluchte sich im Stillen, weil ihm das nicht früher eingefallen war. Den Blick nach vorn gerichtet schob er die Hände in eine neue Position.

Nun tauchte das Bild des Mannes wieder auf. Er war schon betagter, sein schütteres Haar war grau, und seine Gesichtshaut faltig und verwittert. Seine Augen waren weit geöffnet. Er wirkte verängstigt.

Hadrian fühlte, dass er diesen Mann kannte, doch er konnte das Bild von ihm nicht lang genug festhalten, um wirklich sicher zu sein. Daraufhin trank er noch mehr von seinem Ale und beschwor das Bild fast eine Stunde lang immer wieder herauf, wobei er regelmäßige Pausen einlegte, damit der Kopfschmerz nachließ. Endlich wusste Hadrian, wer er war. Ohne jeden Zweifel kannte er diesen Mann. Doch in welcher Weise stand er mit dem Verbrecher in Verbindung, der Hadrian angegriffen hatte?

Mit höllischen Kopfschmerzen und einem vor Aufregung vibrierenden Körper zog Hadrian den Ring ab und steckte ihn in seine Tasche. Dann streifte er seinen Handschuh wieder über und erhob sich vom Stuhl, um der Spur zu folgen, die ihm seine Vision gerade eben aufgezeigt hatte. Er konnte nur hoffen, dass der Mann aus seiner Vision in der Lage wäre, ihm die Identität seines Angreifer zu offenbaren.

Mit welchen Mitteln Hadrian diese Information in Erfahrung bringen würde, war noch ungewiss, doch er würde sich ganz sicher nicht entmutigen lassen. Er würde herausfinden, warum er niedergestochen worden war, denn inzwischen war er überzeugt, dass Diebstahl nicht das Geringste damit zu tun hatte.

Wohl wissend, dass er sich auf einem Irrweg befinden könnte, verließ Hadrian den Pub.

KAPITEL 3

Tilda entstieg der Mietdroschke und schritt auf das Haus von Sir Henry Meacham in der Huntley Street zu, um dann allerdings kurz innezuhalten. Beim Anblick des Eibenkranzes mit seinen schwarzen Bändern an der Tür gefror ihr das Blut in den Adern. Sir Henry musste verstorben sein. Niemand würde einen Kranz für einen seiner Bediensteten aufhängen und seine Frau war bereits vor zwei Jahren gestorben.

Allerdings hatte ihre Großmutter bislang keine Nachricht über dieses Ereignis erhalten, und Sir Henrys Töchter hätten ganz gewiss eine geschickt. Es sei denn, der Tod war gerade erst eingetreten und die Trauerkarten waren noch nicht gedruckt.

Der kühle Wind zerrte an Tildas Haube, die sie aber mit einer festen Schleife unter ihrem Kinn gebunden hatte. Zittrig schritt sie voran und fasste dann den Mut, an die Tür zu klopfen. Sie war kein Eindringling. Sie gehörte zur Familie. Sie war schließlich Sir Henrys Cousine zweiten Grades. Oder war es der dritte?

Bald wurde ihr Klopfen von dem ältlichen Butler, Vaughn, beantwortet. Einst war er ein großer Mann gewesen, doch nun hielt er sich gebeugt. Trotzdem überragte er Tilda und eine ganze Reihe anderer Personen. Sein Blick aus den hellblauen Augen traf

Tildas. »Wie Sie sehen, Miss, hat der Tod in diesem Haushalt Einzug gehalten.«

»Es tut mir sehr leid, Vaughn. Was, bitte schön, ist mit Sir Henry passiert?«

Die vom Alter geprägte Haut des Butlers zog sich nun straff über seine Wangenknochen, während er eine Grimasse zog. »Gestern Abend ist er in einem seiner Clubs zusammengebrochen. Er hat eine Art Anfall erlitten. Sein Arzt, Dr. Selwin, sagte, es läge an seinem Herzen. Er hat Sir Henry noch im Club untersucht, bevor er hierher gebracht wurde. Mrs. Forsythe wurde herbeigerufen und ist seit heute Morgen in aller Frühe hier. Aber sie empfängt nicht.« Millicent Forsythe war die älteste Tochter von Sir Henry. Tilda fragte sich, wo seine andere Tochter, Belinda, steckte.

»Natürlich nicht«, entgegnete Tilda leise. »Bitte übermitteln Sie unser tiefstes Beileid.«

»Die Beerdigung soll am Freitag stattfinden«, informierte Vaughn. »Mrs. Forsythe hat die Karten erst vor ein paar Stunden bestellt. Ich nehme an, Ihre Großmutter und Sie werden bei der Beisetzung zugegen sein?«

»Ganz bestimmt.« Ganz kurz berührte Tilda den Unterarm des Butlers. »Ich weiß, dass Sie schon sehr lange bei Sir Henry sind.«

Vaughn stieß einen rauen Atemzug aus und es klang, als würde sein Brustkorb beben. »Vermutlich ist es an der Zeit, mich zur Ruhe zu setzen.« Er klang regelrecht niedergeschlagen, was nach einer derart schockierenden Tragödie nicht anders zu erwarten war.

Tilda verabschiedete sich von dem Butler und drehte sich von der sich schließenden Tür weg. Obwohl sie Sir Henry nicht sonderlich nahegestanden hatte, fühlte sie sich von einer Woge der Traurigkeit überkommen.

Langsam kehrte sie zur Straße zurück, während ihr diese schockierende Nachricht durch den Kopf ging. Großmutter würde mehr als bestürzt sein. Sir Henry hatte das Gedenken an ihren Mann auf vielerlei Weise wach gehalten. Oft erzählten sich die beiden Geschichten aus ihrer gemeinsamen Zeit, die Jahrzehnte zurücklag. Das konnte Tilda nicht mehr tun, denn ihr Großvater war sieben Jahre vor ihrer Geburt gestorben. Dennoch spielte er in ihrem Leben eine große Rolle, weil ihre Großmutter und ihr eigener verstorbener Vater viel von ihm erzählt hatten. Der Tod ihres Cousins würde bei Großmutter ganz bestimmt eine ganze Anzahl von Gefühlen auslösen.

Als sie den Bürgersteig erreichte, hielt Tilda noch einmal kurz inne, da sie einen Gentleman vor dem Haus stehen sah. »Ich bitte um Verzeihung«, meinte sie, kurz bevor sie auf ihn traf.

Sie musste den Kopf in den Nacken legen, um zu ihm aufzublicken, denn er maß mit Sicherheit mehr als zwei Meter. Seine Augen, die unter einer breiten Stirn lagen, waren tiefblau und von dichten, dunkle Wimpern umkränzt. Ein kräftiges, kantiges Kinn unterstrich seine vollen Lippen. Der Gentleman war sehr beeindruckend.

»Ich bitte um Verzeihung«, murmelte er. »Ich war durch den Trauerkranz abgelenkt.« Er ließ seinen Blick über sie schweifen. »Sind Sie ein Familienmitglied?«

»Das bin ich, wenn auch nur entfernt«, entgegnete sie. »Sir Henry war der Cousin meines Großvaters.« Sie würde sich um ein Kleid aus schwarzem Krepp kümmern müssen. Noch eine lästige Ausgabe. Aber für einen so entfernten Verwandten würde sie es nicht allzu lange tragen müssen. Vielleicht könnte sie etwas aus der Garderobe ihrer Großmutter abändern, obwohl es wahrscheinlich hoffnungslos aus der Mode wäre.

Der Gentleman runzelte die Stirn unter seinem Zylinder. »Es ist also Sir Henry? Mein Beileid für Ihren Verlust.«

»Wollten Sie ihn aufsuchen?«, erkundigte sich Tilda.

»Das war meine Hoffnung.«

»Ich hatte das Gleiche gehofft.« Tilda kam der Anlass ihres Besuchs wieder in den Sinn. Wie sollte sie jetzt eine Erhöhung der Bezüge für ihre Großmutter bewirken? Dann war da noch die Frage, was mit den Investitionen ihrer Großmutter geschähe, wenn er nicht mehr da war. Sir Henry hatte keine Söhne, nur zwei Töchter, von denen eine keine Kinder hatte und die andere, Mrs. Forsythe, nur eine einzige Tochter. Tilda würde sich mit Sir Henrys Anwalt besprechen müssen. Nach der Beerdigung, natürlich.

Sie neigte den Kopf zur Seite und betrachtete den Gentleman nun ein wenig genauer. Sie kannte ihn nicht. Er war jedoch kostspielig gekleidet. Seine Garderobe mutete ein wenig förmlich an, und wenn sie raten müsste, würde sie seine Adresse in Belgravia oder Mayfair vermuten. Vielleicht war er sogar adelig.

»Woher kennen Sie Sir Henry?«, fragte sie.

»Wir haben eine Zeit zusammengearbeitet, bevor er sich aus dem Innenministerium zurückgezogen hat.« Der Mann runzelte die Stirn. »Wann ist er gestorben?«

»Vergangene Nacht. Die Beerdigung findet am Freitag statt.« Tilda wunderte sich, warum sie einem Fremden so viele Informationen anvertraute. Sie erklärte sich ihr Verhalten dann damit, dass sie von dieser schockierenden Nachricht erschrocken worden war. Zudem war dieser Gentleman kein Fremder für Sir Henry.

»Hier?«, erkundigte sich der Mann. »Ich möchte meine Aufwartung machen.«

Sie blinzelte ihn an und hielt ihre Handtasche dabei noch fester. »Verzeihen Sie, aber wer sind Sie?«

Daraufhin schüttelte er verwundert den Kopf. »Ich bitte um Entschuldigung. Normalerweise bin ich nicht so ungehobelt. Ich bin Lord Ravenhurst.«

Also hatte sie Recht behalten, was seinen potenziellen Adelstitel betraf. Außerdem war sie sich völlig sicher, dass er sich keineswegs in der Umgebung seines großen, sicherlich mondänen Hauses befand. »Es tut mir leid, dass wir uns unter solchen Umständen kennenlernen müssen.«

»Ich bin derjenige, der sich entschuldigen muss. Und zwar sowohl wegen meines Fehlverhaltens vorhin, aber auch weil Sie diejenige sind, die Grund zur Trauer hat, da Sir Henry zu Ihrer Familie gehörte. Auch auf die Gefahr hin, die Etikette noch mehr zu verletzen, darf ich fragen, wie er verstorben ist?«

Obwohl sich Ravenhurst sehr wohl bewusst war, damit an der Grenze zur Unhöflichkeit zu navigieren, entschloss er sich trotzdem, einen Vorstoß zu wagen. Er musste ein brennendes Interesse daran haben, zu erfahren, was tatsächlich geschehen war. Aus welchem Grund? Seine Neugierde war ebenso groß wie die ihre. Ein forschender Geist verlangte jedoch, dass man Fragen stellte.

»Er hat einen Anfall erlitten«, erklärte Tilda langsam, denn sie fühlte sich wegen des Interesses des Mannes und auch seine Beweggründe für seinen Besuch bei Sir Henry ein wenig verunsichert. »Warum wollen Sie ihn besuchen?«

»Ich hatte die Absicht, eine private Angelegenheit mit ihm zu besprechen.« Er holte kurz Luft. In seinen blauen Augen spiegelte sich Intensität wider, doch seine Gesichtszüge blieben passiv. Scheinbar war er geübt darin, seine Mimik zu beherrschen, wenigstens größtenteils. »Wo hat sich dieser Anfall ereignet? Wissen Sie, ob ihm etwas entwendet worden ist?«

Als Tilda begriff, was er meinte, starrte sie ihn an. »Er wurde von niemandem angegriffen. Er ist aufgrund eines Anfalls zusammengebrochen. Offenbar war es sein Herz.« Mehr sagte sie nicht dazu und es war ja auch nicht so, dass sie mehr darüber wusste. »Ihr Interesse an den Einzelheiten von Sir Henrys Tod ist über die Maßen sonderbar, Mylord.«

Darauf formte er die Lippen zu einem knappen Lächeln. Nein, es war kein Lächeln, sondern eher ein Entspannen seines Gesichts zu einem angenehmeren Ausdruck, als er merkte, dass er zu viel von ... sich gezeigt hatte.

»Ich muss mich nochmals entschuldigen. Ich hatte gehofft, mit Sir Henry eine für mich wichtige Angelegenheit erörtern zu können, und ich bin ratlos, auf welche Weise ich weiter vorgehen kann. Das ist jedoch sehr egoistisch von mir. Bitte nehmen Sie mein tiefstes Beileid an.« Er tippte sich an seinen Zylinder, ehe er sich dann umdrehte und von ihr entfernte.

Tildas Neugierde war geweckt. Um was für eine private, wichtige Angelegenheit handelte es sich hier wohl? Sie konnte nicht umhin zu bemerken, dass er absichtlich vage geblieben war, während er ihr eine Reihe von Fragen stellte. Wenn sie es nicht besser wüsste, würde sie annehmen, er sei ein Ermittler.

Aber er war ein Earl, wenn sie sich richtig an ihr Burke's Peerage erinnerte, und welchen Anlass könnte er wohl haben, Erkundigungen über Sir Henry einzuziehen?

Sie lief ihm nach. »Verzeiht, Mylord?«

Er drehte sich zu ihr um. »Ja?«

»Ihr Interesse an Sir Henrys Tod hat meine Neugier geweckt.« Sie kniff die Augen leicht zusammen und schien ihn einschätzen zu wollen. »Vielleicht kann ich Ihnen in Ihrer *privaten, wichtigen Angelegenheit* behilflich sein.«

Ein Anflug von Überraschung flackerte in seinem Blick auf, ehe er sie wegblinzelte. »Nach einer solchen Tragödie heute möchte ich Sie wirklich nicht damit behelligen.«

»Also sprechen wir ein anderes Mal darüber«, bemerkte Tilda zuvorkommend, obwohl sie ihn am liebsten bedrängen wollte. Er hatte ihr auf so geschickte Weise Informationen entlockt, während sie nichts von ihm erfahren hatte.

Er lächelte und nickte, ehe er sich wieder von ihr abwandte. Diesmal sah Tilda ihm hinterher, während sie ihr Gespräch im Stillen noch einmal rekapitulierte.

Behelligung. Nachdem was mit Sir Henry passiert war, konnte sie sich jetzt unmöglich auf den verstörenden Earl konzentrieren. Also drehte sie sich auf dem Absatz um und marschierte in die entgegengesetzte Richtung, um eine Mietdroschke für die Heimfahrt zu finden. Es war ihr ein dringendes Anliegen, ihrer Großmutter von dieser Tragödie zu berichten auch sie auch darüber in

Kenntnis zu setzen, welche Auswirkungen dies auf ihren Lebens-
unterhalt haben könnte. So schnell wie möglich wollte sie mit Sir
Henrys Anwalt sprechen.

Sie konnte nur hoffen, dass der Mann klare Anweisungen
bezüglich Großmutters Investitionen hatte. Es war ein wenig
beunruhigend, auf die Bestätigung zu warten. Leider gab es
nichts anderes zu tun.

～

ALS HADRIAN am Freitag zur Sir Henry Meachams Beerdigung zu
dessen Haus zurückkehrte, hatte der Regen nachgelassen, doch
nun schüttete es wieder wie aus Kübeln. Er wartete einige
Minuten in der Kutsche, ehe er dann seine Hoffnung auf ein
Nachlassen des Regens aufgab.

Er zog seinen Hut tief in die Stirn und sprang mit einem Satz
aus der Kutsche, um zur Tür zu eilen, die prompt von einem der
ältesten Butler, die Hadrian je gesehen hatte, weit geöffnet
wurde.

Gebeugt, mit leicht entzündeten blauen Augen, sah der Mann
Hadrian kaum an. »Der Salon ist gleich da drüben.« Er deutete
hinter sich auf eine Tür auf der linken Seite der Eingangshalle.

»Danke«, antwortete Hadrian, nahm seinen durchweichten
Hut ab und reichte ihn dem armen Mann. Auf einem schmalen
Tisch befand sich bereits eine beachtliche Ansammlung feucht
gewordener Kopfbedeckungen.

Als Hadrian den Salon betrat, fühlte er sich, als wäre er direkt
in eine Leichenhalle getreten. Schwarzer Krepp war über die
Spiegel und die Fenster drapiert. Der Raum war dunkel und
beengt. Düster.

Als Hadrian den Raum vorsichtig mit seinem Blick in Augenschein nahm, erkannte er mehrere Bekannte, von denen ein
Großteil im Innenministerium beschäftigt gewesen oder noch
beschäftigt war. Es waren nicht nur Beamte, sondern auch der

Sekretär, Lord Cranbrook und sogar ein ehemaliger Sekretär, Mr. Spencer Walpole.

Ein starker Geruch, wie ein Parfüm, beherrschte den Raum. Das war normal für eine Beerdigung, um besonders in den wärmeren Monaten den Geruch des Todes zu übertünchen. Die Gerüche hier waren jedoch eher stechend – wie eine Mischung aus blumig und zitrusartig.

»Guten Tag, Ravenhurst«, war eine tiefe Stimme hinter Hadrian zu hören.

Als Hadrian sich umdrehte, erkannte er den Mann, der um die siebzig sein musste, aber noch bemerkenswert rüstig wirkte. »Ardleigh«, begrüßte er ihn mit einem Nicken.

Der Viscount, ein dickbäuchiger Mann, mit dunkelgrauem Haar und patrizischen Zügen, ließ seinen Blick im Raum schweifen, ehe er seine grauen Augen wieder auf Hadrian richtete. »Ich wusste gar nicht, dass Sie so gut mit Sir Henry bekannt sind.«

»Ich kannte ihn gut genug, um eine Einladung zu erhalten«, entgegnete Hadrian. Über ihr Eintreffen war er allerdings überrascht gewesen, doch die Frau, die er neulich vor dem Haus kennengelernt hatte, musste ihn auf die Liste der geladenen Gäste gesetzt haben. Und er wollte sich die Gelegenheit nicht entgehen lassen, hierher zu kommen, um alles über Sir Henrys plötzlichen Tod in Erfahrung zu bringen. Es war ein eigentümlicher Zufall, dass Hadrian den Mann in einer Vision gesehen hatte, die mit seinem Angreifer in Verbindung stand.

»Schön, dass so viele gekommen sind«, meinte Ardleigh mit einem flüchtigen Lächeln. »Aber Sir Henry war ja auch sehr beliebt.«

Hadrian erinnerte sich an diese besondere Eigenschaft des Mannes. »Sir Henry war immer sehr liebenswürdig.«

»Er hatte ein schönes Lachen.« Ardleigh lächelte wieder, und dieses Mal hielt es länger an. »Ich kannte ihn so viele Jahre.«

»Ich bedauere zutiefst, dass Sie Ihren Freund verloren haben.«

»Er hatte engere Freunde als mich, aber trotzdem bin ich dankbar, dass ich mich dazuzählen konnte. Bitte entschuldigen Sie mich. Ich muss seinen Töchtern meine Aufwartung machen.« Ardleigh ging an Hadrian vorbei auf zwei Frauen zu, die von ihren verschleierten Hüten bis zu ihren Schuhen in Schwarz gehüllt waren.

»Lord Ravenhurst, Sie sind doch gekommen«, sprach ihn eine weibliche Stimme von hinten an.

Hadrian drehte sich um. Obwohl er die Stimme als diejenige der Frau erkannte, der er neulich begegnet war, erschrak er, als er sie in Schwarz sah, und dachte sogleich, dass sie ihm in dem blauen Ausgehkleid, das sie neulich getragen hatte, erheblich lieber gewesen wäre. Sie war eine auffällige Frau mit moosgrünen Augen, scharfen Wangenknochen und einem kleinen, entzückenden Grübchen am Kinn.

»Hatten Sie gehofft, ich würde kommen?«, fragte Hadrian und ein seltsames Vergnügen durchfuhr ihn.

»Ich habe dafür gesorgt, dass Sie eine Einladung erhalten, da Sie behauptet haben, Sir Henry zu kennen.«

Aufgrund ihrer Verwendung des Wortes »behauptet« fragte Hadrian sich, ob sie an ihm zweifelte. Bei ihrem Treffen neulich war sie ihm gegenüber ein wenig skeptisch gewesen, und dann war sie ihm die Straße entlang gefolgt, um ihm ihre Hilfe anzubieten. Zudem war sie neugierig, und damit waren sie schon zu zweit.

»Danke, Miss – es tut mir wirklich leid, aber ich weiß gar nicht, wie ich Sie ansprechen soll.« Dabei zeigte er ein höfliches Lächeln. Sie hatte ihren Namen neulich gar nicht genannt, als er sich vorgestellt hatte.

»Miss Matilda Wren.«

Diesen Namen kannte er. »War Alexander Wren, der Magistrat, Ihr Großvater?«

Sie nickte. »Sie haben von ihm gehört?«

»Gewiss. Er war hoch angesehen. Ein Jammer, dass er so jung gestorben ist.«

»Ich habe ihn nie gekannt, aber ich weiß viel über ihn, da ich bei meiner Großmutter lebe.« Ihr Blick wanderte zu einer älteren Frau, die sich auf einen Stock stützte, während sie mit einer der Frauen sprach, die Ardleigh als Sir Henrys Töchter vorgestellt hatte.

»Ist sie das?«, fragte Hadrian.

»Ja.« Miss Wren sah mit großer Sorge zu den Frauen hinüber. »Das war ein schlimmer Schock für sie. Sir Henry war nie krank gewesen, jedenfalls war nichts darüber bekannt.«

Hadrian bemerkte den schlanken Hals von Miss Wren, der oberhalb des hohen Kragens ihres ebenholzfarbenen Kleides zu sehen war. Auf ihr rotgoldenes Haar, das sie am Hinterkopf gerafft hatte, wobei ihre Locken bis zu ihren Schulterblättern reichten, hatte sie einen eleganten schwarzen Hut gesetzt. An ihrem Kleid war allerdings ganz und gar nichts modisch. Er war zwar kein Experte auf diesem Gebiet, aber trotzdem schätzte er, dass es seit mehr als einem Jahrzehnt aus der Mode gekommen war. Der Rock war eindeutig viel zu weit.

Sie drehte ihm das Gesicht zu und ihre Augen wurden ein wenig schmaler. »Neulich waren Sie wegen Sir Henrys Tod überaus neugierig, aber am interessantesten war, dass Sie dachten, er sei angegriffen worden.«

Obwohl sie ihm keine direkten Fragen stellte, war ihre Skepsis für Hadrian ganz eindeutig ein weiteres Mal zu spüren, und auch ihre Neugier – auf ihn. »Kürzlich habe ich von einem anderen Angriff gehört und da habe ich mich gefragt, ob Sir Henry das Gleiche zugestoßen ist.« Dass dieser Angriff ihm selbst gegolten hatte und er sogar einen Zusammenhang zwischen den beiden Vorkommnissen vermutete, wollte Hadrian nicht verraten. Dann hätte er sein Erlebnis mit dem magischen, übernatürlichen Ring ebenfalls erklären müssen.

Miss Wren legte die Stirn in Falten, als würde auch sie die

Überlegung anstellen, warum Hadrian einen Angriff auf ihren entfernten Cousin mit einem Angriff auf eine andere Person in Verbindung brachte. Sie öffnete den Mund, und Hadrian war vollkommen sicher, dass sie genau diese Frage stellen würde.

Dann wurden sie allerdings durch ihre Großmutter abgelenkt, die zu ihnen getreten war.

Miss Wren änderte ihre Haltung und ihre Gesichtszüge wurden sanfter. »Lord Ravenhurst, das ist meine Großmutter, Mrs. Wren. Großmutter, das ist Lord Ravenhurst. Er war ein Gefährte von Sir Henry.«

»Ich möchte Ihnen mein Beileid zum Verlust Ihres Schwagers aussprechen«, verkündete Hadrian feierlich.

Mrs. Wren war von zierlicher Statur und trug wie ihre Enkelin ein aus der Mode gekommenes schwarzes Kleid. »Ich danke Ihnen. Es ist ein Schock für mich, dass er nicht mehr unter uns ist. Was ist das nur für ein seltsamer Zufall, dass meine Enkelin finanzielle Belange mit ihm hatte erörtern wollen, um dann zu erfahren, dass er tot ist.«

Hadrian schob diese Information beiseite, denn Miss Wrens finanzielle Belange würden ja nichts mit ihm und dem Tatbestand zu tun haben, den er untersuchte.

Miss Wren schürzte kurz die Lippen. »Das ist gar nicht so seltsam, Großmutter. Aber es *ist* und bleibt eine Tragödie.«

»Nun, meiner Vermutung nach hat er ein gutes Leben geführt«, meinte Mrs. Wren mit einem schwachen Seufzer, und ihre blauen Augen funkelten, als sie den Kopf kurz senkte. »Ich würde sagen, es ist ein Glücksfall, dass er so unverhofft und ohne Aufhebens von uns gegangen ist.« Sie schaute ihrer Enkelin an. »Ich war immer dankbar dafür, dass dein Großvater uns auf die gleiche Weise verlassen hat.«

»Liegt also ein Herzleiden in der Familie?«, erkundigte sich Hadrian.

Miss Wren traf seinen Blick. Dann antwortete jedoch ihre Großmutter. »Mein Mann ist keineswegs an einem Herzinfarkt wie sein Cousin gestorben. Er wurde vom Pferd geschleudert und ist mit dem Kopf aufgeschlagen. Er war auf der Stelle tot.« Für einen Moment verlor sich ihr Blick in der Ferne, und es bildete sich ein trauriger Zug um ihren Mund, der ihre Lippen nach unten zog, wobei sich tiefe Falten in ihre weiche Haut gruben.

»Mein herzlichstes Beileid für ihren Verlust – sowohl den Ihres Mannes als auch den seines Cousins.« Hadrian nickte den beiden Frauen feierlich zu und verbeugte sich leicht, ehe er sich dann entfernte.

Als er sich dem offenen Sarg näherte, um den Verstorbenen zu betrachten, konnte er die Aufmerksamkeit bewusst wahrnehmen, die Miss Wren auf ihn richtete. Aber er nahm keinen Blickkontakt mit ihr auf. Mit seinen hartnäckigen Fragen hatte er ihr Interesse bereits mehr als genug geweckt. Wenn er seine Nachforschungen fortsetzen wollte, musste er um Subtilität bemüht sein und sie sich zunutze machen.

Und welche Nachforschungen waren das? Hielt er sich etwa für einen Ermittler? Möglicherweise war dem so, denn Scotland Yard schien nicht daran interessiert, die nötige Arbeit zu leisten. Es war für Hadrian kaum zu glauben, dass Inspektor Padgett seinen Fall zu den Akten gelegt hatte. Seit wann stachen Straßenräuber ungestraft ihre Opfer nieder?

Sir Henry sah genauso aus, wie Hadrian ihn in Erinnerung hatte. Seine Wangen wirkten vielleicht ein wenig fleischiger. Er war ganz eindeutig auch blasser, was Hadrian allerdings dem Tod zuschrieb.

Hadrian fragte sich, ob es eine weitere Vision zur Folge haben würde, wenn er den Verstorbenen berührte. Rasch zog er seinen linken Handschuh aus, griff in seine Tasche und fasste den lästigen Ring für einen Moment zwischen Daumen und Zeigefinger. Gleich darauf erkannte er das Zeichen der Glocke sowie eine schäbige Wohnstube mit einem kleinen Tisch, der neben einem schmutzstarrenden Fenster stand. Hadrian nahm an, es könnte sich hier um die Behausung seines Angreifers handeln. Leider konnte er nicht genügend erkennen, um eine Ahnung zu haben, wo sich diese Unterkunft befinden könnte.

Er ließ den Ring los und entfernte sich vom Sarg, um an einen Tisch mit einer Handvoll Fotografien zu treten, die allesamt verdeckt darauf lagen. Das war schade, denn Hadrian hätte sich die Aufnahmen gern angeschaut.

Neugierig strich er mit der bloßen Hand über den Tisch. Er hatte sich eine Vision erhofft, doch nichts passierte. Natürlich konnte es auch keine Vision geben, da er den Ring nicht trug.

Mit einem Mal verspürte er eine gewisse Erregung, als würde etwas Dunkleres und Fesselnderes in der Luft liegen. Das Gefühl grenzte beinahe an Furcht. Also zog er seine Hand mit einem leichten Stirnrunzeln zurück. Nun wurden die Empfindungen wieder schwächer und verschwanden dann ganz. Hadrian platzierte die Hand noch einmal auf dem Tisch, aber diesmal lediglich an die Kante. Die gerade erst abgeklungenen Gefühle, die er sich in diesem Moment nicht erklären konnte, insbesondere da er den Ring nicht berührte, kehrten sogleich zurück. Das waren nicht seine eigenen Gefühle. Gleichwohl er den Ring nicht berührte, wusste er genau, dass er die Gefühle eines anderen Menschen wahrnahm. Handelte es sich vielleicht um Sir Henrys Gefühle? Die dunklere Emotion trat jetzt stärker zutage. Und es handelte sich eindeutig um Angst.

Er hob die Hand vom Tisch und zog seinen Handschuh wieder an. Was hatte das zu bedeuten? War der Ring nicht der Auslöser dafür, was Hadrian sah und fühlte? Entwickelte sich diese Fähigkeit etwa ... aus ihm selbst heraus?

Beim Berühren des Tischs hatte er seine Gedanken auf die Visionen der Glocke konzentriert. Hätte er die Glocke auch dann gesehen, wenn er den Ring nicht getragen hätte? Nun wollte er alles in diesem Raum berühren, doch die Trauerfeier sollte gleich beginnen.

Frustriert und ein bisschen durcheinander schritt Hadrian auf einen der Stühle zu. Dabei kam er an einer von Sir Henrys Töchtern vorbei – Mrs. Forsythe, rief er sich in Erinnerung – und er hörte, wie sie sich mit einer anderen Frau unterhielt. »Ich musste ihn waschen und ankleiden«, flüsterte sie mit leiser Stimme. »Es war schockierend, meinen Vater auf diese Weise sehen zu müssen.«

Die andere Frau tätschelte ihr den Arm. »Sie Ärmste. Denselben Dienst musste ich vor ein paar Jahren für meinen Nachbarn leisten.« Sie erschauderte. »Er hatte eine grauenhafte Naht von einem Einschnitt, der sich über den Oberkörper zog. Mir wurde gesagt, es käme von der Autopsie.«

»Mein Vater hatte auch so einen genähten Einschnitt«, meinte Mrs. Forsythe grimmig. »Aber er war auf der rechten Seite. Vermutlich stammte er auch von einer Autopsie.«

»Die Trauerfeier beginnt gleich. Ich führe Sie zu Ihrem Platz«, meinte die andere Frau und nahm Mrs. Forsythe beim Arm.

Hadrian dachte über Sir Henrys Einschnitt an der rechten Seite nach, als er zu einem Stuhl in der letzten Reihe ging. Dieser Einschnitt stammte ganz sicher nicht von einer Autopsie. Soweit Hadrian von einem befreundeten Arzt wusste, der während seiner Ausbildung eine ganze Reihe von Leichen seziert hatte, wurde die Leiche bei einer Autopsie auf der Vorderseite der Brust vom Hals bis zur Taille aufgeschnitten, und damit ganz genau so, wie die andere Frau ihre Beobachtung bei ihrem Nachbarn beschrieben hatte.

Warum sollte Sir Henry eine solche Wunde gehabt haben? Bestand die Möglichkeit, dass sein Tod gar nicht auf einen Herzinfarkt zurückzuführen war?

Hadrian ließ den Blick durch den Raum schweifen und fragte sich, was er wohl erreichen könnte. Nun, gerade hatte er herausgefunden, dass Sir Henry unter Umständen gar nicht an einem Herzinfarkt gestorben war. Zudem hat er eine Wunde an seiner rechten Seite, wie auch Hadrian sie erlitten hatte. Konnte dies als eine Verbindung zwischen dem Angriff auf Hadrian und Sir Henry gewertet werden?

In diesem Moment wurde Hadrian bewusst, dass er tatsächlich eine Untersuchung durchführte. Der Ring, den er seinem Angreifer vom Finger gezogen hatte, war die Spur gewesen, die ihn hierher zu dem verstorbenen Sir Henry geführt hatte. Dessen Tod eventuell auf eine nicht natürliche Ursache zurückzuführen war.

Für Hadrian war die Aufklärung seines eigenen Mordanschlags Grund genug, seine teuflischen Visionen weiter zu verfolgen. Doch nun hatte es ganz den Anschein, als sei er auf etwas Größeres gestoßen. Er musste Sir Henrys wahre Todesursache bestätigen und darüber hinaus brauchte er zusätzliche Informationen darüber, wie sich dieser Vorfall ereignet hatte. Was hatte Miss Wren noch einmal gesagt? Er sei zusammengebrochen? Was, wenn das gar nicht der Wahrheit entsprach?

Aus welchem Grund sollte sie lügen?

Nun sah er sie in der ersten Reihe an der Seite ihrer Großmutter sitzen. Er hatte nicht den Eindruck von ihr bekommen, dass sie etwas zu verbergen hatte, doch andererseits hatte sie misstrauisch gewirkt. Das hatte er seiner ein wenig aggressiv wirkenden Neugierde zugeschrieben, aber die Möglichkeit, dass mehr dahintersteckte war nicht auszuschließen.

Zwei Mitarbeiter aus dem Innenministerium, mit denen Hadrian bekannt war, saßen neben ihm. Sie nickten einander zu und äußerten lobende Bemerkungen über Sir Henrys Leben und seinen Beitrag zum Innenministerium. »Er war ein hervorragender Unterstaatssekretär«, bemerkte einer der beiden. Der Mann war ein Mittfünfziger namens Ernsby, der als ergänzender Mitarbeiter für die Kriminalabteilung zuständig war.

Die Trauerfeier verlief in einer angemessen gedämpften, melancholischen Stimmung. Sobald die Zeremonie beendet war, erhoben sich die Sargträger, zu denen auch der andere der beiden Mitarbeiter neben Hadrian gehörte – der Mann war jünger und rüstiger als Ernsby –, und schritten zum Sarg. Hadrian half, die Stühle beiseite zu räumen, damit der Sarg hinausgetragen werden konnte.

Dann wartete er, um sich der Prozession anzuschließen, und währenddessen hatte er Gelegenheit, Miss Wren kurz anzusprechen. Wie die anderen Frauen würde auch sie nicht an der Beisetzung teilnehmen.

»Mein herzliches Beileid«, meinte er zu ihr. »Ich hoffe, Sie können Ihre finanziellen Probleme lösen.«

Miss Wren blähte die Nasenlöcher ganz leicht, woraus er schloss, dass es sich wohl um ein heikles Thema handelte. Sie beugte sich ein Stück zu ihm vor. »Und ich würde gerne etwas über die *private Angelegenheit* erfahren, die Sie mit Sir Henry besprechen wollten. Mein Angebot, Ihnen zu helfen, hat weiterhin Bestand.«

»Heute ist allerdings nicht der richtige Zeitpunkt«, raunte Hadrian sanft. Vielleicht würde Miss Wren aber einwilligen, seine Fragen zu Sir Henrys Tod zu beantworten.

»Nein«, entgegnete sie, und in ihren grünen Augen glomm eine Hitze, die Hadrian nicht einzuordnen wusste. »Vielleicht besuchen Sie mich in der Marylebone Lane.«

»Das werde ich möglicherweise tun.« Hadrian hatte die feste Absicht, dieses Vorhaben in die Tat umzusetzen, doch er würde Miss Wren und ihrer Großmutter nicht in ihrer Trauer stören und eine gewisse Zeit verstreichen lassen.

Dann lächelte er ihr freundlich zu, ehe er um sie herum trat und in die Eingangshalle weiterging. Der Butler ging zu der Ansammlung von Hüten hinüber und suchte Hadrians Hut zielsicher heraus, was mehr als nur ein wenig überraschend war. Vielleicht war die geistige Regsamkeit des Mannes ja entschieden flinker als die seines Körpers.

Hadrian setzte sich seinen leicht feuchten Hut auf den Kopf, trat in den Nieselregen hinaus und schloss sich dem Trauerzug an.

KAPITEL 4

Gerade einmal fünf Tage nach Sir Henrys Beisetzung saß Tilda im Büro seines Anwalts, Mr. Charles Whitley. Der Mann war zehn Jahre älter als Tilda, und seine hohe Stirn wurde zusätzlich von einen zurückweichenden Haaransatz betont. Die Gesichtsform war rundlich und er trug einen dichten dunkelbraunen Schnurrbart. Seine Augen waren klein, aber er hatte ein breites Lächeln, das er bei ihrer Begrüßung zeigte.

»Mein Beileid zum Verlust Ihres Cousins, Miss Wren«, kondolierte er ihr vom Stuhl ihr gegenüber aus. Ein Sekretär brachte ein Teetablett, das er auf dem kleinen runden Tisch zwischen ihnen abstellte. »Ich hoffe, Ihre Großmutter leidet wegen dieser Tragödie nicht allzu sehr.«

Weder Tilda noch ihre Großmutter hatten Mr. Whitley je zuvor kennengelernt, aber er schien trotzdem von ihnen zu wissen. Das musste er natürlich, da er es war, der ihre finanziellen Angelegenheiten verwaltete.

»Ich weiß Ihr Beileid sehr zu schätzen, Mr. Whitley. Am dringendsten ist für meine Großmutter und mich im Augenblick die Klärung ihrer finanziellen Situation. Meine Großmutter hat in den letzten dreiunddreißig Jahren von den Einkünften aus ihren Investitionen gelebt, doch seit acht Jahren haben diese Einkünfte sich nicht verändert.« So lange lebte Tilda bereits bei ihrer Großmutter, deren Haushaltsführung sie übernommen hatte. Als sie sich bei ihrer Großmutter erkundigte, ob ihre Einkünfte zuvor geschwankt hatten, war ein Schulterzucken die einzige Antwort ihrer Großmutter darauf gewesen.

Mr. Whitley schenkte ihnen Tee ein und gab sodann eine großzügige Menge Zucker in seine Tasse. »Gar nicht? Ich bin sicher, dass dem so war.«

»Das war nicht der Fall. Mein Anliegen ist es, diese Sache zu besprechen, da unsere Ausgaben im Laufe der Jahre gestiegen sind, was ja nicht anders zu erwarten ist. Da Sir Henry verstorben ist, muss ich stattdessen um Ihre Hilfe bitten.«

»Ich verstehe«, entgegnete Whitley gemessen und mit einer leichten Herablassung. »Vielleicht sollten Sie die Zuwendungen an Mrs. Wren noch einmal überprüfen. Wahrscheinlich werden Sie dabei bemerken, dass diese tatsächlich gestiegen sind, allerdings nicht in dem Maße, wie Sie es sich gewünscht hätten.«

Tilda verkniff sich gerade noch, die Lippen kraus zu ziehen. »Den Haushalt meiner Großmutter führe ich inzwischen schon seit acht Jahren. Daher *weiß* ich genau, *dass* die Einkünfte nicht gestiegen sind. Vielleicht können Sie mir eine Übersicht über die Zahlungen für diesen Zeitraum aushändigen, damit ich mich vergewissern kann, dass Großmutter alles erhalten hat, was ihr zusteht. Darüber hinaus würde ich gern Ihre Unterlagen über Mrs. Wrens zweite Investition einsehen.«

Der Anwalt verzog die Lippen bei ihrer Forderung. »Ich fürchte, ich kann Ihnen nur die Unterlagen der vergangenen drei Jahre zur Verfügung stellen, denn damals habe ich den Posten des vorigen Anwalts übernommen, der sich in den Ruhestand zurückgezogen hat.« Er runzelte die Stirn. »Mir ist außerdem nichts von einer zusätzlichen Investition bekannt.«

Tilda spürte ihren Puls, der sich beschleunigte. »Diese Inves-

tition gibt es aber ganz sicher. Sie müssen Ihre Unterlagen überprüfen. Bei der Übergabe der Akten des früheren Anwalt in Ihre
Hände ist möglicherweise ein Irrtum unterlaufen.«

Mr. Whitley nippte an seinem Tee, wobei er ein leises, aber
nicht zu überhörendes Schlürfgeräusch erzeugte. Er stellte seine
Tasse ab und bedachte sie mit einem mitfühlenden Blick. »Ich
kann meinen Sekretär bitten, die Unterlagen zu überprüfen, aber
ich habe starke Zweifel, dass es sich hier um einen Irrtum
handelt. Ich biete Ihnen an, eine Aufstellung der Vorgänge zu
erstellen, die Mrs. Wren betreffen und die sich in dem Zeitraum
ereignet haben, seit ich Sir Henrys Anwalt bin. Wäre das
annehmbar?«

Es war jedenfalls besser als gar nichts, wenn dies auch Tildas
Frustration nicht lindern konnte. »Ja, vielen Dank. Meine Großmutter meinte, ihr Mann hätte diese zweite Investition vor
seinem Tod getätigt. Er wollte sie im Alter versorgt wissen und
hat sie als Ergänzung zur Hauptinvestition eingerichtet.«

»Ich verstehe. Das ist gut zu wissen«, bemerkte Whitley.

Es war dringend erforderlich, eine weitere Investition zu täti-
gen. Die Erträge aus der bestehenden Geldanlage reichten zur
Deckung ihres Bedarf einfach nicht aus. Entweder mussten sie
das Geld neu anlegen oder vielleicht in eine Rentenversicherung
investieren. Tilda war sich nicht sicher, *was* sie tun sollten.
»Wenn Sie keine Unterlagen darüber haben, muss ich mich an
den früheren Anwalt wenden. Können Sie mir seine Adresse
geben?«

»Ja, aber ich muss Ihnen leider sagen, dass er nicht mehr ganz
bei Sinnen ist«, bemerkte Whitley mit einer leichten Grimasse.
»Ich möchte Sie auch darüber in Kenntnis setzen, dass er in den
Ruhestand versetzt wurde, nachdem er bei der Veruntreuung von
Geld erwischt worden war, das ihm einer seiner Kunden anvertraut hatte. Um einer Haftstrafe zu entgehen, hat er das Geld
zurückgezahlt.«

Tilda schnappte nach Luft. Also war der wahrscheinliche

»Fehler« wohl dort zu suchen. »Ist es möglich, dass er die Investition meiner Großmutter entwendet hat?«

»Das halte ich keineswegs für ausgeschlossen, obwohl Hardacre behauptete, er habe seinem Kunden die Summe aus Versehen abgenommen, da er verwirrt gewesen sei, und er habe nichts stehlen wollen.« Whitley stieß die Luft aus. »Angesichts seines geistigen Verfalls fällt es mir keineswegs schwer, seinen Worten Glauben zu schenken.«

Wie auch immer die Wahrheit aussah, würde Tilda sie herausfinden.

»Ich halte es für erheblich wahrscheinlicher, dass das Geld für die Investition verwendet wurde, ehe Sie die Leitung von Mrs. Wrens Haushalt übernahmen«, fuhr Whitley fort. »Oder die Investition war ein Reinfall, was zur Folge hatte, dass das Geld verloren war und Ihre Großmutter hat dies einfach vergessen.« Lässig zog er die Schulter hoch, als würde er über das Wetter anstatt die Lebensgrundlage von Tildas Großmutter und ihrem Haushalt sprechen.

Noch einmal geriet Tilda in Wallung, während ihre Frustration zunahm. »Meine Großmutter hat das Geld nicht ausgegeben.« Allerdings hatte sie seine Existenz eine Zeit lang vergessen, also nahm Tilda an, dass die Möglichkeit bestand, dass sie das Fehlschlagen der Investition ebenfalls einfach vergessen haben könnte. Großmutter hatte auch die Höhe der Einkünfte, die Sir Henry ihr zugewiesen hatte, nicht gewusst. Das konnte also passieren, wenn Frauen keinen Überblick über ihre finanzielle Situation hatten und auch nicht ermutigt wurden, sich einen zu verschaffen. Tilda war fest entschlossen, diese Sache fest in ihre Hand zu nehmen.

Sie würde mit ihrer Großmutter sprechen und alle Einzelheiten sammeln, die sie ihr entlocken konnte. Dabei würden ihre detektivischen Fähigkeiten beste Dienste leisten, wenn sie sich auch nicht vorstellte, diese in solcher Weise zum Einsatz zu bringen. Als sie nach ihrer Tasse griff und einen Schluck Tee trank, fiel ihr auf, dass sie keinen Zucker oder auch nur etwas Sahne hineingetan hatte. Dennoch war ihr die Flüssigkeit willkommen.

Nachdem sie ihre Tasse abgesetzt hatte, erklärte sie: »Ich werde die Einzelheiten der Investitionen mit meiner Großmutter besprechen und erwarte Ihre Aufstellung. Notieren Sie bitte zuallererst einmal die Adresse von Mr. Hardacre.«

Whitley griff nach einem kleinen Blatt Papier von seinem Schreibtisch, auf dem er dann den Namen und die Adresse des Anwalts im Ruhestand notierte. »Ich wünsche Ihnen viel Glück. Mein Sekretär wird wahrscheinlich mehrere Tage brauchen, um alle Unterlagen herauszusuchen, und ich möchte, dass er nach allem forscht, was von Mr. Hardacre einbehalten wurde. Dies ist eine erhebliche Belastung für Sie, wofür ich Verständnis habe. Gern biete ich Ihnen meine Bereitschaft an, Ihnen bei Ihren finanziellen Angelegenheiten zur Seite zu stehen, wo immer ich kann. Ich bin überzeugt, dass wir eine Strategie entwickeln können, um zusätzliche Einkünfte zu erzielen.«

Tilda schätzte Whitleys Bereitschaft zur einer gründlichen Vorgehensweise zwar, und auch, dass er aufrichtig hilfsbereit schien, aber trotzdem wollte es ihr nicht gelingen, über seine leicht herablassende Botschaft einfach hinwegzuhören, die sie daran erinnerte, dass von Frauen nicht erwartet wurde, sich mit solchen Dingen zu befassen. »Ich bin Ihnen sehr dankbar.« Mit diesen Worten erhob Tilda sich, und ihre Gefühle waren ein Gewirr aus Irritation, Sorge und Angst. Was, wenn das Geld verloren war? Das schien leider tatsächlich der Fall zu sein.

»Guten Tag, Miss Wren«, verabschiedete er sie mit einem Lächeln. War ihm gar nicht bewusst gewesen, wie verheerend diese Begegnung für sie gewesen war?

Sie wandte sich von ihm ab und verließ sein Büro.

Nach Verlassen des Gebäudes überquerte sie die Chancery Lane. Es war ihr ein dringendes Anliegen, mit ihrer Großmutter zu sprechen. Ebenso würde Sie Mr. Hardacre so bald wie möglich aufsuchen. Derzeit bestand ihre einzige Hoffnung darin, dass er die Geldsumme veruntreut hatte, denn nur so bestand die Chance, es wiederzubekommen.

Sollte dies allerdings nicht gelingen, dann wäre Mr. Whitleys Strategie besser eine gute.

BEI HADRIANS erstem Besuch im Parlament nach seinem Angriff wurde er von seinen Kollegen herzlich begrüßt. Von seinen politischen Widersachern fiel die Begrüßung wohl etwas weniger herzlich aus. Es war ein Dienstag und damit derselbe Wochentag, an dem er niedergestochen worden war.

Nach Abschluss der Amtsgeschäfte verließ Hadrian das Gebäude und stieß dabei auf den Viscount Ardleigh, der ihn mit einem fröhlichen Lächeln empfing. »Willkommen zurück, Ravenhurst. Als ich Sie letzte Woche bei der Beerdigung von Sir Henry Meacham sah, hatte ich schon so eine Ahnung, dass Sie bald wieder auf Ihren Posten hier zurückkehren würden. Ich entschuldige mich, dass ich diese niederträchtige Sache Ihnen gegenüber auf der Beerdigung nicht erwähnt habe. Das schien mir bei jenem Anlass unangebracht.«

»Sie brauchen sich nicht zu entschuldigen«, entgegnete Hadrian. »Ich habe mich gründlich erholt, vielen Dank.«

»Darüber sind wir von Herzen froh«, bemerkte ein anderer Abgeordneter namens Gilbert. Er trat hinter Hadrian und klopfte ihm auf die Schulter. »Es hätte weitaus schlimmer kommen können«, setzte er nüchtern hinzu. »Wie bei Crawford.«

Patrick Crawford war ein Abgeordneter aus Kent. Fragend runzelte Hadrian die Stirn. »Was ist mit Crawford geschehen?« Der Mann war noch relativ jung und noch nicht einmal vierzig Jahre alt.

»Genau wie Sie ist er angegriffen worden «, erklärte ein weiterer Abgeordneter, der sich gerade eben zu ihnen gesellt hatte. Dillingsworth, war sein Name und der ernsthafte, noch sehr junge Mann saß zum ersten Mal im Unterhaus. »Er ist allerdings verstorben.«

Diese Nachricht schockierte Hadrian. Wie war es möglich, dass er davon gar nichts mitbekommen hatte? »Ich wusste überhaupt nichts davon.«

»Wie ist das möglich?«, fragte Gilbert erstaunt. »Crawford wurde genau eine Woche nach Ihnen und obendrein an derselben Stelle niedergestochen.«

Hadrian musste seine ganze Selbstbeherrschung aufbringen, um den Mann nicht anzustarren. Es stellte sich allerdings die Frage, ob es sich um denselben Mann handelte, der Hadrian niedergestochen hatte. Das wäre ein fürchterlicher Zufall, aber allein die Tatsache, dass Crawford genau eine Woche später auf dieselbe Weise und an derselben Stelle wie Hadrian angegriffen worden war, war schon ein Zufall. Dass es sich bei dem Angreifer um einen gewöhnlichen Straßenräuber handelte, konnte Hadrian sich beim besten Willen nicht vorstellen.

Ardleigh hatte eine ernste Miene aufgesetzt. »Das Ganze war wahrlich ein Schock, nachdem Sie bereits auf ähnliche Weise angegriffen worden waren, und obendrein an einem Dienstagabend.«

»Welcher Straßenräuber würde einen Mann niederstechen und ihn dann nicht ausrauben?« Es war Dillingsworth, der diese Frage aufwarf.

Durch seine Frage hätte er Hadrian beinahe zum Lächeln gebracht. Endlich war da jemand mit einem gesundem Menschenverstand, den es bei Scotland Yard offenbar nicht gab. »Crawford ist also durch die Hand eines Straßenräubers ums Leben gekommen?«, fragte Hadrian.

»So ist es uns gesagt worden«, entgegnete Gilbert.

»Das scheint unglaublich rücksichtslos – und unbedacht. Es sei denn, der Mann war in Wahrheit gar kein Straßenräuber, sondern eine Art verquerer Mörder«, brachte Hadrian mit mehr als nur einer Spur von Wut in seiner Stimme vor. Ihm war wohl bewusst, dass er über sein Los überaus wütend war. Darüber hinaus war der Fall auf höchst unbefriedigende Weise abgeschlossen worden.

Ardleigh sah ihn verdutzt an. »Ein Mörder? Das glaube ich kaum. Ganz bestimmt hat sich dieser Straßenräuber irgendwie erschreckt.«

Dies deckte sich allerdings nicht mit Hadrians Erfahrung. Als Allererstes hatte sein Angreifer auf ihn eingestochen und ihn dann nicht einmal bestohlen.

Gilbert nickte. »Es war genau wie bei Ihnen. Der Angriff hat auf demselben Abschnitt der Parliament Street stattgefunden. Crawford war auf dem Weg zu unserem Kartenspielabend, den wir immer dienstags im White Stag abhalten. Jetzt sind wir gerade auf dem Weg dorthin.« Der Mann blinzelte Hadrian an. »Vorhin ist mir das gar nicht so aufgefallen, aber Crawford und Sie haben in etwa die gleiche Größe und Statur. Zudem haben Sie die gleiche Haarfarbe wir er.«

Ein Schauer lief Hadrian kalt über den Rücken, und er unterdrückte einen Drang, sich zu schütteln. »Wurde seither noch eine weiterer Mann angegriffen?«

Es lag nun schon Wochen zurück, seit Crawford getötet worden war. Hadrian war noch immer überrascht, dass er nichts davon erfahren hatte. Ganz bestimmt hätte er die Anzeige in der Zeitung nicht übersehen. Es war allerdings möglich, dass er sie gar nicht hatte sehen können. Denn in den ersten Wochen seiner Genesung hatte er die Zeitung nicht täglich gelesen. Er war viel zu sehr mit Schlafen beschäftigt gewesen und dann hatte er sich auch von dem verflixten Ring ablenken lassen.

»Nicht, dass wir wüssten«, meinte Ardleigh kopfschüttelnd. »Ich für meinen Teil habe diese Gegend stets gemieden. Allerdings ist es auch nicht so, dass ich mich nachts viel in London herumtreibe.«

Dillingsworth nickte zustimmend. »Dass es seitdem noch jemand gewagt hat, nach Einbruch der Dunkelheit allein durch die Parliament Street zu laufen, glaube ich nicht. Ein Straßenräuber, der seine Opfer niedersticht, ist schrecklich furchterregend.«

Ja, genau so war es und Hadrian konnte nicht begreifen, dass Scotland Yard nicht die geringste Anstrengung unternahm, der Sache auf den Grund zu gehen. Unverzüglich würde er sich jetzt dorthin begeben, um zu erfahren, ob sein Fall nach Crawfords Tod möglicherweise wieder aufgenommen worden war. Was er allerdings bezweifelte. Hätte man ihn dann nicht informiert?

»Ist Crawford denn ausgeraubt worden?«, erkundigte sich Hadrian. »Falls es sich um denselben Angreifer handelt, hat er mich einfach auf dem Bürgersteig liegen lassen, ohne auch nur die geringste Beute zu machen.«

»Bei Crawford wurde, meines Glaubens, seine Geldbörse und seine Taschenuhr entwendet«, antwortete Gilbert. »Das ist ein schrecklicher Schlamassel. Crawford war so ein guter Mann.«

Wenngleich Hadrian nicht gut mit Crawford bekannt gewesen war, da sie nicht die gleichen politischen Überzeugungen vertraten, war er ihm als ein engagierter und beflissener Abgeordneter erschienen. »Das ist wahrhaftig eine Schande«, pflichtete Hadrian bei.

»Sie sind auf das Herzlichste zu unserem Spielabend im White Stag eingeladen«, meinte Gilbert, ehe er sich zur Tür wandte.

»Heute Abend nicht«, lehnte Hadrian mit einem schwachen Lächeln ab. »Ich danke für die Einladung, doch ich glaube, es ist besser, wenn ich es nicht übertreibe.«

Gilbert nickte. »Dann wünsche ich Ihnen noch einen schönen Abend. Ich bin wirklich froh darüber, dass Sie wieder bei uns sind.« Zusammen mit Dillingsworth ging er davon.

»Eine kluge Entscheidung, es langsam angehen zu lassen«, meinte Ardleigh. »Guten Abend, Ravenhurst.«

Als der Viscount gegangen war, sinnierte Hadrian über die Neuigkeit nach, die er gerade erfahren hatte. Wenn er auch keinerlei Beweise vorzuweisen hatte, war er sich sicher, dass

Crawford und er von ein und demselben Verbrecher niedergestochen worden waren. Für einen Zufall waren die Überschnei-
dungen zu groß. Es stellte sich allerdings die Frage, warum
Hadrian und dann Crawford am gleichen Tag und am selben Ort
auf dieselbe Weise angegriffen wurden und dann nichts mehr
geschah. Seiner Vermutung nach konnte der Angreifer zu einem
anderen Ort weitergezogen sein, wobei es allerdings weitaus
logischer gewesen wäre, wenn er dies bereits nach seinem
gescheiterten Angriff auf Hadrian getan hätte – jedenfalls, wenn
ein Raubüberfall sein Ziel gewesen war.

Der Umstand, dass eine große Ähnlichkeit zwischen Crawford und Hadrian bestand, war ebenfalls ein wichtiger Aspekt,
wie auch die Tatsache, dass die Angriffe am Abend des gleichen
Wochentags stattgefunden hatten. Und zwar handelte es sich um
einen Abend, an dem Crawford bekanntermaßen auf dem Weg
zum »White Stag« die Parliament Street entlang ging. Daraus
konnte Hadrian keinen anderen Schluss ziehen, als dass Crawford das Ziel des Angreifers gewesen war, und nicht Hadrian.
Dies würde zudem die Überraschung des Angreifers erklären, die
er beim Anblick von Hadrians Gesicht gezeigt hatte.

Einen Augenblick später nahm Hadrian denselben Weg wie
die anderen und beim Hinausgehen setzte er seinen Hut auf. Es
herrschten kühle Temperaturen an diesem späten Winterabend
und zudem wehte ein kräftiger Wind. Dennoch zog er seine
Handschuhe nicht an, als er raschen Schrittes in Richtung Parliament Street ging.

Stattdessen schob er den schrecklichen Ring über seinen
kleinen Finger, um ihn aufzufordern etwas Neues zu enthüllen.
Wäre es möglich, dass er etwas erkennen könnte, das mit Crawford in Zusammenhang stand? Das wäre überaus hilfreich.

In eiligem Tempo machte er sich auf den Weg zur Parliament
Street, worauf ihn eine überraschenden Beunruhigung überkam.
Hadrian blickte sich um, als ihm dann mit einem Mal zu
Bewusstsein kam, dass er nach einem kleinen Jungen Ausschau

hielt, der ihn ablenken könnte, oder auch nach Männern mit unerkennbaren Gesichtern. Mit einem Frösteln überquerte er die Bridge Street, wobei er bemüht war, seine Furcht zu verdrängen. Für solche Empfindsamkeiten blieb ihm keine Zeit und er gedachte auch nicht, ihnen zum Opfer zu fallen. Sein Angreifer hatte ihm bereits mehrere Wochen seines Lebens gestohlen und außerdem sah er sich mit einer Fülle unbeantworteter Fragen konfrontiert. Aus diesem Grund war er wahrscheinlich so erpicht darauf, eine Erklärung dafür zu finden, warum er niedergestochen worden war.

Als Hadrian sich dem Tatort näherte, verlangsamte er seine Schritte. Etwa zwanzig Schritte vor Erreichen der besagten Stelle blieb er dann ganz stehen. Ein Zittern überlief seinen Rücken. Er zuckte mit den Schultern, als ob sich diese Angst wie etwas Greifbares verdrängen ließe und konzentrierte sich dann ganz auf jenen Abend und das Geschehene.

Zunächst besann er sich auf sein Vorhaben an jenem Abend. Er hatte einen Inspektor in Whitehall wegen der schrecklichen Explosion im Dezember in Clerkenwell treffen wollen. Angeblich hatten die Fenians ein Loch in die Gefängnismauer gesprengt, um einen der ihren daraus zu befreien. Die Gefängnisleitung hatte jedoch Wind davon bekommen, dass etwas im Gange war, und die Gefangenen zum Zeitpunkt der Explosion am Vormittag anstatt am Nachmittag in den Hof gelassen. Infolgedessen war niemand geflohen. Die Explosion hatte stattdessen den Tod vieler unschuldiger Menschen und eine noch größere Zahl an Verletzten unter den Anwohnern auf der anderen Straßenseite herbeigeführt.

Dem zuständigen Inspektor, der sich auf seine irische Herkunft berief, war es ein dringendes Anliegen, dass die Ermittlungen mit größtmöglicher Integrität durchgeführt wurden. An Hadrian hatte er sich wegen dessen Mitwirkung an der Polizei- und Justizreform gewandt. Hadrian widmete seine Aufmerksamkeit sogar jetzt noch einem Gesetzentwurf, der die öffentlichen

Hinrichtungen abschaffen sollte, da er diese Strafe als äußerst barbarisch ansah.

Verflixt, jetzt hatte er sich ablenken lassen. Er holte tief Luft, rief sich selbst zur Ordnung und richtete seine ganze Konzentration wieder auf jenen Abend. Er war also zu einem Treffen mit Inspektor Teague unterwegs gewesen. Es war ein kalter, ungemütlicher Abend gewesen und die Straßen waren vielleicht noch leerer als gewöhnlich. Allerdings war da ein Junge gewesen. Er hatte Hadrian um Geld angebettelt. Ihre kurze Interaktion hatte vollkommen ausgereicht, um Hadrian in dem Moment abzulenken, in dem sein Angreifer sich auf ihn gestürzt hatte. War es purer Zufall gewesen, dass der Junge dort war, oder steckte er mit dem Schurken unter einer Decke, der Hadrian niedergestochen hatte?

Hadrian schritt nun auf die Stelle zu, an der er angegriffen worden war, und er sah das Gesicht des Jungen im Geiste vor sich. Dieses Mal war es keine Vision des Rings, sondern seine eigene, deutliche Erinnerung daran.

Auf einmal wurde er von einem Gefühl übermannt. Erst durchflutete ihn Überraschung, die dann allerdings in eine leichte Unruhe überging. Er verspürte einen starken Drang, die Flucht zu ergreifen. Aber vor was?

Ungeachtet dessen, was er erlebt hatte, verspürte er keine richtige Furcht. Warum fühlte er sich nur überrascht?

Nun blitzte ein Gesicht vor seinem inneren Auge auf. Es war eine Vision, und diesmal ging sie von dem Ring aus. Das Gesicht war allerdings eines, das er besser kannte als jedes andere. Es war sein eigenes. Jetzt war da wieder Überraschung und auch Angst, allerdings kein Bedürfnis, davonzulaufen. Nein, in jener Nacht hatte er nicht davonlaufen wollen, und das wollte er auch jetzt nicht.

Die Bilder, die er vor seinem inneren Auge sah und die Gefühle, gehörten dem Mann, der den Ring getragen hatte. Er hatte Hadrians Gesicht im Lampenlicht gesehen und erst Überraschung, dann Furcht empfunden. Dann hatte er fliehen wollen. Was er auch getan hatte.

Noch einmal beschwor Hadrian die Vision herauf und rief sein eigenes Gesicht herbei. Das Ganze nahm mehrere Minuten in Anspruch, und sein Kopf begann zu schmerzen. Schließlich tauchte die Vision zusammen mit den Empfindungen auf. Dann wurde auf einmal alles schwarz, als wäre der Moment ausgelöscht. Als gäbe es ihn nicht mehr.

Das musste der Moment gewesen sein, als er dem Schurken den Ring vom Finger gezogen hatte.

Schwer atmend, als *wäre* er gerannt, zog Hadrian den Ring vom Finger und schob ihn in seine Tasche zurück. Mit Ausnahme der überwältigenden Gefühle, die er empfunden hatte, war er zu keinerlei neuen Informationen gelangt. Seine Überzeugung, dass der Schurke es auf eine bestimmte Person abgesehen hatte und nicht auf Hadrian, wurde immer stärker.

Doch dann war Crawford in der darauffolgenden Woche ums Leben gekommen.

Jetzt schien ihm auch klar zu sein, dass der Ring die Gedanken und Eindrücke des Mannes vermittelte, der ihn getragen hatte, aber nur bis zu dem Moment, als dieser von seinem Finger gezogen worden war. Hadrian besann sich auf den Tisch in The Bell und denjenigen bei Sir Henrys Trauerfeier. Auch diese Objekte hatten Visionen und Eindrücke vermittelt, sodass er zu dem Schluss kommen musste, dass die Fähigkeit von *ihm selbst* ausging und nicht von den Objekten. Diese fungierten lediglich als Kanäle für die neu entdeckte Macht. Seine Gedankengänge hörten sich für ihn an, als würde er den Verstand verlieren. Welche andere Erklärung könnte es sonst für das geben, was mit ihm geschah?

Hadrian massierte seine Stirn, während er die Parliament Street bis zur Einmündung in die Whitehall Street entlangging. Ein paar Minuten später bog er auf den Whitehall Place ab. Scotland Yard, das Hauptquartier der Metropolitan Police, lag vor ihm.

Als Hadrian das Gebäude durch den Haupteingang betrat, kam ihm mit einem Mal in den Sinn, dass Inspektor Teague heute Abend möglicherweise gar nicht mehr im Haus war. Trotzdem wollte Hadrian sich erkundigen. Zu viele Fragen zu diesen Anschlägen beschäftigten ihn und er wollte unbedingt Antworten finden. Zufälligerweise hatte er Glück. Teague war noch immer im Haus.

Ein Beamter führte Hadrian zum Büro des Inspektors. Die Tür war zwar angelehnt, aber trotzdem klopfte Hadrian an das Holz. »Inspektor Teague?«

»Herein.«

Hadrian stieß die Tür nun ganz auf und trat ein. »Guten Abend, Inspektor. Hoffentlich störe ich Sie nicht.«

Der Inspektor, ein Mann Mitte dreißig, mit dunkelrotem Haar und einem bleichen, aber kantigen Gesicht, sah von seinem Schreibtisch zu Hadrian auf. »Lord Ravenhurst, was für eine Überraschung. Sie haben meine Nachricht doch hoffentlich nach Ihrem Angriff erhalten.«

Teague hatte Hadrian ein Schreiben zukommen lassen, in dem er unter anderem sein Bedauern darüber zum Ausdruck brachte, dass nicht er mit der Untersuchung seines Falles betraut worden war. Er hatte außerdem seine Grüße und besten Wünsche auf eine vollständige Genesung übermittelt.

»So ist es. Vielen Dank. Ich weiß Ihre Freundlichkeit sehr zu schätzen.«

»Ich bin sehr erfreut, Sie gesund und munter zu sehen.« Teague faltete die Hände auf dem Schreibtisch. »Ihnen ist da eine gefährliche Wunde beigebracht worden, und wie ich höre, haben Sie darüber hinaus auch noch eine Gehirnerschütterung erlitten.«

»So war es. Wochenlang habe ich unter entsetzlichen Kopfschmerzen leiden müssen«, antwortete Hadrian. Sein Kopf schmerzte jetzt tatsächlich, wegen der Vision, die er vor kurzem gehabt hatte.

»Sind Sie nun wieder vollständig genesen?«, erkundigte sich Teague.

Das war er wohl, wenn man einmal von seinen schwindenden geistigen Kräften absah. »Ich glaube schon. Wenngleich Sie zwar nicht mit meinem Fall betraut waren, so hatte ich dennoch gehofft, Sie könnten mir Auskunft über die Ergebnisse der Ermittlungen erteilen. Ich würde mich ja direkt an Inspektor Padgett wenden, aber ich fand ihn reichlich mürrisch.« Seine Fragen an Hadrian waren kurz und knapp gewesen und zudem nicht gerade aufschlussreich, einmal abgesehen davon, dass Padgett nicht von der Überzeugung abzubringen war, dass ein Straßenräuber sein Opfer einfach niedersticht, ohne es dann letzten Endes auszurauben. Hadrian kamen Zweifel an den Fähigkeiten des Mannes.

»Setzen Sie sich doch«, lud Teague ihn ein und wies auf einen Stuhl neben seinem Schreibtisch. »Ich will Ihnen gern behilflich sein, aber da ich nicht selbst an den Ermittlungen beteiligt war, ist es mir vielleicht gar nicht möglich, Ihre Fragen zu beantworten. Sie werden eventuell doch mit Padgett sprechen müssen, der heute Abend allerdings nicht hier ist.«

Hadrian nahm seinen Hut ab und setzte sich. »Ich verstehe. Ist denn ein Bericht verfasst worden, den ich lesen kann?«

»Gewiss. Den kann ich für Sie holen.«

»Dafür danke ich Ihnen sehr. Soeben habe ich erfahren, dass Mr. Patrick Crawford in der Woche nach dem Angriff auf mich ums Leben gekommen ist – und zwar wurde er an der gleichen Stelle auf gleiche Weise wie ich niedergestochen.«

Teague runzelte die Stirn. »Ja, das war schon ein Zufall.«

»Es war ein bisschen viel von einem Zufall, meinen Sie nicht? Ganz gewiss würde ein Straßenräuber nicht an derselben Stelle auf Beutezug gehen, an der er kürzlich jemanden niedergestochen hat. Und warum sollte ein Straßenräuber sein Opfer überhaupt niederstechen? Dieser Schurke hat mir nicht das Geringste gestohlen.« Hadrian beschloss, besser zu verschweigen, dass *er* es war, der etwas entwendet hatte. Auch war er noch nicht bereit, den Ring aus der Hand zu geben, für den Fall, dass dieser noch weitere Geheimnisse für ihn bereithielt. »Dies ist ein Mörder und kein Straßenräuber.«

»Allerdings hat er meines Wissens nach Crawford bestohlen«, wandte Teague ein.

»Sind Sie der Annahme, es handelt sich um den gleichen Täter?«, wollte Hadrian wissen.

»Das weiß ich nicht, denn ich habe nicht in dem Fall ermittelt. Ich bin nicht genau darüber im Bilde, was Padgett herausgefunden hat. Mein Wissen habe ich lediglich von den Constables, die Ihnen zu Hilfe gekommen sind und die dann auch Crawford fanden.« Er drückte die Lippen zusammen, sodass seine Miene leicht säuerlich wirkte. »Padgett ist ein Eigenbrötler, und er arbeitet nicht sonderlich gut mit anderen zusammen. Sie sollten sich den Bericht der Gerichtsmedizin über Crawfords Tod durchlesen. Auch den kann ich Ihnen noch beschaffen.«

»Dafür wäre ich wirklich überaus dankbar.« Hadrian erwog, etwas von seinem Verdacht verlauten zu lassen, dass der vermeintliche Straßenräuber es überhaupt auf ihn abgesehen hatte. Er war allerdings noch nicht bereit, etwas darüber zu verraten. Zunächst wollte er den Bericht studieren, um herauszufinden, ob irgendwelche Beweise vorlagen. die seine Vermutung glaubwürdig erscheinen lassen würden. Wie die Sache aussah, wurde er von unerklärlichen Visionen und Intuitionen überrascht. Ein überzeugendes Argument war das nicht gerade.

»Es stört Sie hoffentlich nicht, wenn ich Sie noch zu einer anderen Sache befrage«, meinte Hadrian stattdessen. »Einer meiner Bekannten ist vergangene Woche ums Leben gekommen – Sir Henry Meacham. Sein Tod ist plötzlich eingetreten und wurde einem vermeintlichen Herzinfarkt zugeschrieben. Allerdings erwähnte seine Tochter bei seiner Beerdigung, er habe eine schreckliche Wunde an der rechten Seite gehabt. Ich hätte zu gern gewusst, ob es zu seinem Tod eine Untersuchung gegeben hat.« Hadrian war sich beinahe vollkommen sicher, dass dies nicht der Fall gewesen war, denn sonst hätte dies jemand bei der Beerdigung zur Sprache gebracht.

Teague schaute Hadrian nun argwöhnisch an. »Verzeihen Sie, Mylord, aber aus welchem Grund erkundigen Sie sich in dieser Angelegenheit?«

Hadrian entschied sich für eine kleine Flunkerei, da dies in diesem Fall von Vorteil sein würde. »Der Familie war es merkwürdig vorgekommen, dass er eine solche Wunde hatte, wo er doch einem Herzinfarkt erlegen war. Ich habe mich angeboten, alle verfügbaren Informationen für sie zu beschaffen.«

»Es ist sicherlich überaus zuvorkommend von Ihnen, Ihre Hilfe anzubieten, jedoch sollte ich nicht mit Ihnen über diese Sache sprechen«, entgegnete Teague. »Andererseits ist mir nichts von einer Untersuchung bekannt.«

»Seine Tochter hat die Wunde auf eine Art und Weise beschrieben, die mich an meine eigene Verletzung erinnert hat«, versuchte Hadrian es noch einmal. »Ich kam nicht umhin, mich zu fragen, ob auch er zum Opfer des Messerstechers geworden war.« Als er seine Worte laut aussprach, wurde Hadrian bewusst, wie ungemein töricht er sich anhörte.

Teague bedachte ihn mit einem geduldigen Blick, der eine Mischung aus Mitleid und Sympathie zu sein schien. »Durch Ihren Angriff sind Sie glaube ich vielleicht ... übermäßig wachsam geworden.« Sollte dies etwa eine höfliche Umschreibung dafür sein, dass Hadrian allmählich den Verstand verlor?

Oder wollte Teague damit andeuten, dass Hadrian durch den Angriff in seinen Grundfesten erschüttert worden war? Das war ganz bestimmt der Fall, selbst wenn ihm dies bis heute Abend nicht so recht bewusst gewesen war, als er die Parliament Street entlanggelaufen war.

Wie auch immer der Mann seine Geste gemeint hatte, war

in Hadrian das Gefühl aufgekommen, er sei ein Kind, dass geschont werden müsste, was er keinesfalls war. Es mangelte ihm lediglich an einem besseren Urteilsvermögen, denn er hätte Sir Henry nie erwähnen dürfen. Nun würde er eine andere Möglichkeit ersinnen müssen, wie er etwas über Sir Henrys Tod und seine Verbindung zu Hadrians Angreifer erfahren könnte.

»Gewiss, Sie haben recht«, meinte Hadrian gutmütig. »Diese Bedrohung hat mir fürchte ich meine Sterblichkeit vor Augen geführt und meine Zweifel an vielen Dingen geweckt.«

»Bitte warten Sie hier, während ich mich um die Berichte und die Untersuchungsergebnisse der Obduktion kümmere.« Teague erhob sich und verließ das Büro, wobei er die Tür einen Spalt offen stehen ließ. Dann blieb er mindestens zehn Minuten weg.

Hadrian wandte den Kopf, als er die Schritte des Inspektor bei seiner Rückkehr hörte. Er sah, dass der Mann ein dünnes Bündel Papiere bei sich trug.

»Hier ist Crawfords Untersuchungsbericht«, meinte Teague und reichte Hadrian die Papiere. »Der Gerichtsschreiber bestätigt jedoch, dass sowohl Ihr als auch Crawfords Fall abgeschlossen ist. Die Berichte sind abgeheftet, aber ich kann sie morgen abholen.«

Hadrian verspürte ein Gefühl der Enttäuschung, dass sich in ihm ausbreitete, als er die erste Seite des Untersuchungsberichts überflog. Das Dokument war nicht gerade lang.

Teague setzte sich wieder auf seinen Stuhl. »Ich darf Ihnen dieses Dokument nicht mitgeben, aber es kann eine Kopie angefertigt werden. Morgen könnte ich Ihnen eine beschaffen, wenn sie Wert darauf legen.«

»Hier steht, dass Crawford ermordet wurde«, bemerkte Hadrian. Das war keine Überraschung. Er las die nächste Seite mit den Zeugenaussagen. Nur der Constable und Inspektor Padgett waren befragt worden. Aber mit wem sollten sie sonst gesprochen haben? Hadrian blickte zu dem Inspektor hinüber.

»Ist überhaupt ein Versuch unternommen worden, den Angreifer zu ermitteln, geschweige denn zu verhaften?«

»Dazu kann ich nichts sagen. Konnten Sie eine präzise Beschreibung Ihres Angreifers abgeben?«

Hadrian runzelte die Stirn. »Nein. Sein Gesicht war größtenteils verdeckt. Seine Augen würde ich allerdings überall wiedererkennen.« Zudem war er sicher, dass der Mann nicht in Westminster, sondern in der Nähe des Denkmals an den Großen Brand wohnte. Doch er konnte Teague unmöglich erklären, woher er das wusste.

»Häufig bleiben diese Art von Verbrechen ungelöst«, bemerkte Teague. »Leute wie diesen Straßenräuber aufzuspüren ist nahezu unmöglich.«

»Davon, dass dies ein Straßenräuber war, können Sie mich nicht überzeugen. Ich hoffe doch, die Constables patrouillieren verstärkt in dieser Gegend für den Fall, dass dieser Schurke wiederkehrt.« Da der Mann an zwei Dienstagen hintereinander zugeschlagen hatte und danach nicht mehr, schien das allerdings unwahrscheinlich. Auch *das* war verwirrend.

»Dies ist eine merkwürdige Situation, das will ich zugeben«, sinnierte Teague. »Beide Angriffe wiesen große Ähnlichkeit zueinander auf. Morgen werde ich die Berichte heraussuchen und sie mir selbst anschauen.«

Darüber war Hadrian hocherfreut. »Das weiß ich sehr zu schätzen, Inspektor.« Nachdem er seinen Hut aufgesetzt hatte, erhob er sich.

»Guten Abend, Ravenhurst«, verabschiedete ihn der Inspektor, als Hadrian das Büro verließ.

Die vorhin aufgekommenen Kopfschmerzen hielten weiterhin an, und nun hatte es sogar den Anschein, als hätte Hadrians Frustration sogar noch zugenommen. Er trat aus dem Gebäude in den kalten Winterabend hinaus und machte sich eilig auf den Weg nach Whitehall, wo er eine Mietdroschke anhalten würde, die ihn nach Hause brächte.

Es war Zeit, Miss Wren aufzusuchen. Bereits zweimal hatte sie ihm ihre Hilfe bei der Klärung seiner persönlichen Angelegenheiten angeboten. Zwar lag es nicht in seiner Absicht, ihr von seinem Fluch zu erzählen, aber dennoch hoffte er, dass sie ihm behilflich sein könnte, das Rätsel um seinen Angreifer zu lösen und die Frage zu beantworten, in welcher Weise dies mit Sir Henry in Verbindung stand.

KAPITEL 5

*T*ilda setzte sich am Tag nach ihrer Besprechung mit Mr. Whitley an den Sekretär in der Bibliothek, die vor dem Tod ihres Großvaters gleichzeitig dessen Arbeitszimmer gewesen war. Auf der Suche nach irgendetwas, das mit Sir Henry und dem Geld ihrer Großmutter zu tun hatte, durchsuchte sie jede Schublade und jedes Versteck. Neben ihr saß händeringend ihre Großmutter und beteuerte immer wieder, dass sie gar nicht verstand, was mit der Zweitinvestition passiert war.

Nach ihrer Rückkehr von ihrem Anwaltstermin hatte Tilda ihre Großmutter zu den Einzelheiten jener Zweitinvestition befragt. Sie hatte sich nach dem Betrag, dem Datum und allem anderen erkundigt, an das sich Großmutter erinnern konnte. Leider waren Großmutters Erinnerungen an diese Sache nur sehr vage und sie wusste nur noch, dass sie Sir Henry gebeten hatte, eine Geldsumme zu investieren, die bislang noch nicht in einer Anlage festgeschrieben war, die Tildas Vater abgeschlossen hatte, als er noch ihr Vermögensverwalter gewesen war. Dann hatte Tilda wissen wollen, wo sie die Aufzeichnung über diese Investition finden könne. Auch das hatte Großmutter nicht gewusst.

»Die Unterlagen können nicht verschwunden sein«, beteuerte Großmutter immer wieder, während sich Tilda aufmerksam in das Studium eines Hauptbuchs vertiefte, auf das sie in der untersten Schreibtischschublade gestoßen war. Das Buch war bereits sehr alt, und sie hoffte, einen Hinweis darin über das Geld zu finden, das Sir Henry anvertraut worden war.

»Mr. Whitley hat keinerlei Aufzeichnungen über die zweite Investition, Großmama.« *Die haben wir auch nicht.* Tilda hatte Großmutter verschwiegen, dass sie einen Verdacht gegen den ehemaligen Anwalt hegte, der die Geldsumme unterschlagen haben könnte. Es lag ihr fern, ihre Großmutter noch mehr aufzuregen, solange sich ihr Verdacht nicht erhärtet hatte.

Großmutter holte tief Luft. »Ist das Geld von jemandem gestohlen worden? Du musst mir die Wahrheit sagen, Tilda.«

Nun hob Tilda den Blick vom Hauptbuch, drehte ihr Gesicht so, dass sie ihre Großmutter ansah und schenkte ihr ein beruhigendes Lächeln. »Zum jetzigen Zeitpunkt ist mir nichts von einem Diebstahl bekannt. Ich bin allerdings in Sorge, dass wir keine Aufzeichnungen über die Investition finden können. Dieses Hauptbuch stammt aus der Zeit nach Großpapas Tod, und es ist das älteste, das ich bislang finden konnte.« Darüber hinaus waren die Aufzeichnungen nicht sonderlich detailliert aufgeführt, soweit Tilda dies beurteilen konnte.

Tilda besann sich, wie niedergeschlagen ihre Großmutter beim Tod von Tildas Vater gewesen war. Die Vorstellung, sie sollte sich in ihrer Trauer die Zeit genommen haben, die Verteilung der Gelder penibel aufzuzeichnen, war wirklich zu viel des Guten. Tatsächlich glaubte Tilda, dass sie selbst damals nicht dazu imstande gewesen wäre, denn es war die schlimmste Zeit ihres Lebens gewesen.

Tilda schob diese düsteren Gedanken vorerst beiseite und beendete die Durchsicht des Hauptbuchs.

»Dass noch irgendwo anders ein Hauptbuch aufbewahrt wird, glaube ich eigentlich nicht, aber ich werde Mrs. Acorn bitten, auf dem Speicher im obersten Stockwerk nachzusehen.« Damit erhob sich Großmutter.

»Ja, bitte tu das.« Dieser Einfall hätte Tilda schon längst selbst kommen sollen, und im Stillen schalt sie sich, weil sie gar nicht an diese Möglichkeit gedacht hatte. Sie überlegte, ob sie mit der Situation und deren Lösung einfach überfordert war.

»Ich frage mich, ob es sich lohnt, Millicent einen Besuch abzustatten«, schlug Großmutter vor. »In Sir Henrys Arbeitszimmer müssten doch noch Aufzeichnungen vorhanden sein.«

Millicent wohnte im Haus ihres Vaters, während sie es auf Vordermann brachte, um es für den Verkauf vorzubereiten. Tilda war es zwar mehr als unangenehm, diese Frau nach dem Tod ihres Vaters zu belästigen, doch dies war offenbar unumgänglich. Tilda gingen die Stellen aus, an denen sie noch nach Beweisen für die Existenz der Investition forschen konnte. Für morgen hatte sie sich vorgenommen, Mr. Hardacre aufsuchen. Vorher gedachte sie allerdings, das Haus ihrer Großmutter gründlich auf den Kopf zu stellen.

»Ich werde Millicent aufsuchen, und ich kann nur beten, dass dies keine zu große Zumutung für sie ist«, schlug Tilda vor.

»Bestimmt wird sie es verstehen.« Feine Fältchen zeichneten sich auf Großmutters Stirn ab und verrieten ihre Besorgnis, ehe sie sich dann abwandte und davonging.

Tilda kam mit der Durchsicht des Hauptbuchs zum Ende, das – wie erwartet – vollkommen nutzlos in dieser Sache war. Dennoch war die Durchsicht unerlässlich.

Ein Gedanke kam ihr in den Sinn – was, wenn Millicent die Unterlagen bereits weggeworfen hatte? Inzwischen könnten die Dokumente bereits verschwunden sein. Abrupt stand Tilda auf und beschloss, Millicent unverzüglich aufzusuchen.

Von einer plötzlichen Unruhe angetrieben, schritt Tilda zur Tür, doch dann hielt sie beim Anblick von Mrs. Acorn inne. »Ich muss zu Millicent. Hat Großmama mit Ihnen gesprochen?«

Mrs. Acorn nickte. »Ja. Sie ruht sich jetzt aus. Ich werde mich gleich daran machen, im dritten Stock nach den Büchern zu suchen. Aber zuerst möchte ich Ihnen noch sagen, dass Lord Ravenhurst hier ist, um Sie zu sprechen.«

Tilda hätte nicht überraschter sein können. Sie hatte schon überlegt, ob er ihr Hilfsangebot einfach vergessen hatte – oder er es nicht annehmen wollte.

Allerdings wollte sie unbedingt zu Millicent, ehe diese noch wichtige Unterlagen entsorgte. Ergeben stieß sie die Luft aus und strich ihre Röcke glatt. »Einem Earl kann ich vermutlich nicht sagen, dass ich gerade keine Zeit habe, ihn zu sprechen, nicht wahr?«

»Natürlich können Sie das«, entgegnete Mrs. Acorn fest. »Ich richte es ihm aus.«

Ehe die Haushälterin sich umdrehen konnte, hielt Tilda sie auch schon zurück. »Nein, führen Sie ihn nur in den Salon. Ich komme gleich herunter.« Auch wenn sie sich im Grunde nicht die Zeit für ihn nehmen wollte, kam sie nicht umhin, sich einzugestehen, dass sie sich schon gefragt hatte, wann er sie wohl aufsuchen würde. Scheinbar war er nun bereit, seine *private Angelegenheit* zu besprechen. Die ihr innewohnende Ermittlerin begeisterte sich an der Aussicht darauf, zumindest ein kleines Geheimnis zu lüften.

»Wenn Sie sich sicher sind.« Mrs. Acorn selbst klang gar nicht so sicher.

»Haben Sie sich etwa darauf gefreut, einen Earl abzuweisen?«, fragte Tilda mit einem kleinen Lächeln.

Mrs. Acorn lächelte, und ihr Gesicht nahm vor Zuneigung einen weicheren Zug an. »Ich freue mich immer, Sie zu unterstützen, mein liebes Mädchen, insbesondere in schwierigen Zeiten. Ich bin mir nicht ganz sicher, was Sie bedrückt, aber ich kann es mir ungefähr denken und das tut mir sehr leid.«

Die Haushälterin wusste, dass es um das Budget für den Haushalt nicht zum Besten stand, aber von der verschwundenen Investition hatte Tilda ihr nichts erzählt.

»Danke, Mrs. Acorn. Bieten Sie dem Earl keinen Tee an. Wenn Sie meinen Hut und meine Handschuhe in die Eingangshalle bringen könnten, wäre mir das sehr recht.«

Mit einem Nicken ging Mrs. Acorn davon und Tilda folgte ihr die Treppe hinunter in den Salon, der sich an der Vorderseite des Hauses befand und von der Diele aus betreten wurde. Lord Ravenhurst stand bei den Bogenfenstern, die zur Straße hin führten, wobei er seinen Hut in den behandschuhten Händen hielt. Sein dunkles, welliges Haar war von seiner hohen Stirn zurückgekämmt. Als sie den Raum betrat, sah er sie mit einem Lächeln an, was sie unweigerlich daran erinnerte, was für ein gutaussehender Gentleman der Earl war. »Guten Tag, Miss Wren. Es freut mich sehr, dass Sie mich empfangen.«

Nun trat sie weiter in den Raum, ohne ihn allerdings einzuladen, sich zu setzen. Für diese Art von Gastfreundschaft war leider keine Zeit. »Darf ich annehmen, dass Sie gekommen sind, um über diese private Angelegenheit zu sprechen, die Sie mit Sir Henry hatten?«

»Ja.« Dann holte er tief, aber beinahe zaudernd Luft, als wäre er im Begriff, gleich etwas überaus Wichtiges zu verraten. »Vor einigen Wochen bin ich niedergestochen worden und während des Angriffs war es mir gelungen, meinem Angreifer einen Ring vom Finger zu ziehen. Ich glaubte, Sir Henry gesehen zu haben, wie er genau diesen Ring trug, und wollte ihn dazu befragen.«

Von allen Dingen, die er nach Tildas Vorstellung hätte sagen können, war ihr das ganz und gar nicht in den Sinn gekommen. »Danach hätten Sie doch fragen können, als wir uns kennenlernten.«

»Damals hatte ich Sie nicht mit solch einer Nebensächlichkeit behelligen wollen, da Sie doch gerade erst von Sir Henrys Tod erfahren haben.«

Tilda fand seine Erklärung nachvollziehbar. »Ich weiß nichts von irgendwelchen Ringen, die Sir Henry getragen hat, was allerdings nicht heißen muss, dass er nie welche getragen hat. Warum sollte ein Mann, der Sie niedergestochen hat – und mir tut der Vorfall für Sie noch immer sehr leid – einen Ring in seinem Besitz haben, der eventuell Sir Henry gehört hat?«

»Dies ist genau die Frage, auf die ich wirklich gern eine Antwort hätte. Ich weiß, dass es weit hergeholt scheint, aber mehr habe ich im Augenblick nicht.« Nun fixierte er sie noch intensiver mit seinem Blick. »Auf Sir Henrys Beerdigung, hörte ich rein zufällig, wie seine Tochter eine Wunde an seiner Seite erwähnte und sie auch genauer beschrieb. Es klang verdächtig nach meiner eigenen Wunde und obendrein befanden sich beide an der rechten Körperseite. Dieser Zufall scheint mir einfach zu groß zu sein.«

Tildas Spürsinn war voll erwacht. Es klang tatsächlich so, als würde der Earl selbst eine Untersuchung durchführen. »Mir scheint, Sie sind dabei, Ihren eigenen Angriff zu untersuchen. Hat Scotland Yard das nicht übernommen?« Hätte er den Vorfall nicht gemeldet, wäre ihre Wertschätzung für ihn bis in den Keller gesunken.

Ein tiefes Stirnrunzeln zeichnete sich nun auf dem Gesicht des Earls ab. »Das hat Scotland Yard getan, doch dann wurde der Fall als ungelöst abgeschlossen. Weder haben sie den Angreifer gefasst, noch haben sie ernsthaft nach ihm gesucht.«

Wenn sie über diesen Ausgang auch nicht überrascht war, fühlte sich Tilda ebenso frustriert darüber wie der Earl. »Mein Vater war Sergeant bei Scotland Yard. Leider wird bei vielen Fällen von einer Untersuchung abgesehen, solange sie nicht an die Kriminalpolizei weitergeleitet werden. Das gilt insbesondere, wenn es sich um aufwändige Fälle handelt.«

»Das zu hören ist außerordentlich enttäuschend«, meinte Ravenhurst, dessen Stirn noch immer in Falten lag. »Der Inspektor ist zu der Überzeugung gelangt, ich sei von einem Straßenräuber überfallen worden, aber warum sollte ein Straßenräuber sein Opfer niederstechen? Das will mir einfach nicht einleuchten, zumal der Mann nicht das Geringste entwendet hat.« Nach einem tiefen Luftzug entspannte sich seine Miene. »Ich muss Sie um Verzeihung bitten, Miss Wren. Durch den Angriff wäre ich um ein Haar ums Leben gekommen, und es frustriert mich, dass in dieser Angelegenheit keine eingehendere Untersuchung erfolgt ist, soweit ich mir ein Urteil darüber erlauben kann. Zu gern würde ich wissen, *warum* ich eigentlich niedergestochen worden bin. Keinesfalls hatte ich den Eindruck gewonnen, dass es sich um einen zur Gewalttätigkeit neigenden Straßenräuber gehandelt hat. Anstatt zuerst die Herausgabe meiner Wertsachen zu verlangen, hat er sofort auf mich eingestochen.«

Warum war der Inspektor nur zu dem Schluss gekommen, es würde sich hier um die Tat eines Straßenräubers handeln? Soweit Tilda darüber im Bilde war, waren Straßenräuber normalerweise nicht darauf aus, ihre Opfer umzubringen, und sie konnte von sich sagen, dass sie weit mehr als ein Durchschnittsmensch über Verbrechen wusste. Bereits als sie den Earl kennengelernt hatte, war ihre Neugierde geweckt worden, und nun war sie Feuer und Flamme. »Das klingt wirklich überaus seltsam. Wer war der Inspektor in Ihrem Fall?«

»Padgett. Ist er Ihnen bekannt?«

»Zumindest der Name kommt mir bekannt vor«, antwortete sie und dachte dabei an die zahlreichen Menschen, die sie im Laufe der Jahre bei Scotland Yard kennengelernt hatte. »Wenn ich mich recht erinnere war er bei der Polizei, als mein Vater noch dort arbeitete. Allerdings zählte er nicht zu den Freunden meines Vaters, und deshalb kenne ich ihn nicht persönlich.« Sie kannte einen Teil der Constables und eine Handvoll Inspektoren, die alle mit ihrem Vater zusammengearbeitet hatten. Allerdings war er vor elf Jahren gestorben, und zu den meisten seiner damaligen Kollegen unterhielt sie keinen Kontakt mehr. In den vergangenen Jahren hatte sie jedoch im Rahmen ihrer Ermittlungsarbeit für Mr. Forrest einige der Männer wiedergetroffen.

Tildas investigativer Instinkt gewann die Oberhand. »Was hat Scotland Yard zu dem Ring gesagt?«

Der Blick des Earls huschte schlagartig zur Seite, und Tilda erkannte sofort, dass er nicht ganz aufrichtig zu ihr gewesen war. »Scotland Yard weiß nichts von dem Ring. Bedauerlicherweise habe ich erst gemerkt, dass ich im Besitz des Rings war, als der Fall schon abgeschlossen war. In Anbetracht der Tatsache, dass es Scotland Yard in diesem Fall entschieden an Hartnäckigkeit gemangelt hat, wollte ich das einzige Beweisstück, das mir zur Verfügung steht, nicht aus der Hand geben.«

Das fand Tilda vollkommen verständlich. Es war auch ein sehr kluger Schachzug. Trotzdem verheimlichte der Earl etwas vor ihr, und sie würde vorsichtig an die Sache herangehen. Im Stillen ließ sie Revue passieren, was er ihr bereits erzählt hatte, und kam dann zu einer Schlussfolgerung. »Sie denken also, dieser Ring könnte Sir Henry gehört haben, und als Sie von seiner seltsamen Wunde hörten, haben Sie sich gefragt, ob er ebenso wie Sie niedergestochen worden ist.«

»Ich frage mich viele Dinge. Augenblicklich versuche ich aber nur festzustellen, ob eine Verbindung zwischen Sir Henry und meinem Angreifer besteht.«

Tilda erinnerte sich an die Einzelheiten, die ihr über Sir Henrys Tod bekannt waren, und schüttelte den Kopf. »Eine Wunde an Sir Henrys Körperseite macht mich zwar auch stutzig, aber er ist nicht niedergestochen worden.« Ganz bestimmt würde Tilda sich bei Millicent noch einmal genau nach dieser Wunde erkundigen. »Er brach in einem Pub oder einem Club zusammen und wurde unverzüglich zu seinem Arzt befördert, der nur noch feststellen konnte, dass er an einem Herzanfall gestorben war. Dann wurde sein Leichnam nach Hause gebracht.« Tilda musste sich nun auch fragen, warum es keine Untersuchung gegeben hatte. Wenn Sir Henry allerdings eines natürlichen Todes gestorben war, würde es wahrscheinlich keine geben. Dennoch war er in der Öffentlichkeit zusammengebrochen. In dem Fall wäre eine Untersuchung das Beste gewesen.

Als sie diese Merkwürdigkeiten im Zusammenhang mit der fehlenden Investition ihrer Großmutter betrachtete, fing sie langsam an zu glauben, dass tatsächlich eine Untersuchung von Sir Henrys Tod vonnöten war.

»Seines plötzlichen Todes zum Trotz hat es keine Untersuchung gegeben?«, erkundigte sich der Earl.

Tilda hätte beinahe gelächelt, als sie erkannte, dass der Earl ihren eigenen Gedankengängen folgte. Er erweckte ganz den Anschein, als besäße er ein gewisses Maß an deduktivem Geschick. »Dem war nicht so. Sie haben mein Interesse an dieser Sache wachgerüttelt, Lord Ravenhurst.« Es gefiel ihr gar nicht, wenn die Dinge unlogisch waren oder offene Fragen unbeantwortet blieben. Warum hatte er zum Beispiel zugelassen, dass die Investition ihrer Großmutter verschwand? Wie lange wusste er schon von seinem Herzleiden, von dem nicht einmal seine Töchter etwas geahnt hatten? Dazu kam noch die seltsame Wunde und die fehlende Investition ihrer Großmutter.

Tilda sah sich gezwungen, eine Antwort auf jedes noch so kleine Rätsel zu finden. Wobei dieses Rätsel nicht einmal nach etwas Kleinem klang. »Nehmen wir an, der Ring, den Sie an sich genommen haben, gehörte tatsächlich Sir Henry. Warum sollte der Mann, der Sie angegriffen hat, ihn in seinem Besitz haben?«

Er senkte den Kopf. »Das ist eine kluge Frage, die Sie hier stellen, Miss Wren. Ich finde es mehr als rätselhaft, dass Sir Henrys Ring – und ich mag mich irren, wenn ich glaube, dass er ihm gehört hat – bei diesem angeblichen Straßenräuber war. Ich sollte auch erwähnen, dass ein weiterer Mann eine Woche nach meinem Angriff niedergestochen worden ist – und zwar auf die gleiche Weise und an der gleichen Stelle in der Parliament Street. Leider hat er nicht überlebt.« Ravenhurst hielt kurz inne. »Welcher Straßenräuber kehrt an den Ort eines Verbrechens zurück, das er nicht erfolgreich vollenden konnte? Als sein Opfer könnte ich eine Beschreibung von ihm abgeben und man sollte doch davon ausgehen, dass die Polizei häufiger und in größerer Zahl in dieser Gegend patrouillieren würde.«

»Das könnte man wirklich meinen. Allerdings verfügt Scotland Yard nicht immer über genügend Constables für jede Schicht. Und diejenigen, die nachts arbeiten, werden weniger gut entlohnt.« Tilda erinnerte sich daran, dass ihr Vater, der ein Sergeant gewesen war, zusätzliche Nachtschichten übernommen hatte, weil es nicht genügend Constables gab.

Ihre Blicke trafen sich und verbanden sich für einen Moment. »Ich bin mir auch ziemlich sicher, dass ich nicht das Opfer war, auf das er es abgesehen hatte.«

»Wie kommen Sie darauf?«

Er zog seine Schulter hoch. »Während sein Messer noch in meiner Seite steckte, packte ich sein Handgelenk und drehte mich zu ihm um. Ich sah in seine Augen und erkannte Überraschung darin – er hatte nicht mich erwartet.«

»Vielleicht war er überrascht, weil Sie um Ihr Leben kämpften. Meiner Vermutung nach, haben die meisten Opfer nicht die Willenskraft, ihren Angreifer zu packen.« Sie war von seiner Handlungsweise beeindruckt, das musste sie zugeben. Ravenhurst war andererseits auch kein verweichlichter Adliger, der wahrscheinlich den ganzen Tag schlief und die ganze Nacht soff. Er machte einen sportlichen und durchtrainierten Eindruck. Und er war klug.

»Diese Erklärung habe ich ebenfalls erwogen und Sie mögen recht haben. Allerdings werde ich das Gefühl nicht los, dass ich nicht sein eigentliches Opfer war – und das war bereits, bevor ich später erfuhr, dass eine Woche darauf ein anderer Mann getötet worden war. Darüber hinaus geschah das Verbrechen am gleichen Abend der Woche.« Er holte tief Luft, und sein Blick hatte etwas Intensives. »Das Opfer – Patrick Crawford – nahm diesen Weg jeden Dienstagabend, zum Kartenspiel mit Freunden.

Er und ich haben die gleiche Haarfarbe und Statur. Ich halte es für möglich, dass der Angreifer es auf den Mann abgesehen hat, den er dann in der Woche nach meinem Angriff tötete, und er nur aus Versehen auf mich eingestochen hat.«

Tilda konnte nachvollziehen, worauf er mit seiner Logik hinauswollte, wovon diese aber nicht zur Wahrheit wurde. »Das ist eine gewagte Spekulation anhand von Indizien.«

Der Earl sah sie aus schmalen Augen an. »Warum sollte der Verbrecher am selben darauffolgenden Wochentag dieselbe Stelle aufsuchen, um dasselbe Verbrechen zu begehen, und in den nachfolgenden Wochen nicht ein einziges Mal?«

»Weil er bei seinem ersten Versuch gescheitert ist, als er Sie irrtümlich niedergestochen hat, und dann ist er eben zurückgekehrt ist, um seinen Irrtum zu berichtigen«, schloss sie und griff die Theorie des Earls auf. »Wenn Ihre Vermutung wahr ist. Ich kann nicht umhin, darauf hinzuweisen, dass sich der Hauptanteil Ihrer Ermittlungen und Schlussfolgerungen eher auf Ihre Intuition als auf Beweise stützt.«

Er stieß die Luft aus seinen Lungen und es klang frustriert. »Aus diesem Grund bin ich ja bestrebt, Beweise zu sammeln und Ihnen weiterhin mit meinen Fragen auf die Nerven zu gehen. Möglicherweise irre ich mich völlig, und dann hätte ich Ihre Zeit vergeudet – und meine eigene. Andererseits kann ich die Sache nicht einfach auf sich beruhen lassen, bevor ich nicht überzeugt bin, alle nur denkbaren Möglichkeiten ausgenutzt zu haben, um die Sache aufzuklären. Ein Mann hätte mich um ein Haar umgebracht und ich will den Grund dafür erfahren.« Die letzten Worte brachte er mit einer kalten Entschlossenheit hervor, die sie stärker beeindruckte als alles, was er heute sonst noch gesagt hatte.

Sie konnte sein inneres Bedürfnis verstehen, die Wahrheit über so etwas Fundamentales erfahren zu wollen. »Waren Sie dem Tod nahe?«

»Ich habe mir bei meinem Sturz auf das Pflaster eine Kopf-

verletzung zugezogen. Es hat Wochen gedauert, bis sie abge-
klungen war, und noch immer leide ich unter Kopfschmerzen.
Die Wunde an meiner Körperseite war von ernster Natur und ich
habe viel Blut verloren.« Er zuckte mit seiner rechten Schulter,
und sie vermutete, dass er die Stichwunde an der rechten Seite
erlitten hatte. »Ich hatte Glück, denn ich wurde von einem
hervorragenden Chirurgen operiert.«

»In der Tat«, murmelte sie. »Es ist sehr aufschlussreich, was
Sie mir alles erzählt haben.« Tilda nahm sich vor, jede Einzelheit
dieses Falles zu Papier zu bringen, sobald sich eine Gelegenheit
ergab, denn inzwischen war sie mehr als nur fasziniert – sie war
involviert. Die Geschichte von einem Straßenräuber, der einen
Earl so nahe bei Westminster niederstach, ohne ihm etwas zu
stehlen, ergab keinen Sinn, insbesondere dann nicht, wenn die
Sache mit allem anderen in Verbindung gebracht wurde, was er
ihr erzählt hatte. Und wenn es irgendeine Verbindung zwischen
Sir Henry und diesem Verbrecher gab, konnte sie keinesfalls
einfach die Augen vor dieser Sache verschließen.

Es gab nur eine Möglichkeit, das herauszufinden. »Zufälligerweise wollte ich gerade Sir Henrys Tochter besuchen«, meinte
Tilda. »Sie wohnt in seinem Haus und beaufsichtigt die Auflö-
sung seines Haushalts. Ich werde mich bei ihr nach dem Ring
erkundigen, den Sie in Ihrem Besitz haben und auch nach Sir
Henrys seltsamer Wunde.«

»Könnte ich nicht einfach mitkommen und sie selbst befragen?«, schlug er ihr mit aller Freundlichkeit vor, wobei das
gleichmütige Lächeln seine Vorfreude nur schlecht verbergen
konnte. Ihr entging das subtile Wippen seiner Absätze nicht. Es
war nur ganz leicht, aber sie konnte sehen, wie sehr er sich
darauf freute, sie zu begleiten.

Tilda besann sich darauf, wie er ihr bei ihrem Kennenlernen
Informationen entlockt hatte. »Sind Sie ein Ermittler, Lord
Ravenhurst?«

»Nein.«

Sie lächelte ihm zu. »Zufälligerweise bin ich das. Ich stehe einem Anwalt in Scheidungsfällen zur Seite. Sie können diese Angelegenheit getrost mir überlassen. Ich werde Ihnen anschließend berichten, was ich in Erfahrung bringen konnte.«

»Mir scheint es sinnvoller, wenn ich Sie einfach begleite«, entgegnete der Earl mit eifriger Miene.

Tilda verschränkte die Arme vor der Brust. »Ich muss bemerken, dass Sie bei Ihrer Suche nach Informationen eine leicht aggressive Vorgehensweise an den Tag legen. Als eine Person, die regelmäßig Nachforschungen anstellt, darf ich mir den Hinweis erlauben, dass dies abschreckend wirken kann. Es liegt in Ihrem Interesse, dass die Leute Ihnen behilflich sind, anstatt sich von Ihnen belästigt zu fühlen.«

Das war eine Lektion, die ihr Vater ihr beigebracht hatte, als sie ungefähr sieben Jahre alt war. In der Schule hatte Tilda ihr Lieblingshaarband verloren. Sie war darüber verstimmt gewesen und hatte die anderen Kinder aufgefordert, ihr bei der Suche zu helfen. Einige halfen ihr, aber insbesondere ein Mädchen hatte sich geweigert und gemeint, sie würde ihr nicht helfen, weil Tilda sie nicht nett darum gebeten hatte. Später, als Tilda bei ihrem Vater über das verlorengegangene Band geweint hatte, und weil eines der Mädchen ihr nicht bei der Suche hatte helfen wollen, hatte er sie in den Arm genommen und gesagt: *»Ich weiß, dass du wütend warst, mein Schatz, aber manchmal müssen wir unsere wahren Gefühle zügeln und Freundlichkeit und sogar Charme zum Erreichen unserer Ziele einsetzen. Ich muss das bei meiner Arbeit mit der Polizei oft tun, besonders wenn ich Informationen von einer Person brauche, die sie mir nicht geben will.«*

Langsam stieß er die Luft aus. »Ich bitte um Entschuldigung. Ich brauche ganz dringend Ihre Hilfe. Da Sie eine Ermittlerin sind und Verbindungen zu Scotland Yard unterhalten, frage ich mich, ob ich Sie unter Vertrag nehmen könne, um mich bei dieser Untersuchung zu unterstützen.«

Unterstützen? Tilda wusste nicht, ob sie lachen oder lächeln sollte. »Wie Sie schon sagten, Mylord, sind Sie kein Ermittler, während ich eine Ermittlerin bin. Ich würde erwägen, mich von Ihnen als Ihre Ermittlerin für diesen Fall in Ihre Dienste nehmen zu lassen, brauche hingegen weder Ihre Unterstützung, noch werde ich nur unterstützend zur Seite stehen.«

Seine Miene wurde finster. »Ich gehöre nicht zu der Sorte Mensch, fürchte ich, die sich damit begnügt, zu Hause zu sitzen und auf Antworten zu warten. Das habe ich bereits seit Wochen getan, während ich mich erholt habe. Ich wäre fast gestorben, und ich möchte an der Aufklärung dieses Verbrechens beteiligt sein.«

Tilda konnte sein Bedürfnis nur zu gut verstehen. Sie konnte sogar seine Anspannung spüren. Diese Angelegenheit war von größter Bedeutung für ihn, und sie wollte ihm helfen. »Lassen Sie mich klarstellen, worum Sie mich bitten. Sie möchten mich beauftragen, den Fall des auf Sie verübten Angriffs zu lösen – indem ich herausfinde, wer dafür verantwortlich war und den Grund dafür. Und Sie wollen mich bei den Ermittlungen begleiten?«

»Zu alldem lautet die Antwort ja«, entgegnete er entschieden. Enthusiastisch. »Ziehen Sie ein Pauschalhonorar vor, oder stellen Sie Ihre aufgewendete Zeit in Rechnung?«, fragte er fröhlich, als würden die Kosten keinerlei Rolle für ihn spielen. Warum auch? Sie konnte sich nur zu gut vorstellen, dass er nicht so knapp haushalten musste wie sie.

Mr. Forrest zahlte Tilda ein Pauschalhonorar. Was mit dieser Untersuchung alles verbunden sein würde, wusste sie allerdings nicht. »Ich würde es vorziehen, Ihnen die Zeit in Rechnung zu stellen, die ich aufwende.« Ihr stockte der Atem, als sie abwartete, ob er ihrem Vorschlag zustimmen würde. Es hatte ganz den Anschein, als wäre er einverstanden, und gleichzeitig war sie über diese Gelegenheit überglücklich, die sich genau in dem Moment bot, als sie sie am meisten brauchte.

»Sehr gut. Lassen Sie uns sehen, was wir von Sir Henrys Tochter über den Ring erfahren können.«

»Wenn es keine Verbindung zu Sir Henry gibt, wünschen Sie dann trotzdem meine Hilfe?« fragte Tilda, die sich fast vor der Antwort ängstigte.

Er nickte. »Gewiss.«

»Wir werden Scotland Yard einen Besuch abstatten müssen«, meinte sie dann und spürte eine freudige Erleichterung. »Ich möchte die Berichte über Ihren Fall und den des Mannes, der in der darauffolgenden Woche erstochen wurde, einsehen.«

»Ich habe mich gestern Abend mit einem Inspektor getroffen, der die Berichte heute abholt. Ich wollte später am Nachmittag bei ihm vorbeigehen.«

Das könnten sie beide nach dem Besuch bei Millicent erledigen, dachte Tilda bei sich, aber sie hatte Dinge mit Millicent zu besprechen, von denen ihr neuer Auftraggeber nichts mitbekommen sollte. Es war nicht opportun, den Earl in die finanziellen Sorgen ihrer Großmutter einzuweihen.

»Ich fürchte, ich werde das heute Nachmittag nicht mehr schaffen. Wir können morgen früh gehen«, schlug sie vor, obwohl sich ihr Besuch bei Mr. Hardacre dadurch verzögern würde. Nur ungern nahm sie das in Kauf, aber sie wollte auch unbedingt Geld verdienen. Hoffentlich konnte sie beides erledigen.

Ravenhurst legte seine breite Stirn in Falten. Sie konnte seine Enttäuschung förmlich spüren. »Damit muss ich mich vermutlich begnügen.«

»Ausgezeichnet. Jetzt lassen Sie uns zu Sir Henrys Haus gehen. Haben Sie eine Kutsche?« Sobald sie die Frage gestellt hatte, kam ihr zu Bewusstsein, wie töricht sie war. Selbstverständlich besaß ein Earl eine Kutsche.

»Sie steht gleich draußen.«

»Dann lassen Sie uns aufbrechen.« Tilda drehte sich um und

strebte in die Diele, wo Mrs. Acorn ihren Hut und ihre Handschuhe zurechtgelegt hatte. Sie zog auch ihren Mantel an, der zusammen mit dem ihrer Großmutter an einem Ständer hing. Ihr Auftraggeber beeilte sich, ihr behilflich zu sein und sie murmelte ihren Dank.

Ihr *Auftraggeber*. Tilda presste ihre Lippen aufeinander, um nicht zu grinsen.

KAPITEL 6

Hadrian lenkte den Blick zu Miss Wren hinüber, als sie sich in Bewegung setzten. Der heutige Tag war keineswegs nach seinen Vorstellungen verlaufen. Er übertraf seine Erwartungen sogar. Es fühlte sich gut an, eine offizielle Untersuchung über den Messerangriff mit jemandem zu führen, der allem Anschein nach wusste, was er tat.

Normalerweise hätte er sich nach einer Referenz erkundigt, doch er wollte Miss Wren. Auf irgendeine Weise stand Sir Henry mit Hadrians Angreifer in Verbindung und Miss Wren hatte eine Verbindung zu Sir Henry.

Es blieb jedoch die Frage, auf welche Weise er die Verbindung zwischen dem Ring und Sir Henry darlegen würde, denn schon bald würde sie erfahren, dass der Ring ihm gar nicht gehörte. Was wäre dann? Wäre Hadrian bereit, seine unerklärlichen Visionen zu offenbaren, damit sie ihn ungläubig anstarren und ihm dann den Vorschlag unterbreiten konnte, besser einen Arzt wegen seiner offensichtlichen Geisteskrankheit zu konsultieren?

Wie er bemerkte, hatte sie auf der nach hinten gerichteten Sitzbank Platz genommen. In Zukunft würde er darauf bestehen, dass sie den Sitz in Fahrtrichtung nahm.

Es kostete ihn keinerlei Mühe, ihr zu glauben, dass sie Nachforschungen anstellte. Die Skepsis und Neugierde, die von ihr ausging, war für ihn praktisch spürbar. Es war wie eine Aura, die sie umgab.

Waren diese Eigenschaften von ihrem Vater ererbt, der für Scotland Yard gearbeitet hatte? Ihr Großvater war Magistrat gewesen. Allem Anschein nach musste ein ausgeprägter Sinn für Recht und Ordnung durch ihre Adern fließen.

»Haben Sie Ihre Begabung für Ermittlungen von Ihrem Vater?«, fragte er müßig, aber nicht nur, um sich die Zeit bis zur Huntley Street zu vertreiben, sondern auch, um Miss Wren besser kennenzulernen. Er fand sie überaus einnehmend.

Ihre langen, hellen Wimpern flatterten, als sie ihm entgegenblickte. »Das will ich hoffen. Er war ein ausgezeichneter Ermittler. Zum Zeitpunkt seines Todes hatte er als Kriminalinspektor in die Kriminalabteilung befördert werden sollen.«

»Es tut mir so leid, dass er in der Blüte seines Lebens verstorben ist.«

»Er war erst einundvierzig Jahre alt«, entgegnete sie leise. »Das liegt nun elf Jahre zurück. Seitdem vergeht nicht ein einziger Tag, an dem ich ihn nicht vermisse.«

Es war ihm eine Leichtes, die Liebe in ihrer Stimme herauszuhören und somit stimmte ihn ihr Verlust doppelt traurig. »Wie wundervoll für Sie, dass Sie solch eine enge Verbindung zu ihm gehabt haben.« Um die Aura der Traurigkeit zu vertreiben, fragte er: »Gibt es jetzt nur noch Sie und Ihre Großmutter?«

»Hier in London, ja. Ich habe keine Geschwister. Meine Mutter hat sich wieder verheiratet und lebt jetzt in Birmingham. Ich hatte mich entschieden, bei meiner Großmutter zu bleiben.«

»Darüber wird sie sich sehr gefreut haben, da bin ich sicher«, meinte er lächelnd.

Nun bekam ihr Blick etwas Misstrauisches. »Als mein Auftraggeber müssen Sie sich nicht mit mir anfreunden, Lord Ravenhurst.«

»Verzeihen Sie meine Aufdringlichkeit.« Er hatte nicht gewollt, dass sie sich unwohl fühlte. »Ich plaudere nur so dahin, aber andererseits finde ich Sie auch faszinierend, Miss Wren.«

»Warum?«, fragte sie leicht verwirrt, wobei sie die Mundwinkel ein wenig anhob.

»Sie sind eine fähige, unabhängige junge Frau. Von Ihrer Sorte treffe ich nicht viele. Um ehrlich zu sein, treffe ich nicht mehr viele junge Frauen.«

»Warum ist das so? Ein unverheirateter Earl ist doch auf dem Heiratsmarkt sehr gefragt, möchte ich annehmen.« Dann hielt sie inne. »Oder sind Sie vielleicht schon verheiratet?«

»Das ist nicht der Fall«, versicherte er. »Beinahe wäre ich es gewesen, aber zum Glück blieb mir erspart, was, wie ich jetzt im Nachhinein weiß, ein verheerender Irrtum gewesen wäre.«

Auf eine elegante und doch schelmische Weise wölbte sie eine Augenbraue. »Das klingt durchaus nach einer interessanten Geschichte. Wie schade, dass wir bei Sir Henry angekommen sind.«

Das war wirklich ein Jammer, denn Hadrian wollte sie in dieser Sache wirklich ins Vertrauen ziehen. Obwohl er nur sehr selten über seine geplatzte Verlobung sprach. Die Kutsche kam zum Stehen, und Hadrian streckte die Hand nach der Tür aus. »Ich werde Sie auf der Rückfahrt damit unterhalten, wenn Sie möchten.«

Darauf gab sie keine Antwort und er entstieg bereits der Kutsche. Dann war er ihr beim Aussteigen behilflich und Seite an Seite schritten sie zur Tür, an der noch immer der Eibenkranz mit den schwarzen Bändern prangte.

Gleich darauf öffnete der betagte, gebückt gehende Butler die Tür. Seine hellblauen Augen fixierten sich auf Miss Wren. »Guten Tag, Miss Wren.«

»Wie geht es Ihnen, Vaughn?«, erkundigte sie sich mit tiefer Sorge.

»Es geht voran«, antwortete er mit einem langsamen Nicken.

»Die Köchin hat eine neue Stelle gefunden und wird in vierzehn Tagen abreisen. Das Dienstmädchen scheint ebenfalls kurz davor zu sein, eine neue Stelle anzutreten.« Nun öffnete er die Tür weit, und Miss Wren trat ein.

Hadrian folgte ihr in die Eingangshalle.

»Vaughn, gestatten Sie mir, Ihnen Lord Ravenhurst vorzustellen«, sagte Miss Wren, während sie ihre Handschuhe auszog und sie in die Tasche ihres Mantels steckte.

Die Augen des Butlers verengten sich, als er seinen Blick über Hadrian wandern ließ. »Sie waren bei der Beerdigung.« Das war keine Frage, sondern eine Feststellung.

»Das war ich«, antwortete Hadrian, der von dem Gedächtnis des Mannes und seiner Liebe zum Detail beeindruckt war.

Vaughn nahm Miss Wren den Mantel ab, den er dann an einem Kleiderhaken aufhängte. »Wenn Sie im Salon warten möchten, sage ich Mrs. Forsythe, dass Sie hier sind.«

»Danke, Vaughn.« Miss Wren betrat den Salon, in dem die Beerdigung stattgefunden hatte. Noch immer war der Raum mit Trauerflor verhüllt, und auch der Sargständer war noch da, wie auch Sir Henrys Erinnerungsstücke.

Hadrian dachte an die Beerdigung zurück und insbesondere daran, was Miss Wrens Großmutter darüber gesagt hatte, dass ihre Enkelin mit ihrem Cousin über finanzielle Angelegenheiten sprechen wollte. Vielleicht würde er im Nachhinein bereuen, was er im Begriff war, nun in die Tat umzusetzen, aber es wollte ihm einfach nicht gelingen, seine Neugierde zu zähmen. Was auch nicht weiter verwunderlich war, da er es war, der in Westminster immer die Fragen stellte, und das sehr zum Leidwesen vieler. Konnte er etwas dafür, dass er über alles gut informiert sein wollte?

»Sind Sie gekommen, um mit Mrs. Forsythe über die finanziellen Angelegenheiten zu sprechen, die Sie mit Sir Henry zu erörtern gehofft hatten?«, fragte er.

Miss Wren warf ihm einen erstaunten Blick zu und schürzte

die Lippen. »Liebe Güte, Sie sind aber wirklich neugierig. Ich verstehe nicht, wie diese Angelegenheit Sie etwas angehen könnte.«

»Scheinbar haben wir beide mit Sir Henry Geschäfte getätigt, die durch seinen plötzlichen Tod unerledigt geblieben sind. Mir war nur daran gelegen, auf einen Punkt hinzuweisen, den wir gemeinsam haben.«

»Unsere *Angelegenheiten* mit Sir Henry waren gänzlich anderer Natur«, konterte sie ein wenig schroff.

»Es lag nicht in meiner Absicht, Sie zu beleidigen«, murmelte er, während es ihm allerdings keineswegs leidtat, was er gesagt hatte. Ganz eindeutig war sie über diese finanziellen Ungereimtheiten in Sorge. Er war froh, sie unter Vertrag genommen zu haben, und hoffte, ihre Sorgen damit ein wenig lindern zu können.

Dann trat Mrs. Forsythe ein, deren schwarzes Kleid beim Gehen raschelte. Sie war um die fünfzig, und ihr rundes Gesicht mit einem Doppelkinn war von hellblondem Haar umrahmt. Bei Miss Wrens Anblick lächelte sie. »Cousine Tilda.«

Miss Wren kam ihr in der Mitte des Raumes entgegen, und sie umarmten sich kurz. »Bitte verzeih unser Eindringen. Erlaube mir, dir Lord Ravenhurst vorzustellen. Er war bei der Beerdigung und vielleicht bist du ihm dort begegnet.«

Mrs. Forsythe legte die Stirn in Falten, als sie Hadrian betrachtete. »Ich erinnere mich nicht. Woher kennt ihr euch?«

»Ich führe eine Untersuchung für Lord Ravenhurst durch«, antwortete Miss Wren. »Was allerdings nicht der Grund dafür war, dass er an der Beerdigung teilgenommen hat. Er war ein Kollege deines Vaters.« Sie blickte zu Hadrian hinüber.

Er trat vor. »Bitte nehmen Sie mein Beileid an, Mrs. Forsythe. Ich habe im Laufe der Jahre mit Sir Henry zusammengearbeitet, als er im Innenministerium tätig war. Ich hatte vor, mich Ihnen bei der Beerdigung vorzustellen, aber meine Zeitwahl war ungünstig und ich hatte keine Gelegenheit mehr dazu.«

»Nun, ich danke Ihnen für Ihr Gedenken an meinen Vater«, entgegnete Mrs. Forsythe. »Auf nichts war er stolzer als auf seine Arbeit beim Innenministerium.«

Hadrian nahm einen leichten Anflug von Bitterkeit in ihrem Ton wahr. Hatte er seine Familie zugunsten seiner Arbeit vernachlässigt? Er wäre nicht der erste Mann, dem dies passierte. Hadrians eigener Vater war im Vergleich zu seinen Pflichten als Earl gegenüber seiner Frau und seinen Kindern ungeheuer achtlos gewesen.

»Lord Ravenhurst hat mich heute begleitet«, fuhr Miss Wren fort, »weil wir mit dir über eine Angelegenheit sprechen möchten, die seine Nachforschungen betrifft. Der Earl wurde vor einigen Wochen niedergestochen, und er nahm einen Ring von seinem Angreifer an sich. Er glaubt, ihn als den Ring wiederzuerkennen, den Sir Henry trug.«

»Der Ring weist ein M auf, was ich für Meacham hielt.« Hadrian hatte seine Handschuhe nicht ausgezogen, und als er den Ring nun aus seiner Tasche zog, nahm er kein schwaches Gefühl oder die Andeutung einer Vision wahr. Es war wie bei jedem anderen Gegenstand auch. Er öffnete seine Hand und legte den Ring in seine Handfläche. »Hat er ihm gehört?«

Mrs. Forsythe schielte auf den Ring und beugte sich zu ihm hin. Sie griff nach ihm, hielt dann inne und begegnete seinem Blick. »Darf ich?«

»Natürlich.« Er hatte nicht erwartet, dass sie sich damit auskannte, natürlich nicht. Das war alles nur eine Farce. Obwohl das M, das Meacham entsprach, ein weiterer auffälliger Zufall war.

Sie hob den Ring an und hielt ihn näher an ihr Gesicht. »Ich erkenne ihn nicht, und ich habe meinen Vater nie einen Ring tragen sehen. Haben Sie vielleicht gesehen, dass er einen getragen hat?«

»Genau das waren meine Gedanken, aber ich könnte mich irren.«

»Das muss wohl so sein, nehme ich an«, meinte Mrs. Forsythe und legte den Ring in Hadrians offene Handfläche zurück.

Und damit hatte diese Sache ein Ende. Er steckte den Ring in seine Tasche zurück.

»Ich dachte auch nicht, dass Sir Henry Ringe trug«, sagte Miss Wren. »Trotzdem hielt ich es für lohnend, mich danach zu erkundigen. Wenn er ihm gehörte, würdest du ihn doch sicher zurückhaben wollen.« Sie warf Mrs. Forsythe einen unterstützenden Blick zu. »Wie geht es dir? Das muss alles furchtbar anstrengend sein.«

Mrs. Forsythe schien sich zu entspannen, und ihre Schultern sanken ein wenig herab. »Das ist es. Die Dinge wären weitaus leichter zu bewältigen, wenn Belinda ebenfalls zur Hand gehen würde. Dazu hat sie aber keine Lust, zumal es keine Erbschaft gibt.«

Die Bitterkeit in ihrem Tonfall war nicht mehr zu überhören. Belinda musste ihre Schwester sein, kombinierte Hadrian.

»Die gibt es nicht?«, fragte Miss Wren, deren Gesichtszüge sich vor Sorge verzogen. Sie blickte zu Hadrian und presste die Lippen zusammen, dann sah sie wieder zu ihrer Cousine. »Wir können das später besprechen«, murmelte sie.

»Es ist überaus erschütternd«, meinte Mrs. Forsythe.

Miss Wren nickte zustimmend. Hadrian fragte sich, wie prekär sich ihre eigene finanzielle Lage darstellte. Er erinnerte sich an die altmodische Einrichtung im Haus ihrer Großmutter, aber das konnte auch damit zusammenhängen, dass die alte Lady an den Dingen hing, die sie schon seit Jahren besaß und nicht ersetzen wollte. Hadrian hatte auch Miss Wrens aus der Mode gekommene Trauerkleidung bemerkt. Heute trug sie dasselbe Kleid, das sie auch bei der Beerdigung getragen hatte. Auch bei ihrem Kennenlernen hatte sie ein Kleid getragen, das ebenfalls aus der Mode gekommen war.

War Sir Henry der Verwalter der Finanzen ihrer Großmutter? Er war ein männlicher Verwandter und vielleicht der engste. War es möglich, dass er seine Pflichten vernachlässigt hatte und sie, wie auch seine eigenen Töchter, in armen Verhältnissen zurückgelassen hatte? Aber nein, ganz so war es nicht, denn seine Töchter hatten zumindest Ehemänner, soviel er wusste. Er war sich nicht sicher, ob Miss Wren und ihre Großmutter noch jemanden hatten. Umso mehr freute er sich jetzt, Miss Wren in seine Dienste genommen zu haben.

Miss Wren machte eine Geste mit der Hand. »Das ist alles überaus erschütternd. Dein Vater ist so plötzlich gestorben. Es war ein Schock, denn wir hatten gar nichts von seinen Probleme mit seinem Herzen gewusst.«

Mrs. Forsythe schnalzte mit der Zunge. »Seit Mamas Tod vor ein paar Jahren ist er nicht sehr sorgsam mit sich umgegangen. Wahrscheinlich hat er die Symptome einfach ignoriert.«

»Ich frage mich, ob man vielleicht die Todesursache verwechselt haben könnte«, sinnierte Miss Wren. Hadrian ahnte bereits, worauf sie hinauswollte, und staunte über ihr geschicktes Vorgehen. »Ich weiß gar nicht mehr, ob du erwähnt hast, dass wegen seines unerwarteten Ablebens eine Autopsie durchgeführt worden war?«

»Ich weiß nur, dass sein Arzt die Todesursache mit natürlichem Verfall angegeben hat. Er hat eine Kopie der Sterbeurkunde mitgeschickt, als der Leichnam meines Vaters hierhergebracht worden war.« Mrs. Forsythes Blick bekam etwas Nachdenkliches, und sie fuhr sich mit den Fingerspitzen über den Kiefer. »Ich würde davon ausgehen, dass eine Autopsie durchgeführt worden ist. Er hatte eine Wunde an der Seite, und Autopsien hinterlassen Wunden, nicht wahr?«

Miss Wren runzelte die Stirn. »Die Wunde war nur auf einer Seite? Ich bin mir nicht sicher, ob das bei einer Autopsie üblich ist.«

»Woher willst du das wissen?«, fragte Mrs. Forsythe. Dann schüttelte sie den Kopf. »Einerlei. Dein Vater hat ja bei Scotland Yard gearbeitet.«

»Sind Sie sicher, dass dies seine einzige Wunde war?«, erkundigte sich Hadrian. »Wurde sie zugenäht?«

Beide Frauen drehten ihre Köpfe und sahen ihn an. Sie blinzelten, und ihre Gesichter drückten eine milde Überraschung aus, die entweder von seiner Anwesenheit herrührte oder davon, dass er es gewagt hatte, das Wort zu ergreifen.

»Ja, es war seine einzige Wunde, und sie ist genäht worden.« Mrs. Forsythes Schultern zuckten, und sie hob die Hand. »Sie müssen mir verzeihen, aber ich fürchte, ich kann dieses Thema nicht weiter vertiefen.«

»Natürlich nicht«, beschwichtigte Miss Wren sie sogleich. »Ich bin mir nicht einmal sicher, wie wir auf dieses Thema gekommen sind.« Sie schenkte ihrer Cousine ein beruhigendes Lächeln. »Ich begleite Lord Ravenhurst hinaus, und dann bleibe ich noch eine Weile, um dir beim Sortieren zu helfen.«

Wie auch vorhin, entspannte sich Mrs. Forsythe wieder. »Danke, Tilda. Das wäre wirklich wunderbar.«

Hadrian verbeugte sich. »Danke, dass Sie mir den Besuch erlaubt haben, Mrs. Forsythe. Noch einmal mein herzlichstes Beileid.«

»Danke, Mylord.«

Miss Wren führte ihn aus dem Wohnzimmer in die Eingangshalle, wo er seinen Hut wieder aufsetzte. Der Butler war nicht anwesend. »Es tut mir leid, dass wir der Frage, woher der Ring stammen könnte, nicht näher gekommen sind, aber ich muss sagen, dass ich mir nicht vorstellen kann, in welcher Verbindung Sir Henry zu dem Mann gestanden haben soll, der Sie niedergestochen hat.«

»Ich hatte angenommen, der Mann hat den Ring von Sir Henry gestohlen«, antwortete Hadrian achselzuckend.

Sie schaute ihn scharfsichtig an. »Ich dachte, wir wären uns einig, dass der Mann der Sie niedergestochen hat, gar kein Dieb ist.«

Verflixt, sie hatte ihn in der Hand. »Stimmt. Ich bin sehr froh, dass ich Sie eingestellt habe, Miss Wren. Sie können das viel besser als ich.«

Sie legte den Kopf schief. »Ich habe Erfahrung und das Wissen, das mir mein Vater vermittelt hat.«

»Nun, ich muss Ihnen zu Ihrem Ermittlungsgeschick bei Mrs. Forsythe gratulieren. Das war eine geschickte Wendung, um auf die Wunde zu sprechen zu kommen.«

Miss Wren zog eine Schulter hoch. »Es ist nicht schwer, Gespräche in bestimmte Richtungen zu lenken.«

»Schätzen Sie Ihre Fähigkeiten nicht gering«, entgegnete er ernsthaft. »Dies ist eine Gabe, über die nicht jedermann verfügt. Der nächste Schritt in unseren Ermittlungen wird vermutlich der morgige Besuch bei Scotland Yard sein.« Fragend neigte er den Kopf leicht zur Seite. »Wie ist es um Ihre eigenen Ermittlungen bestellt?«

»Meine Ermittlungen?«

»Die Sache, die Sir Henry betrifft«, meinte Hadrian. »Mir scheinen die Umstände seines Todes ein wenig verdächtig.«

»So ist es, und ich werde mich der Sache annehmen. Es ist nicht notwendig, dass Sie sich darum kümmern.«

Hadrian war allerdings vollkommen von der Frage beschäftigt, in welcher Weise Sir Henry mit seinem Angreifer in Verbindung stand. Also würde er sich eine Möglichkeit ausdenken müssen, wie er diesbezügliche Informationen von Miss Wren erhalten könnte. Oder er müsste ihr die Wahrheit über die Beziehung zwischen ihm und Sir Henry gestehen. Das ging natürlich nicht, wenn er nicht in einer Irrenanstalt landen wollte.

»Morgen früh können Sie mich um zehn Uhr abholen«, schlug sie vor.

»Wie kommen Sie denn heute nach Hause?«, erkundigte er sich. »Wenn Sie möchten, kann ich so lange in meiner Kutsche warten, bis Sie hier alles erledigt haben.«

»Danke, doch leider kann ich nicht vorhersagen, wie lange ich bleiben werde, und ich möchte Ihre Geduld nicht auf die Probe stellen. Ich werde mir eine Mietdroschke nehmen.«

»Vergessen Sie nicht, die Kosten für die Fahrt auf die Rechnung für Ihre Dienste zu setzen. Wir sehen uns morgen.« Er tippte an seine Hutkrempe, ehe er hinausging.

Als er schließlich in seiner Kutsche saß, kam ihm mit einem Mal zu Bewusstsein, wie töricht er gewesen war, weil er die Gelegenheit nicht wahrgenommen hatte, heute in Sir Henrys Haus alles zu berühren. Für ihn bestand nicht der geringste Zweifel, dass Miss Wren die bessere Ermittlerin von ihnen beiden war.

NACHDEM TILDA RAVENHURST HINAUSBEGLEITET HATTE, kehrte sie in den nun verwaisten Salon zurück. Sie mutmaßte, dass ihre Cousine in Sir Henrys Arbeitszimmer war, das sich direkt hinter der Tür zum Salon befand.

Tilda setze ihren Hut ab, als sie das Arbeitszimmer betrat, doch nirgends war ein Platz zu entdecken, an dem sie ihn hätte ablegen können. Sämtliche Oberflächen waren mit einer Vielzahl von Objekten bedeckt. Also lenkte sie ihre Schritte noch einmal in den Salon zurück, um ihren Hut auf einen Stuhl zu legen, und dann suchte sie das Arbeitszimmer aufs Neue auf, wo Millicent am Schreibtisch saß. Ihr Gesicht zeigte ein wahrscheinlich immerwährendes Stirnrunzeln, seit sie mit dem Ordnen der Dinge ihres Vaters begonnen hatte.

»Dies sind jede Menge Unterlagen«, bemerkte Tilda, damit sie nicht gleich mit der Tür ins Haus fiel und Millicent nach dem nicht vorhandenen Erbe von Sir Henry zu befragen. Der Umstand, dass nun noch mehr Geld abhandengekommen war, gab Anlass genug, sich ernstlich zu sorgen.

Millicent betrachtete sie mit einem müden Blick. »Es ist

einfach zu viel. Dein Hilfsangebot weiß ich wirklich zu schätzen. Längst hätte ich daran denken sollen, dich zu bitten.«

»Was kann ich tun?«, fragte Tilda und zügelte ihren Eifer, auf die finanzielle Lage zu sprechen zu kommen.

Nun drehte Millicent ihren Oberkörper zu Tilda hin. »Ich habe bereits angefangen, alles im Haus durchzusehen, um dann zu entscheiden, ob ich die Dinge behalten oder entsorgen will. Ich gedenke, einen Großteil des Mobiliars sowie einen geringen Teil des Hausrats zu veräußern, doch das meiste wird wahrscheinlich verbrannt werden müssen. Beispielsweise all diese Unterlagen hier.« Bei ihren Worten zeigte sie auf die Stapel von Briefen, die sich auf dem Schreibtisch drängten. »Seit der Anwalt mir mitgeteilt hat, dass Vater nichts hinterlassen hat, forsche ich nach jedem Hinweis auf Geld. Meine Hoffnung war, dass mein Vater noch andere Anlagen oder Konten besaß.«

»Hast du damit gerechnet, Geld zu erben?«, fragte Tilda, die froh war, das Thema endlich ansprechen zu können. Möglicherweise befand sich Millicent mit ihrer Familie in einer ähnlichen finanziellen Notlage wie Tilda und ihre Großmutter.

»Das hatte ich eigentlich erwartet, aber wir kommen auch ohne zurecht.« Millicent schürzte kurz die Lippen. »Allerdings frage ich mich, ob dies auf Belinda ebenfalls zutrifft. Sie hat sich vor der Verpflichtung gedrückt, mir hier zur Hand zu gehen, aber am Montag hat sie mich eifrig zu Mr. Whitley begleitet, um über Papas Testament zu sprechen. Bei diesem Besuch erfuhren wir, dass das Haus mit einer Hypothek belastet ist und Papa keinerlei Vermögen hat. Ich werde alles verkaufen müssen, um die Beerdigungskosten und ein paar ausstehende Schulden zu begleichen. Ich hatte nicht die geringste Vorstellung, dass mein Vater in derart prekären finanziellen Nöten steckte.«

Das zu hören, gefiel Tilda überhaupt nicht. Sie haderte mit sich, ob sie Millicent von der fehlenden Investition ihrer Großmutter berichten sollte. Wenn Millicent jedoch mit einer Erbschaft gerechnet hatte und diese nicht vorhanden war, betraf die mögliche Veruntreuung von Geldern vielleicht mehr als nur die Investition von Tildas Großmutter. »Ich habe mich ebenfalls mit Mr. Whitley getroffen. Zufälligerweise ist eine Investition verschwunden, die dein Vater im Namen meiner Großmutter getätigt hat – Whitley hat keine Aufzeichnungen darüber. Außerdem wusste er zu berichten, dass der frühere Anwalt, dessen Geschäfte dein Vater vor etwa drei Jahren übernommen hat, das ihm anvertraute Geld eines Kunden veruntreut hat.«

Millicent schnappte nach Luft und zog ihre hellen Augenbrauen hoch. »Glaubst du, dieser Anwalt hat auch die Investition deiner Großmutter veruntreut?«

»Das kann ich nicht sagen, aber ich beabsichtige, ihn aufzusuchen und ihn nach seinen Unterlagen zu fragen, da Whitley keine hat.«

»Oh, tu das bitte«, meinte Millicent mit Nachdruck. »Möglicherweise weiß er etwas darüber, was mit Papas Geld passiert ist. Whitley hat nur gesagt, Papa sei kein Geizhals gewesen, was ich ohnehin wusste. Dass er allerdings alles ausgeben würde, hatte ich nicht gedacht. Meiner Vermutung nach hat meine Mutter ihn im Zaum gehalten. Sollte der ehemalige Anwalt allerdings weitere Informationen haben, würde ich sie sehr gerne hören.«

»Ich werde mich bei ihm erkundigen und dir anschließend Bescheid geben.« Tilda bemerkte eine Brosche auf dem Schreibtisch. Es war eine Kamee aus Koralle. »Das ist eine schöne Kamee.«

Millicent fuhr mit dem Finger darüber, und sie formte die Lippen zu einem warmen Lächeln. »Das ist sie, nicht wahr? Gestern habe ich sie in der Schmuckschatulle meines Vaters entdeckt. Ich hatte sie noch nie zuvor gesehen, aber meiner Vermutung nach könnte sie meiner Mutter gehört haben, die sie nie getragen hat. Mutter hat nie viel Schmuck getragen.«

»Sie gehörte deiner Mutter, möchte ich wetten. Dies ist ein schönes Erinnerungsstück.«

Millicent lächelte. »Ich habe mich so gefreut, als ich sie fand.

Das war der einzige Lichtblick in dieser trostlosen, überwältigenden Aufgabe.«

»Insbesondere jetzt verdienst du Helligkeit und Freude.«

Millicent wandte ihre Aufmerksamkeit von der Brosche ab. »Das tue ich wirklich, und ich freue mich sehr, dass du hier bist, um mir zur Hand zu gehen. Vielleicht kannst du damit anfangen, die Hauptbücher dort drüben auf dem Tisch durchzusehen.«

Tilda nickte, nahm an dem Tisch Platz und schlug das erste Exemplar auf. Es war mehr als zwanzig Jahre alt. Sie schob es beiseite und sah sich die Daten der anderen an. Alle stammten aus der Zeit um 1840. Sie hatte gehofft, auf ein Exemplar aus der Zeit nach dem Tod ihres Vaters oder noch später zu treffen, da Sir Henry die Verwaltung des Geldes ihrer Großmutter zu jener Zeit übernommen hatte.

»Gibt es noch mehr Bücher außer diesen?«, wollte Tilda wissen.

»Das vermute ich, aber bislang habe ich sie noch nicht gefunden. Zunächst habe ich alles in diesem Zimmer Befindliche ausgeräumt und so platziert, wo wir es sehen können – weshalb es hier auch kein Fleckchen mehr gibt, wo man etwas abstellen könnte. Derzeit sortiere ich gerade die Bücher von den persönlichen Dokumenten aus. Hier findet sich auch eine große Menge an Korrespondenz meiner Mutter. Mir war nicht bekannt, dass er das alles aufbewahrt hat.«

»Was wirst du damit machen?« Tilda erinnerte sich, dass ihre Mutter fast alles weggeworfen hatte, was ihrem Vater gehört hatte. Dennoch hatte Tilda einige wenige seiner Sachen behalten – einen Brieföffner, einen seiner Hüte und seine Pistole. Sie hatte auch den Schlagstock aufbewahrt, den er im Dienst immer bei sich getragen hatte.

Sie wünschte, das hätte er niemals getan, denn auf diese Weise hatte er sein Ende gefunden. Wie stets war er dienstbeflissen eines Nachts eingesprungen, als zu wenig Personal zur Verfügung gestanden hatte. Die öffentliche Sicherheit und Gerechtigkeit gehörten zu seinen Leitprinzipien. In jener Nacht hatte er einen Dieb beim Einbruch in einen Laden erwischt. Der Ertappte hatte ihren Vater getötet und ihm die Kehle durchgeschnitten.

Schnell kniff Tilda die Augen zu. Es quälte sie, daran zu denken. Tatsächlich vermied sie diese Erinnerungen meistens. Allerdings hatte sie hier in diesem Haus, in dem gerade erst vor kurzem der Tod gewesen war, wirklich Mühe, diese Gedanken zurückzudrängen.

»Da bin ich mir nicht sicher«, antwortete Millicent und riss Tilda aus ihrer Melancholie. »Ich ertappe mich dabei, wie ich die Korrespondenz lese, und dann habe ich eine Stunde oder mehr verloren. Einige der Briefe sind recht ansprechend – beispielsweise diejenigen von der Schwester meiner Mutter und ihrer Cousine, die nach Schottland gezogen ist. Also habe ich angefangen, sie beiseite zu legen, um sie aufzuheben und später zu lesen. Vielleicht werde ich die langweiligen vor Belindas Türschwelle abladen.«

Lachend stimmte Tilda ihr zu, dass dies wirklich eine gute Idee sei, ehe sie dann aufstand, um im Zimmer herumzustöbern und zu sehen, ob sich noch weitere Hauptbücher finden ließen. »Hättest du etwas dagegen, wenn ich diese Bücher mit nach Hause nehme, um sie durchzusehen?«

»Natürlich nicht. Wenn du nichts Brauchbares findest, kannst du sie einfach verbrennen.«

Tilda nickte, während sie Bücher und Briefe in die Hand nahm, um nach weiteren Dokumenten oder anderen finanziellen Dingen zu suchen. Es fand sich nichts. Auf einer Schreibtischecke schienen jedoch noch einige Hauptbücher zu liegen. »Was ist mit denen?«, fragte Tilda und deutete auf den kleinen Stapel. »Soll ich sie durchsehen?«

»Diejenigen sind aus dem vergangenen Jahren und ich habe sie bereits durchgesehen. Bitte nimm sie mit nach Hause und schau sie dir noch einmal an. Ich weiß, dass du nach der Investition deiner Großmutter forschst, aber ich wage zu behaupten,

dass du nicht fündig werden wirst. Denn es hört sich wirklich so
an, als hätte der frühere Anwalt die Gelder veruntreut.« Sie
schnalzte mit der Zunge. »Er sollte hinter Gittern sitzen.«

Dem konnte Tilda nicht widersprechen. »Soweit ich weiß, hat
er das von ihm veruntreute Geld an seinen Kunden zurücker-
stattet und ist in den Ruhestand gegangen, um einer Strafverfol-
gung zu entgehen.«

»Aber er könnte auch andere Klienten betrogen haben«,
stellte Millicent entsetzt fest.

»Es ist meine Absicht, das herauszufinden.«

»Gott segne dich, Tilda. Du hast mehr Herz für solche Angelegenheiten, als ich es mir für mich je vorstellen könnte.«

Nicht das Herz war ausschlaggebend, sondern die Intelligenz
und das Geschick zu einer schlussfolgernden Denkweise. Tilda
war begierig, die Wahrheit herauszufinden. »Was kann ich sonst
noch tun, während ich hier bin?«

»Du könntest den Schrank im Salon durchsehen«, schlug
Tilda vor. »Ich bezweifle, dass etwas von Belang darin zu finden
ist, aber wenn du den Inhalt irgendwo so hinstellen könntest, wo
ich ihn in Augenschein nehmen kann, wäre das hilfreich.«

Tilda betrat den Salon und gleich darauf überkam sie ein
Frösteln. Die Schuld dafür lastete sie den Leichentüchern und
dem Sargständer an. Sie schritt zu dem Schrank in der Ecke,
öffnete ihn und fand Wäsche darin. Anstatt sie herauszunehmen,
ließ sie den Schrank einfach offen stehen. In den Schubladen
lagen Kerzenstummel, mehrere Dutzend Zeitungen, die aus dem
letzten Monat zu stammen schienen, und andere belanglose Klei-
nigkeiten. Dann schaute sie sich nach einer Ablage für die
Gegenstände um, aber alle festen Oberflächen im Raum waren
weithin von Sir Henrys Erinnerungsstücken bedeckt.

Dann trat sie an den nächstgelegenen Tisch, auf dem Fotografien standen. Sie waren bei der Beerdigung mit dem Bild nach
unten hingelegt worden, aber jetzt standen sie aufrecht da. Es gab
eine sehr gelungene Aufnahme von Sir Henry mit seiner Frau

und seinen Töchtern. Tilda stellte sich vor, dass Millicent sich über dieses Bild sehr freuen würde.

Sodann fiel ihr Blick auf ein besonders altes Bild. Es war unscharf und vom Alter verblasst. Sie hob es auf und blinzelte, um Sir Henry auf der linken Seite zu erkennen. Es gab noch drei weitere Männer, aber die beiden auf der rechten Seite waren unkenntlich. Ihre Gesichter waren zu unscharf und verblasst, wie bei vielen Fotografien, die Tilda aus dieser Zeit kannte.

Sie stellte das Bild wieder hin und schob alles zur Seite, um Platz für die Gegenstände aus dem Schrank zu schaffen. Als alles ausgeräumt und der Tisch vollgestellt war, drehte sie sich um und kehrte zu Millicent ins Arbeitszimmer zurück.

Millicent massierte sich die Stirn. Sie sah auf, als Tilda auf sie zukam.

»Ich habe die Schubladen der Schränke geleert«, sagte Tilda. »Den Inhalt habe ich auf den Tisch mit den Fotografien gelegt, die ich zur Seite geschoben habe. Hoffentlich stört es dich nicht, dass ich das getan habe.«

»Nein, das ist schon in Ordnung. Ich danke dir für deine Hilfe. Du brauchst nicht länger zu bleiben.«

Tilda konnte es kaum erwarten, die Hauptbücher durchzusehen. »Ich sollte nach Hause zu Großmutter zurückkehren, aber ich werde dir Bescheid geben, falls ich in den Büchern auf etwas Interessantes stoße.«

»Dass du dort etwas finden wirst, bezweifele ich. Selbst wenn du auf Fragwürdiges stoßen würdest, was können wir dann schon unternehmen?«

»Wir würden Scotland Yard einschalten, und es würde eine Untersuchung geben.« Dafür würde Tilda Sorge tragen.

»Ich bin mir nicht sicher, ob Scotland Yard in dieser Angelegenheit Nachforschungen anstellen wird, aber vielleicht könntest du mit deinem hochwohlgeborenen neuen Freund jemanden dort überreden.« Millicent formte den Mund zu einem kleinen Lächeln.

Tilda war zunächst nicht sicher, wen Millicent meinte, doch dann ging ihr auf, dass sie auf Ravenhurst anspielte. »Der Earl ist nicht mein Freund, er ist ein Auftraggeber.«

Millicent schien bei dieser Antwort skeptisch und ihre Augen funkelten fast amüsiert. »Nun, das ist Jammer. Es gibt Schlimmeres als einen Earl.«

»Millicent, du kannst dir sicherlich nicht vorstellen, dass ich mit Ravenhurst gesellschaftlich verbunden bin.«

»Wahrscheinlich nicht, aber schön wäre es dennoch, nicht wahr? Ich kann mir vorstellen, wie sehr sich deine Großmutter darüber freuen würde.«

Tilda fragte sich, was ihre Großmutter von seinem heutigen Besuch hielt. Sie ging davon aus, dass Mrs. Acorn sie ins Bild gesetzt haben würde. Nachher würde Tilda die beiden darüber informieren, dass der Earl sie als Ermittlerin unter Vertrag genommen hatte. Möglicherweise wäre Großmutter damit nicht so ganz einverstanden, aber Mrs. Acorn würde sich wahrscheinlich freuen.

Millicents Augen wurden schmal. »Mir ist gerade aufgegangen, was du gesagt hast. Der Earl ist ein Auftraggeber, und vorhin hast du gesagt, du würdest etwas für ihn untersuchen.« Sie starrte Tilda an. »Bist du Detektivin? Noch nie ist mir zu Ohren gekommen, dass eine Frau so einer Tätigkeit nachgeht.«

Tilda lachte. »Das liegt daran, dass es uns nicht gestattet ist. Ich habe zwar schon für einen Anwalt gearbeitet, um bei Scheidungsfällen zu helfen, doch dies hier ist mein erster richtiger Fall.« Noch immer konnte sie es kaum fassen. Im Nachhinein betrachtet hätte sie Ravenhurst wohl nicht auf morgen vertrösten sollen. Diese Zeit mit Millicent war jedoch wichtig gewesen.

»Das ist aufregend«, freute sich Millicent herzlich. »Ich kann mir vorstellen, dass dein Vater stolz wäre.«

Das hoffe ich, dachte Tilda.

»Millicent, ich werde meine investigativen Fähigkeiten nutzen, um herauszufinden, was mit dem Vermögen deines

Vaters und der Investition meiner Großmutter geschehen ist. Falls eine Möglichkeit besteht, einen Teil davon zurückzubekommen, werde ich sie finden.«

Tilda fühlte sich engagierter denn je, was nicht nur an der prekären finanziellen Situation lag, in der sie und ihre Großmutter sich derzeit befanden. Ihr Interesse an der eigentlichen Untersuchung war voll erwacht. Es galt, Antworten auf so viele Fragen zu finden und sie würde nicht eher ruhen, bis sie alle gefunden hatte. Wenn sie doch nur auch dafür entlohnt würde, dieses Rätsel zu lösen.

KAPITEL 7

»Schon wieder hier, Mylord?«, fragte Mrs. Wrens Haushälterin ein wenig keck, als er am nächsten Morgen erschien, um mit Miss Wren zu Scotland Yard zu fahren.

Hadrian musste einräumen, dass es in ihrem Haushalt offenbar weitaus entspannter zuging als in seinem eigenen. Niemals würde sich sein Butler erdreisten, eine solche Frage an jemanden zu richten, der nicht zu Hadrians Personal gehörte. Aber Mrs. Wren hatte auch keinen Butler, und ihr Haushalt war sicherlich erheblich bescheidener und ungezwungener. Hadrian fand daran nichts auszusetzen. Er fand sogar Gefallen am Humor der Haushälterin.

»Das bin ich tatsächlich«, meinte Hadrian lächelnd. »Miss Wren und ich haben noch etwas zu erledigen.«

»Also gut, ich verstehe. Sie haben eine ausgezeichnete Entscheidung getroffen, als Sie Miss Wren mit den Ermittlungen beauftragt haben.«

Hadrian konnte den Stolz in der Stimme der Frau nicht überhören und lächelte. »Das denke ich auch, und ich freue mich, dass Sie das gutheißen.«

Die Haushälterin nickte. »Kommen Sie bitte in den Salon. Ich werde Miss Wren Bescheid sagen.« Als er auf die Tür zuging, fügte die Haushälterin hinzu: »Ich sollte Ihnen sagen, dass Mrs. Wren im Salon ist.« Sie bedachte ihn mit einem kleinen Lächeln, bevor sie sich entfernte.

Hadrian betrat den Salon, wo Mrs. Wren in einem Sessel am Fenster saß und sich einer Handarbeit widmete. Bei seinem Eintreten blickte sie auf.

»Lord Ravenhurst, wie schön, Sie zu sehen.«

»Guten Tag, Mrs. Wren.«

Sie schaute ihn über ihre Halbmondbrille an. »Sie haben mich zur besten Tageszeit für die Handarbeit erwischt. Dieses Fenster hat das beste Licht für meine armen Augen.«

Miss Wren betrat den Salon in demselben Trauerkleid, das er schon kannte. Nun war er sicher, dass es das einzige war, das sie besaß.

»Tilda, dein Lord Ravenhurst ist hier.« Mrs. Wren war von einer kaum verhohlenen Begeisterung beseelt.

»Er ist nicht *mein* Lord Ravenhurst.« Miss Wren schürzte ihre Lippen.

»Er ist *dein* Kunde, nicht wahr?«, fragte ihre Großmutter und klang ein wenig verstimmt. Hadrian fragte sich, ob sie Einwände dagegen hatte, dass ihre Enkelin für ihn arbeitete. Es war für eine Frau ungewöhnlich, einer solchen Tätigkeit nachzugehen. Mrs. Wren sah Hadrian an. »Ich habe gehört, dass Sie Tilda beauftragt haben, in Erfahrung zu bringen, wer Sie niedergestochen hat. Was für ein schreckliches Ereignis. Es tut mir so leid, Mylord.«

»Ich habe mich gut von meiner Verletzung erholt«, versicherte Hadrian.

Miss Wren war bei der Tür zur Diele stehen geblieben. »Großmutter, ich komme später am Nachmittag zurück.«

So lange wären sie unterwegs? Hadrian glaubte nicht, dass ihr Besuch bei Scotland Yard Stunden dauern würde, aber Miss Wren war die Expertin, und er würde sich ihrer Anleitung fügen.

Als Miss Wren in die kleine Diele trat, verbeugte sich Hadrian vor Mrs. Wren. »Es war eine Freude, Sie wiederzusehen.«

»Für mich ebenfalls.« Mrs. Wren lächelte, und mühelos formten sich ihre Züge zu denen einer Frau, die in ihrem Leben viel Freude erlebt hatte. »Vielleicht bleiben Sie nächstes Mal zum Tee.«

»Das würde mir gefallen«, entgegnete Hadrian, ehe er zu Miss Wren in die Diele ging, wo sie gerade ihre Handschuhe anzog. Ihre Haube saß bereits auf dem Kopf, und an ihrem Handgelenk hing ein Retikül. Die Haushälterin stand bei ihr. Seiner Vermutung nach musste sie die Accessoires für Miss Wren geholt haben.

»Ich werde wohl einige Stunden unterwegs sein, Mrs. Acorn«, meinte Miss Wren. »Warten Sie nicht mit dem Tee auf mich.«

Die Haushälterin nickte und lächelte Hadrian kurz zu, bevor er Miss Wren die Tür öffnete. »Guten Tag, Mrs. Acorn«, sagte er, froh, den Namen der Frau zu kennen.

Hadrian folgte Miss Wren nach draußen und schloss die Tür hinter sich. Sein Kutscher stand wartend neben der Kutsche und hielt die Tür für Miss Wren auf. Beim Einsteigen benötigte sie Hadrians Hilfe nicht.

Auch dieses Mal setzte sie sich wieder auf die rückwärtige Sitzbank. Als Hadrian den gegenüberliegenden Platz einnahm, meinte er. »Sie waren an der Reihe, mit dem Gesicht nach vorne zu fahren. Das müssen Sie von nun an wirklich immer tun.«

»Unsinn«, gab sie zurück. »Dies ist Ihre Kutsche. Ich bin bloß Ihre Angestellte. Wie wäre es, wenn wir uns abwechseln?«

»Das scheint mir gerecht«, sagte Hadrian mit einem Nicken.

»Ist Gerechtigkeit wichtig für Sie?«, fragte sie.

»Ja.«

»Das gilt auch für mich. Nächstes Mal nehme ich den nach vorn gerichteten Sitz.« Sie drehte den Kopf zum Fenster, als sie sich in Bewegung setzten.

»Was denkt denn Ihre Großmutter darüber, dass Sie als Ermittlerin arbeiten?«, wollte Hadrian wissen.

Miss Wren stieß die Luft aus. »Sie war nicht gerade begeistert, aber sie weiß, wie viel mir an dieser Art von Beschäftigung liegt.«

Hadrian war von ihrem Streben nach einer Karriere fasziniert, die für Frauen unmöglich zu realisieren war. Genaugenommen gab es gar keine Karriere für sie. Frauen seiner Klasse arbeiteten für wohltätige Zwecke und führten Haushalte. Er bewunderte Miss Wrens Ehrgeiz und ihre Hartnäckigkeit.

»Haben Sie gestern eine Rechnung für Ihre Arbeit erstellt?«, fragte er.

»Ich habe damit angefangen, aber ich dachte, ich sollte sie erst fertigstellen und Ihnen vorlegen, wenn wir unseren heutigen Auftrag erledigt haben.« Nun schaute sie ihn eindringlich an. »In Wahrheit müssen Sie mich wirklich nicht begleiten, Mylord, während ich daran arbeite, diesen Fall für Sie zu lösen.«

»Aber das ist unsere Vereinbarung.« Hadrian wollte nicht das Geringste verpassen, zumal er ihr nicht alle Einzelheiten sagen konnte. »In jeden Aspekt dieser Ermittlung bin ich persönlich involviert.«

»Weil Sie um ein Haar getötet wurden.« Sie nickte verständnisvoll. »Sollten Sie sich irgendwann außerstande sehen, sich zu beteiligen, müssen Sie das auch nicht. Mir ist bewusst, dass Sie anderen Verpflichtungen nachkommen müssen, und ich bin durchaus in der Lage, allein zurechtzukommen.«

»Daran zweifle ich auch keinen Augenblick«, entgegnete Hadrian. Er musste gestehen, dass er sich auch darauf freute, ihr bei der Arbeit zuzusehen. »Sie wissen hoffentlich, dass dies nicht der Grund ist, warum ich darauf bestehe, Sie zu begleiten.«

Zur Antwort nickte sie nur. Nach einigen Augenblicken des Schweigens kam sie wieder auf den Fall zu sprechen. »Ich hoffe, dass diese Berichte über den Angriff auf Sie und auch auf Crawford ein wenig Licht in die Sache bringen. Wie ich gestehen muss, bin ich nicht so ganz sicher, an welcher Stelle ich mit der Suche nach Ihrem Angreifer beginnen soll. Obwohl der Ring, den Sie in Ihrem Besitz haben, eventuell eine Hilfe sein könnte.«

Hadrian zuckte zusammen. Sie konnte natürlich nicht ahnen, auf welche Weise der Ring ihm bislang geholfen hat. Ihre Herangehensweise hatte ihn nur kurz erschreckt.

Miss Wren fuhr fort: »Es ist nicht so, als könnten wir ganz London auf den Kopf stellen. Wir müssen unsere Suche irgendwie eingrenzen. Ich denke, wir werden in der Nähe der Stelle anfangen, an der Sie angegriffen wurden. Wenn der Verbrecher in dieser Gegend auch niemanden mehr niedergestochen hat – soweit wir das wissen –, heißt das nicht, dass er nicht doch noch irgendwo dort in der Nähe ist.«

Hadrian konnte sich nicht vorstellen, dass sie den Täter in der Umgebung von Whitehall oder Westminster finden würde. Er musste weiter östlich zu suchen sein, denn er war im Pub The Bell am Fish Street Hill gewesen. Hadrian könnte Miss Wren dorthin führen, aber wie um alles in der Welt sollte er ihr den Grund dafür erklären? Unweigerlich würde sie ihn für verrückt erklären, wenn er ihr die Wahrheit sagte. Damit hätte sie ja wirklich nicht so ganz unrecht. Gestern Abend hatte er den Ring in der Hoffnung auf eine neue Vision noch einmal in der Hand gehalten, doch es war nichts geschehen.

»Es klingt entmutigend, ihn zu finden«, meinte Hadrian, obwohl er den zusätzlichen Vorteil genoss, zu wissen, dass der Fluch, der durch den Ring auf ihm lastete, ihnen eventuell eine Hilfe sein konnte. Er musste nur eine Möglichkeit finden, das Wissen aus seinen Visionen an Miss Wren weiterzugeben, ohne ihr zu sagen, woher er es bezog. Bei dem Gedanken, dass dies auch nur annähernd reibungslos gelingen könnte, hätte er beinahe lachen müssen.

»An irgendeiner Stelle müssen wir ja anfangen«, meinte sie achselzuckend. »Heute werden wir mit Inspektor Lowther sprechen, der mit meinem Vater zusammengearbeitet hat. Gestern habe ich im eine Nachricht geschickt und ihn um ein Treffen gebeten. Er hat mir gelegentlich bei meinen Scheidungsermittlungen geholfen.« Sie pausierte einen Moment, ehe sie weitersprach: »Ich sollte Ihnen sagen, dass ich Lowther nicht darüber zu informieren gedenke, von Ihnen mit einer Untersuchung beauftragt worden zu sein. Ich bin mir nicht sicher, welche Haltung er oder jemand anderer bei Scotland Yard dazu einnehmen würde. Ich habe Lowther mitgeteilt, Sie seien ein Freund der Familie und ich hätte Ihnen angeboten, Ihnen bei der Suche nach Antworten bezüglich des Angriffs auf Sie behilflich zu sein.«

Dass sie ihre Rolle in dieser Sache falsch darstellen musste, widerstrebte Hadrian zwar, aber er verstand, warum dies wahrscheinlich nicht zu umgehen war. »Ich finde es frustrierend, dass mir bei Scotland Yard jemand vorwerfen könnte, ich hätte einen Ermittler eingestellt, wenn sie so schlechte Arbeit bei der Untersuchung meines Falles geleistet haben.«

»*Das* mag die Leute von Scotland Yard nicht stören. Es wird sie aber stören, dass Sie *mich* eingestellt haben.«

»Und mich stört es, dass es sie stört«, brummte Hadrian nun verärgert. »Ich kann einstellen, wen ich will.«

Daraufhin lächelte sie, um dann aber rasch wieder zu ernüchtern. Hadrian wünschte, sie hätte es nicht getan. Ihr Lächeln gefiel ihm und er fragte sich, ob sie nicht genug Gelegenheiten dazu bekam.

Einige Minuten später kamen sie bei Scotland Yard an. Der Kutscher öffnete die Tür und Hadrian stieg aus. Er hielt Miss Wren seine Hand entgegen. Sie zögerte kurz, nahm aber dann sein Angebot an, als sie ausstieg. Es war albern, aber Hadrian spürte, wie ein Zittern des Hochgefühls seinen Arm durchlief. Hatte das mit seinem Fluch zu tun? Nein, denn er trug einen Handschuh.

Hadrian trug seinem Kutscher auf, in einer halben Stunde zurückzukehren, und begleitete Miss Wren zum Haupteingang.

Sie trat vor ihm ein und führte ihn einen Korridor entlang zu einem Büro, bei dem es sich vermutlich um das von Inspektor Lowther handelte. Die Tür stand offen, und ein Mann saß hinter dem Schreibtisch. Bei ihrem Anblick erhob er sich.

»Miss Wren.« Der Inspektor begrüßte sie mit einem herzlichen Lächeln, während er um den Schreibtisch herumging. Er schien Mitte vierzig zu sein und trug einen dichten Schopf von fast schwarzem Haar. Buschige Brauen überschatteten seine tiefliegenden braunen Augen. Er war stämmig und groß, ein vorbildliches Exemplar der Metropolitan Police. »Es ist schön, Sie zu sehen. Wie geht es Ihrer Großmutter?«

»Gut, danke der Nachfrage. Und wie geht es Mrs. Lowther und Ihren Kindern?«

»Sehr gut«, antwortete Lowther mit einem Nicken. »Mein Jüngster hatte gerade seinen elften Geburtstag. Er hat gute Noten in der Schule.«

»Sie müssen stolz auf ihn sein«, meinte Miss Wren mit einem Lächeln. »Erlauben Sie mir, Ihnen meinen Begleiter Lord Ravenhurst vorzustellen. Er ist ein Freund der Familie, und ich helfe ihm in einigen Angelegenheiten.«

Lowther streckte seine Hand aus, und Hadrian zog schnell seinen Handschuh aus, um sie zu schütteln. Plötzlich flammte das Gefühl von Stolz in ihm auf und das Gesicht eines Jungen nahm vor Hadrians geistigem Auge Gestalt an, um sogleich wieder zu verblassen.

»Erfreut, Sie kennenzulernen, Mylord«, meinte der ältere Mann.

»Ganz meinerseits«, brachte Hadrian hervor, während er zu verstehen versuchte, was gerade passiert war. Er hatte die Hand des Mannes berührt, und dies hatte seine Visionen wachgerufen. Seine Hand zitterte ganz leicht, als er seinen Handschuh wieder anzog. Schnell ließ er den Arm sinken, aber er fühlte sich noch immer unbehaglich.

»Ich wusste nicht, dass Ihre Familie so hochstehende Freunde hat«, meinte Lowther mit einem Lächeln zu Miss Wren.

Sie neigte nur den Kopf und holte etwas aus ihrer Tasche, das sie ihm in die Hand gab. »Ich bin froh zu hören, dass es Ihrer Familie gut geht. Wir waren etwas bestürzt, da der Cousin meines Großvaters, Sir Henry Meacham, vor kurzem plötzlich verstorben ist.«

Lowther schob den Gegenstand, den sie ihm gegeben hatte – einen Umschlag – in seine Tasche. War das eine ... Bestechung? »Es tut mir leid, das zu hören.« Er ging, um die Bürotür zu schließen.

»Es war ein Schlag«, meinte sie. »Das ist allerdings nicht der Grund, weswegen wir heute hierhergekommen sind.«

Hadrian wünschte, dem wäre so, denn er wollte Antworten über Sir Henrys Tod. Er würde versuchen, eine Möglichkeit zu finden, das Gespräch in diese Richtung zu lenken, wie Miss Wren es so geschickt fertigbrachte.

»Wie kann ich helfen?«, erkundigte sich Lowther freundlich.

»Ihnen ist wahrscheinlich bekannt, dass Lord Ravenhurst vor einigen Wochen niedergestochen wurde«, fing Miss Wren an.

»So ist es. Ganz Scotland Yard ist informiert, wenn ein Earl angegriffen wird.« Er sah Hadrian an. »Sie scheinen sich gut erholt zu haben.«

»Meine Genesung hat sich über mehrere Wochen hingezogen. Ich bin froh, dass ich noch lebe.«

Miss Wren fuhr fort: »Offensichtlich hat man Lord Ravenhursts Fall abgeschlossen, aber er hat dennoch Fragen zu dem Beschluss. Kürzlich hat er mit einem Inspektor gesprochen und darum gebeten, den Bericht über seinen Angriff sowie den Bericht über einen Angriff auf Mr. Patrick Crawford einzusehen.«

»Ist Crawford nicht in der Woche darauf erstochen worden?«, fragte Lowther. »Wirklich ärgerlich, dass wir den Täter nicht erwischt haben. Nach dem Angriff auf seine Lordschaft hätten wir die Umgebung genauestens beobachten sollen. Das hätte Crawfords Tod verhindern können.« Der Inspektor runzelte die Stirn.

»Soll das heißen, beide Verbrechen sind von derselben Person begangen worden?«, fragte Miss Wren.

»Dessen bin ich mir nicht ganz sicher«, meinte Lowther. »Aber das ergibt für mich am meisten Sinn.«

Auch für Hadrian war diese Erklärung die vernünftigste. »Komisch finde ich nur, dass der Täter ein Straßenräuber war. Mir sind keine Straßenräuber bekannt, die ihre Opfer niederstechen«, meinte Hadrian ironisch.

»Das stimmt tatsächlich nicht mit ihrer üblichen Vorgehensweise überein«, pflichtete Lowther ihm zustimmend bei.

Hadrian fühlte sich ermutigt, denn der Inspektor erweckte einen vernünftigen Eindruck. »Neulich habe ich mit Inspektor Teague gesprochen, der gestern die Berichte abholen wollte. In Anbetracht von Miss Wrens Verbindungen hierher hielt ich es für klug, sie als Begleitung mitzubringen.«

»Dem würde ich zustimmen, wenngleich Sie als Earl wahrscheinlich ohnehin alle Informationen bekommen, die Sie verlangen«, bemerkte Lowther mit einem leisen Lachen. »Ich gehe und hole die Berichte von Teague. Ich werde gleich wieder zurück sein. Nehmen Sie doch bitte Platz.« Er wies auf zwei Stühle, die seinem Schreibtisch gegenüber standen.

Sobald er aus dem Zimmer war, setzten sie sich beide. Hadrian erkannte dies als günstige Gelegenheit, Miss Wren über den anderen Teil der Ermittlungen zu befragen, von dem sie nicht wusste, dass ein Zusammenhang bestand. »Mir kommt gerade in den Sinn, Miss Wren, dass Sie Inspektor Lowther vielleicht über Sir Henrys Tod befragen sollten, während wir schon hier sind.«

Sie zog ihre goldenen Augenbrauen zusammen, bis diese ein V bildeten. »Das kann ich nicht tun, denn wir sind ja hier, um Informationen zu Ihrem Angriff zu sammeln.«

»Dennoch erscheint es mir unsinnig, dass Sie einen separaten Termin vereinbaren. Sie sollten seine Aufmerksamkeit für Ihr Anliegen nutzen.«

»Das könnte ich vermutlich wirklich tun«, entgegnete sie langsam, als würde sie sich für die Idee erwärmen. »Ich würde ihn liebend gerne fragen, warum angesichts der Umstände von Sir Henrys Tod keine Untersuchung stattgefunden hat.«

Hadrian war allerdings daran gelegen, eine ganz andere dringende Angelegenheit zu besprechen. »Was haben Sie Lowther nach unserer Ankunft ausgehändigt?«

»Ich habe ihm eine Pfundnote gegeben. Bestechungsgelder sind gang und gäbe, aber ich gebe sie nur einigen ausgewählten Leuten. Mir einen Gefallen zu tun, kann ein Risiko sein, also entschädige ich die Leute dafür, dass sie es auf sich nehmen. All dies sind Männer mit Familien, die das Geld brauchen. Insbesondere Lowther hat fünf Kinder, von denen eines kränklich ist.«

»Brauchen *Sie* das Geld nicht selbst?«, fragte Hadrian, während er bei sich dachte, was für ein gutes Herz Miss Wren hatte. Das überraschte ihn keineswegs.

»Ich werde Ihnen die Kosten für das Bestechungsgeld auf die Rechnung setzen«, meinte sie mit einem kurz aufblitzenden Lächeln.

»Was, wenn ich mit Bestechung nicht einverstanden wäre?« Diese Gepflogenheit fand nicht unbedingt seinen Zuspruch.

»Dann könnten wir in Schwierigkeiten geraten, denn in der Regel ist dies unumgänglich.«

»War das heute der Fall?« Er hatte den Eindruck gewonnen, als seien Miss Wren und Lowther zumindest freundschaftliche Bekannte. Sie verlangte schließlich nicht von ihm, dass er irgendwelche Regeln oder Gesetze brach.

Sie zuckte mit den Schultern. »Möglicherweise war es das nicht, aber Lowther ist nun eindeutig motiviert, uns nach besten Kräften zu unterstützen und das gibt mir ein gutes Gefühl.«

»Viel lieber möchte ich glauben, dass er uns hilft, weil es seine

Arbeit ist«, murmelte Hadrian. »Mir war nicht bewusst, dass die Polizei so korrupt ist.«

»Korruption ist nahezu allgegenwärtig, fürchte ich.« Ihre Stimme klang beinahe traurig. »Meinem Vater gefiel das auch nicht, aber er verstand, warum manche Männer zusätzliche Mittel für ihre Familien benötigten.«

»Mein Vertrauen in die Polizei ist erschüttert, das muss ich nun gestehen.« Hadrian dachte kurz darüber nach, ob er eine parlamentarische Untersuchung über die Metropolitan Police einleiten sollte.

Sie sah ihn mitfühlend an. »Das tut mir leid. Nach allem, was Ihnen passiert ist, würde es mir nicht anders ergehen.«

In dem Moment kehrte Lowther zurück, ohne jedoch irgendwelche Unterlagen mitgebracht zu haben. Er setzte sich hinter seinen Schreibtisch und schien ein wenig verwirrt. »Teague hat mir mitgeteilt, diese Berichte seien als vertraulich eingestuft worden. Aus diesem Grund können wir sie leider nicht weitergeben.«

Miss Wren schaute mit gerunzelter Stirn zu Hadrian. »Das ist merkwürdig. Warum sind die Berichte entsprechend eingestuft worden?«

»Das weiß ich nicht, aber ich werde mir die Unterlagen ansehen. Ich kann versuchen, mit dem Inspektor zu sprechen, der an diesen Fällen gearbeitet hat.« Lowther schnitt eine Grimasse. »Ich sage ›versuchen‹, denn Padgett kann ein bisschen abweisend sein.«

»Diesen Eindruck hatte ich ebenfalls von ihm gewonnen «, meinte Hadrian.

Lowther fasste in seine Tasche und holte den Umschlag hervor, den Miss Wren ihm gegeben hatte. »Ich sollte dies zurückgeben, denn ich konnte Ihnen heute nicht helfen.«

Sie winkte ab und bedeutete ihm damit, dass er das Geld behalten sollte. »Behalten Sie es für den Moment. Sie werden sich darum kümmern, die Berichte für den *Earl* zu besorgen.«

»Ich würde nur sehr ungern mit dem Innenminister sprechen müssen, um sie zu erhalten«, meinte Hadrian, denn er dachte, dass es nicht schaden könnte, seinen Rang zu nutzen. War das etwa besser als Bestechung? »Aber wie Sie so treffend bemerkt haben, werde ich wahrscheinlich bekommen, worum ich bitte.«

»Ich würde Ihnen zu diesem Vorgehen raten«, meinte Lowther. »Aber das wird dem Superintendenten nicht gefallen. Lassen Sie mich erst versuchen, die Berichte zu bekommen.«

Hadrian nickte. »Wahrscheinlich würde ich irgendwann auch gern ein Gespräch mit dem Superintendenten führen wollen. Mir liegt an einer Erklärung dafür, warum der Mordversuch an meiner Person und der Mord an Crawford einem gewöhnlichen Straßenräuber angelastet wurden. Das ergibt für mich einfach keinen Sinn.«

»Das gilt auch für mich«, fügte Miss Wren hinzu.

»Ich kann Ihnen in diesem Punkt wohl nicht widersprechen«, antwortete Lowther, und Hadrians bereits deutlich verbesserte Meinung über ihn, als er die Rückgabe des Bestechungsgeldes angeboten hatte, stieg weiter. »Ich werde alles in meiner Macht Stehende tun, um Ihnen in dieser Angelegenheit behilflich zu sein.« Er blickte zu Miss Wren. »Ich werde Sie benachrichtigen, sobald ich etwas zu berichten habe.«

»Vielen Dank«, entgegnete Miss Wren. »Gern würde ich Sie noch etwas fragen. Ich habe bereits erwähnt, dass meines Groß-vaters Cousin verstorben ist. Er brach in einem Club oder einer Taverne zusammen, und ich bin nicht ganz sicher, wo und wann festgestellt wurde, dass er einem Herzinfarkt erlegen war. Er wurde zu seinem Arzt gebracht, der einen Totenschein ausstellte.«

Lowther strich sich kurz über das Kinn. »Wie sonderbar. Das Sterberegister hätte doch ausgereicht.«

»Genau das war mein Gedanke«, sagte Miss Wren. »Sir Henry hatte eine Wunde an der Körperseite, die genäht worden war. Der Beschreibung nach hört es sich nicht so an, als wäre sie durch eine Autopsie entstanden, also bin ich neugierig, welche Ursache dafür in Frage kommt.«

»Nein, das klingt nicht nach einer Autopsie. Wie Sie ja wissen, wäre er in der Körpermitte geöffnet worden.« Lowther schwieg einen Augenblick. »Sie sagten, der Totenschein sei von seinem Arzt ausgestellt worden. Können wir davon ausgehen, dass der Arzt eine Autopsie durchgeführt hat?«

»Ich glaube nicht, dass wir von irgendwelchen Annahmen ausgehen können. Ich verstehe nicht, warum keine Untersuchung stattgefunden hat. Sir Henry starb an einem öffentlichen Ort und augenscheinlich hatte er eine Wunde.«

»Das scheint mir seltsam.« Lowther tippte mit den Fingern auf dem Schreibtisch. »Ich werde der Sache nachgehen und Sie wissen lassen, was ich herausgefunden habe.«

»Wären Sie in der Lage, den Autopsiebericht einzusehen, falls ein solcher erstellt wurde?«, fragte Miss Wren.

»Ja. Ich werde jetzt versuchen, die Informationen zu finden. Entschuldigen Sie mich noch einmal für ein paar Minuten.« Wieder erhob er sich von seinem Stuhl und verließ erneut das Büro.

»Lowther scheint sehr hilfsbereit zu sein«, stellte Hadrian fest. »Ist er das wegen der Bestechung? Wie gut kennen Sie ihn?«

»Recht gut. Er war ein neuer Constable und unterstand meinem Vater, vor dem er großen Respekt hatte. Bei Vaters Tod war Lowther uns eine solide Stütze.« Sie sah Hadrian nicht in die Augen.

»Ich weiß, wie viel Ihnen Ihr Vater bedeutet hat«, meinte er leise. »Auf welche Weise ist er gestorben?«

Sie lenkte ihren Blick zu ihm und richtete ihr Rückgrat an der Stuhllehne auf. »Er hat ein Verbrechen beobachtet und wurde getötet, als er eingegriffen hat, um es zu verhindern. Lowther war der erste Constable, der am Tatort eintraf. Er war es, der meinen Vater gefunden hat.«

Hadrian war überrascht, dass der Mann Geld von ihr

annahm, aber andererseits ging ihm auch der ganze Plan mit der Bestechung gegen den Strich, wenn sie auch offenbar notwendig war.

Lowther kehrte zurück, schloss die Tür hinter sich und setzte sich wieder auf seinen Stuhl hinter seinem Schreibtisch. »Einen Autopsiebericht kann ich nicht finden, also nehme ich an, dass keine Autopsie durchgeführt wurde. Das wäre nicht verwunderlich, da die Todesursache leicht festzustellen war und das schien der Fall gewesen zu sein.«

»Das erklärt allerdings nicht seine mysteriöse Wunde.« Miss Wren stand abrupt auf. »Danke, dass Sie sich heute Zeit genommen haben, Inspektor.«

Lowther erhob sich. »Ich freue mich immer, Sie zu sehen, Miss Wren. Wir werden bald wieder miteinander sprechen.«

Hadrian nickte dem Inspektor zum Abschied zu und begleitete Miss Wren aus dem Büro. Auf dem Weg ins Freie begegneten sie Inspektor Teague.

Bei Hadrians Anblick nickte er einmal kurz. »Guten Tag, Ravenhurst.«

Hadrian wies zu Miss Wren. »Das ist Miss Wren.«

Teague verneigte sich leicht vor ihr. »Lowther informierte mich, dass Thomas Wrens Tochter mit Ihnen in seinem Büro war. Ich bin Inspektor Teague. Mein Vater hat ebenfalls für Scotland Yard gearbeitet, und vor ihm war mein Großvater in der Bow Street tätig. Der Ruf Ihres Vaters war weithin bekannt und er wurde sehr verehrt.«

»Es ist nett, dass Sie das sagen«, entgegnete Miss Wren mit einem sanften Lächeln.

Hadrian freute sich über diesen Moment für sie.

Teague sah Hadrian mit fragend hochgezogener Augenbraue an. »Ich bin überrascht, dass Sie nicht zu mir gekommen sind, da ich Ihnen angeboten habe, diese Berichte für Sie zu beschaffen.« Seine Stimme klang nicht gerade anklagend, aber doch ein bisschen verstimmt.

»Ich bitte um Verzeihung«, entgegnete Hadrian. »Miss Wren ist mit Inspektor Lowther bekannt, und sie hat mir ihre Hilfe bei der Beschaffung der Informationen angeboten.«

Er konnte nur hoffen, das Richtige gesagt zu haben.

»Ich bin mir nicht sicher, ob die Notwendigkeit besteht, dass wir uns beide um dieselbe Sache kümmern, aber ich fürchte, ich bin zu neugierig auf diesen Fall, um ihn Lowther zu überlassen. Er sagte Ihnen, dass die Berichte als vertraulich eingestuft wurden?«

Hadrian nickte.

»Warum wird die Anzeige eines Verbrechens, das einem gewöhnlichen Straßenräuber zugeschrieben wird, als vertraulich eingestuft?«, überlegte Teague laut.

»Das wirft doch ein noch verdächtigeres Licht auf die ganze Situation, oder etwa nicht?«, fragte Hadrian.

»Inspektor, da Lowther diese Angelegenheit untersucht, brauchen Sie das eigentlich nicht zu tun«, warf Miss Wren ein.

»Ich verstehe, aber wie ich bereits sagte, bin ich jetzt wirklich an der Sache interessiert«, gab Teague mit dem Aufblitzen eines Lächelns zurück. »Mir will es ganz und gar nicht gefallen, dass die Polizei seine Lordschaft einfach ignoriert hat. Das können wir wirklich besser machen.«

»Es kann nicht schaden, wenn Sie diese Angelegenheit noch einmal überprüfen.« Hadrian war der Ansicht, dass zwei Inspektoren besser als einer sein mussten, insbesondere wenn keiner der beiden Padgett hieß.

»Ich gebe Bescheid, wenn ich mehr in Erfahrung gebracht habe.« Teague blickte zu Miss Wren. »Es war mir ein ausgesprochenes Vergnügen, Ihre Bekanntschaft zu machen, Miss Wren.« Dann nickte er Hadrian zu. »Ravenhurst.«

Hadrian begleitete Miss Wren aus dem Gebäude und freute sich zu sehen, dass sein Kutscher gerade zurückkehrte. Sehr zu Hadrians Zufriedenheit ließ sich Miss Wren dieses Mal auf dem nach vorn gerichteten Sitz nieder. Hadrian setzte sich ihr gegenüber.

»Sie haben sich in meine Ermittlungen eingemischt«, bemerkte Miss Wren mit kühlem Blick.

»Wie das?«

»Wenn sich zwei Inspektoren mit derselben Angelegenheit befassen, die bereits abgeschlossen und als vertraulich eingestuft ist, wird das unweigerlich Verdacht erregen«, antwortete sie gleichmütig. »Damit könnte es für beide schwieriger werden, etwas Wissenswertes in Erfahrung zu bringen.«

»Das klingt ja ganz so, als würden Sie den Verdacht hegen, dass jemand bei der Polizei Informationen verheimlicht.«

»Meines Erachtens rechtfertigt die Art und Weise, wie Ihr Fall und auch Crawfords gehandhabt wurde, eine Untersuchung, doch einigen Leuten, namentlich Padgett, wird das nicht gefallen. Wir müssen behutsam vorgehen.«

Verflixt! Er *hatte* sich tatsächlich eingemischt. »Ich wollte nicht aufdringlich sein. Ich habe Sie damit beauftragt, die Angelegenheit zu klären und ich muss Ihnen freie Hand dabei lassen. Ich bitte um Entschuldigung.«

»Danke.«

Hadrian wollte sicherstellen, dass er in ihren Ermittlungen bezüglich Sir Henry auf dem Laufenden blieb. Trotzdem konnte er ihr auf keinem Fall sagen, warum er sich sicher war, dass Sir Henrys Tod und der Angriff auf ihn selbst zusammenhingen.

Ein Teil von ihm hätte sich ihr gern anvertraut. Es fiel ihm nicht schwer, sich mit ihr zu unterhalten, und er bewunderte ihren Intellekt. Aber genau dieser Intellekt würde es ihr wahrscheinlich verbieten, die Absurdität als Wahrheit anzuerkennen, von der er ihr berichten würde: dass er Visionen hatte, wenn er Gegenstände und anscheinend sogar Menschen berührte.

Himmel, ihm war noch nicht einmal die Zeit geblieben, darüber nachzudenken, was er beim Händeschütteln mit Lowther gesehen oder gefühlt hatte. Er hatte zwar nichts Beun-

ruhigendes empfunden, aber die Erfahrung an sich war ein
Schock gewesen. Er wollte sich wirklich nicht vorstellen müssen,
dass er nie wieder einen Menschen berühren konnte, ohne etwas
zu sehen, was er nicht sehen wollte.

»Miss Wren, ich frage mich, ob Sir Henry nicht auf die gleiche
Weise niedergestochen wurde wie Crawford und ich.«

»Das ist meines Erachtens in höchstem Maße unwahrscheinlich. Welche mögliche Verbindung könnte es zwischen Crawford,
Sir Henry und Ihnen geben? Ich verstehe zwar, in welcher Weise
der Angriff auf Sie und auf Crawford zusammenhängen, aber Sir
Henry starb Wochen später in einem Club oder wo auch immer
er war.« Nun schloss sie die Augen, und er hatte das Gefühl, dass
sie nachdachte.

»Ich weiß nicht genau«, sagte Hadrian frustriert. »Nach
unserem Gespräch mit Lowther scheint es für mich vollkommen
klar, dass Sie mit Sir Henrys Arzt über die Nacht seines Todes
sprechen müssen.«

»Diese Überlegung habe ich auch schon angestellt. Vielleicht
suche ich ihn auf, nachdem Sie mich zu Hause abgesetzt haben.«

»Wenn Sie es wünschen, kann ich Sie dorthin fahren.«
Hadrian versuchte, keinen übertriebenen Enthusiasmus an den
Tag zu legen, oder – wie sie es genannt hatte – aggressiv zu klingen, aber er wollte sie unbedingt begleiten. »Ich werde Sie sogar
für Ihre Zeit dort entschädigen, denn ich habe den Eindruck,
dass Sir Henrys Tod in irgendeiner Weise etwas mit meinem
Angreifer zu tun hat.«

»Sie meinen konkret mit Ihrem Angreifer?«, fragte sie scharf,
mit stechendem Blick.

»Ich halte es für möglich«, bemerkte Hadrian und dachte,
dass er sich fast bloßgestellt hatte. Er musste auf der Hut sein.
Miss Wren würde bestimmt hinter sein Geheimnis kommen,
wenn er nicht vorsichtig war. »Ich meine damit nur die Möglichkeit, dass derselbe Mann Sir Henry auf die gleiche Weise niedergestochen hat wie Crawford und mich.« Er klang vollkommen

aufgelöst, als er das sagte. Wie konnte er ihr je von seinen Visionen und den Empfindungen erzählen, die er erlebt hatte?

Für einen Moment dachte sie über seine Worte nach. »Wenn Sie mich dafür bezahlen wollen, mich in die Harley Street zu begleiten, habe ich keine Einwände.«

Nun lehnte Hadrian sich ganz entspannt gegen die Rückenlehne. »Brillant. Ich will Ihnen auch gern meine Hilfe anbieten, sollten Sie Bedarf haben. Ich verstehe, wie beunruhigend der Tod von Sir Henry für Sie gewesen sein muss, insbesondere wegen der finanziellen Probleme, die für Sie dadurch entstanden sind.«

Sie warf ihm einen rügenden Blick zu. »Lord Ravenhurst, Sie sind irgendwie auf noch eine aggressivere Weise neugierig als ich.«

Darauf konnte Hadrian sich ein Lachen nicht verkneifen. »Ich kann mich nicht entscheiden, ob ich das als Kompliment auffassen soll.«

»Es ist nichts weiter als eine Feststellung«, entgegnete sie kopfschüttelnd. »Ich habe den Eindruck, dass es von Vorteil sein könnte, einen Mann an meiner Seite zu haben, während ich bestimmte Erkundigungen einhole. Also werde ich ernstlich über Ihr Angebot nachdenken.«

Mehr hatte er sich wirklich nicht erhoffen können.

KAPITEL 8

$\mathcal{T}$ilda konnte sich nicht so recht entscheiden, ob es die richtige Entscheidung war, sich von Lord Ravenhurst bei ihrer finanziellen Situation helfen zu lassen. Allerdings konnte sie auch nicht von der Hand weisen, dass ihr sehr daran gelegen war, einen Earl an ihrer Seite zu haben, wenn sie Mr. Hardacre aufsuchte.

Als die Kutsche nun wieder in Richtung Marylebone fuhr, dachte Tilda an die Unterredung mit Lowther und an die Begegnung mit Teague. Auch über Ravenhursts Gewissheit, dass Sir Henrys Tod irgendwie mit dem Angriff zu tun hatte, dessen Opfer er geworden war, dachte sie nach. Und außerdem über den Tod von Crawford.

Tilda konnte sich des Gefühls nicht erwehren, dass der Earl ihr nicht alles erzählte. Vielleicht war das der Grund, warum sie sich bemüht hatte, ihre eigenen Nachforschungen über die Investitionen ihrer Großmutter vor ihm zu verheimlichen. Das kam noch zu der Tatsache hinzu, dass er oder andere außerhalb ihrer Familie nichts von den finanziellen Schwierigkeiten erfahren sollten.

Ravenhurst schnippte einen winzigen Fleck vom Ärmel

seines sorgfältig geschneiderten burgunderroten Kammgarn-
fracks. Tilda gab sich Mühe, seiner Kleidung keine besondere
Beachtung zu schenken. Sie fühlte sich wie eine Bettlerin an
seiner Seite. Zudem eine schrecklich unmodische Bettlerin.

»Wenn wir mit Dr. Selwin sprechen, werden wir bestimmte
Rollen einnehmen müssen«, erklärte Tilda.

Als ihr Vater sie im Vortäuschen eines bestimmten Verhaltens
unterwiesen hatte, führte er dabei aus, dass er gelegentlich ein
völlig anderes Verhalten an den Tag legen müsse, so als wäre er
eine Figur in einem Theaterstück. Für Tilda war dieses Rollen-
spiel aufregend gewesen, und oft hatte sie nach Gelegenheiten
gesucht, sich als jemand anderes auszugeben. Wie wertvoll diese
Fähigkeit war, in eine Rolle zu schlüpfen, war ihr erst klar
geworden, als ihr Vater gestorben war und sie ihrer Mutter
vorspielen musste, nicht völlig am Boden zerstört zu sein.

Energisch schob sie diese rührseligen Gedanken beiseite, ehe
sie fortfuhr: »Ich werde das trauernde Familienmitglied spielen,
das sich nach der Wahrheit sehnt, und Sie werden der hilfreiche
Freund der Familie sein, der die beunruhigenden Fragen stellt,
auf die wir eine Antwort haben wollen. Ich setze meine Hoffnung
darauf, dass der Arzt auf einen älteren Gentleman aufgeschlos-
sener reagieren wird, wenn dieser Antworten verlangt.« Dass er
in diesem Fall mehr Einfluss ausüben würde, war ihr zwar nicht
recht, aber ihr Stolz sollte dem Fortschritt der Ermittlungen
keinesfalls ihm Wege stehen.

»Rollen?« Hadrian klang überrascht. »Ihre Fähigkeiten auf
dem Gebiet der Ermittlungen übertreffen meine Erwartungen,
Miss Wren.«

Sie konnte nicht anders, als sich geschmeichelt zu fühlen.
»Das freut mich, denn dafür bezahlen Sie mich schließlich.«

Tilda war darauf gefasst, dass der Arzt durch ihre Fragen irritiert reagieren könnte. Sie hatte bereits einen Verdacht, was in
der Nacht geschehen war, in der Sir Henry starb, und der Arzt
musste darin verstrickt sein. Wie sonst hätte er eine solche

Wunde übersehen können? Das bezweifelte sie ohnehin, denn sie war genäht worden. Wer hatte die Wunde genäht?

Mehr und mehr vermutete sie, dass Sir Henrys Tod nicht auf einen Herzinfarkt zurückzuführen war. Wenn dies jedoch ein abgekartetes Spiel gewesen war, hatte sich dabei jemand – oder mehrere Personen, einschließlich des Arztes – große Mühe gegeben, dies zu vertuschen. Und was hatte dieses Verschweigen mit den fehlenden Investitionen ihrer Großmutter zu tun, wenn das überhaupt der Fall war?

Sie kamen bei Dr. Selwin in der Harley Street an, und Hadrian entstieg der Kutsche. Wie schon bei Scotland Yard half er ihr beim Aussteigen. Es war töricht, aber Tilda wünschte sich, sie sähe mehr wie eine Lady aus, die mit einem Earl verkehrt. Ihr Kleid war grässlich, aber daran konnte sie nichts ändern. Sie freute sich darauf, nächste Woche zu ihrer normalen Garderobe überzuwechseln. Auch diese entsprach nicht unbedingt den adligen Standards, aber wenigstens hatte sie sie selbst ausgesucht und sie fühlte sich nicht wie eine furchtbar unbequeme, nochmals aufgetragene Tracht an. Der Kragen des schwarzen Kreppkleides juckte Tilda. Wie sehr sie es hasste, es jeden Tag anzuziehen.

Sie ging mit Ravenhurst zur Tür der Arztpraxis. Ravenhurst öffnete ihr, und sie traten ein.

Eine Assistentin saß hinter einem Schreibtisch und begrüßte sie mit einem strengen Blick. Die Frau mittleren Alters hatte graues Haar und bei dem Blick durch ihre Brille entstand der Eindruck, als könnte sie mit einem einzigen dieser Blicke eine ganze Schafherde hüten.

Ravenhurst bedachte die Assistentin mit einem Lächeln, bei dem sie eigentlich dahinschmelzen müsste, aber sie schien nicht im Geringsten davon berührt. »Guten Tag, ich bin Ravenhurst und das ist meine Begleiterin, Miss Wren. Wir möchten bitte Dr. Selwin sprechen.«

»Haben Sie einen Termin?«, fragte die Frau.

»Brauchen wir einen?«, fragte Ravenhurst überrascht und vielleicht auch ein wenig beleidigt zurück.

»Mein Cousin war ein Patient von Dr. Selwin«, fügte Tilda mit einem leicht flehenden Tonfall hinzu. »Er ist vor kurzem gestorben, und ich habe ein paar Fragen, die mich beschäftigen.« Sie rang die Hände, um den Effekt zu verstärken. »Ich hatte gehofft, Dr. Selwin könnte mir etwas Trost spenden.«

Die Assistentin war von Tildas Auftritt nur wenig mehr beeindruckt als von dem Lächeln des Earls. Sie schürzte die Lippen und sehr zu Tildas Erleichterung stand sie dann auf. »Ich werde sehen, ob er verfügbar ist.«

Die Frau öffnete eine Tür und schloss sie mit einem festen Klicken hinter sich.

»Hoffentlich erwartet man von ihr nicht, dass sie Dr. Selwins Patienten in irgendeiner Form Trost spendet«, bemerkte Ravenhurst leise.

»Ich kann mir nicht vorstellen, dass sie diese Fähigkeit besitzt«, antwortete Tilda ebenso leise und freute sich, als sie Ravenhurst lächeln sah.

Einen Moment später kehrte die furchteinflößende Assistentin zurück, um ihnen mitzuteilen, dass Dr. Selwin sie beide empfangen würde. Sie gab ihnen ein Zeichen, durch die Tür zu treten, die sie soeben benutzt hatte.

»Danke«, entgegnete Ravenhurst mit einem weiteren charmanten Lächeln, von dem diese Frau überhaupt nicht beeindruckt war.

Sie betraten ein kleines Empfangszimmer, als ein Gentleman, der wohl auf die sechzig zuging, durch eine andere Tür eintrat. Sein Lächeln war herzlich und zumindest vom seinem Aussehen her war er schon viel freundlicher als seine Assistentin.

»Guten Tag, Mylord«, begrüßte er Ravenhurst, bevor er seinen Blick auf Tilda richtete. »Miss Wren. Wenn ich mich recht erinnere, sind Sie irgendwie mit Sir Henry Meacham verwandt? Mein herzlichstes Beileid.«

»Ja, Sir Henry war der Cousin meines Großvaters. Sein Tod kam sehr plötzlich. Wir stehen noch immer ein wenig unter Schock, insbesondere meine Großmutter.«

Selwins hageres Gesicht wurde weicher, als er ihren Blick mitfühlend erwiderte. »Es tut mir leid, das zu hören. Sir Henry war ein guter Mann. Meine Assistentin meinte, Sie hätten einige Fragen?«

»So ist es, und ich bin erfreut, dass Sie mich empfangen.« Tilda lächelte entzückend. »Ich habe gehört, dass er an einem Herzleiden gestorben ist, aber wir wussten nicht, dass er irgendwelche Probleme dieser Art hatte. Auch nicht seine Tochter, Mrs. Forsythe.«

Der Arzt seufzte. »Es ist merkwürdig, dass er Ihnen nichts davon gesagt hat, aber nicht überraschend. Sein Interesse, die Diagnose ernst zu nehmen, war nicht sonderlich ausgeprägt. Seit ein paar Monaten schon hatte er Schmerzen, und wir sprachen darüber, dass er sich weniger üppig ernähren und keinesfalls überanstrengen sollte. Zu meinem Bedauern hat er meinen Rat leider nicht befolgt.«

Tilda blickte zu Ravenhurst, um ihm zu signalisieren, dass er als Nächstes sprechen sollte.

Der Earl sah den Arzt mit einem kurzen, freundlichen Lächeln an. »Sind Sie überzeugt, dass es sein Herz war? Da offenbar keine Autopsie vorgenommen worden ist, möchte die Familie in diesem Punkt ganz sicher sein. Und da er nach seinem Zusammenbruch hierher gebracht wurde, wussten wir, dass Sie dies bestätigen können.«

»Ich kann Ihnen versichern, dass sein Herz die Todesursache war«, entgegnete der Arzt fest, obwohl Tilda ein leichtes Zucken um sein rechtes Auge nicht entging. »Und warum haben Sie Miss Wren begleitet?«, fragte er.

»Ich bin ein Freund der Familie und wollte ihr beistehen.« Er sah Tilda mit einem beruhigenden Lächeln an, und sie fand, dass er seine Rolle bemerkenswert gut spielte. In Verbindung mit seiner unaufhörlichen Neugierde hatte er das Zeug zu einem guten Ermittler.

Ravenhursts Miene wurde nachdenklich. »Sie müssen Sir Henrys Leiche doch sicher gründlich untersucht haben?«

Der Arzt drückte die Brust heraus. »Das habe ich ganz sicher getan.«

»Und was ist mit der Wunde an seiner Seite?« fragte Ravenhurst. »Hat dies bei Sir Henrys Tod überhaupt keine Rolle gespielt?«

Dr. Selwins Gesicht wurde eine Spur blasser. »Äh, ich kann mich nicht erinnern, eine Wunde gesehen zu haben. Ich bin sicher, dass er an einem Herzinfarkt gestorben ist. Er litt unter Schmerzen. Die Männer, die ihn aus dem Club zu mir brachten, sagten, er habe sich an die Brust gefasst.«

»Welche Männer waren das?«, fragte Ravenhurst höflich, wobei seine Augen allerdings erwartungsvoll funkelten.

»Ich kann mich ganz bestimmt nicht daran erinnern.« Wieder zuckte das Auge des Arztes und für einen winzigen Moment wandte er den Blick ab. »Ich kannte diese Leute nicht.«

»Es waren keine Freunde von Sir Henry?«, drängte Ravenhurst. »Miss Wren würde gerne wissen, um wen es sich bei diesen Männern handelte, damit sie ihnen einige Fragen stellen kann. Dazu müsste sie allerdings zunächst einmal den Ort aufsuchen, an dem Sir Henry seinen Zusammenbruch erlitten hatte.«

»Wie hieß der Club noch mal?«, fragte Tilda leise. »Das habe ich leider vergessen, und ich möchte ein Dankesschreiben schicken, weil man sich dort um Sir Henry gekümmert hat.«

»Das weiß ich auch nicht, dessen bin ich mir sicher«, meinte Dr. Selwin, während er seine Hände zusammenführte und sie sofort wieder auseinanderzog.

Tilda warf dem Arzt einen hoffnungsvollen Blick zu. »Und wie lange ist es her, dass Sie sein Herzleiden diagnostiziert haben, Dr. Selwin?«

Der Arzt runzelte die Stirn nun noch stärker. »Daran kann ich mich nicht erinnern.«

»Ich bin sicher, dass Ihre Assistentin einen Bericht darüber haben wird.« Ravenhurst warf einen Blick auf die Tür, die zum Vorraum führte.

»Ja, ja, den hat sie, da bin ich sicher. Allerdings bringen Sie unseren Tagesablauf durcheinander.« Selwin rieb sich mit der Hand über die inzwischen feucht wirkende Stirn, Obwohl er keinem seiner beiden Besucher in die Augen sah, konnte Tilda seine Aufregung erkennen. »Ich würde es vorziehen, wenn Sie einen Termin für ein anderes Mal vereinbaren würden.«

»Das können wir sicher tun«, willigte Ravenhurst freundlich ein. Er zog seinen Handschuh aus und reichte Selwin die Hand. »Es tut uns leid, dass wir Sie gestört haben, und wir danken Ihnen für Ihre Zeit.«

Selwin schüttelte ihm die Hand, und die Verbindung zwischen den beiden Männern schien etwas länger zu dauern, als normal wäre. Der Earl bewegte seine Hand, ehe er seinen Handschuh wieder anzog. Auf seiner Stirn zeichnete sich erst eine einzelne Furche ab, auf die dann mehrere weitere folgten. Sein Mund war von Falten umgeben.

»Guten Tag, Dr. Selwin«, verabschiedete sich Tilda, als Ravenhurst sich umdrehte und zur Tür des Vorraums schritt.

Als sie wieder bei der Assistentin waren, bat Tilda um einen Termin bei Dr. Selwin, um Sir Henrys Krankenakte einzusehen. Die Assistentin schürzte die Lippen und erklärte, dass dies erst in der nächsten Woche möglich sei.

»Das ist gut«, antwortete Ravenhurst, dessen Stirn noch immer von Falten gezeichnet war. »Wir werden den nächstmöglichen Termin nehmen, den Sie uns vorschlagen.«

»Am kommenden Dienstag um eins«, bestimmte sie. »Es sei denn, es gibt eine dringende Angelegenheit, die seine Aufmerksamkeit erfordert, wie Sie sicher verstehen werden?«

»Natürlich«, sagte Tilda. »Danke.« Sie ging auf die Außentür zu, und Ravenhurst beeilte sich, diese für sie zu öffnen.

Bis sie wieder in der Kutsche saßen, wechselten sie kein Wort. Die Fahrt zu Tildas Großmutter war relativ kurz.

»Ich fand ihn ausnehmend unglaubwürdig«, stellte Tilda fest, als sich die Kutsche in Bewegung setzte. »Es sei denn, Millicent hat sich in Bezug auf die Wunde an der Körperseite ihres Vaters geirrt.«

Ravenhurst massierte sich kurz die Stirn. »Ich habe sie das sagen hören und somit halte ich einen Irrtum für unmöglich. Dinge, die man bei der Vorbereitung seines Vaters auf die Beerdigung gesehen hat, vergisst man nicht«, meinte er augenzwinkernd. »Nicht, dass ich das aus persönlicher Erfahrung wüsste. Mir kamen aber auch die Antworten und das Verhalten des Arztes dubios vor.«

Tilda konnte nicht zulassen, sich von Gesprächen über Väter und Beerdigungen ablenken zu lassen. Auch sie hatte ihren Vater nicht vorbereitet, und sie wünschte, sie hätte es gekonnt. »Er hat uns nur gebeten wiederzukommen, um Sir Henrys Diagnose einzusehen, die nie erstellt worden ist, da würde ich wetten, weil er Zeit braucht, seine Eintragungen entsprechend zu ergänzen.«

Ravenhurst riss die Augenbrauen in die Höhe. »Sie glauben, er würde einen Eintrag in seinen Akten fälschen?«

Tilda zog die Schulter hoch. »Das halte ich durchaus für möglich. Wie Sie bemerkten, war er durch unsere Befragung ein wenig aus dem Konzept. Warum zeigt er uns die Unterlagen nicht einfach jetzt? Dann bräuchte er uns nicht mehr zu sehen, denn das war offensichtlich eine Belastung für ihn.«

»Aber warum war er so aufgewühlt? Und warum hat er über Sir Henrys Todesursache gelogen?«

»Wenn Sir Henry eine Wunde hatte, ist er meines Erachtens erstochen worden, und diese Tatsache wurde von Dr. Selwin verschwiegen. Aber aus welchem Grund?« Tilda konnte nicht leugnen, dass der Ansturm von Fragen, den ihr Gespräch mit Selwin ausgelöst hatte, sie in helle Aufregung versetzte. »Dass die Männer, die Sir Henry in die Harley Street gebracht haben, dem Arzt unbekannt waren, kann ich einfach nicht glauben. War er in dem Club wirklich allein? Woher sollten diese unbekannten Männer überhaupt wissen, dass sie ihn zu seinem Leibarzt bringen sollten? Hinter diesem Plan scheint ganz etwas anderes zu stecken. Ich würde sehr gerne wissen, ob dies etwas mit seinen Finanzen zu tun hat, wenn überhaupt.«

»Sie werfen ausgezeichnete Fragen auf«, bemerkte Ravenhurst mit einer gewissen Bewunderung. »Wir müssen den Namen des Clubs – der Arzt hat das Wort Club benutzt – herausfinden, in dem er zusammengebrochen ist, und das Personal und auch die Gäste zu den Ereignissen jener Nacht befragen.«

»Glauben Sie, Selwin hat gelogen, als er sagte, er wisse nicht, wo Sir Henry zusammengebrochen ist?«

»Es hat ganz den Anschein, als wäre er imstande, über vieles zu lügen.«

Tilda nickte. »Ich werde mich bei Millicent nach dem Namen des Clubs oder der Taverne oder was immer es ist, erkundigen.«

»Sie erwähnten Sir Henrys finanzielle Situation«, meinte Ravenhurst fast vorsichtig. »Ich habe das Gefühl, dass Sie darüber nicht sprechen wollen, aber Sie wissen doch hoffentlich, dass Sie mir vertrauen können. Was immer Sie mir mitteilen, wird streng vertraulich behandelt.«

Wenn sie auch immer noch dachte, dass er ihr etwas verheimlichte, beschloss sie, dass sie sich ihm anvertrauen konnte. Eine andere Wahl hatte sie auch gar nicht, wenn sie sich von ihm zu Mr. Hardacre begleiten lassen wollte und sie war sich fast sicher, dass dies tatsächlich ihr Wunsch war. »Als Sir Henry starb, war er verschuldet; sein Haus war mit einer Hypothek belastet. Da er nach dem Tod meines Vaters der engste männliche Verwandte meiner Großmutter war, verwaltete er ihre Investitionen. Mich beunruhigt die Tatsache, dass sich die Zinszahlungen aus ihrer Anlage nicht verändert haben, seit ich vor acht Jahren mit der Verwaltung der Geldmittel ihres Haushalts begonnen habe. Es gab auch noch eine zweite Anlage, die einfach verschwunden ist.«

Ravenhurst beugte sich vor. »Was soll das heißen, sie ist verschwunden?«

Tilda erläuterte den zeitlichen Zusammenhang der Investition und der Veruntreuung von Kundengeldern durch Mr. Hardacre. Die Augen des Earls wurden immer größer, während sie sprach.

»Glauben Sie, das Geld Ihrer Großmutter ist veruntreut worden?«, fragte er.

»Das halte ich für wahrscheinlich. Und Millicent – seine Tochter – hat mit einer Erbschaft gerechnet, aber Sie haben gehört, wie sie sagte, es gäbe keine. Ich frage mich, ob der Anwalt eine große Geldsumme gestohlen hat.«

Er lehnte sich mit entschlossenem Gesichtsausdruck an die Rückenlehne. »Wir müssen mit Mr. Hardacre sprechen.«

»Ja. Ich hatte gehofft, dies heute erledigen zu können, aber ich sollte nach Hause zu meiner Großmutter zurückkehren.«

»Ich kann mir vorstellen, dass sie aufgrund dieser eventuellen Unterschlagung verzweifelt ist«, bemerkte Ravenhurst.

»Davon habe ich ihr gar nichts gesagt«, gestand Tilda. »Sie wäre sehr bestürzt, und der Tod von Sir Henry hat sie bereits sehr aus dem Gleichgewicht gebracht. Außerdem hat sie ein schlechtes Gewissen, weil sie nicht sorgfältiger Buch über die Finanzen geführt hat.« Tilda reckte den Hals und drehte den Kopf hin und her. »Ich habe alle Bücher durchforstet, die ich finden konnte – sowohl die meiner Großmutter als auch Sir Henrys.«

»Sie tragen eine große Verantwortung«, meinte er sanft. »Wie alt waren Sie, als Sie anfingen, den Haushalt Ihrer Großmutter zu führen? Sie können noch nicht einmal zwanzig Jahre alt gewesen sein.«

»Siebzehn«, antwortete Tilda. »Es macht mir Freude, mich um meine Großmutter zu kümmern. Der Verlust meines Vaters war für uns beide ein schwerer Schlag. Als ich dann zu ihr gezogen bin, fanden wir beide wieder etwas Freude.«

»Das ist schön.« Er formte seine Lippen zu einem herzlichen Lächeln.

Die Kutsche kam vor Tildas Haus zum Stehen.

»Haben Sie die Korrespondenz von Sir Henry durchgesehen?«, fragte Ravenhurst. »Vielleicht gibt es einen Brief oder mehrere, die zwischen Sir Henry und seinem Anwalt, wahrscheinlich dem früheren – Hardacre, würde ich vermuten – geschrieben wurden.«

Warum war ihr nicht selbst eingefallen, die Korrespondenz zu durchforsten? Weil sie viel zu sehr auf die Bücher und die tatsächliche Abrechnung des Geldes fixiert gewesen war. Wenn es in der Buchhaltung aber keine Hinweise gab, so sollte sie an anderen Stellen suchen. »Millicent hatte eine Menge Korrespondenz zu prüfen. Mir ist nicht einmal in den Sinn gekommen, sie zu fragen, ob sie etwas gefunden hat. Wir haben allerdings über diese Angelegenheit gesprochen, also denke ich, dass sie mir sagen wird, wenn sie etwas Hilfreiches entdeckt.«

»Weiß sie denn, was hilfreich ist? Vielleicht sollten Sie ihr nochmals Ihre Hilfe anbieten.«

Er hatte recht. Sie würde Millicent jetzt gleich aufsuchen.

»Möchten Sie, dass ich Sie jetzt hinfahre?«, bot er an, als hätte er ihre Gedanken gehört. »Das macht mir gar nicht aus. Ich würde dies sogar gern für Sie tun, wenn es Ihnen recht ist.«

Ganz offenbar wollte er ihr wirklich helfen.

Sie war über sein Angebot froh, denn sie wurde von einem drängenden Gefühl geplagt. »Das wäre überaus freundlich, danke.«

»Ich werde dem Kutscher Bescheid geben.« Ravenhurst entstieg der Kutsche und kehrte einen Moment später zurück.

Kurz darauf waren sie auf dem Weg zur Huntley Street.

Bei ihrer Ankunft half Ravenhurst Tilda noch einmal aus der Kutsche. »Sie werden immer geschickter darin«, scherzte sie.

»War ich vorher mangelhaft?«, fragte er mit einem Lächeln.

»Das kann ich nicht sagen.« Sie schritten zur Tür, doch auf Tildas Klopfen wurde ihnen nicht geöffnet.

Sie warteten einige Augenblicke, bevor Ravenhurst es erneut versuchte und mit den Fingerknöcheln noch lauter gegen das Holz klopfte. Tilda hoffte, dass Vaughn nichts zugestoßen war. Vielleicht hatte er sich aber in den Ruhestand zurückgezogen, wie es sich gehörte. Sie bezweifelte allerdings, dass dies seit gestern geschehen war.

Endlich öffnete sich die Tür. Millicent stand auf der anderen Seite, ihr Gesicht war blass, und ihre Augen ein bisschen glasig. »Gott sei Dank seid ihr hier. Bitte, kommt herein.«

Tilda trat ein, und der Earl folgte ihr. »Ist etwas nicht in Ordnung?«, fragte Tilda.

»Es ist der arme Vaughn. Er ist hier zusammengebrochen.« Millicent führte sie zum hinteren Teil des Hauses in ein kleines Wohnzimmer.

Der Butler lag ausgestreckt auf dem Sofa, und sein Körper war zu lang für das Möbelstück, sodass seine Beine an einem Ende über die Lehne hingen. Er war blasser als Millicent – nein, er war grau. Das Hausmädchen stand neben seinem Kopf und hielt ein Tuch in der Hand. Offenbar war ein weiteres Tuch unter seinen Kopf geschoben worden.

»Was ist passiert?«, fragte Tilda, die von einer Woge der Sorge um den älteren Butler überkommen wurde.

Vaughn schlug die Augen langsam auf und wollte etwas sagen, aber Millicent legte ihm die Hand auf die Schulter. »Ich werde alles erklären. Ruhen Sie sich aus. Der Arzt wird bald hier sein.«

»Habt ihr nach Dr. Selwin geschickt?« Tilda dachte, es könnte unangenehm sein, dem Arzt heute Nachmittag wieder zu begegnen.

»Ich weiß nicht, welcher Arzt kommt«, sagte Millicent. »Die Köchin ist zu den Nachbarn gegangen und hat um Hilfe gebeten. Man hat nach einem Arzt geschickt. Sie ist zurückgekommen und holt unten heißes Wasser und ein Tonikum für Vaughns Kopf, denn er wird wahrscheinlich ziemlich wund sein.«

»Was ist passiert?« erkundigte sich Ravenhurst. Tilda warf ihm einen dankbaren Blick zu.

»Ich bin gegangen, um einen kurzen Spaziergang zu machen«, sagte Millicent. »Meine Augen waren von der Durchsicht der Korrespondenz erschöpft, und ich war es leid, hier eingesperrt zu sein. Aber ich hätte nicht gehen sollen.« Sie sah Vaughn mit großem Bedauern an. »Jemand ist ins Haus eingedrungen. Vaughn hörte etwas und erwischte den Täter im Arbeitszimmer meines Vaters. Der Räuber schlug Vaughn auf den Kopf und floh.«

»Es tut mir so leid, dass das passiert ist«, brachte Tilda mit aufrichtigem Bedauern hervor, und ihr Blick wanderte zu dem armen Butler.

»Es tut mir leid, dass er – oder sie – mich einfach so überrascht hat«, murmelte Vaughn mit geschlossenen Augen.

»Wie kommen Sie darauf, dass es eine Frau war?«, fragte Tilda.

»Er roch wie eine. Noch nie habe ich einen Mann getroffen, der so viel Parfüm trägt. Und es roch nach Blumen, vielleicht nach Lilien?«

»Konnten Sie ihn überhaupt sehen?«, fragte Ravenhurst.

»Er trug etwas, das sein Gesicht bedeckte«, sagte Vaughn. »Sein Hut war tief über seine Stirn gezogen. An mehr kann ich mich nicht erinnern. Und an den starken Geruch.«

»Das ist sehr hilfreich«, bemerkte Ravenhurst ermutigend. »Haben Sie das Bewusstsein verloren?«

»Ich glaube schon, jedenfalls für eine kurze Weile.« Vaughn

schnitt eine Grimasse. »Ich fragte mich, wie ich auf dem Boden gelandet war, ehe ich mich an die Geschehnisse erinnern konnte. Dann kam Mrs. Forsythe zurück und fand mich.«

»Ich habe nicht das Geringste gehört«, stammelte das Hausmädchen mit feuchten Augen und roten Wangen. »Aber ich war im zweiten Stock und habe eines der Zimmer saubergemacht.« Sie wischte sich mit dem Handrücken über die Nase und schniefte.

Die Köchin kam mit einem Tablett, das mit dampfendem Wasser, Tüchern und einer Flasche beladen war. Auch eine Kanne Tee und eine Tasse fanden sich darauf. Sie stellte alles auf einen Tisch, und Tilda machte Anstalten, ihr behilflich zu sein, obwohl sie nicht so ganz wusste, was sie tun sollte.

»Haben Sie Tee mitgebracht?«, fragte Vaughn.

»Das sagte ich doch«, antwortete die Köchin.

Während sie seinen Tee einschenkte, rückte Tilda näher an Millicent heran. »Was hat der Dieb gestohlen?«

Millicent drehte den Kopf zu Tilda und blinzelte. »Ich weiß es nicht. Es ist alles so ein Durcheinander. Ich bin mir nicht sicher, ob ich bemerken würde, dass überhaupt etwas fehlt.«

Vaughn sprach vom Sofa aus. »Wenn er etwas gestohlen hat, muss es klein gewesen sein, denn er hatte die Hände frei. Er hätte es in seinen Mantel oder seine Tasche stecken müssen.«

»Verabscheuungswürdig, dass jemand ein Haus überfällt, das in Trauer ist«, schimpfte die Köchin bitter, als sie den Tee zum Sofa brachte. Das Hausmädchen half Vaughn, sich aufzusetzen und den Tee zu trinken, während die Köchin die Tasse hielt.

Ravenhurst sah Tilda mit skeptischem Blick an. Dachte er dasselbe wie sie, dass es sich nicht um einen gewöhnlichen Fall handelte, bei dem jemand bloß ein Trauerhaus ausnutzte?

»Wir sollten Scotland Yard einschalten«, verkündete Ravenhurst. »Ich werde mich umgehend auf den Weg machen.«

»Danke, Mylord.« Millicent sah zu Tilda. »Warum bist du überhaupt gekommen?«

»Das können wir später besprechen«, erwiderte Tilda und tätschelte den Arm ihrer Cousine. »Ich werde Lord Ravenhurst hinausbegleiten.«

Der Earl neigte den Kopf, damit Tilda ihm voranging, und folgte ihr in die Eingangshalle. Sie drehte sich zu ihm um.

»Irgendetwas stimmt hier nicht«, sagte sie leise.

»Da bin ich ganz Ihrer Meinung. Das sind einfach zu viele seltsame Vorkommnisse. Ich denke, wir können schlussfolgern, dass in der Nacht, in der Sir Henry starb, definitiv etwas nicht in Ordnung war.«

»Ja, wenngleich ich noch einmal sagen muss, dass ich weiterhin nicht an einen Zusammenhang zwischen dieser Sache und dem Angriff auf Sie glaube.« Sie musterte ihn eingehend. »Um ehrlich zu sein, scheint mir, dass Sie mir in diesem Punkt etwas verheimlichen. Ich hoffe sehr, dass Sie die Zeit nutzen, die Sie aufwenden, um jemanden von Scotland Yard zu holen, um zu überdenken, ob Sie mir voll und ganz vertrauen wollen. Ich habe Ihnen so viel Vertrauen entgegengebracht, als ich Ihnen von unseren finanziellen Problemen erzählt habe.«

Die Art und Weise, wie er unbewusst die Nasenlöcher blähte, zeigte ihr, dass sie recht hatte. Das erfüllte sie keineswegs mit einem Siegesgefühl, aber sie war dennoch froh, dass ihr Instinkt sie nicht betrog.

»Ich komme zurück, sobald ich kann.« Mehr sagte er nicht, ehe er hinausging.

Tilda dachte über all ihr gesammeltes Wissen nach und was sie bei den Earl beobachtet hatte. Irgendetwas war nicht so ganz stimmig, doch sie hätte nicht sagen können, was genau das war. Und obwohl sie sich sicher war, dass er nicht ganz ehrlich gewesen war, hielt sie ihn keineswegs für unglaubwürdig. Er hatte einen Grund, ihr Informationen vorzuenthalten.

Wenn er ihr nach seiner Rückkehr immer noch nichts sagen würde, müsste sie ihn informieren, dass sie seinen Fall nicht richtig untersuchen konnte, solange sie nicht alle Fakten kannte.

Sollte er sich ihr anschließend immer noch nicht anvertrauen, müsste sie sich Gedanken machen, ob sie weiterhin für ihn arbeiten wollte.

Sie hoffte nur, es würde nicht so weit kommen. Abgesehen davon, dass sie die Einkünfte brauchte, war sie zu sehr in den Fall involviert, um ihn einfach fallenzulassen.

KAPITEL 9

*A*uf dem Weg zu Scotland Yard musste Hadrian an Miss Wrens Worte denken. Sie wusste also, dass er nicht ganz ehrlich zu ihr war. Und sie verlangte, dass er das änderte. Doch wie um alles in der Welt sollte er das anstellen, wenn er sie damit unweigerlich dazu brachte, ihre Verbindung zu ihm zu beenden? Oder noch schlimmer, wenn sie kundtun würde, dass er ins Bedlam gehörte.

Vielleicht war das ja genau der Ort, an dem er sein sollte.

Als er die Hand des Arztes geschüttelt hatte, war er von Gefühlen der Angst, Aufregung und Schuld überwältigt worden. Es war auch ein starkes Gefühl der Täuschung darunter zu spüren gewesen. Dann hatte Hadrian in die Augen des Mannes geschaut und diese Gefühle dort gespiegelt gesehen. Für ihn war dies eine höchst unangenehme Begegnung gewesen. Und sie war von dem üblichen schockartigen Schmerz in Hadrians Kopf begleitet.

Hadrian schob den schrecklichen Fluch beiseite und versuchte, sich auf das zu konzentrieren, was die Begegnung ergeben hatte. Alles deutete darauf hin, dass der Arzt log.

Als er bei Scotland Yard ankam, erstattete er dem dienstha-

benden Constable Bericht. Der Mann versprach, dass sie so bald
wie möglich jemanden in die Huntley Street schicken würden.
Frustriert darüber, dass niemand mit ihm zurückkehren würde,
machte sich Hadrian allein auf den Rückweg zu Sir Henrys Haus.

Wieder dachte er an das Treffen mit Selwin und die vielen
Fragen, die sich daraus ergaben. Doch jetzt hatten sie nach dem
Angriff auf den armen Vaughn sogar noch mehr Fragen. Diese
Ermittlungen hatten den Rahmen schnell gesprengt, und Miss
Wren war sich nicht einmal bewusst, in welcher Weise all dies
mit der Untersuchung zusammenhing, mit der er sie beauftragt
hatte – dem Angriff auf ihn selbst.

Er würde eine Möglichkeit ersinnen müssen, ihr die Wahrheit
anzuvertrauen. Heute war allerdings nicht der rechte Zeitpunkt
dafür. Sie mussten sich mit dem Angriff auf den Butler befassen.

Als die Kutsche vor Sir Henrys Haus anhielt, strengte Hadrian
sich an, einen klaren Kopf zu bekommen. Beim Verlassen der
Kutsche atmete er die kalte Winterluft tief ein und hoffte, dass sie
ihm etwas Erleichterung verschaffen würde, denn er hatte immer
noch leichte Kopfschmerzen.

Miss Wren machte ihm gerade die Tür auf, als der Arzt – es
war nicht Selwin – mit Vaughn fertig war. Der Butler hatte eine
leichte Gehirnerschütterung erlitten, und der Arzt verordnete
ihm für eine Woche strenge Bettruhe und schlug vor, dass er sich
vielleicht von seinen Pflichten zurückziehen sollte. Es hatte ganz
den Anschein, als käme Vaughns Ruhestand noch plötzlicher, als
er ursprünglich erwartet hatte.

Hadrian stand mit Miss Wren in der Eingangshalle, als der
Arzt sich verabschiedete. Einen Moment nachdem die Tür
geschlossen war, klopfte es.

»Ob er etwas vergessen hat?« überlegte Miss Wren, als sie die
Tür öffnete.

Dort stand aber nicht der Arzt, sondern Inspektor Teague.
Zuerst richtete er seine braunen Augen auf Miss Wren, doch
dann fand sein Blick Hadrian.

»Guten Tag«, sagte Teague.

»Kommen Sie herein, Inspektor«, lud Miss Wren ihn ein, während sie die Tür weiter öffnete.

»Ist es ein Zufall, dass Sie derjenige sind, der kommt, um zu untersuchen, was passiert ist?«, fragte Hadrian.

»Mehr oder minder.« Teague zog seine Handschuhe aus und nahm ein Notizbuch und einen Stift heraus. »Ich war gerade zu meiner Schicht angekommen, nachdem Sie gegangen waren, Ravenhurst. Als ich gesehen habe, dass Sie eine Meldung gemacht haben, wäre ich auch freiwillig gekommen, aber wie es der Zufall wollte, war ich gerade der einzige Inspektor, der verfügbar war.«

»Das ist gewiss äußerst praktisch für uns«, stellte Ravenhurst fest. »Kommen Sie mit nach hinten in das Wohnzimmer, wo Sie mit dem Opfer und den Bewohnern des Hauses sprechen können.«

Miss Wren zog eine Augenbraue hoch und Hadrian wurde klar, dass er das Kommando übernommen hatte, was ihm eigentlich nicht zustand. Er war lediglich der hilfsbereite Begleiter einer Frau und nur durch familiäre Bindungen mit diesem Haushalt verbunden.

»Verzeihen Sie mir, Miss Wren«, murmelte er.

Sie presste die Lippen aufeinander und wandte sich an den Inspektor. »Kommen Sie bitte mit in das Wohnzimmer, wo Sie mit Vaughn sprechen können. Er ist der Butler und das Opfer des Überfalls.« Sie führte ihn den Korridor entlang und an der Treppe vorbei zur Rückseite des Hauses. »Die anderen Anwesenden sind meine Cousine, Mrs. Forsythe, die Tochter von Sir Henry, die Köchin und das Hausmädchen.«

Teague nickte gerade noch, ehe sie das Wohnzimmer betraten. Hadrian folgte ihnen und blieb etwas abseits stehen.

Vaughn saß nun aufrecht auf dem Sofa. Mrs. Forsythe hatte sich ein einem Sessel niedergelassen und sah noch immer ein wenig blass aus. Das Hausmädchen stand in der Nähe des Sofas, und die Köchin hantierte mit dem Teetablett, das sie mit allem beladen hatte, was sie zuvor hergebracht hatte.

»Das ist Inspektor Teague von Scotland Yard«, stelle Miss Wren den Neuankömmling vor. »Herr Inspektor, erlauben Sie mir, Ihnen meine Cousine, Mrs. Forsythe, vorzustellen.«

Mrs. Forsythe sah zu dem Inspektor auf, ohne jedoch etwas zu sagen. Als Nächstes stellte Miss Wren das Opfer vor.

»Es tut mir leid, was Ihnen passiert ist«, begann Teague. »Wie geht es Ihnen, Vaughn?«

»Mein Kopf ist bleischwer «, gab der Butler mit nahezu geschlossenen Augen zur Antwort. »Leichte Gehirnerschütterung, hat der Arzt festgestellt. Ich werde mich erholen.«

»Das freut mich zu hören«, sagte Teague. »Ich möchte Sie nicht zu sehr belästigen, denn Sie müssen sich sicher ausruhen, aber wenn Sie mir schildern könnten, was passiert ist, wäre das sehr hilfreich.«

Vaughn erstattete Bericht über die Ereignisse, angefangen damit, dass er ein Geräusch im Arbeitszimmer gehört hatte und nachsah, was es sein könnte. Nachdem er seine Überraschung darüber, jemanden dort vorzufinden, überwunden hatte, beschrieb er, was er über den Eindringling sagen konnte, einschließlich des Geruchs von Parfüm und des anschließenden Angriffs sowie der Tatsache, dass der Angreifer nichts in der Hand gehalten hatte.

»Hat er Sie mit einem Gegenstand geschlagen?«, fragte Teague.

Vaughn nickte, dann zuckte er zusammen. »Irgendwas im Arbeitszimmer, aber ich weiß nicht, was. Es ging alles sehr schnell.«

»Ich gehe gleich hin und sehe mir das Zimmer an«, sagte Teague. »Haben Sie eine Ahnung, wie er sich ins Haus gestohlen haben könnte?«

»Nein, aber vermutlich könnte er durch die Vordertür hereingekommen sein«, sagte Vaughn mit einem Stirnrunzeln. »Ich war hier hinten und habe aufgeräumt.«

»Aber Sie haben ihn nicht auf diese Weise hereinkommen hören?«, hakte Teague noch einmal nach.

»Das habe ich nicht. Ein scharrendes Geräusch, als ob Möbel verschoben würden, war das Erste, was ich gehört habe.«

Teague hatte die ganze Zeit über Notizen in sein Buch gekritzelt und tat dies auch weiterhin. »Fällt Ihnen noch etwas ein, das ich wissen sollte?« Teague blickte von seinem Buch auf, um den Butler direkt anzusehen.

»Ich glaube, das ist alles. Es tut mir leid, dass ich den Dieb nicht besser beschreiben kann«, brachte Vaughn etwas verbittert hervor und legte die Stirn in tiefe Falten.

»Sie bezeichnen ihn als Dieb, ohne jedoch gesehen zu haben, wie er etwas aus dem Haus getragen hat«, stellte Teague fest. »Sind Sie sicher, dass er etwas mitgenommen hat?«

»Nein, ich bin mir nicht sicher«, antwortete Vaughan mit mürrischer Miene. »Vermutlich ist er hier hereingekommen, um etwas zu stehlen. Er sah den Kranz an der Tür und dachte, er könnte einen trauernden Haushalt ausnutzen.«

»Ja, das kann passieren.« Teague nickte ihm beruhigend zu. »Das haben Sie sehr gut gemacht.« Er wandte seinen Blick der Köchin zu und dann dem Hausmädchen. »Hat eine von Ihnen etwas gehört?«

Die beiden Frauen erklärten, dass sie in anderen Stockwerken beschäftigt waren. Die Köchin schien sehr beunruhigt. Rasch ging sie mit ihrem überladenen Tablett hinaus.

Teague blickte zu Miss Wrens Cousine in dem Sessel. »Würden Sie mich bitte in das Arbeitszimmer begleiten, Mrs. Forsythe? Ich würde gerne sehen, wo der Angriff stattgefunden hat.«

Millicent erhob sich, wenn auch etwas wackelig. Miss Wren versuchte, sie zu beruhigen, und murmelte ihr etwas ins Ohr. Mrs. Forsythe nickte und sagte etwas zur Antwort. Obwohl

Hadrian sich nicht sicher sein konnte, glaubte er, dass sie gesagt hatte, es würde alles gut werden – wenn seine Kunst des Lippenlesens ihn nicht trog.

Miss Wren führte die Prozession zum Arbeitszimmer. Hadrian bildete das Schlusslicht und hoffte, es wäre in Ordnung, dass er noch da war. Er war voll und ganz in die Geschehnisse verstrickt. Tatsächlich war er an allem interessiert, was mit Sir Henrys Tod in Zusammenhang stand und dazu gehörte auch der Angriff auf den Butler in seinem Haus. Aber es ging um mehr als das. Da er Miss Wren kennengelernt hatte, war er wegen *ihr* verstrickt, denn das betraf auch sie.

Teague untersuchte das Arbeitszimmer, ging langsam umher und machte sich Notizen. »Es sieht so aus, als hätte er den Raum durchwühlt.«

»Das hat er nicht«, sagte Mrs. Forsythe und klang dabei kleinlauter als bei dem vorherigem Gespräch mit Hadrian. »Ich war gerade dabei, die Sachen meines Vaters durchzugehen. Ich muss das Haus so schnell wie möglich ausräumen, damit es verkauft werden kann. Ich war spazieren gegangen, um mich von der Arbeit zu erholen. Sie sehen ja, wie mühsam das alles ist.«

»Ja.« Teague warf ihr einen mitfühlenden Blick zu. »Sie waren unterwegs, als der Angriff stattfand?«

Sie nickte. »Als ich zurückkam, fand ich Vaughn hier auf dem Boden.« Sie deutete auf einen Bereich direkt vor der Tür. »Dort lag er.«

Teague ging zu dem Raum und hockte sich hin. »Ich sehe ein bisschen Blut auf dem Teppich. Hat Vaughn nach dem Angriff aus einer Kopfwunde geblutet?«

»Ja«, antwortete Mrs. Forsythe mit einem Schaudern.

»Und war diese Keramik schon einmal zerbrochen?« fragte Teague und deutete auf ein Objekt, das wie eine griechische Urne aussah oder mutmaßlich die Nachbildung einer solchen. Auf dem Teppich lagen drei große Scherben, und auf einer davon schien etwas Blut zu haften.

»Nein. Sie stand immer auf der Ecke des Schreibtischs. Sie war die meiner Mutter, und ich hatte sie gern in der Nähe, wenn ich arbeitete.« Sie schniefte und wischte sich mit einer Hand über die Augen.

Miss Wren trat näher an ihre Cousine heran und tätschelte ihr die Schulter.

»Vielleicht lässt sie sich reparieren«, schlug Hadrian vor. »Ich würde es gerne versuchen.«

Mrs. Forsythe sah ihn mit trüben Augen an. »Ich bin mir nicht sicher, ob ich etwas behalten will, das den Butler meiner Eltern fast umgebracht hätte.«

Das konnte Hadrian vollkommen verstehen.

»Fehlt irgendetwas?«, fragte Teague.

»Nicht, dass ich wüsste, aber ich habe auch nicht so genau hingesehen. Ich habe mir Sorgen um Vaughn gemacht.«

»Das ist natürlich verständlich«, sagte Teague mit einem feierlichen Nicken. »Wenn Sie feststellen, dass etwas verschwunden ist, geben Sie bitte so schnell wie möglich Scotland Yard Bescheid.«

»Ich bin mir nicht sicher, ob ich das überhaupt wüsste«, sagte Millicent und blickte sich mit düsterer Miene im Raum um. »Das ist nicht mein Haus. Ich weiß nicht, ob ich erkennen würde, wenn etwas abhanden gekommen wäre.«

»Auch das ist verständlich«, meinte Teague.

»Sie haben keine Chance, diese Person zu erwischen, nicht wahr?« Mrs. Forsythe wirkte mit einem Mal ganz klein und sie klang niedergeschlagen.

»Das ist unwahrscheinlich«, antwortete Teague leise. »Und ich entschuldige mich dafür.«

»Ich fühle mich hier jetzt so unsicher.« Sie bedeckte ihren Mund mit der Hand, und wieder streichelte Miss Wren ihr tröstend über die Schulter.

»Ich bezweifle, dass der Angreifer noch einmal zurückkommt«, meinte Teague. »Falls Sie das tröstet.«

Endlich zeigte sich etwas Feuer in Mrs. Forsythes Blick. »Das tröstet mich keineswegs, Inspektor.«

»Ich verstehe. Nun, dann werde ich mich jetzt von Ihnen verabschieden. Ich möchte Ihnen mein Beileid zum Verlust Ihres Vaters aussprechen. Es ist wirklich bedauerlich, dass sich dieser Vorfall so kurz nach diesem Trauerfall ereignet hat.«

»Danke.« Mrs. Forsythe schniefte und zog ein Taschentuch aus ihrer Tasche, als ihr die Tränen aus den Augen zu laufen begannen.

»Ich bringe Sie hinaus, Teague«, erbot sich Hadrian. Er führte den Mann aus dem Wohnzimmer in die Eingangshalle zurück.

An der Haustür drehte Teague sich noch einmal um. Er hatte sein Notizbuch und seinen Bleistift wieder in seinen Mantel gesteckt und nun zog er seine Handschuhe wieder an. Sein Blick hatte etwas Entschuldigendes und er hatte die Stirn gerunzelt. »In dieser Situation können wir leider nicht viel tun. Dass der Täter noch einmal zurückkommt halte ich für unwahrscheinlich – falls es sich tatsächlich so verhält, wie der Butler vermutet hat. Dass ein Dieb ein Trauerhaus ausnutzt. Das erleben wir nicht selten. Ein Fremder stürzt herein und nimmt unbemerkt etwas mit, weil es im Haushalt nachlässiger zugeht.«

Hadrian runzelte kurz die Stirn. »Ich bin mir nicht sicher, ob ich Ihrer Einschätzung zustimme, dass der Verbrecher nicht zurückkehren wird oder dies ein zufälliger Versuch war, etwas zu stehlen. Mit Sir Henrys Tod ist irgendetwas ganz und gar nicht in Ordnung, und der heutige Überfall auf den armen Butler unterstreicht meinen Verdacht nur noch mehr.«

»Dieser Vorfall ist zwar schrecklich, doch es gib keinerlei Hinweise darauf, dass es sich um mehr als einen vereitelten Einbruch handelt.«

»Meines Erachtens war es eindeutig mehr als ein unterbrochener Einbruch, und ich glaube nicht, dass es sich um einen Zufall gehandelt hat«, meinte Hadrian. »Eine Person ist hierhergekommen, um nach etwas zu suchen, und dann ist sie offenbar mit leeren Händen wieder gegangen. Meiner Befürchtung nach wird sie es erneut versuchen.« Wieder einmal hatte Hadrian nicht den geringsten Beweis vorzuweisen, sondern nur seine verflixte Intuition. Dieses Mal beruhte sie wenigstens nicht auf unerklärlichen Visionen und Empfindungen. Zu Sir Henrys Tod gab es zu viele unbeantwortete Fragen. Dies waren zu viele Zufälle.

»Was macht Sie so sicher, dass dies geschehen wird?«, fragte Teague.

Frustriert stieß Hadrian die Luft aus. Von seiner Intuition konnte er nichts sagen, da sie auf seinen verflixten, neugewonnenen Fähigkeiten beruhte, die ihn überhaupt erst zu Sir Henry geführt hatten.

Allerdings konnte er dem Inspektor darüber ins Bild setzen, was er heute in Erfahrung gebracht hatte. »Zusammen mit Miss Wren habe ich Sir Henrys Arzt, Dr. Robert Selwin, in der Harley Street aufgesucht. Er besteht darauf, dass Sir Henry an einem Herzleiden gestorben ist, ohne sich erinnern zu können, zu welchem Zeitpunkt er diese Diagnose gestellt hat. Nächste Woche suchen wir ihn erneut auf, nachdem er Gelegenheit hatte, seine Eintragungen durchzusehen.«

Teague blinzelte. »Hätte er nicht einfach während Ihrer Anwesenheit nachschauen können?«

»Offenbar nicht«, entgegnete Hadrian spitz. »Als wir ihn nach Sir Henrys Wunde befragten, behauptete er darüber hinaus, er hätte keine Wunde gesehen. Entweder lügt er, oder Sir Henrys Tochter irrt sich.«

»Sie scheint ziemlich aus dem Gleichgewicht zu sein«, meinte Teague und blickte in Richtung des Arbeitszimmers.

Hadrian sah ihn stirnrunzelnd an. »Trotzdem würde sie deswegen nicht plötzlich etwas nicht Vorhandenes sehen, wie eine Wunde, die zugenäht wurde. An Sir Henrys Tod ist etwas faul. Ich bin skeptisch, dass Dr. Selwin überhaupt eine Untersuchung durchgeführt hat.«

»Glauben Sie, er spielt ein falsches Spiel?«, fragte Teague.

Hadrian zuckte mit den Schultern. »Ich kann mir nicht erklären, warum er nicht dafür gesorgt hat, dass eine Autopsie durchgeführt wurde, und ich denke, das hätte geschehen müssen. Sir Henry ist in einem Club zusammengebrochen. Auch wenn der Arzt darauf bestand, dass Sir Henry ein Herzleiden hatte, war niemandem in seiner Familie etwas davon bekannt. Zudem kommt es mir seltsam vor, dass Sir Henrys Leichnam in jener Nacht zu Dr. Selwin gebracht wurde. Laut Aussage des Arztes wusste er nicht, wer die Männer waren, die ihn gebracht hatten, aber wie kann das sein? Woher wussten diese Männer, dass er Sir Henrys Leibarzt war, zu dem sie ihn bringen mussten?«

Teague schwieg eine kurze Weile, als müsste er über das nachdenken, was Hadrian ihm erzählt hatte. »Mir scheint, Sie sollten mit jemandem sprechen, der den Vorfall miterlebt hat. Wie heißt der Club, in dem Sir Henry zusammengebrochen ist?«

»Auch das konnte Selwin uns nicht sagen, aber wir hoffen, diese Information von Mrs. Forsythe zu erhalten. Falls Scotland Yard sich zu einem späteren Zeitpunkt für unsere Ermittlungen interessiert, geben Sie mir bitte Bescheid«, fügte Hadrian mit einem milden Lächeln hinzu.

»Das werde ich«, versprach Teague und presste die Lippen fester aufeinander. »Ich gebe zu, dass meine investigative Neugierde mehr als geweckt ist.«

Hadrian öffnete dem Inspektor die Tür und sah ihm nach, als er davonging. Dieser Tag hatte wirklich einen schockierenden Verlauf genommen.

Er schloss die Tür und kehrte in den Salon zurück, wo er auf Miss Wren traf. Sie forderte ihn auf, sich zu ihr an die Fensterfront zu setzen, die sich an der Wand befand, die der Tür zum Arbeitszimmer gegenüberlag.

»Millicent möchte heute Abend nach Hause zurückkehren«, informierte Miss Wren ihn mit leiser Stimme. »Das kann ich ihr auch nicht verdenken.«

»Ich ebenfalls nicht.« Hadrian blickte zum Arbeitszimmer hin. »Ist sie noch da drin?«

»Sie verstaut gerade die gesamte Korrespondenz in Kisten. Ich habe ihr angeboten, alles für sie zu Ende durchzusehen.«

»Das war sehr nett von Ihnen«, bemerkte Hadrian.

»Mein Anliegen ist es, die Korrespondenz selbst durchzusehen, wie Sie vorgeschlagen haben.« Nun warf auch sie einen Blick in Richtung des Arbeitszimmers. »Es gibt einen Stapel von Briefen an Millicents Mutter, die sie mitnehmen wird, und dagegen kann ich wohl keinen Einwand vorbringen.«

»Hoffentlich nimmt sie nichts mit, was von Belang ist.«

»Selbst wenn dem so wäre, könnte ich nicht viel dagegen unternehmen.« Miss Wren warf einen weiteren Blick in Richtung des Arbeitszimmers und ihre Miene wirkte sorgenvoll. »Die Ärmste ist furchtbar aufgeregt.«

»Ich kann mir vorstellen, welch ein Schock das ist, zu entdecken, dass der eigene Butler überfallen wurde.«

»Ja, und Vaughn ist seit Millicents Kindheit bei der Familie.« Auf Miss Wrens Stirn zeigten sich weitere Sorgenfalten. »Ich frage mich, ob sich die Dienstboten hier sicher fühlen werden. Was ist, wenn der Dieb wiederkommt?«

»Wenn Sie es wünschen, kann ich jemanden beauftragen, das Haus zu bewachen«, bot Hadrian an.

»Ich darf Sie nicht mit so etwas belästigen«, lehnte Miss Wren mit einem Kopfschütteln ab. »Die Köchin hat bereits eine neue Stelle und sollte in vierzehn Tagen abreisen. Während Sie weg waren, hat sie Millicent mitgeteilt, dass sie bereits morgen gehen möchte. Und das Hausmädchen sagte, sie könne vorübergehend bei einer Cousine wohnen. Auch sie hat sich bereits um einen neuen Posten beworben.«

»Dann bleibt nur noch der verletzte Butler«, meinte Hadrian.

»Ja, so ist es. Aber er kann bei mir und meiner Großmutter wohnen, während er sich erholt. Anschließend wird er sich zur Ruhe setzen.«

»Können Sie das bewältigen?« fragte Hadrian. Er war mit den Einzelheiten ihrer finanziellen Situation zwar nicht vertraut, aber er konnte sich vorstellen, dass eine zusätzliche Person im Haushalt eine Belastung darstellen könnte.

»Das werden wir.« Miss Wren seufzte. »Wir haben ja gar keine andere Wahl. Und wir müssen die Abläufe hier vorantreiben. Das Haus muss so schnell wie möglich ausgeräumt werden, damit es verkauft werden kann.«

Hadrian dachte an den Tag, an dem sie alle sich zerstreuen würden, und das sollte offenbar schon morgen geschehen. »Sobald hier niemand mehr wohnt, gehe ich davon aus, dass Vaughns Angreifer zurückkehren wird, um dann das mitzunehmen wonach er gesucht hat.«

Miss Wrens Blick aus den grünen Augen war von Besorgnis überschattet. »Glauben Sie wirklich, dass er – oder sie – eine solche Dreistigkeit an den Tag legen würde?«

»Meiner Annahme nach sollten wir mit allem rechnen, was passieren könnte. Wie kann ich helfen?«

»Alle persönlichen Gegenstände müssen aus den Zimmern entfernt werden – die Möbel können wir vorerst stehen lassen. Millicent hat mit dieser Aufgabe bereits angefangen und ich werde sie in den nächsten Tagen zu Ende führen. Heute Abend werde ich hier arbeiten und dann morgen früh zurückkehren. Ich werde das Hausmädchen bitten, ob sie mir zumindest morgen helfen kann.«

Hadrian runzelte die Stirn. Der Gedanke, dass Miss Wren heute Abend hier beschäftigt war, wollte ihm gar nicht gefallen. Sie wäre zwar nicht allein, aber der Butler war nun wirklich keine Hilfe. »Erlauben Sie mir bitte, jemanden zu schicken, der das Haus über Nacht bewacht, solange das Hausmädchen und die Köchin noch hier sind?«

Sie sah ihn mit einem kleinen Lächeln an. »Also gut. Das ist sehr zuvorkommend von Ihnen.«

»Es ist mir ein Vergnügen.« Die Sache lag ihm wirklich am

Herzen, und hätte sie ihn abgewiesen, so hätte er auf darauf bestanden. »Außerdem werde ich Ihnen auch heute Abend helfen. Und morgen früh, obwohl ich am Nachmittag in Westminster sein muss.«

»Das würde ich wirklich sehr begrüßen, aber ich kann das nicht von Ihnen verlangen.«

»Sie haben es ja nicht von mir gefordert«, entgegnete Hadrian. »Gern würde ich glauben, dass wir nicht nur auf beruflicher Ebene Partner sind, sondern auch Freunde werden.« Allerdings hielten Freunde nichts voreinander geheim, oder? Hadrian war sich sehr wohl bewusst, dass er ihr von seinem Fluch erzählen musste, doch das konnte warten, bis dieses Kuddelmuddel hier geklärt wäre.

Zwischen ihren Augenbrauen zeigten sich kleine Falten. »Ich frage mich, ob es klug ist, uns anzufreunden, solange ich für Sie arbeite, aber ich bin Ihnen für Ihre Hilfe dankbar.«

»Ich werde helfen, solange ich kann, und ich werde einen Diener mitbringen, der als Wachmann fungieren wird.« Hadrian wusste genau, wen er mit dieser Aufgabe betrauen würde. Er würde seinen Kutscher in Kürze nach Hause schicken, um den Mann abzuholen. »Dann werde ich einen zweiten Diener herschicken, damit die beiden über Nacht zu zweit sind.«

»Vielen Dank. Die Köchin und das Hausmädchen werden Ihnen dankbar sein, da bin ich sicher.« Sie wandte sich dem Arbeitszimmer zu. »Machen wir uns an die Arbeit. Wir haben viel zu tun, und damit meine ich nur das Einpacken der Sachen für den Umzug. Wir sollten uns nicht die Zeit nehmen, alles durchzusehen. Das kann ich auch zu Hause erledigen.«

»Was wird Ihre Großmutter sagen, wenn alles vor ihrer Tür auftaucht?«, fragte er lächelnd.

Miss Wren kicherte. »Es wird ihr erst einmal gar nicht gefallen, aber dann wird sie verstehen, warum es nicht anders ging.« Dann ernüchterte sie und die Sorge trat wieder in ihre Gesichtszüge. »Sie wird bestürzt sein, wenn sie von der Attacke auf

Vaughn erfährt. Allerdings kann ich ihr diese Nachricht nicht verheimlichen, wenn er sich bei uns erholen soll.«

»Wäre es Ihnen lieber, wenn er bei mir gepflegt wird?«, bot Hadrian an.

Überrascht zog sie die Augenbrauen in die Höhe, und für einen Augenblick weiteten sich ihre Augen. »Ich kann Ihnen nicht noch mehr aufbürden. Sie sind bereits eine große Hilfe. Außerdem glaube ich, dass Vaughn sich bei Leuten wohler fühlt, die er kennt.«

Diesem Einwand konnte Hadrian nicht widersprechen.

»Ich glaube, es stehen einige Kisten unten im Lagerraum «, meinte Miss Wren. »Würden Sie sie bitte holen?«

»Gewiss.« Sobald Hadrian den Weg zur Dienstbotentreppe gefunden hatte, fragte er sich, wonach der Eindringling an diesem Nachmittag wohl gesucht hatte. Da Hadrian seine Handschuhe ausziehen musste, um beim Einpacken mit anzufassen, würde er vielleicht auf irgendeinen Hinweis stoßen.

Obwohl er es verabscheute, sich des schrecklichen Fluchs zu bedienen, der ihn befallen hatte, wusste er mit aller Deutlichkeit, das dies ihre einzige Hoffnung war, der Wahrheit auf die Spur zu kommen. Wenn er allerdings tatsächlich etwas sah oder fühlte, wie sollte er dies dann Miss Wren erklären?

KAPITEL 10

Zwei Tage später war Tilda mit ihren Fortschritten bei der Durchsicht des Inhalts der Kisten aus Sir Henrys Haus sehr zufrieden. Es war ihnen gelungen, alle persönlichen Gegenstände aus sämtlichen Zimmern zu räumen und sie in den Salon im Erdgeschoss zu schaffen. Dann hatte sie alles, was sie genauer durchsehen wollte, in Kisten verpackt und in das Haus ihrer Großmutter bringen lassen. In Sir Henrys Haus gab es nur noch eine Kiste, die sie abholen musste, aber alles andere waren entweder Möbel oder Gegenstände, die verkauft oder verschenkt werden konnten.

Ohne die Hilfe von Sir Henrys Hausmädchen Dora Chapman wäre sie nicht in der Lage gewesen, diese gewaltige Aufgabe in so kurzer Zeit zu bewältigen. Dora war Ende zwanzig, sehr hager, aber trotzdem stark wie ein Ochse. Sie war eine unentbehrliche Hilfe gewesen. Tilda wünschte sich sogar, sie hätte sie im Haus ihrer Großmutter einstellen können, denn sie war eine fleißige Arbeiterin und hatte ein fröhliches Gemüt – trotz all der Vorfälle, die sich in letzter Zeit in Sir Henrys Haus ereignet hatten.

Auch die beiden Diener von Lord Ravenhurst waren sowohl

bei der Beförderung der Kisten als auch durch ihre bloßen Anwesenheit zum Schutz ungemein hilfreich gewesen. Durch sie hatte sie sich im Haus sicher gefühlt, und Dora hatte ihr dasselbe gestanden.

Gestern war Ravenhurst persönlich vorbeigekommen, um zu helfen, ehe er nach Westminster musste, wie er es angekündigt hatte. Zusammen mit den Dienern hatte er viele Sachen aus den oberen Stockwerken ins Erdgeschoss getragen und im Salon Ordnung geschaffen. Die Diener und er hatten auch den schwarzen Trauerflor abgenommen und den Sargständer entfernt, sodass der Raum nicht mehr so sehr an ein Bestattungs-institut erinnerte.

Doch dann hatte Ravenhurst sich überstürzt auf den Weg gemacht, nachdem er die Fotografien im Salon eingepackt hatte. Wenn Tilda sich die Szene noch einmal vor Augen rief, wurde sie durch sein Verhalten ein wenig daran erinnert, wie er nach dem Händedruck von Dr. Selwin gewirkt hatte. Er war eine Nuance blasser als gewöhnlich gewesen und hatte sich den Kopf massiert, als würde er dort noch Schmerzen verspüren.

Litt er noch unter Nachwirkungen seines Angriffs? Er hatte eine schwere Gehirnerschütterung erlitten. Vielleicht plagten ihn noch Kopfschmerzen. Sie hätte ihn gern gefragt, aber sie wollte nicht neugierig sein. Obwohl es ihn wahrscheinlich nicht einmal stören würde. Er hoffte ja darauf, dass sie beide Freunde werden.

Eigentlich hatte Tilda keine echten Freunde. Nie hatte sie sich für die gleichen Dinge interessiert wie andere junge Damen. Sie verabscheute Handarbeit und konnte in der Ehe oder Mutter-schaft keinen Nutzen erkennen.

Zu ihrer Überraschung mochte sie den Earl dennoch. Eigent-lich hatte sie gedacht, sie würden nur wenig gemeinsam haben, was allerdings nicht der Fall war. Beide besaßen sie eine lebhafte Neugier und den Drang, Dingen auf den Grund zu gehen, die ihnen wichtig waren. Sie konnte gut verstehen, dass er das Geheimnis um seinen Überfall nicht nur lösen, sondern auch an der Aufklärung teilhaben wollte. Zudem konnte sie nicht von der Hand weisen, dass er in allen Angelegenheiten, die mit Sir Henrys Tod zu tun hatten, äußerst hilfreich gewesen war.

War Ravenhurst immer noch der Ansicht, dies hätte etwas mit dem Angriff auf ihn zu tun? Während Tilda sich um die Räumung von Sir Henrys Haus und um Vaughn kümmerte, hatte sie sich nicht auf seinen Fall konzentrieren können, aber sie wollte sich schnellstmöglich wieder damit beschäftigen. Was allerdings ein bisschen schwierig war, da ihre eigenen Ermittlungen zu Sir Henrys Tod immer weiter voranzuschreiten schienen.

Nach einem Blinzeln richtete Tilda den Blick wieder auf den Stapel Korrespondenz, den sie gerade durchsah. Sie saß allein im Wohnzimmer am Schreibtisch, denn ihre Großmutter war im vorderen Teil des Hauses, wo sie das Nachmittagslicht nutzte, um an ihrer Stickerei zu arbeiten.

Mrs. Acorn trat mit zögerlicher Miene ins Zimmer. »Tut mir leid, dass ich Sie störe, Miss Wren.«

»Überhaupt nicht«, entgegnete Tilda mit einem Lächeln.

»Abgesehen davon, dass ich mich erkundigen wollte, ob Sie Tee möchten, bin ich gekommen, um mit Ihnen über Vaughn zu sprechen.« Mrs. Acorn schlug die Hände vor ihrem Oberkörper zusammen.

»Ist er eine zu große Belastung?«, fragte Tilda. Gestern hatte er den ganzen Tag geschlafen, und soweit Tilda wusste, tat er das auch heute, so wie es der Arzt angeordnet hatte.

»Liebe Güte, nein.« Mrs. Acorn seufzte. »Ich musste ihn davon abhalten, das wenige Silber zu polieren, das es hier im Haus gibt. Wie er behauptete, sei dies die Pflicht des Butlers, und er fühle sich nicht wohl dabei, den ganzen Tag im Bett zu liegen.«

Tilda hielt sich den Mund zu, um nicht zu lachen. Gestern Abend war sie eine Weile bei ihm zu Besuch gewesen, und er schien guter Dinge, obwohl er sich darüber ärgerte, das Bett hüten zu müssen. Dass er nicht im Bett geblieben war, überraschte sie keineswegs. Sie ließ die Hand in ihren Schoß sinken und murmelte: »Ich verstehe. Sie haben ihm vermutlich erklärt, dass er in Wirklichkeit nicht unser Butler ist?«

»Das habe ich versucht, und auch den Umstand erklärt, dass wir das Silber im Moment nicht benutzen. Darauf hat er geantwortet, dass es wichtig sei, immer vorbereitet zu sein, denn man wisse nie, wann Adelige wie Lord Ravenhurst ins Haus kämen.« Mrs. Acorn sah Tilda erwartungsvoll an. »Wird er bald wieder herkommen?«

»Heute nicht«, antwortete Tilda. »Doch wenn er käme, brauchen wir das Silber nicht. Wir haben es bislang bei keiner Gelegenheit herausgeholt, wenn er hier war.« Tilda hatte das Gefühl, dass Mrs. Acorn auf Informationen aus war, wobei sie allerdings nicht ganz sicher, aus welchem Grund. Ein bisschen konnte sie es sich jedoch denken, wenn sie auch dem Wunschdenken der Haushälterin in Bezug auf die Anbahnung einer Ehe nicht entsprechen wollte. *Wenn* Mrs. Acorn tatsächlich darauf hinauswollte.

»Wie gefällt Ihnen die Zusammenarbeit mit seiner Lordschaft?«, fragte Mrs. Acorn.

»Ich finde sie sehr erfreulich«, antwortete Tilda mit einem Lächeln. »Es würde mich freuen, wenn ich auf diese Weise zu weiteren Aufträgen käme. Denken Sie nur, was die Empfehlung eines Earls bewirken könnte.«

Mrs. Acorn blinzelte überrascht. »Würde er Ihre Dienste empfehlen?«

»Das würde er, denke ich.« Tilda hatte ihn diesbezüglich zwar nicht gefragt, doch das würde sie. Sobald sie seinen Fall gelöst hatte.

»Auch wenn Sie eine Frau sind?«

Tilda dachte an Ravenhursts Reaktion und seinen Kommentar. Ihr Dafürhalten, dass Scotland Yard nichts von ihrem Arbeitsverhältnis erfuhr, hatte ihm nicht gefallen. »Ja, auch wenn ich eine Frau bin. Das scheint den Earl nicht im Geringsten zu stören.« Allein das sollte schon Grund genug sein, dass sie Freunde wurden. Seine Haltung war erfrischend fortschrittlich, und bislang hatte sie nur wenige solcher Gentlemen kennengelernt. Ihr kamen nur ihr Vater und Mr. Forrest in den Sinn.

»Darf ich hoffen, dass zwischen Ihnen und dem Earl noch etwas aufblühen wird?«, fragte Mrs. Acorn mit einem Lächeln.

»Nein, das sollten Sie lieber nicht. Ravenhurst und ich werden Freunde sein, und mehr nicht. Ich glaube, ich habe Ihnen meine Meinung über die Ehe deutlich gemacht.« Tilda hatte Mrs. Acorn vor einigen Jahren, nachdem sie zu ihrer Großmutter gezogen war, ihre diesbezügliche Meinung gesagt. Die Haushälterin war davon ausgegangen, dass Tilda nicht lange bei ihnen wohnen würde, da sie sicherlich heiraten wollte. Tilda hatte ihr deutlich gemacht, dass sie keinesfalls daran interessiert war, sich auf diese Weise zu binden.

Die Haushälterin seufzte. »Das haben Sie. Ist es unrecht von mir, mir zu wünschen, Sie würden heiraten? Ich würde mich freuen, wenn Sie eine eigene Familie hätten und damit insbesondere die Sicherheit, die Sie so sehr verdienen.«

»Ihr Wunsch, dass ich mich sicher fühle, ist nicht falsch. Dafür brauche ich allerdings keinen Ehemann. Ich habe bereits eine Familie, die ich sehr schätze – und Sie gehören dazu.«

Mrs. Acorn lächelte wieder und nickte. »So ist es. Sie sind mehr als fähig, Ihr Leben selbst in die Hand zu nehmen. Darüber hinaus gefällt es Ihnen ja so, und das ist auch gar nicht schlimm. Soll ich Ihnen den Tee bringen?«

»Kommt Großmutter hierher, oder soll ich zu ihr in den Salon kommen?« Tilda wollte die Durchsicht der Korrespondenz nicht unterbrechen, aber sie wollte ihre Großmutter auch nicht allein lassen, nachdem diese schon in den vergangenen beiden Tagen ihren Tee hatte allein trinken müssen.

»Ihre Großmutter meinte, sie würde hierher kommen, da sich ihre Augen für heute genug bei der Handarbeit angestrengt haben.«

»Haben Sie ihr erzählt, dass Vaughn sich wie unser Butler benommen hat?«, fragte Tilda.

»Das habe ich nicht. Ich dachte, Sie würden vielleicht mit ihm reden wollen.«

»Das werde ich, danke.« Der Mann brauchte mindestens eine Woche lang vollkommene Ruhe, wie der Arzt angeordnet hatte. Danach würden sie über seine Pensionierung entscheiden.

Tilda wurde klar, dass sie nicht wusste, ob eine Abfindung für ihn bereitlag. Sir Henry hätte ihm eine solche zukommen lassen müssen, aber angesichts seiner desolaten finanziellen Lage vermutete sie, dass er von dieser Maßnahme abgesehen hatte. Sie würde mit Millicent sprechen müssen, um herauszufinden, ob ihm eine Abfindung aus dem Erlös gezahlt werden konnte, den sie aus dem Verkauf des Hauses und der Möbel erhielt. Selbst wenn diese Möglichkeit bestand, würde die Abwicklung einige Zeit in Anspruch nehmen. Tilda nahm also an, dass Vaughn noch eine Weile bei ihnen bleiben würde.

Während sie auf ihre Großmutter wartete, widmete sich Tilda wieder dem Brief, den sie gelesen hatte. Er war von einer weit entfernten Cousine in Yorkshire.

»Der Tag ist dunkel geworden und Regen droht«, verkündete Großmutter, als sie das Wohnzimmer betrat. »Ich kann nicht gut genug sehen, um weiterzumachen, also werden wir hier den Tee trinken. Wie geht es mit deiner Arbeit voran?«

»Recht gut.« Sie sah ihre Großmutter mit einem entschuldigenden Lächeln an. »Es tut mir leid, dass ich in letzter Zeit so beschäftigt war. Wir hatten wenig Zeit für unsere Wortspiele.«

Großmutter hatte sich in ihrem Lieblingssessel beim Kamin gesetzt. »Das ist durchaus verzeihlich, meine Liebe. Du bist der armen Millicent in ihrer Zeit der Not wirklich eine große Stütze. Ich kann allerdings nicht sagen, dass ich Belindas Verhalten nachvollziehen kann. Ihr Vater – ganz zu schweigen von ihrer Mutter – wäre von ihrem mangelnden Engagement sicher sehr enttäuscht. Insbesondere nach dem, was Vaughn widerfahren ist.« Großmutter schürzte die Lippen und schüttelte den Kopf.

»Ich bin mir nicht sicher, ob Millicent ihr überhaupt etwas über Vaughn gesagt hat«, meinte Tilda.

»Das ist so ein Jammer. Als die Mädchen noch jünger waren, standen sie sich so nahe. Ich habe gesehen, dass in der Kiste dort drüben einige Fotografien waren.« Großmutter nickte in Richtung einer Kiste neben dem Schreibtisch. »Ich nehme nicht an, dass eine Fotografie der beiden Schwestern dabei ist? Vor etwa zehn Jahren wurde sie auf Geheiß ihrer Mutter angefertigt. Millicent hat sie wahrscheinlich mitgenommen.«

Darauf hätte Tilda nicht gewettet. Millicent war über ihre Schwester sehr verärgert, die sie nach dem Tod ihres Vaters im Stich gelassen hatte.

Tilda drehte sich auf ihrem Stuhl und beugte sich in der Taille vor, um die Kiste zu durchforsten, als Mrs. Acorn mit dem Teetablett hereinkam. Sie machte sich daran, den Tee einzuschenken, während Tilda nach der Fotografie suchte, die ihre Großmutter erwähnt hatte. Es waren nicht sehr viele Aufnahmen – weniger als zehn. Sie hatte die Bilder auf dem Tisch in Sir Henrys Salon stehen sehen, denn jemand hatte sie nach der Beerdigung wieder aufgedeckt, als sie daran vorbeigegangen war, und sie konnte sich an jedes einzelne erinnern, darunter auch dasjenige, das ihre Großmutter erwähnt hatte.

»Hier ist es«, verkündete Tilda und nahm es aus der Kiste.

»Du musst Millicent fragen, ob sie es will«, meinte Großmutter. »Sie wird sich nicht ewig über ihre Schwester ärgern. Wir können die Fotografie hier für sie aufbewahren, bis sie sie haben möchte. Warum stellst du sie nicht auf das Regal dort drüben, wo ich sie sehen kann?« Großmutter nahm ihre Teetasse von Mrs. Acorn entgegen.

Tilda stand auf und stellte die Aufnahme von Millicent und Belinda auf das Regal neben eine Fotografie von sich selbst, die vor einigen Jahren aufgenommen worden war. Großmutter hatte darauf bestanden, sie ebenso wie eine von sich selbst anfertigen zu lassen, da sie weder von Tildas Großvater noch von ihrem Vater ein Bild hatten.

»Vielleicht solltest du alle Fotos aufstellen«, schlug Großmutter vor. »Es ist eine Schande, dass sie in einer Kiste gestapelt sind.«

Damit war Tilda zwar nicht ganz einverstanden, aber es war ihr auch nicht wichtig genug, um Einwände dagegen zu erheben. »Mrs. Acorn, stellen Sie meinen Tee einfach auf das Tablett. Ich kümmere mich darum.«

Die Haushälterin nickte und entfernte sich. Tilda nahm eine Fotografie nach der anderen aus der Kiste und verteilte sie im Zimmer, wo immer sie einen Platz dafür fand. Als die Kiste leer war, ging sie die Fotografien in ihrem Kopf durch und katalogisierte im Geiste, welche in der Kiste hätten sein sollen.

»Eine Fotografie fehlt.« Tilda ging umher und kontrollierte noch einmal alles.

»Bist du sicher?«, fragte Großmutter, ehe sie einen Schluck Tee trank. Sie stellte ihre Tasse auf die Untertasse und griff nach dem Keks, den Mrs. Acorn auf den Rand der Untertasse gelegt hatte.

»Absolut.« Die fehlende Fotografie zeigte vier Herren, von denen nur zwei identifizierbar waren – Sir Henry und ein Gentleman, den Tilda nicht kannte. Oder den sie jetzt nicht mehr erkennen würde, denn die Aufnahme musste mehr als zwanzig Jahre alt sein. Sie wusste nur deshalb, wer Sir Henry auf dem Bild war, weil er sie irgendwann einmal darauf hingewiesen hatte. Sie versuchte, sich in Erinnerung zu rufen, wer die anderen Männer waren, doch das wollte ihr beim besten Willen nicht gelingen.

Die Hände in die Hüften gestemmt, sah Tilda ihre Großmutter an. »Es war diese sehr alte Fotografie von Sir Henry mit drei anderen Gentlemen.«

Großmutter nickte. »Ich weiß, welche du meinst.« Sie

wedelte mit ihrem Keks. »Wahrscheinlich ist sie noch bei ihm zu Hause.«

Das war die einfachste – und beste – Erklärung. Tilda hatte die Kiste nicht selbst gepackt. Ravenhurst hatte das kurz vor seinem Aufbruch übernommen. Wenn sie die Fotografie nicht bei Sir Henry finden konnte, würde sie den Earl fragen, ob er sie irgendwo gesehen hatte. Sie fürchtete, der Dieb könnte sie vielleicht doch mitgenommen haben. Das könnte er auf dem Weg nach draußen getan haben, nachdem er Vaughn niedergeschlagen hatte. Vielleicht war die Fotografie aber auch die ganze Zeit in seinem Besitz gewesen und Vaughn hatte nichts davon bemerkt. Der Schurke könnte sie in seiner Kleidung verborgen haben.

Aber warum sollte er eine alte, nahezu unkenntliche Fotografie entwenden?

Möglicherweise hatte die Sache mit den Männern auf der Fotografie zu tun. Mit Ausnahme von Sir Henry hatte Tilda nicht die geringste Ahnung, wer sie waren. Wenn das Foto tatsächlich verschwunden war, blieb ihr nichts anderes übrig, als die Identität der Männer in Erfahrung zu bringen. Die Nachforschungen gewannen von Minute zu Minute an Intensität.

Es war dennoch nicht auszuschließen, dass die Fotografie einfach bei Sir Henry zurückgelassen worden war. Wie ihre Großmutter gesagt hatte, wäre das die beste Erklärung. Tilda hatte bereits genug Nachforschungen anzustellen und brauchte diesem Haufen nicht noch mehr hinzuzufügen.

»Ich muss ohnehin noch vor dem Dinner hinfahren«, meinte Tilda. »Es steht noch eine Kiste dort, die ich abholen will. Bei dieser Gelegenheit werde ich nach der Fotografie suchen.«

Großmutter beugte sich vor und legte die Stirn in Falten. »Du kannst dich nicht allein dorthin wagen. Nicht unter der Gefahr, dass dieser Dieb dort herumschleicht.«

Die Diener bewachten das Haus nicht mehr, da niemand mehr dort wohnte. Tilda würde die Pistole ihres Vaters mitnehmen, wovon sie ihrer Großmutter nichts sagen würde. Während

Tilda sich mit der Waffe sicherer fühlen würde, da sie über ihre Benutzung genauestens Bescheid wusste, wäre Großmutter entsetzt. Sie hatte die Tatsache akzeptiert, dass Tilda Nachforschungen anstellte, aber dass sie eine Pistole bei sich trug, würde sie ganz sicher nicht gutheißen.

»Ich bleibe nicht lange fort, Großmutter. Das verspreche ich.« Tilda ging zum Teetablett, griff nach ihrer Tasse und trank einen großen Schluck des warmen Gebräus.

Großmutter schaute sie mit flehendem Blick an. »Ich werde dich nicht überreden können, nicht zu gehen, oder?«

»Nein. Bitte sorge dich nicht. Ich glaube sogar, Ravenhursts Diener sind noch da«, flunkerte Tilda.

»Da fühle ich mich gleich besser. Der Earl hat sich als willkommene Unterstützung erwiesen.« Großmutter lehnte sich mit einem großen Seufzer in ihrem Sessel zurück. »Gib trotzdem gut Acht, Liebes.«

»Immer.« Tilda trank den letzten Schluck Tee aus ihrer Tasse und stellte sie ab. Dann verspeiste sie einen Keks und verließ das Zimmer, um ihren Hut und ihre Handschuhe zu holen – und die Pistole.

Tilda wäre bis zur Huntley Street gelaufen, denn bis dorthin war es nur eine Meile, aber der Nieselregen wechselte rasch in einen Dauerregen über. Also hielt sie in der Wellbeck Street eine Mietdroschke an, die sie zu Sir Henrys Haus brachte.

Als sie auf die Tür zuging, war sie froh, dass aller Trauerflor abgenommen worden war – nur für den Fall, dass dies der Grund für den versuchten Diebstahl gewesen war. Tilda war auch froh, die schwarze Kleidung bald los zu sein. In ein paar Tagen würde sie ihre vierzehntägige Trauerzeit hinter sich haben und zu ihrer normalen Garderobe zurückkehren können.

Sie nahm ihren Schlüssel heraus und wollte die Tür aufsperren. Doch bevor sie ihn ins Schloss stecken konnte, fiel ihr auf, dass die Tür gar nicht verriegelt war. Schlagartig stellte sich die Angst ein und das brachte ihren Puls zum Rasen.

Sie holte tief Luft und ermahnte sich, die Ruhe zu bewahren. Dann nahm sie die Pistole aus ihrem Retikül. Sie beruhigte sich, stieß die Tür vorsichtig auf und trat leise ein. Sie schloss die Tür nicht hinter sich, für den Fall, dass sie schnell die Flucht ergreifen musste.

Mit hoch erhobener Pistole schlich sie langsam auf den Salon zu, wobei sie sich mit dem Rücken zur Vorderseite des Hauses positionierte und den Korridor, der zur Rückseite des Hauses führte, im Auge behielt, für den Fall, dass sich derjenige der hier eingedrungen war – falls sich wirklich jemand hier aufhielt – im Wohnzimmer oder im Obergeschoss befand.

Mit rasendem Herzen hielt Tilda den Atem an, als sie den Salon betrat. Dann geschah alles auf einmal.

Jemand stürmte auf sie zu, prallte mit seinem Körper auf ihren und stieß sie zu Boden. Sie versuchte, ihren Arm herumzureißen, um die Pistole auf die Person abzufeuern, aber sie war nicht schnell genug. Trotzdem hielt sie die Waffe fest umklammert, als ob ihr Leben davon abhinge und so fühlte es sich auch an.

Der Mann war über ihr und drückte sie mit seinem Körper auf den Boden. »Moment. *Nein.*«

Tilda erkannte diese männliche Stimme. Die Last, die sie kurzzeitig niedergedrückt hatte, fiel nun von ihr ab.

Sie brachte ihren Arm in Position und richtete die Pistole auf den Räuber, da sie der Ansicht war, dass sie sich in seiner Stimme getäuscht haben musste.

Dem war allerdings nicht so. Über ihr türmte der Mann, von dem sie am wenigsten erwartet hatte, dass er in Sir Henrys Haus einbrechen und sie anfallen würde – Lord Ravenhurst.

KAPITEL 11

»Was um alles in der Welt tun Sie denn hier?«, rief Miss Wren erschrocken und ihre grünen Augen funkelten.

Für einen Moment war Hadrian nicht imstande, mit seinem Verstand zu erfassen, was er da sah: Miss Wren auf dem Boden liegend und mit einer Pistole in der Hand, die sie direkt zwischen seine Augen richtete. Er schüttelte sich und schließlich gelang es ihm, seine Sprache wiederzufinden. »Großer Gott, es tut mir so leid! Lassen Sie sich von mir aufhelfen. Aber vielleicht könnten Sie zunächst die Pistole beiseitelegen, damit Sie mich nicht versehentlich erschießen.«

»Wenn ich Sie erschieße, wird das keineswegs aus Versehen passieren.« Ihre Antwort hätte die Themse gefrieren lassen können.

Sie ließ die Pistole sinken und sicherte den Schlagbolzen, bevor sie die Waffe in die Tasche ihres grauenhaften schwarzen Kleides steckte. Hadrian, der keine Handschuhe trug, ergriff ihre Hände und zog sie hoch. Kurz fragte er sich, was wohl geschehen wäre, wenn ihre Hände auch entblößt gewesen wären. Hätte er dann eine Vision gehabt? Das hoffte er nicht, denn das wäre ihm zu zudringlich vorgekommen. Und doch konnte er nicht leugnen, dass er mehr über sie wissen wollte, unter anderem auch wie sich ihre Hände in seinen anfühlten.

Sie ließ ihn unverzüglich los und strich mit ihren behandschuhten Händen über ihre Röcke, wobei sich ein tiefes Stirnrunzeln auf ihrem Gesicht abzeichnete. »Ich warte immer noch darauf, dass Sie mir erklären, was Sie hier tun und warum Sie sich auf mich gestürzt haben.«

»Ich hörte, wie die Tür geöffnet wurde, und dachte, Sie seien der Dieb, der zurückgekommen ist.«

»Wie Sie sehen, bin ich das nicht.« Sie sah ihn weiterhin fest an, aber ihre Züge wurden sanfter. »Und warum sind Sie überhaupt hier? Die Tür war unverriegelt, und ich dachte auch, der Dieb sei zurückgekehrt. Und dass er mich zu Boden gestoßen hätte.« Das Stirnrunzeln kehrte zurück.

»Bitte nehmen Sie meine aufrichtige Entschuldigung an, Miss Wren. Ich bin hergekommen, um mich zu vergewissern, dass der Dieb *nicht* zurückgekehrt ist.«

Sie sah ihn aus schmalen Augen an. »Wie sind Sie hereingekommen?«

Er blickte etwas verlegen zur Seite. »Ich gebe zu, dass ich ein Gerät besitze, das einen Sperrmechanismus außer Kraft setzen kann.«

Jetzt weiteten sich ihre Augen, und ihre Nasenlöcher flatterten. »Warum haben Sie so etwas in Ihrem Besitz?«

Er zuckte mit den Schultern. »Mein Diener hat es mir überlassen.«

»Mir scheint, dass an dieser Geschichte noch mehr dran ist, aber ich werde jetzt nicht weiter darauf eingehen.« Sie warf ihm einen hochmütigen Blick zu. »Sie sind mir noch eine Geschichte über einen Fehler schuldig, der Sie vor der Ehe bewahrt hat. Vielleicht werden Sie mir eines Tages Ihre Geheimnisse anvertrauen. Im Moment bin ich zutiefst darüber beunruhigt, dass Sie einen Einbruch in das Haus meiner Cousine verübt haben.«

»Ich wollte nichts Böses«, schwor Hadrian. »Mir lag wirklich nur daran, mich zu vergewissern, dass das Haus sicher bleibt.« Das war allerdings nicht der Hauptgrund für seinen Besuch gewesen. Er beschloss, dass es das Beste war, das Gespräch in eine andere Richtung zu lenken. »Warum sind Sie mit einer Pistole hier? Woher haben Sie die überhaupt?«

»Sie gehörte meinem Vater, wenn Sie es wissen müssen. Meine Großmutter war um meine Sicherheit besorgt, als ich ihr mitteilte, dass ich hierher kommen würde.«

»Ihre Großmutter hat kein Problem damit, dass Sie mit einer Pistole herumlaufen?« Hadrian wäre überrascht, wenn dem so wäre.

Miss Wren warf ihm einen hochmütigen Blick zu. »Sie weiß nicht, dass ich sie bei mir habe, und ich hätte sie nicht *in der Hand gehabt*, wenn ich nicht hätte annehmen müssen, dass jemand eingebrochen ist – und zwar zu Recht, wie ich hinzufügen möchte.« Sie blickte sich im Zimmer um. »Haben Sie festgestellt, ob alles in Ordnung ist?«

»So lange bin ich noch nicht hier.«

Ihr Blick schweifte zu seiner linken Seite und sie atmete scharf ein. »Es *ist* tatsächlich hier.«

Hadrian sah, dass sie die Fotografie auf dem Tisch betrachtete. Er hatte sie mitgebracht und kurz vor ihrer Ankunft abgestellt. Sie hierher zurückzubringen, war der Hauptgrund für seinen Besuch. Nun, genaugenommen war es ihm nicht nur um das Herbringen gegangen.

Sie ging auf den Tisch zu. »Ich habe entdeckt, dass diese Fotografie in der Kiste fehlt, die Sie neulich eingepackt hatten. Großmutter war sich sicher, dass sie noch hier sein musste, aber ich habe nicht geglaubt, dass Sie sie übersehen hätten.«

Das hatte er auch nicht. An jenem Tag hatte er seine Handschuhe wieder ausgezogen, als er geholfen hatte, und in dem Moment, in dem er das Foto berührt hatte, war ihm eine schreckliche Vision durch den Kopf geschossen. Er hatte den

Körper einer toten jungen Frau gesehen, den blassen Hals voller blauer Flecken, die dunkelbraunen Augen offen und blicklos. Die Vision hatte nicht lange genug angehalten, als dass er sich an Einzelheiten erinnern könnte, und er hatte die Frau auch nicht erkannt. Seine Bemühungen, sich die Vision in der Folgezeit wieder in Erinnerung zu rufen, hatten zu nichts anderem geführt als zu heftigen Kopfschmerzen. Also hatte er das Foto in seinen Mantel gesteckt und es mitgenommen, als er ging.

»Das muss ich wohl«, log er.

Einen Moment lang sah sie ihn einfach nur an, und er fragte sich, ob sie spürte, dass er sie beschwindelte. »Ich dachte, der Dieb musste es gestohlen haben, was die Frage nach dem Grund nach sich zieht.« Nun lenkte sie ihre volle Aufmerksamkeit auf die Fotografie. »Ich habe mich gefragt, ob dies irgendeine Bedeutung hat.«

Das hatte es ganz sicher, auch wenn sie nichts davon wissen durfte. Verdammt, aber er musste irgendeine Möglichkeit finden, wie er sie in das Geheimnis seines Fluchs einweihen konnte. »Wissen Sie, wer die Gentlemen auf der Fotografie sind? Meiner Vermutung nach handelt es sich bei dem Gentleman rechts um Sir Henry, obwohl er viel jünger aussieht.«

»Ja, aber ich weiß nicht, wer die anderen im Einzelnen sind, sondern nur dass sie Freunde von ihm waren.« Sie hob die Fotografie hoch, und Hadrian verkrampfte sich. Fürchtete er, sie würde die gleiche Vision wie er haben? Das würde natürlich nicht geschehen. Schließlich stand sie nicht unter dem Fluch einer infernalischen, unerklärlichen Fähigkeit.

»Es ist zu schade, dass die beiden auf der linken Bildseite zu unscharf sind, um sie zu identifizieren. Und den vierten Mann, der neben Sir Henry steht, kenne ich nicht.«

»Sie müssen nicht still genug gestanden haben. Wenn sie sich kein bisschen bewegt hätten, wären sie nicht richtig zu sehen gewesen.« Hadrian hatte das Foto hierher gebracht, in der Hoffnung, die Vision noch einmal zu sehen. Nachdem er es mit nach

Hause genommen hatte, hatte er wiederholt versucht, die Bilder noch einmal heraufzubeschwören, was aber vollkommen erfolglos geblieben war. Indem er die Fotografie an diesen Ort zurückbrachte, an dem es sich so lange befunden hatte, hoffte er, die tote Frau nochmals sehen zu können. Oder etwas anderes, das mit ihr in Zusammenhang stand. Er suchte nach irgendetwas, das ihm bei der Aufklärung dessen helfen könnte, was zum Teufel er da sah.

Sein Kopf schmerzte noch immer. Er massierte kurz seine Schläfe. Einen Versuch musste er noch wagen. Wenigstens einen letzten. »Macht es Ihnen etwas aus, wenn ich mir die Fotografie näher ansehe?«, fragte er.

»Ganz und gar nicht. Ich frage mich zwar, warum Sir Henry ein derart schlechtes Foto aufbewahrt hat, aber ich vermute, dass viele Fotografien aus jener Zeit ein wenig unscharf ausgefallen sind.« Sie reichte ihm die Fotografie, und sobald Hadrian den Rahmen in die Hand nahm, stieg das Bild der toten Frau in seinem Kopf auf. Aufkeuchend ließ er das Foto fallen. Es fiel klappernd auf den Boden, während er sich den Kopf hielt und ein brutaler Schmerz ihn übermannte.

»Ach du liebe Güte, Lord Ravenhurst! Geht es Ihnen nicht gut?« Miss Wren trat zu ihm – es war nicht so, dass er sie sehen konnte, denn er hatte die Augen geschlossen. Aber er konnte ihre Anwesenheit spüren. Was ein willkommener Trost war.

»Gleich ist wieder alles in Ordnung mit mir«, murmelte er und schlug blinzelnd die Augen auf.

»Ich habe gesehen, wie Sie sich die Schläfe gerieben haben. Leiden Sie unter Kopfschmerzen durch den Angriff auf Sie?«

Hadrian gelang es, sie mit seinem Blick zu fixieren, sodass er die Sorge in ihren Augen erkannte. »Ja.« Das war keine wirkliche Lüge. Er hatte solche Kopfschmerzen – oder die Visionen und Empfindungen, die sie begleiteten – nicht gehabt, bevor er angegriffen wurde.

»Kommen Sie und setzen Sie sich.« Sie nahm ihn am Arm

und führte ihn zum nächstgelegenen Sitzplatz – einem Sessel. »Was sagt Ihr Arzt?«

Der Schmerz in seinem Kopf ließ langsam nach. Hadrian stieß die Luft aus, als er sich auf dem Polster niederließ. »Er prophezeite mir, dass ich monatelang unter Kopfschmerzen leiden könnte. Ich habe eine schwere Gehirnerschütterung erlitten.« Auch das entsprach der Wahrheit. Über seine Visionen hatte er allerdings nicht mit seinem Arzt gesprochen. Der Mann hätte ihn auf direktem Wege ins Irrenhaus eingewiesen. Vielleicht gehörte er ja auch tatsächlich dorthin. Er wollte Miss Wren von der Sache erzählen, aber er brachte es *nicht* über sich.

Das dumpfe Pochen hielt weiterhin in seinem Schädel an, aber Hadrian fühlte sich irgendwie von der Vision erholt. Nein, nicht von der Vision, sondern von den Schmerzen, die damit einhergingen. Die Vision selbst würde ihn bestimmt noch eine Weile verfolgen. Er hatte die junge Frau diesmal genauer sehen können. Ihre Lippen waren violett, wie die Blutergüsse an ihrer Kehle. Ihr Haar war braun und einige lose Strähnen fielen ihr über die Wangen. Auf ihrem Kopf saß eine weiße Haube, die allerdings ein wenig verrutscht war. Sie trug ein blaues, gemustertes Kleid, das einige Jahrzehnte aus der Mode gekommen war, das mit tief angesetzten Schultern und Puffärmeln verziert war. Am Halsausschnitt war eine Kamee angeheftet.

Er fühlte, wie ihn eine Woge der Traurigkeit wegen ihr überkam. Wer war sie? Was war mit ihr geschehen? Und was hatte sie mit Sir Henry zu tun?

Hadrian musste annehmen, dass eine Verbindung zwischen diesen beiden Personen bestand. Warum sollte er sonst diese Vision von ihr in Sir Henrys Haus haben, während er einen Gegenstand aus Sir Henrys Besitz berührte? Mehr als alles andere wollte Hadrian sich frei in dem Haus bewegen, um herauszufinden, welche Visionen vielleicht sonst noch auf ihn warteten, wenn er verschiedene Gegenstände und Möbel berührte.

Miss Wren nahm die Fotografie auf und legte sie auf den Tisch zurück. Sie war ungerührt, nicht dass er erwartet hätte, sie würde dasselbe wie er erleben. Doch das war verflucht frustrierend. Und er fühlte sich dabei irgendwie alleingelassen. Aus Angst, am Ende noch für verrückt erklärt zu werden, konnte er niemanden ins Vertrauen ziehen. In diesem Moment wurde ihm klar, dass seine Angst nur noch schlimmer würde, wenn er sich laut darüber äußerte.

Miss Wren stand neben seinem Sessel und beobachtete ihn mit angespannter Miene und voller Sorge.

»Ich fühle mich jetzt viel besser«, beteuerte er in der Hoffnung, ihre Anspannung zu lindern.

»Es freut mich sehr, das zu hören.« Nun schien sie sich tatsächlich ein wenig zu entspannen. »Sie sollten nach Hause fahren und sich ausruhen, aber ich habe Ihre Kutsche draußen nicht gesehen.«

»Mein Kutscher wird in Kürze zurückkehren.« Hadrian hatte nicht gewollt, dass seine Kutsche draußen vor der Tür stand, denn wenn die Nachbarn sie sahen, würden sie Miss Wren oder Mrs. Forsythe wahrscheinlich Bericht erstatten. »Vielleicht sollten wir uns im Haus umsehen, um sicherzustellen, dass alles so ist, wie es sein sollte.« Auf diese Weise könnte er einen Versuch unternehmen, mehr in Erfahrung zu bringen, falls sein unberechenbarer Fluch mitspielte. Als er beim Umräumen und beim Packen geholfen hatte, war ihm nichts anderes als häusliche Visionen mit den dazugehörigen Alltagsgefühlen in den Sinn gekommen – bis er das Foto berührt hatte. Jetzt bot sich vielleicht die letzte Gelegenheit, etwas Nützliches zu erkennen. »Wir könnten uns auch vergewissern, dass die Zimmer wirklich leer sind und sich außer den Möbeln nichts Persönliches mehr darin befindet.«

»Das wäre wahrscheinlich das Beste«, stimmte sie mit einem Nicken zu.

Hadrian stand auf. »Ich werde nach oben gehen.«

»Danke. Ich muss eine Kiste aus dem Arbeitszimmer holen. Das war der andere Grund, warum ich gekommen bin, abgesehen von der Suche nach dem fehlenden Foto.« Sie ging auf die Tür zu, blieb dann stehen und drehte sich zu ihm um. »Bitte gehen Sie achtsam mit sich um. Wenn Ihr Kopf zu sehr schmerzt, sollten Sie wirklich nach Hause fahren.«

»Das kann ich erst, wenn meine Kutsche zurück ist«, entgegnete er lächelnd. »Mir geht es gut, wirklich. Ich verspreche, dass ich vorsichtig sein werde. Ich beschäftige mich schon seit Wochen mit dieser leidigen Sache. Ich werde mich vergewissern, dass die Haustür abgeschlossen ist, bevor ich nach oben gehe.«

Sie nickte, und Hadrian verließ den Salon.

Im Obergeschoss machte Hadrian sich auf die Suche nach dem Schlafgemach von Sir Henry. Als er es im hinteren Teil des ersten Stocks fand, nahm er den Raum in Augenschein. Es gab ein Bett, einen Schrank, eine Kommode, einen kleinen Tisch neben dem Bett und einen gemütlichen Sessel neben dem Kamin, doch der Raum wirkte leblos. Es gab keine persönlichen Gegenstände. Sogar das Bett war bis auf die Matratze abgezogen worden.

Hadrian ging zuerst zu dem Sessel an der dunklen, kalten Feuerstelle. Er sah aus, als hätte er Sir Henry für viele Jahre Bequemlichkeit geboten. Hadrian erwog, sich hineinzusetzen, aber er fürchtete sich vor dem, was eine solche Verbindung, die seinen ganzen Körper einbezog, mit sich bringen würde. Allerdings müsste er dafür seine Kleidung ablegen, und er wollte keinesfalls riskieren, in solchem Zustand von Miss Wren gefunden zu werden.

Mit seinen bloßen Fingern strich er über die Rückenlehne des Sessels. Zunächst war da gar nichts, doch dann nahm er ein generelles Gefühl von Entspannung und Geborgenheit wahr. Diese Empfindungen wurden von etwas Dunklerem und Schärferem abgelöst – von Sorge oder Angst. Oder beidem.

Er bewegte sich langsam durch den Raum, berührte die

verschiedenen Möbelstücke und erlebte immer wieder dieselben Empfindungen. Die Sorgen und Ängste begannen, alle anderen Gefühle zu überdecken. Als er das Bett erreichte, berührte er das Kopfteil und verspürte eine Welle der Behaglichkeit, die jedoch schnell von einem Ansturm von Enttäuschung und Wut und dann von scharfer, strenger Angst unterbrochen wurde.

Eine Vision bahnte sich an. Es war allerdings nicht die tote Frau. Es war ein Spieltisch. Da waren Gesichter, die er allerdings nicht deutlich erkennen konnte. Eine Karte vor ihm drehte sich, als wäre sie von seiner eigenen Hand gedreht worden. Das bedeutete Verlust. Die Enttäuschung und Angst nahmen zu. Dann gab es eine Reihe von Visionen, die in rascher Folge vor ihm aufflackerten. Allesamt verheerende Verluste.

War Sir Henry ein Glücksspieler gewesen? War das der Grund für den desolaten Zustand seiner Finanzen?

In Hadrians Kopf pochte es nun wieder. Mit geschlossenen Augen legte er seine Hand an die Stirn, und versuchte, den Schmerz durch Massieren zu lindern.

Er atmete langsamer – denn sein Herz raste – und bemühte sich, wieder zur Ruhe zu kommen. Sobald er sich ein wenig besser fühlte, drehte er sich zur Tür und erstarrte. Er war nicht allein.

Miss Wren stand an den Rahmen gelehnt, den Kopf zur Seite geneigt. »Ich denke, es ist an der Zeit, dass Sie mir erklären, was Sie zu verbergen haben.«

KAPITEL 12

Tilda hatte beobachtet, wie Ravenhurst die Hand auf das Bett legte. Beinahe hätte sie etwas zu ihm gesagt, doch dann konnte sie erkennen, wie er zusammenzuckte. Auf seiner Stirn und um seinen Mund bildeten sich Schmerzensfalten. Auf die gleiche Weise hatte er auf die Fotografie unten im Salon und neulich auf Dr. Selwin reagiert.

Dann richtete er sich auf und ließ die Hände sinken. »Es sind nur die Kopfschmerzen. Sie haben recht. Ich sollte nach Hause gehen. Ich werde im Salon warten, bis mein Kutscher kommt.«

»Papperlapapp.« Sie stieß sich vom Türrahmen ab und trat ins Zimmer. »Als Sie das Bett berührten, haben Sie eine Art Reaktion gezeigt. Dasselbe ist passiert, als Sie mir unten im Salon das Foto aus der Hand genommen haben. Und auch, als Sie neulich Dr. Selwin die Hand schüttelten.«

Er errötete.

»Seit dem Beginn unserer Bekanntschaft«, fuhr sie fort, »hatte ich das Gefühl, dass Sie mir etwas vorenthalten. Wie zum Beispiel Ihre Erklärungen dafür, woher Sie etwas wissen. Nie waren sie wirklich ganz schlüssig gewesen, angefangen damit, warum Sie am Tag nach Sir Henrys Tod hierhergekommen sind.«

Aufseufzend lehnte er sich zurück und hätte sich um ein Haar auf die Kante der Matratze gesetzt. »Wenn ich Ihnen die Wahrheit sage, werden Sie mich für verrückt erklären. Verdammt, *ich* glaube tatsächlich selbst, ich bin verrückt geworden.«

»Auf mich haben Sie allerdings stets den Eindruck eines durch und durch ausgeglichenen und intelligenten Gentleman gemacht. Nicht das Geringste an Ihnen lässt auch nur eine Spur von Verrücktheit erahnen.« Sie sah ihn stirnrunzelnd an. »Denken Sie nicht einmal daran, mir jetzt nicht die Wahrheit zu sagen, denn sonst hat unsere Zusammenarbeit hier und jetzt ein Ende. Mit einer Person, die unaufrichtig zu mir ist, kann ich nicht arbeiten. Wie kann ich außerdem meine beste Leistung für diese Ermittlung erbringen, wenn ich gar nicht alle Fakten kenne?«

Mit einem müden Gesichtsausdruck hob er die Hand. »Also schön. Bislang habe ich niemanden in mein Geheimnis eingeweiht, aber Ihnen werde ich es sagen. Sie werden denken, ich sei völlig übergeschnappt.« Nun gewann sein Blick an Schärfe. »Sagen Sie nicht, ich hätte Sie nicht gewarnt. Ich bitte Sie auch, auf keinem Fall meine Einweisung in eine Anstalt zu veranlassen.«

Seine Bitte hatte etwas Verzweifeltes, das jeden Sarkasmus ausschloss. Er war tatsächlich in großer Sorge, dass sie an seiner geistigen Gesundheit zweifeln könnte. Tilda trat näher an ihn heran, sodass sie nur noch etwa einen Meter voneinander entfernt standen. »Das werde ich nicht tun. Ich kann sehen, wie sehr Sie diese Sache beschäftigt. Erzählen Sie mir, was mit Ihnen geschieht, um solche Kopfschmerzen zu verursachen, denn *das* glaube ich.«

»Das Ganze fing an, nachdem ich meine Gehirnerschütterung erlitten hatte.«

»Als Sie angegriffen wurden?«

Er nickte, doch dann zuckte er kurz zusammen und führte die Hand an seine Schläfe. »Die Kopfschmerzen treten

zusammen mit anderen unwillkommenen Ereignissen auf. Ich ...
sehe Dinge. Oder spüre ... Empfindungen.«

»Was meinen Sie?«

»Als ich mich von meinen Verletzungen erholte, stellte ich
fest, dass ich den Ring noch hatte, den ich meinem Angreifer bei
seiner Attacke auf mich vom Finger gezogen hatte. Sobald ich
den Ring anfasste, konnte ich Dinge sehen, und dies scheinen
Erinnerungen zu sein, aber es waren nicht meine eigenen. Nichts
von alldem, was ich sah, und im Grunde waren es nicht mehr als
flüchtige Bilder, ergab einen Sinn.« Er hielt die Hände vor sich,
als wolle er etwas berühren, das für sie unsichtbar war. »Je mehr
ich zu verstehen versuchte, was ich in meinem Kopf sah, oder
besser gesagt, je mehr ich versuchte, diese Visionen für längere
Zeit heraufzubeschwören, um sie zu begreifen, desto stärker
wurden meine Kopfschmerzen. Inmitten all des Unsinns konnte
ich dann das Monument des Großen Brandes erkennen.«

Sie konnte nun glauben, wie verwirrend und beängstigend all
das für ihn sein musste. Kein Wunder, dass er niemanden
einweihen wollte. »Wenn Ihnen bewusst war, dass dies nicht Ihre
eigenen Erinnerungen sind, was glaubten Sie dann zu sehen?«

»Die einzige Erklärung, die ich mir vorstellen kann – was mir
allerdings sehr weit hergeholt scheint, denn ich habe wirklich das
Gefühl, dass ich den Verstand verliere –, besteht darin, dass ich
die Gedanken und Erinnerungen des Angreifers gesehen habe.«
Noch immer klang er, als könnte er die ganze Sache nicht ganz
glauben. »Was auch immer ich gesehen habe, ging von dem Ring
aus, den er an seinem Finger getragen hatte.«

»Der Ring bildet also eine Art von Verbindung zwischen
Ihnen und ihm?« Sie hatte sich nicht genügend unter Kontrolle,
um nicht sowohl erstaunt als auch skeptisch zu klingen. Das
Ganze war vollkommen fantastisch, und doch glaubte sie ihm
aufs Wort. Was nicht nur daran lag, dass seine Sorge und Furcht
buchstäblich spürbar waren. Sie vertraute ihm. Ihr Vertrauen zu
ihm hatte auch dann noch Bestand gehabt, als sie sicher gewesen

war, dass er etwas verheimlichte. Da sie nun den Grund dafür kannte, ergab alles einen Sinn.

»So ähnlich.«

»Haben Sie den Ring dabei?«

»Immer.« Er zog ihn aus seiner Tasche und legte ihn in ihre Hand. »Wollen Sie herausfinden, ob Sie etwas spüren?«

Sie fürchtete sich, den Ring zu berühren, was wirklich albern war. »Sehen Sie jetzt etwas?«

Er schüttelte den Kopf. »Aber ich versuche auch, davon Abstand zu nehmen. Obwohl ich mich oft darauf einstelle, alles zu sehen, was mir ein Gegenstand oder eine Person zeigen kann, weise ich meinen Verstand auch an, diese Dinge *nicht* mit Absicht heraufzubeschwören.«

»Und das klappt?«

»Mir scheint, es ist wirkungsvoller, als die Dinge bewusst sehen zu wollen«, antwortete er daraufhin mit einem sardonischen Lächeln. »Zumindest dafür bin ich dankbar.« Damit schob er den Ring in seine Tasche zurück.

»Was haben Sie unternommen, nachdem Sie das Monument gesehen haben?« Tilda zwischen dem Wunsch, über die Fähigkeit an sich zu sprechen, und dem dringenden Bedürfnis zu erfahren, wohin ihn diese Visionen geführt hatten, hin- und hergerissen.

»Ich kam zu dem Schluss, dass meine beste Chance, weitere Hinweise zu finden, darin bestand, den Ort aufzusuchen, den ich erkannt hatte – das Monument. Außerdem hatte ich ein Schild mit einer Glocke darauf erkannt. Mir war das Glück hold, als ich fast sofort auf die Glocke über einem Pub stieß.«

»Das ist ein Glücksfall. Glauben Sie, diese Visionen wollen Ihnen etwas mitteilen?«

»Nein, denn wenn dem so wäre, dann müssten die Visionen unmittelbar und deutlich erscheinen, anstatt mich vor solch eine schwere Aufgabe zu stellen «, brachte er verärgert hervor. »Verzeihen Sie, aber ich finde diesen Fluch sehr lästig. Wo war ich mit meiner Erzählung stehengeblieben? Bei der Glocke. Ich fand den

Pub und trat ein. Den Ring hatte ich natürlich bei mir, aber erst als ich einen Tisch berührte, konnte ich etwas sehen, das ich wiedererkannte. Oder genauer gesagt, sah ich jemanden.«

Tilda konnte kaum fassen, was sie da hörte. Der Mann hatte Visionen. Von denen er Kopfschmerzen bekam. Diese Visionen hatten ihn zu ... jemandem geführt. Plötzlich wusste sie es. »Es war Sir Henry.«

»Ich habe schon immer gewusst, dass Sie überaus klug sind«, stellte er mit einem Lächeln fest, das ihr mehr schmeichelte, als es eigentlich sollte, insbesondere jetzt, wo sie ernsthaft darüber nachdenken müsste, ob er tatsächlich dem Wahnsinn anheim gefallen war. Aber dieser Ring und diese Visionen hatten ihn zu Sir Henry geführt, und mehr denn je war sie der Überzeugung, dass Sir Henrys Tod nicht durch einen Herzanfall verursacht worden war.

»Das war es also, das Sie am Tag unseres Kennenlernens hierhergeführt hat.«

»Ja, so ist es. Jetzt können Sie wahrscheinlich verstehen, warum ich nicht so ganz aufrichtig zu Ihnen gewesen bin. Dieser ... Fluch ist nicht mit Vernunft zu erklären.« Er wischte sich mit der Hand über die Augen. »Ich verabscheue ihn sogar.«

»Er war allerdings äußerst hilfreich.« Sie dachte über seine Worte nach. Der Ring war von seinem Angreifer getragen worden, was ihn dann zu dieser Glocke geführt hatte, die ihn wiederum zu Sir Henry führte. »Jetzt begreife ich, warum Sie an eine Verbindung zwischen Sir Henry und Ihrem Angreifer glauben.«

»Ja«, stimmte er mit Begeisterung zu und seine Augen leuchteten auf. »Die Visionen hatten mir Sir Henry gezeigt. Mein Angreifer kannte Sir Henry. Davon bin ich felsenfest überzeugt.«

Er setzte seinen Hut ab und legte ihn auf die Matratze. Dann fuhr er sich mit der Hand durch sein dunkles Haar. Noch nie hatte sie ihn bei einer derart ... ungezwungenen Handlung gesehen. Sie konnte förmlich spüren, wie ihre Beziehung in eine neue

Phase überging. Freundschaft war nicht das richtige Wort, wenigstens nicht, was Tilda betraf. Andererseits waren ihre Erfahrungen auf dem Gebiet von Freundschaften auch begrenzt. Sie wusste nur, dass sie sich ihm nun verbundener fühlte und ihm helfen wollte.

»Ich möchte diese ... Macht begreifen«, meinte sie langsam. »Die Berührung des Rings hat Ihnen Visionen beschert, aber das ist auch passiert, als Sie den Tisch berührten?«

Er nickte. »Ich kann Dinge sehen und Empfindungen spüren, wenn ich Gegenstände und Menschen mit meinen bloßen Händen berühre.«

»Auch Menschen?« Dann fiel Tilda seine Reaktion auf Dr. Selwin ein. »Sie haben etwas gesehen, als Sie Dr. Selwin die Hand geschüttelt haben.«

»In jenem Fall habe ich nur Empfindungen gespürt, aber ja. Das Händeschütteln hat den Fluch aktiviert.«

Ihr entging nicht, in welcher Weise er sich auf diese Fähigkeit bezog, und sie konnte sehen, wie sehr ihn dies mitnahm. »Das belastet Sie sehr. Ich bin erstaunt, dass Sie diese Bürde so lange für sich behalten haben.«

Er stieß sich von der Matratze ab und richtete sich auf. »Meines Erachtens hatte ich keine andere Wahl. Wenn ich jemandem davon erzählt hätte, würde das heißen, dass ich zugebe, mich auf dem besten Wege in die geistige Umnachtung zu befinden.« Es lag eine gewisse Unbeschwertheit darin, doch sie wusste, dass er in Wahrheit wirklich Angst um seinen Geisteszustand hatte.

»Sie sind nicht verrückt«, beteuerte Tilda. »Wenigstens scheinen Sie das nicht zu sein. Ich kann mir allerdings vorstellen, wie ... anstrengend diese Fähigkeit sein muss.«

»Das ist sie«, bestätigte er mit einem schwachen Lächeln.

»Erzählen Sie mir, was Sie empfunden haben, als Sie Dr. Selwin die Hand schüttelten«, drängte sie, denn sie war begierig darauf, alles darüber zu erfahren.

Ravenhurst zog die Augenbrauen zusammen und schien sich zu konzentrieren. »Ich habe seine Erregung und auch seine Furcht gespürt, und dann auch seine Täuschung.«

»Das muss sehr beunruhigend sein.« Angst und Erregung zu spüren war schon verstörend genug, doch wenn man diese Dinge auch noch fühlte, ohne den Grund dafür zu kennen, würde ein jeder an seinem Verstand zweifeln. Tilda verstand, warum er diese Gabe einen Fluch nannte. »Ich war mir sicher, dass der Arzt uns etwas verheimlichte, daher überrascht es mich auch nicht, dass Sie ein Gefühl der Täuschung empfunden haben.«

Ravenhurst sah sie mit offener Bewunderung an. »Sie scheinen sehr gut darin zu sein, solche Dinge zu erkennen, und das ohne die Hilfe eines abscheulichen Fluches.«

»Das ist möglich.« Es faszinierte sie, dass er menschliche Gefühle durch Berührung wahrnehmen konnte. Würde ihm das auch gelingen, wenn er sie berührte? Ihr wurde klar, dass sie beide sich noch nie mit bloßer Haut berührt hatten. »Meine Güte, wie kommt es, dass Sie nicht andauernd mit Visionen und Empfindungen bombardiert werden?« Das war tatsächlich ein Fluch.

»Es geschieht nicht andauernd. Wenn ich Gegenstände in meinem Haus berühre oder mein Kammerdiener mich beim Frisieren oder Ankleiden berührt, habe ich keine Visionen oder Empfindungen. Vermutlich hat das etwas damit zu tun, dass der Umgang mit diesen Dingen von regelmäßiger Natur ist, oder sie mir gehören. Das bedeutet, dass alles, was ich sehen oder fühlen würde, meine eigenen Erinnerungen und Gefühle wären, welche ich ja ohnehin in mir habe. Und bei Sharp, meinem Kammerdiener, weiß ich nicht, ob ich irgendwelche Empfindungen verspüre. Darauf habe ich nicht geachtet und wahrscheinlich würden sich meine Gefühle ohnehin nicht von denen unterscheiden, die ich in dem Moment sowieso habe.« Er seufzte. »Ich verstehe wirklich nicht, wie diese Sache funktioniert oder woher sie rührt, doch bevor ich vor einigen Wochen mit dem Kopf auf dem Pflaster aufgeschlagen bin, hatte ich solche Erlebnisse nicht.«

Tilda verschränkte ihre Arme. »Was für eine Belastung das sein muss«, meinte sie leise. »Es tut mir sehr leid, obwohl dies andererseits auch hilfreich war. Ich trage es Ihnen nicht nach, dass Sie mir nichts davon erzählt haben.«

»Ich wüsste gar nicht, womit ich anfangen sollte«, meinte er lachend. »Apropos Ungereimtheiten, die Fotografie unten ist ein Paradebeispiel dafür. Als ich sie neulich in die Hand nahm, hatte ich ein sehr klares Bild vor mir, doch dann konnte ich es bis heute nicht wieder heraufbeschwören.« Er zauderte und seine Miene wurde finster. Was auch immer er gesehen hatte, kann nichts Gutes gewesen sein. »Ich sah eine junge Frau, mit zerquetschtem Hals und offenen Augen – blicklos. Sie war ganz sicher tot.«

Tilda schnappte nach Luft. »Wie entsetzlich.«

»Das war es. Trotzdem habe ich alles versucht, um sie noch einmal zu sehen, in der Hoffnung, sie zu erkennen. Als es mir dann jedoch nicht gelang, das Bild wieder heraufzubeschwören, nahm ich die Fotografie mit, als ich mich verabschiedete. Heute habe ich sie zurückgebracht.« Verlegen sah er sie an. »Hoffentlich können Sie mir das verzeihen.«

»Nun, damit ist ein Rätsel gelöst«, entgegnete sie leichthin. »Nun verstehe ich, warum Sie mir nichts sagen konnten und warum Sie sich die Fotografie ausgeliehen haben.«

»Ich dachte, ich könnte die Vision vielleicht wieder heraufbeschwören, wenn ich das Bild wieder dorthin zurückbringe, wo ich die tote Frau zum ersten Mal gesehen habe.«

»Und genau das ist Ihnen vorhin gelungen, als Sie mir die Fotografie aus der Hand nahmen.« Sie hatte beobachtet, wie er blass geworden war und sich an den Kopf fasste, doch von dem wahren Grund für seine Reaktion hatte sie nichts geahnt.

»Ja. Diesmal habe ich sie deutlicher erkennen können als beim ersten Mal. Ich konnte einige zusätzliche Einzelheiten feststellen, wie beispielsweise ihre Haar- und Augenfarbe – beides hellbraun bzw. braun. Trotzdem habe ich sie nicht erkannt.« Sein Blick war nachdenklich geworden. »Und ich würde sagen, dass sie aus einer anderen Zeit zu stammen schien. Ihr Kleid war in einem Stil gehalten, den meine Mutter trug, als sie jünger war. Ich habe ein Bild von ihr, das etwa von 1830 stammt. Die Form des Ausschnitts und die Ärmel stimmten mit dem Kleid überein, das die bedauernswerte Frau in meiner Vision trug.«

»Sie denken, Sie haben eine Frau in Ihrer Vision gesehen, die vor Jahrzehnten gestorben ist?«

»Genau das ist mein Verdacht, aber wer kann das schon sagen?« Er fuhr mit der Hand durch die Luft. »Wer kann sagen, ob die Dinge, die ich sehe, echt sind oder Fiktion? Es ist hilfreich, behaupten Sie, aber nur ein bisschen, was überaus ärgerlich ist, denn nie ist es die ganze Geschichte. Heute bin ich außerdem wieder hierher zurückgekommen, um im Haus umherzuwandern und Dinge zu berühren, denn ich wollte herausfinden, ob ich noch etwas in Erfahrung bringen kann.« Wieder massierte er sich den Kopf und seine Stirn war tief gerunzelt.

Sie brauchte keine besondere Gabe, um seine Erregung wahrzunehmen und seine Frustration zu spüren. »Was ist mit den Kopfschmerzen?«, fragte sie leise. »Werden Sie gerade von Schmerzen geplagt?«

»In gewisser Weise, ja.« Er ließ die Hand sinken. »Sobald die Kopfschmerzen mit einer Vision oder Empfindung beginnen, hält der Schmerz – auch wenn er deutlich nachlässt – stundenlang an. Je mehr ich dieser Fähigkeit abverlange, umso schlimmer wird der Schmerz. Manchmal muss ich mein Vorhaben zumindest für eine gewisse Zeit aufgeben.«

Das hörte sich schrecklich an. Es grenzte an ein Wunder, dass er überhaupt versuchte, diese Visionen noch einmal zu durchleben. »Sie müssen auf sich aufpassen. Vielleicht sollten Sie davon absehen, etwas sehen zu wollen.«

»Ich habe darüber nachgedacht, aber es ist furchtbar schwierig, wenn man das Bild einer toten Frau sieht, das so viele Fragen aufwirft.« Er begegnete ihrem Blick mit einer düsterer Miene. »Außerdem ist es so beunruhigend, dass man gar nicht *anders* kann, als daran zu denken oder alles darüber wissen zu wollen.«

»Das kann ich nachvollziehen. Ich habe die Frau nicht in meiner Vorstellung gesehen, und ich bin trotzdem sehr gespannt darauf, ihre Identität zu erfahren. Ich bin mir sicher, dass Sie sich nach weiteren Antworten sehnen.«

»Das ist ja gerade der Punkt. Warum sehe ich diese Frau überhaupt? Warum habe ich Sir Henry gesehen?«

»Es ist, als würde etwas oder jemand mit Ihnen kommunizieren, um Sie zu Antworten zu führen«, meinte Tilda.

»Das mag ja sein, aber ich kann mir nicht vorstellen, wer oder was das sein könnte. Anstatt zu versuchen, die Herkunft der Visionen zu klären, konzentriere ich mich auf diese dringenden Fragen – wer ist diese Frau und in welcher Verbindung steht sie zu diesem Foto?«

»Irgendwie wird es wohl einen Zusammenhang mit den Männern auf der Fotografie geben. Schade, dass wir Sir Henry nicht mehr fragen können.«

»Ja, das ist schade, aber vielleicht ist er gerade deshalb tot«, meinte Ravenhurst und jagte Tilda einen Schauder über den Rücken.

»Das ist nicht unmöglich«, stimmte Tilda zu. »Meines Erachtens müssen wir die Ermittlungen zu Ihrem Angriff, zu Crawfords Mord und zu Sir Henrys Tod als eine Einheit behandeln.«

Nun entspannten sich seine Gesichtszüge vor Erleichterung. »Ich danke Ihnen. Ich weiß, dass alle Fälle miteinander verbunden sind. Wir müssen nur noch herausfinden, in welcher Weise.«

In Tildas Kopf drehte sich alles. »Hoffen Sie, durch Berühren anderer Objekte hier in Sir Henrys Haus weitere Antworten zu finden?«

Er blickte sich im Zimmer um. »Das hatte ich gehofft, obwohl ich hier in seinem Schlafgemach nichts sehe, was mit der toten Frau im Zusammenhang steht.« Er richtete seinen Blick wieder auf sie. »War Sir Henry ein Glücksspieler?«

»Ich erinnere mich, dass er gerne Karten spielte, aber über seine Wettgewohnheiten kann ich leider nichts sagen. Ich könnte meine Großmutter dazu befragen. Sicher weiß sie viel mehr als ich.«

»Ich habe das Gefühl, dass er bei mehreren Gelegenheiten große Geldsummen verloren hat. Ich habe mehrere Spieltische gesehen und Empfindungen von Verlust, Enttäuschung, sogar Verzweiflung gespürt. Wenn er große Summen verloren hat, könnte das den Zustand seiner Finanzen erklären.«

Tilda stieß einen frustrierten Atemzug aus. »Nun, das spricht allerdings nicht für die Theorie der Unterschlagung durch Mr. Hardacre.«

»Vielleicht nicht, aber ich denke, wir sollten Mr. Hardacre dennoch einen Besuch abstatten.«

»Natürlich werden wir das«, beteuerte Tilda. »Ein guter Ermittler verfolgt jeden Weg, um so viele Informationen wie möglich zu sammeln, und sei es nur, um Dinge auszuschließen.«

Er lächelte sie an. »Und Sie sind ja auch eine gute Ermittlerin.«

»Danke.« Tildas Gedanken schwirrten noch immer viel zu schnell in ihrem Kopf, um jetzt auf seine Schmeicheleien einzugehen. »Vermutlich ist es ist auch möglich, dass Sir Henry Spielverluste hatte *und* Hardacre ihn bestohlen haben könnte. Moment! Warum haben wir keine Schuldscheine gefunden, als wir das Haus leergeräumt haben? Besonders in Sir Henrys Arbeitszimmer.«

Ravenhurst zuckte mit den Schultern. »Es kann sein, dass Sir Henry sie nie benutzt hat. Vielleicht hat er seine Verluste sofort gedeckt, als er sie gemacht hat. Das würde seinen Mangel an Geldmitteln erklären. Es könnte auch erklären, was mit der Investition Ihrer Großmutter geschehen ist. Vielleicht steckte Sir Henry so tief in Schulden, dass er sie bestehlen musste.«

Scharf sog Tilda die Luft ein. Nie hätte sie auch nur im Entferntesten gedacht, dass Sir Henry so etwas Abscheuliches getan haben könnte. Das war einfach zu schockierend. »Ich kann nicht glauben, dass er so etwas tun würde.« Tilda wäre es ein Greul, wenn ihre Großmutter herausfände, dass er ihr das angetan hatte. Oder auch Millicent, die schon genug unter dem desolaten Zustand zu leiden hatte. Für sie könnte die Sache allerdings noch schlimmer sein, sollte es Schuldscheine geben, mit denen sie sich konfrontiert sah. »Ich werde mit meiner Großmutter und mit Millicent sprechen. Sie werden wissen, ob Sir Henry ein Spieler war, aber meines Erachtens sieht es ganz danach aus.«

»Vertrauen wir denn völlig auf meine Visionen?«, erkundigte sich Ravenhurst. »Ich muss gestehen, dass ich mir noch immer nicht ganz sicher bin. Ich kann nicht einmal erklären, warum sich diese Visionen ereignen.«

»Bislang sind Sie von diesen Visionen doch noch nicht in die Irre geführt worden, oder?«

»Das glaube ich nicht. Ich wünschte nur, diese ... Fähigkeit wäre zuverlässiger, und dass ich sie besser verstehen würde.« Wieder klang er frustriert, was auch verständlich war. »Ich frage mich, ob sie ganz verschwinden werden, sobald ich mich vollständig erholt habe. Der Arzt sagte, dass es mehrere Monate dauern könnte, bis meine Kopfschmerzen nachlassen.«

»Wir sollten nach unten gehen«, schlug Tilda vor, da sie der Meinung war, dass er sich, zumindest für eine kurze Zeit ausruhen musste. »Vielleicht gibt es in der Küche noch Tee, obwohl ich glaube, dass wir der Köchin und dem Hausmädchen den Rest gegeben haben.«

»Ich würde lieber weiter das Haus erforschen und sehen, was ich noch herausfinden kann.«

Tilda sah ihn stirnrunzelnd an. »Das halte ich für keine kluge

Idee. Ihr Kopf schmerzt schon genug. Sie können an einem anderen Tag wieder hierherkommen. Ich werde Sie dann abholen, damit Sie nicht noch einmal in das Haus einbrechen müssen«, fügte sie ironisch hinzu.

Er lächelte. »Ich weiß Ihre Besorgnis zu schätzen, aber meinem Kopf geht inzwischen schon besser. Ich würde gerne noch mindestens ein weiteres Zimmer ausprobieren. Wahrscheinlich das Arbeitszimmer, denn dort hat Sir Henry abgesehen von seinem Schlafgemach aller Voraussicht nach die meiste Zeit verbracht.«

»Dort oder im Salon. Aber fangen Sie mit dem Arbeitszimmer an. So kann ich es noch einmal durchforsten. Vielleicht gibt es einen Schuldschein, der hinten in einer Schublade seines Schreibtisches steckt.« Sie drehte sich um und verließ das Schlafgemach.

Sie hörte den Earl hinter sich, als sie die Treppe hinuntergingen. »Was glauben Sie, was Sir Henry mit einer Frau zu tun hat, die vielleicht schon vor Jahrzehnten gestorben ist, und mit dem Mann, der Sie angegriffen hat?«

»Ich habe überhaupt keine Ahnung«, antwortete Ravenhurst. »Die andere Frage, die mir durch den Kopf geht, ist, aus welchem Grund jemand erst mich, dann Crawford und schließlich Sir Henry niedergestochen hat. Ich denke, wir können uns darauf einigen, dass Sir Henry nicht an einem Herzinfarkt gestorben ist.«

Tilda blieb am Fuße der Treppe stehen und drehte sich ihm zu, um zu ihm aufzuschauen. Sie wollte diese Schlussfolgerung eigentlich noch nicht ziehen, doch genau das glaubte sie. »Ja, darauf können wir uns einigen. Das heißt dann vermutlich, dass wir uns auch einig sind, dass er wahrscheinlich ermordet wurde.«

Ravenhurst stand ein paar Stufen über ihr. »Ich glaube auch.«

Sie hielt den Kopf schräg. »Meinen Sie, es besteht die Möglichkeit, dass Crawford einer der Männer auf dem Foto ist?«

»Er wäre zu jung gewesen. Wenn das Foto aus den Jahren um 1830 stammt – und wenn man den Stil der Kleidung zugrunde legt, den die Frau in meiner Vision trug – wäre Patrick Crawford ein junger Mann gewesen. Ich nehme an, er könnte eine der verschwommenen Figuren auf der linken Seite sein.« Er legte den Kopf schief. »Das ist eine interessante Theorie.«

Tilda drehte sich um und lenkte ihre Schritte in Richtung des Arbeitszimmers. »Ich hoffe sehr, dass wir die Berichte von Inspektor Padgett durchsehen können. Wir müssen den Mann finden, der Sie angegriffen hat. Er ist die Verbindung, die Sie zu Sir Henry haben.«

»Mich frustrieren die Vorfälle bei Scotland Yard«, meinte Ravenhurst in hartem Ton. »Padgett hat keine gründliche Ermittlung durchgeführt, und die Vertraulichkeit der Berichte ist höchst verdächtig. Ich frage mich, ob er nicht in irgendeiner Weise Dreck am Stecken hat, zumal Sie sagten, dass die Korruption bei der Polizei weit verbreitet ist.«

»Damit mögen Sie recht haben, aber wie ich immer wieder betone, müssen wir auf der Hut sein, wenn es um die Polizei geht.« Tilda wollte glauben, dass alle so ehrlich und wohlmeinend waren wie ihr Vater. Nein, es ging eigentlich nicht darum, was sie glauben wollte. Sie wollte, dass alle so *waren*. Ihr kam in den Sinn, dass sie vielleicht niemanden mehr bestechen sollte, wenn sie dem Erbe ihres Vaters treu bleiben wollte.

»Das verstehe ich«, antwortete Ravenhurst. »Allerdings lindert das meine Gereiztheit nicht.« Er blitzte sie mit einem Lächeln an, das ihr ein Kribbeln im Bauch bescherte. »Wir könnten unsere Suche nach meinem Angreifer im The Bell beginnen. Der Pub liegt auf dem Fish Street Hill.«

»Ausgezeichnet.« Tilda wurde von einer Woge der Erregung erfasst. Sie war froh, dass keine Geheimnisse mehr zwischen ihr und dem Earl bestanden. »Mit Ihrer Gabe und meinen Fähigkeiten als Ermittlerin werden wir ihn finden.«

»Dies ist keine Gabe, sondern ein Fluch«, entgegnete Ravenhurst mit erheblicher Bitterkeit. »Hätte ich die Wahl würde ich den Fall lieber mit *unseren* Fähigkeiten als Ermittler lösen.«

Ihr entging nicht, dass er das Wort »*unseren*« benutzte, und sie war überrascht, dass es ihr nichts ausmachte, ihn als Partner oder zumindest als Assistenten anzuerkennen »Fangen Sie jetzt einfach an, alles zu berühren?«

»Das nehme ich an.« Er formte seinen Mund zu einem schiefen Lächeln. »Wie Sie sehen, lässt mich das völlig verrückt aussehen.«

Tilda unterdrückte ein Kichern und machte sich daran, das Arbeitszimmer zu durchforsten. Am Ende fand sie nichts, und Ravenhursts Erkundungen blieben völlig ergebnislos. Tilda dachte, bei sich, dass dies wohl auch besser so war, denn seine Kopfschmerzen hielten immer noch an.

Ravenhursts Kutscher war zurückgekehrt, und der Earl bestand darauf, Tilda nach Hause zu fahren. Sie sperrten das Haus ab und machten Pläne, am nächsten Tag zurückzukehren.

»Anscheinend haben wir viel zu tun«, bemerkte Ravenhurst, als sie in der Kutsche die Huntley Street entlangfuhren.

»So ist es«, stimmte Tilda zu. »Wir müssen auch noch Mr. Hardacre aufsuchen. Unsere erste Priorität besteht jedoch darin, Ihren Angreifer zu finden. Wann sollen wir The Bell besuchen?«

»Ich habe mich gefragt, ob Sie vielleicht heute Abend dorthin gehen wollen«, schlug er vor. »Ich kann mir vorstellen, dass der Pub an einem Samstagabend gut besucht ist. Es könnte sogar sein, dass der Angreifer dort ist.«

»Würden Sie ihn denn erkennen?«, fragte sie.

»Möglicherweise. Ich habe seine Augen deutlich erkannt, aber der Rest seines Gesichtes war bedeckt.«

»Sie müssen also ganz dicht an alle Gäste herankommen und ihnen in die Augen sehen«, meinte Tilda lachend. »Das könnte recht unterhaltsam werden.«

Er lächelte. »Ich werde mich bemühen, Sie gut zu unterhalten. Sie haben ein sehr charmantes Lachen.«

Tilda freute sich über das Kompliment. Sie glaubte nicht, dass sie je zuvor einen Kommentar über ihr Lachen gehört hatte. »Also schön, wir gehen heute Abend. Was soll ich meiner Großmutter sagen?«

»Dass ich Sie in ein Theaterstück mitnehme?«, schlug er vor.

»Nein, ich muss ihr sagen, dass ich mit Freunden Karten spielen gehe.« Ein Theaterstück würde ihre Großmutter zu der Annahme verleiten, dass zwischen Tilda und Ravenhurst mehr sein könnte als nur eine geschäftliche Beziehung. Und so war es ja auch, denn er war anscheinend ihr Freund. »Sie müssen mich in der Bulstrode Street abholen.«

»Acht Uhr?«

Tilda nickte. Wie aufregend ihr Leben mit einem Mal geworden war.

KAPITEL 13

Hadrians Kutsche stand an diesem Abend schon lange vor acht Uhr in der Bulstrode Street und wartete. Er wollte nicht riskieren, dass Miss Wren allein auf der Straße wartete. Er hatte schon erwogen, ihr zu Fuß entgegenzugehen, doch dann hatte er sich damit abgefunden, in der Nähe an der Ecke zu stehen, und Leach, sein Kutscher, hatte ihm versichert, dass er Miss Wren sehen konnte, sobald sie ihr Haus verließ, und auf sie zuging.

Sie erreichte die Kutsche um eine Minute nach acht. Hadrian hörte, wie Leach sie begrüßte, dann öffnete sich die Tür und sie stieg ein. Sie nahm den nach vorne gerichteten Sitz, den Hadrian für sie freigelassen hatte.

»Guten Abend, Mylord.« Sie sah ihn kurz an, während sie ihren dunkelgrauen Mantel über ihre ebenholzfarbenen Röcke drapierte. Sie trug denselben kleinen schwarzen Hut wie bei der Beerdigung, allerdings mit einer etwas verkümmerten Feder auf ihrem rotgoldenen Haar, das zu einer schlichten Frisur frisiert war.

»Guten Abend, Miss Wren. Sind Sie bereit für unser Abenteuer im Ostlondon?«, fragte er, als sich die Kutsche in Bewegung setzte.

Sie lächelte, und ihre Gesicht leuchtete vor Begeisterung. »Ich freue mich schon sehr darauf, ehrlich gesagt. Nur selten unternehme ich so etwas Aufregendes.«

»Wie ist es, wenn Sie ins Theater gingen?«, fragte er und bezog sich dabei auf seinen früheren Vorschlag, was sie ihrer Großmutter als ihr Ziel für den heutigen Abend nennen könnte.

»Bei einer sehr seltenen Gelegenheit. Ich war nur zwei oder drei Mal im Theater.«

Er konnte sich vorstellen, dass dieser Luxus nicht in ihrem Budget lag. Es wunderte ihn, dass sie unverheiratet war, aber er musste annehmen, dass sie es sich nicht anders ausgesucht hatte. Sie war attraktiv, intelligent und konnte eindeutig einen Haushalt führen. »Ich würde Sie gerne einmal begleiten – zusammen mit Ihrer Großmutter. Wenn wir allein gehen würden, könnten die Leute denken, ich würde Ihnen den Hof machen.« Er lächelte.

Miss Wrens Blick traf ihn. Es lag nicht der Hauch von Belustigung darin. »Aber wir werben nicht umeinander.«

»Nein«, gab er zu und bedauerte seinen Scherz. Er hatte nicht beabsichtigt, sie in Verlegenheit zu bringen. »Zugegebenermaßen bin ich überrascht, dass Sie nicht verheiratet sind.« War diese Bemerkung irgendwie besser? In diesem Moment hatte Hadrians Neugier die Oberhand gewonnen.

»Ich bin sehr zufrieden als Jungfer«, antwortete sie. »Meine Großmutter hofft noch immer, ich würde mich verlieben und so wie sie einen Mann heiraten, aber ich habe kein Interesse an solchen Dingen. Sie erschauderte leicht, was nicht nur von Desinteresse, sondern vielleicht auch von aufrichtiger Abneigung zeugte.

»Haben Sie nie ans Heiraten gedacht? Niemals?« Er war sich nicht sicher, ob er jemals eine Frau kennengelernt hatte, bei der das nicht der Fall war.

»Finden Sie das seltsam?« Sie klang überrascht. »Meine

Eltern waren nicht sehr glücklich miteinander. Vermutlich hat das meine Haltung bezüglich des Ehestands nicht gefördert.«

Hadrian nickte. »Meine Eltern waren auch nicht glücklich verheiratet.«

»Sie haben mir immer noch nicht von dem Irrtum erzählt, den Sie vermieden haben«, brachte sie erwartungsvoll vor.

»Das stimmt.« Er legte den Kopf schräg. Zwar sprach er nur selten über jene Zeit, aber er hatte keine Einwände, Miss Wren davon zu berichten. »Vor einigen Jahren war ich einmal verlobt. Ich erwischte Beryl, meine Verlobte, in einer ... kompromittierenden Situation mit einem anderen Mann. Wir sind zu dem Schluss gekommen, dass es das Beste sei, wenn wir unsere Verlobung lösen. Sie heiratete stattdessen den anderen Mann – Chambers –, und ich bin dankbar, mich nicht in einer unglücklichen Verbindung gefangen zu fühlen.«

Hadrian hatte geglaubt, er liebte sie. Sie hatten keine große, romantische, allumfassende Leidenschaft genossen, aber er hatte eine große Zuneigung für sie empfunden und gedacht, sie würden gut miteinander auskommen. Wie gründlich er sich doch getäuscht hatte. »Ich habe inzwischen beschlossen, dass ich als Junggeselle zufrieden bin, also verstehe ich Ihre Zufriedenheit mit Ihrem Dasein als Jungfer.«

»Nun, wenn das nicht die perfekte Situation für eine Freundschaft zwischen einem Mann und einer Frau schafft, dann weiß ich nicht, was es sein könnte.«

»Das war gut gesagt. Wir *sind* also Freunde?« Das hoffte er wirklich.

»Ja, und auch berufliche Partner.« Ihr Blick wanderte über seine Kleidung. »Sie sind heute Abend überaus schlicht gekleidet. Sind das überhaupt Ihre Kleidungsstücke?«

Hadrian senkte den Blick. »Das sind sie eigentlich nicht. Ich wollte nicht wie ein Earl aussehen. Mein Kammerdiener hat rasch etwas aus seiner eigenen Garderobe zusammengestellt. Da er in der Mitte etwas kräftiger ist als ich, hat er die Hose an der Taille eingeschnürt, und die Weste hat hinten Stecknadeln.«

Sie schien beeindruckt. »Wie unternehmungslustig von ihm.«

»In dieser Kostümierung sollte ich besser zu den Gästen im The Bell passen.«

»Ich wage zu behaupten, dass ich in diesem schrecklichen Kleid angemessen aussehe.« Sie sah an ihrem Kleid hinunter und verzog das Gesicht. »Niemand würde mich mit einer Lady aus dem West End verwechseln. Jedenfalls nicht, bis ich den Mund aufmache.«

»Sollen wir unsere Sprechweise anpassen?«, fragte er.

Miss Wren zuckte mit den Schultern. »Ich kann einen Cock-ney-Akzent nachahmen, obwohl das ein bisschen weiter östlich als unser Ziel liegt.« In diesem Moment nahm sie den Akzent an, und er war auf ein Neues von ihr beeindruckt.

»Ich glaube nicht, dass ich so etwas fertigbringe.« Er hat es nicht einmal versucht. »Vielleicht sollte ich das Reden Ihnen überlassen.«

Sie sah ihn mit hochgezogener Augenbraue an. »Meinen Sie wirklich, Sie können das? Mir ist nicht entgangen, dass Sie sich manchmal nicht zurückhalten können.«

Er schmunzelte. »Das ist eine faire Einschätzung. Nur zu oft gewinnt meine Neugierde die Oberhand über mein Mundwerk. Ich werde mich redlich bemühen, besser achtzugeben.« Ernüchtert wollte er sicherstellen, dass sie beide bei allem auf der Hut sein sollten und nicht nur, was ihre Sprechweise anbelangte. »Wir hoffen, meinen Angreifer zu finden – einen Mann, der getötet hat, wenn unsere Theorie stimmt. Wir müssen uns sehr in Acht nehmen. Haben Sie Ihre Pistole bei sich?«

»Das habe ich.« Sie umfasste ihr Retikül, das auf ihrem Schoß lag, noch fester. »Und ja, wir müssen wachsam sein. Wenn wir ihn in The Bell finden, ist es vielleicht einfacher, ihm Fragen zu stellen, da es ein öffentlicher Ort ist. Wenn wir jedoch zumindest erfahren können, wo er wohnt, sollten wir dann mit Inspektor Lowther zurückkehren.«

»Oder Inspektor Teague«, schlug Hadrian vor. »Er hat sich in dieser Ermittlung engagiert. Das hat sicherlich mit meiner hartnäckigen Fragerei zu tun.« Wieder schmunzelte er.

»Beide wären gut«, meinte Miss Wren. »Mir hat Teagues Art gefallen, als er neulich zu Sir Henrys Haus kam, nachdem Vaughn angegriffen worden war.« Sie warf einen Blick auf seine Tasche. »Ich habe vor, den Ring zu benutzen, um Ihren Angreifer zu identifizieren. Vielleicht hat jemand in The Bell gesehen, wie er ihn getragen hat.«

»Brillant«, lobte Hadrian.

Kurze Zeit später kamen sie beim Fish Street Hill an. Hadrian stieg aus der Kutsche aus und half ihr beim Aussteigen. Der Kutscher würde auf sie warten, aber Hadrian hatte keine Ahnung, wie lange sie brauchen würden.

Hadrian führte Miss Wren in die Richtung des Flusses und des Pubs, in der sich bereits viele Gäste tummelten. Er schaute sofort zu dem Tisch, an dem er die Vision von Sir Henry erlebt hatte, und wies Miss Wren darauf hin. Dort konnten sie sich allerdings nicht niederlassen, da der Tisch bereits besetzt war.

Stattdessen traten sie an die Theke, wo ein griesgrämiger Mann in den Fünfzigern Ale ausschenkte. Hadrian machte den Mann auf sie aufmerksam und bestellte zwei Pints.

Der Barkeeper zapfte das Ale und stellte die Gläser vor Hadrian und Miss Wren ab. Hadrian zahlte dem Mann mehr, als das Ale gekostet hatte, und blickte zu Miss Wren.

»Wir suchen einen bestimmten Kerl«, sagte sie in ihrem beeindruckenden Cockney-Akzent. »Er hat etwas, das ihm gehört.«

Hadrian zog den Ring aus seiner Tasche und zeigte ihn dem Barkeeper. »Großer Kerl mit langem Gesicht und großen dunklen Augen.« Das war so ziemlich alles, was Hadrian sagen konnte, um seinen Angreifer zu beschreiben.

Der Barkeeper betrachtete den Ring in Hadrians Handfläche. »Ich kenne den Mann nicht, aber es gibt da einen Kerl, der manchmal zu Moll, einer der Bardamen, kommt. Sie hat erwähnt, er hätte sich über einen verlorenen Ring ausgelassen. Ihr könnt sie danach fragen.«

»Welche ist denn Moll?«, fragte Miss Wren, ehe sie sich in der Gaststube umsah.

»Die Rothaarige in dem grünen Kleid da drüben.« Der Barkeeper deutete auf einen der Tische, an dem eine kurven-reiche junge Frau lachte, während sie neben einem Tisch stand, der mit rüpelhaften Männern besetzt war.

Hadrian erstarrte. Dieses Gesicht hatte er schon einmal gese-hen. Am ersten Tag, als er den Ring berührte und Visionen hatte, war sie eine der Personen, die er gesehen hatte.

»Danke«, sagte Miss Wren mit einem strahlenden Lächeln zum Barkeeper. In der Tat lag ein Hauch von Koketterie darin. Das hatte er bislang noch nie bei ihr erlebt. Was führte sie im Schilde?

Sie wandten sich von der Bar ab, und Miss Wren fasste ihn beim Arm. Er lenkte sie von Moll und dem Tisch mit den Männern weg. »Ich kenne sie«, flüsterte Hadrian eindringlich. »Nicht sie, aber ihr Gesicht.«

Miss Wren sah ihm in die Augen. »Aus einer Vision?«

Hadrian nickte. »Ich habe sie am ersten Tag gesehen, als die Visionen ihren Anfang nahmen, aber ich wusste nicht, wer sie war.«

»Dann können wir fest annehmen, dass sie den Mann kennt, der diesen Ring getragen hat.« Miss Wrens Augen funkelten vor Aufregung.

»Mein Angreifer«, meinte Hadrian grimmig, und sein Puls raste.

»So ist es.« Miss Wren nippte an ihrem Ale und rümpfte die Nase.

Hadrian probierte sein Ale und stellte fest, dass es noch miserabler war als bei seinem letzten Besuch. »Warum haben Sie den Barkeeper so angelächelt? Haben Sie mit ihm geflirtet?«

»Ich spiele eine Rolle, und dazu gehört auch, den Barkeeper zu becircen. Das ist bei der Durchführung von Ermittlungen eine sehr nützliche Fähigkeit.«

»Sie sind bemerkenswert gut darin. Es geht nicht nur darum, charmant zu sein.« Obwohl sie das besonders gut konnte und er sich wünschte, dieser Charme würde ihm gelten. War er eifersüchtig? Ein bisschen vielleicht. »Es sind diese Rollenspiele im Allgemeinen. Sie waren bei Dr. Selwin ausgezeichnet, und heute Abend sind Sie mit diesem Akzent einfach wunderbar.«

Sie errötete. »Ich führe seit etwa vier Jahren Ermittlungen durch. Es freut mich zu hören, dass ich dabei ein gewisses Maß an Geschick an den Tag lege.«

»In der Tat. Ich bin sehr glücklich, Sie kennengelernt zu haben.«

Moll verließ den Tisch mit den Männern und ging hinter die Theke, wo sie kurz mit dem Barmann sprach. Dann kam sie direkt zu ihnen herüber. »Ich bin Moll. Ich hörte, Sie wollten mit mir sprechen?« Sie hatte ganz eindeutig einen Cockney-Akzent.

Miss Wren lächelte das Barmädchen an. »Guten Abend, Moll. Mein Freund hat einen Ring, der vielleicht jemandem gehört, den Sie kennen.«

»Lassen Sie mich mal sehen«, meinte Moll und drehte sich leicht, um Hadrian anzusehen.

Er hielt den Ring noch einmal in seiner behandschuhten Handfläche. Moll nahm ihn und beäugte das Gold. »Ist das ein M?«

»Ja«, sagte Hadrian.

Moll nickte und ließ den Ring wieder auf Hadrians Handschuh fallen. »Sieht aus wie der, den Fitch früher getragen hat, aber er hat ihn vor einer Weile verloren – irgendwann nach dem Dreikönigstag, glaube ich.«

Hadrian tauschte einen Blick mit Miss Wren aus. Diese Zeitangabe stimmte mit dem Angriff auf ihn überein, der sich paar Wochen nach dem Dreikönigstag ereignet hatte.

»Sie kennen Fitch also gut?«, fragte Miss Wren.

»Ja«, antwortete die Bardame. »Wir verbringen ab und zu Zeit miteinander.«

»Wissen Sie, wo er wohnt?« Miss Wren schob der Frau eine Münze zu. »Wir möchten den Ring zurückgeben.«

Moll nahm die Münze und steckte sie in die Tasche ihrer geflickten Schürze. »Er wohnt über dem Käseladen auf der East Cheap. Gleich hinter der Pudding Lane. Im ersten Stock mit Blick auf die Straße. Vielleicht ist er aber gar nicht da, weil er meistens nachts unterwegs ist, aber Sie können es ja versuchen.«

Miss Wren legte den Kopf schief und schielte mit einem Auge zu Moll. »Ist er ein freundlicher Mensch, oder wird er nicht gerade begeistert sein, wenn wir vor seiner Tür auftauchen?«

»Das hängt davon ab, wie viel er gesoffen hat«, entgegnete Moll mit einem leichten Kräuseln der Lippen. »Sagen Sie ihm gleich, dass Sie den Ring haben, denn dann wird er sich freuen. Als er ihn verloren hat, war er richtig wütend und sagte, es sei ein besonderes Geschenk gewesen.«

»Wissen Sie, von wem er ihn hat?«, hakte Miss Wren nach.

Moll schüttelte den Kopf. »Das würde er nicht sagen. Fitch ist sehr verschwiegen, was seine Arbeit angeht. Er redet nicht gern darüber. Er redet überhaupt nicht gerne viel«, fügte sie mit einem Glitzern in den Augen und einem sinnlichen Lächeln hinzu.

»Wissen Sie, was für einer Beschäftigung er nachgeht?« Hadrian wollte unbedingt die Antwort auf diese Frage wissen. War es möglich, dass ihn jemand angeheuert hatte, um Hadrian anzugreifen, oder besser gesagt, um Crawford zu töten?

»Warum ist das wichtig?«, fragte Moll fast ärgerlich. »Sie stellen einen Haufen Fragen.«

»Er ist nur neugierig«, wiegelte Miss Wren ab und wedelte mit der Hand. »Mein Cousin redet gerne.« Sie warf Hadrian einen warnenden Blick zu. Zur Antwort nickte er fast unmerklich.

Miss Wren schenkte Moll ein breites Lächeln. »Danke, Moll. Wir wissen Ihre Hilfe wirklich zu schätzen.«

Miss Wren legte eine Hand um Hadrians Arm und zog ihn zur Tür. Er öffnete ihr, als sie nach draußen trat, und folgte ihr in die kühle Nacht hinaus. Ein scharfer Wind peitschte um sie herum, und Miss Wren zog ihren Mantel fester um sich.

»Ich bitte um Verzeihung«, bat Hadrian zerknirscht. »Ich habe nur versucht, so viel wie möglich in Erfahrung zu bringen.«

»Ich weiß«, antwortete Miss Wren ohne eine Spur von Cockney. »Aber mir war vollkommen klar, dass sie über die Besonderheiten von Fitchs Arbeit nicht Bescheid weiß.«

»Das dachte ich auch, aber ich wollte mir alle Mühe geben.«

Miss Wren drehte sich vom Fluss weg, und sie gingen den Fish Street Hill hinauf in Richtung East Cheap. »Glauben wir, dass Fitch der Mann ist, nach dem wir suchen?«, fragte sie.

»Das muss er wohl, zumal ich Moll aus einer Vision wiedererkannt habe.«

Sie warf Hadrian einen feurigen Blick zu. »Ich bin sehr daran interessiert, ihm ein paar Fragen zu stellen.«

Hadrian hielt inne und berührte ihren Ellbogen, um sie zum Anhalten zu bewegen. Er wandte sich ihr zu. »Aber sollten wir das wagen? Vielleicht sollten wir mit Teague zurückkehren, jetzt, da wir wissen, wo Fitch lebt.«

»Das könnten wir, aber Sie haben gehört, was Moll gesagt hat. Vielleicht ist Fitch gar nicht zu Hause, dann könnten wir seine Wohnung durchsuchen.« Ihre Augen funkelten vor Aufregung, und das war sehr ansteckend.

»Das wäre bestimmt sehr aufschlussreich.« Dennoch wollte er Vorsicht walten lassen. »Wir müssen auf einen gewalttätigen Übergriff vorbereitet sein.«

Sie hob ihr Retikül leicht an. »Ich werde meine Pistole bereithalten, wenn wir an seine Tür klopfen. Vielleicht sollte ich das

Reden übernehmen. Ich werde tun, was Moll vorgeschlagen hat, und ihm von der Tür aus sagen, dass ich seinen Ring habe. Ich werde auch sagen, dass Moll mich geschickt hat.«

Hadrian fragte sich, warum ihm gar nicht eingefallen war, seine eigene Pistole mitzunehmen. »Sobald er die Tür öffnet, wird er mich wahrscheinlich wiedererkennen.« Hadrian runzelte die Stirn.

Sie blieb einen Moment lang still und machte ein nachdenkliches Gesicht. »Daran hätten wir früher denken sollen. Ich glaube nicht, dass Sie mit mir kommen können.«

»Was?« Hadrians Herz schlug vor lauter Vorfreude schon ganz schnell, aber jetzt geriet er fast in Panik. »Unter keinen Umständen. Sie können es doch nicht allein mit einem Mörder aufnehmen.«

»Sie können außer Sichtweite bereitstehen «, antwortete sie überaus vernünftig. Wie konnte sie nicht einmal ein bisschen aufgeregt wirken? »Wir sollten die Situation erst einmal einschätzen. Wenn wir das nicht ungefährdet durchführen können, gehen wir und kommen mit Teague zurück.«

»Ich denke, wir sollten die Sache sofort angehen«, meinte er, wenn auch mit weniger Leidenschaft als zu erwarten wäre. In Wahrheit ging es ihm darum, seinen Angreifer zu konfrontieren, und er stand kurz davor, sein Ziel zu erreichen.

Sie legte die Stirn in Falten, und an den zusammengepressten Lippen konnte er erkennen, dass sie nachdachte. »Was wir vor allem zu erfahren hoffen, ist die Frage, *warum* Fitch Sie angegriffen und Crawford getötet hat und woher er Sir Henry kennt. Bedenkt man, wo er wohnt und was wir von Moll über ihn erfahren haben, liegt der Schluss nahe, dass er nicht ohne Auftrag gehandelt hat.«

»Nein, das hat er glaube ich nicht. Warum musste er den ganzen Weg nach Westminster zurücklegen, um dort Menschen niederzustechen?«

»Wir müssen aber bedenken, dass sein Motiv tatsächlich auch

Diebstahl war, da er Crawfords Sachen gestohlen hat. Vielleicht hat er Sie nicht bestohlen, weil Sie ihn mit Ihrer Gegenwehr überrascht haben.«

»Aber warum sticht er mich nieder, ohne zuerst die Herausgabe meiner Wertsachen zu verlangen?«, hielt Hadrian dagegen. »Und warum musste er Crawford töten?«

Sie zuckte mit den Schultern. »Vielleicht ist er blutrünstig?« Sie stieß die Luft aus und schüttelte den Kopf. »Das war nur ein Scherz. Nun gut, glauben wir also, er hat den Auftrag für jemanden anderen ausgeführt. *Dieser* jemand ist unser wahrer Bösewicht.«

Ruckartig wurde Hadrian von Aufregung erfasst. »*Ja.*« Sein Verstand arbeitete schnell. »Was, wenn ich ihm eine Belohnung anbiete, wenn er uns den Namen seines Auftraggebers verrät, der ihn dafür entlohnt hat, mich niederzustechen?«

Miss Wren schlug erneut die Richtung nach East Cheap ein. »Ich bin mir sicher, dass Fitch Ihr Geld mit Freuden annimmt, aber wir können uns nicht auf seine Aussage verlassen. Er könnte uns in die Irre führen. Wenn wir bei ihm ankommen, müssen wir die Lage zunächst abschätzen.«

»Das ist ein gutes Argument.« Mehr denn je zuvor freute sich Hadrian, in ihrer Gesellschaft zu sein.

Sie kamen an mehreren Menschen vorbei, von denen einige mit gesenktem Kopf ihrer Arbeit nachgingen. Ein Trio taumelte laut und fröhlich an ihnen vorbei.

Sie bogen in die East Cheap ein, und Hadrian sah, dass die Pudding Lane direkt vor ihnen lag. Als sie sich der Kreuzung näherten, sah er das Schild des Käseladens. Es war das zweite Geschäft nach der Pudding Lane.

»Wo ist wohl der Eingang zu den Wohnungen über dem Laden?«, fragte Hadrian, als sie sich dem Käseladen näherten.

»Ich hoffe, er ist gleich neben dem Eingang des Ladens. Ansonsten könnte er sich in einer Gasse hinter dem Gebäude befinden.«

Sie hatten Glück, denn der Eingang lag tatsächlich rechts von der Ladentür. Hadrian öffnete die Tür, und die Scharniere knarrten. Ein Treppenhaus tauchte vor ihnen auf. Es war dunkel, bis auf das Licht der Straßenlaterne, das durch die offene Tür hereinfiel.

»Ich mache mir eine gedankliche Notiz, dass ich für unsere zukünftigen Unternehmungen eine Kerze und Streichhölzer mitbringen werde«, meinte Miss Wren.

»Ein kluger Plan. Für den Moment lassen wir die Tür offen stehen, damit wir das spärliche Licht der Straßenlaterne draußen nutzen können. Können Sie genug sehen, um die Treppe sicher hinaufzugehen?«

»Ich glaube schon.« Mit einer Hand stützte sie sich an der Wand ab, als sie eine Treppenstufe nach der anderen hinaufstieg, wobei sie sich ganz langsam bewegte. »Meine Augen gewöhnen sich allmählich an die Dunkelheit.«

Er folgte direkt hinter ihr, um bereit zu sein, sie aufzufangen, falls sie einen Fehltritt machte. Aber sie schaffte es ohne Zwischenfall bis zum Treppenabsatz.

Dort fanden sich zwei Türen. Die linke führte eindeutig zu der Wohnung, die zur Straße hin lag. Und sie war angelehnt.

Hadrian ergriff Tildas Arm. »Die Tür«, flüsterte er.

Sie nickte. »Ich verstehe«, antwortete sie mit kaum hörbarer Stimme. Sie nahm die Pistole aus ihrem Retikül.

In der Unterkunft gab es ein Geräusch, das sich anhörte, als würde ein Möbelstück verrückt. Dann folgte ein gedämpfter Fluch. Die Tür ging weiter auf und ein junger Mann stürmte heraus.

Als er sie sah, verdrehte er die Augen. »Ich habe gar nichts getan! Er war schon so, als ich hierher kam!« Er drängte sich an ihnen vorbei und stolperte in seiner Eile fast die Treppe hinunter.

»Warte!« rief Hadrian, und die Worte des jungen Mannes setzten sich in Hadrians Gehirn fest: *Er war so, als ich hierher kam.*

Wie war er denn? Ein Schauer lief Hadrian über den Rücken.

Er tauschte einen beredeten Blick mit Miss Wren. »Seien Sie vorsichtig«, flüsterte sie und hob ihre Pistole.

Die andere Tür öffnete sich und gab den Blick auf eine zierliche Frau frei, die ihr dunkles Haar auf dem Kopf zusammengesteckt hatte. »Was ist das für ein Lärm?«

»Sie sollten vielleicht wieder hineingehen«, schlug Miss Wren vor, ohne einen Blick auf die Frau zu werfen. Miss Wren konzentrierte sich ganz auf die offen stehende Tür von Fitchs Unterkunft.

Hadrian blieb dicht bei Miss Wren, als sie die Schwelle zu Fitchs Behausung überschritt, denn es war ein Einzelzimmer.

»Oh, nein.« Miss Wren wies mit einer Geste auf einen kleinen Tisch in der Nähe des Fensters, von wo aus man die Straße überblicken konnte.

»Verdammter Mist.« Hadrian wich von ihrer Seite und ging zum Tisch, wo eine Leiche in einem Stuhl saß. Der Kopf war auf den Tisch gesunken. Schnell zog er seine Handschuhe aus und stopfte sie in seine Tasche.

Eine Grimasse schneidend packte er den Leichnam am Kragen, hob seinen Kopf an und ließ ihn auf den Stuhl zurückfallen. Hadrian erschauderte, als ihn die Erkenntnis ergriff. Die Lippen des Mannes waren leicht geteilt, seine Augen offen und blicklos. »Das ist der Mann, der mich angegriffen hat.«

»Sind Sie sicher?«

Hadrian war auf die Woge des Schreckens nicht gefasst, die ihn durchfuhr, als er sich an den Moment erinnerte, als das Messer in seine Seite gedrungen war. »Absolut. Nie werde ich seine Augen vergessen.«

KAPITEL 14

Tildas Blick wanderte über Fitchs Hals. »Ich würde sagen, die Todesursache ist offensichtlich.«

»Mit einer Würgeschlinge erdrosselt«, stellte Ravenhurst grimmig fest.

»Tot?« Daraufhin ertönte ein hoher Schrei hinter ihnen.

Beide drehten sie sich gleichzeitig um. Die Nachbarin stand kurz vor der Türschwelle, die Hand auf den Mund gepresst. Mehr konnte Tilda aus dieser Entfernung in der Dunkelheit nicht erkennen. Sie brauchten Licht.

»Er ist tot?«, fragte die Nachbarin und senkte ihre Hand.

»Ja. Würden Sie bitte einen Constable holen?«, bat Ravenhurst. In seiner Stimme lag ein Zittern, das Tilda noch nie bei ihm gehört hatte.

Die Nachbarin stürzte hinaus, und Tilda wurde klar, dass sie die wenige, ihnen noch bleibende Zeit nutzen mussten, bevor die Polizei eintraf. Sie steckte ihre Pistole in ihr Retikül zurück.

»Wir haben nicht viel Zeit«, bemerkte sie und sah sich nach einer Kerze oder Laterne um. Es gab nicht viel in diesem Zimmer und es war geplündert worden. Die Schubladen der Kommode waren herausgezogen. Eine lag sogar auf dem Boden. Die Matratze lag schief auf dem Bettgestell.

Sie eilte zu der kleinen Feuerstelle und fand einen Kerzenständer und ein paar Streichhölzer. Sie zündete den Docht an und trug ihn dorthin, wo Ravenhurst bei dem toten Mann stand.

»Grässlich«, hauchte sie, als ein Schauer sie durchlief. Sie stellte den Kerzenständer auf den Tisch. »Die Polizei wird bald hier sein. Wir sollten das Zimmer durchsuchen, bevor sie kommen. Viel wichtiger ist, dass Sie Ihre Gabe, Ihren *Fluch*, zum Einsatz bringen müssen, um zu sehen, was Sie herausfinden können. Fassen Sie alles an. Angefangen bei ihm, nehme ich an.«

Der Earl legte seine Hand auf Fitchs Kopf, begann oben und fuhr mit den Fingerspitzen hinter dem Ohr hinunter zum Hals. Ravenhurst holte tief Luft und ließ seine Finger nach vorne gleiten, bis er die Wunde berührte. Sie bemerkte, dass seine Augen noch offen waren.

»Sie müssen Ihre Augen nicht schließen, um Visionen zu sehen?«, fragte sie.

»Nein«, antwortete er mit heiserer Stimme. »Wenn ich die Augen schließe, scheint das sogar zu verhindern, dass es passiert.«

Tilda beobachtete ihn genau und bemerkte dann, wie sie den Atem anhielt. Sie stieß die Luft aus und versuchte, sich zu beruhigen. Es war das erste Mal, dass sie eine Leiche entdeckte. Das war aufregend und erschreckend zugleich. Von ganzem Herzen wünschte sie sich, sie könnte mit ihrem Vater darüber sprechen. Der alte, aber wohlvertraute Schmerz des Verlustes durchfuhr sie.

»Ich kann weder etwas sehen noch fühlen«, meinte Ravenhurst. »Vielleicht wirkt der Fluch nicht, wenn ich einen Toten berühre.«

»Das ist schade.« Tilda drehte sich um und betrachtete den durchwühlten Raum. »Ich wage zu behaupten, dass jemand diesen Raum bereits durchsucht hat.«

Ravenhurst entfernte sich von der Leiche. »Es sieht ganz danach aus. Ich frage mich, ob der Betreffende etwas mitgenommen haben.«

»Ich glaube nicht, dass wir das wissen können. Lassen Sie uns sehen, was sich hier finden lässt. Ich werde suchen, während Sie alles anfassen werden.«

Ravenhurst nickte. Neben der ausgeräumten Kommode und dem zerwühlten Bett standen ein Schrank und ein abgenutzter Sessel in dem Zimmer, der sich neben dem Kamin befand. Er ging zu dem Schrank.

Tilda schritt zu der Kommode. Die oberste Schublade war nur leicht geöffnet. Sie zog sie weiter heraus und durchsuchte den Inhalt. Sie enthielt nur Kleidung, die auf eine Seite geschoben worden war. In der zweiten Schublade befand sich noch mehr davon und ein paar Wäschestücke, alles in einem Gewirr. Außerdem gab es einen kleinen Beutel, der klirrte, als wären Münzen darin.

Sie leerte den Inhalt in ihre Handfläche. »Ich habe eine kleine Menge Geld gefunden. Wenn der Mörder ein Dieb war, hat er ein paar Pfund übersehen.« Sie kippte die Münzen zurück in den Beutel und legte ihn wieder in die Schublade.

Die dritte Schublade lag leer auf dem Boden, und die unterste Schublade lag seitlich darunter und war ebenfalls leer.

»Hier ist nichts von Interesse, außer dem Geld«, meinte sie und wandte sich von der Kommode ab. »Es ist seltsam, dass der Mörder Geld zurückgelassen hat, es sei denn, er hat gar nicht danach gesucht.« Sie ging auf das Bett zu.

»Ich würde gerne das Messer finden, mit dem Fitch mich niedergestochen hat«, sagte Ravenhurst vom Schrank aus. »Hier gibt es Geschirr, ein paar Schüsseln, einen Teller, einen Bierkrug und einige Becher. Keine Messer, nicht einmal eines, mit dem er essen könnte.«

»Können Sie mir helfen, diese Matratze anzuheben?«

Ravenhurst kam zu ihr. »Ich hebe die Matratze an und Sie schauen nach.«

Sie beugte sich in der Taille vor und betrachtete die Seile, die um den Rahmen gespannt waren. »Nichts. Und ich sehe auch nichts unter dem Bett.«

»Ich wünschte, wir könnten das Messer finden«, murmelte Ravenhurst mit einem Stirnrunzeln. »Es wäre ein hervorragendes Beweismittel.«

»Wir können nicht beweisen, dass es das Messer war, das er für seine Taten benutzt hat, aber wenn er eines hatte, würde es die Identifizierung unterstützen.« Sie sah ihm in die Augen, die ein wenig wütend dreinblickten »Ihre Zuversicht, dass er Sie angegriffen hat, ist ein sehr solider Beweis.«

Ravenhursts Blick wanderte zu der Kommode. »Wo ist das Geld, das Sie gefunden haben?«

Tilda holte den Beutel, und er folgte ihr. Sie reichte ihn ihm schnell, da sie befürchtete, dass ihnen die Zeit davonlief.

Er griff hinein und zog eine Münze heraus. Seine Stirn legte sich in Falten, und eine Grimasse zog sich über seine Züge.

»Sie sehen etwas«, flüsterte sie.

»Da ist ein Mann.« Die Augen des Earls schienen sich auf etwas zu konzentrieren, aber es war nur die dunkle Ecke. »Er ist gut gekleidet, aber ich kann nur seinen Rücken sehen.«

Tilda hielt wieder den Atem an. Sie atmete aus und wartete geduldig darauf, dass er mehr sagte. Schließlich legte er die Münze oben auf die Kommode.

»Das ist alles, was ich erkennen kann«, sagte er und griff noch einmal in den Beutel. Er zog eine weitere Münze heraus. Nichts schien zu passieren.

»Die Polizei wird jeden Moment hier sein.« Tilda lauschte angestrengt auf Schritte auf der Treppe.

Finster dreinblickend legte Ravenhurst die Münze auf die Kommode neben der ersten und nahm eine dritte Münze heraus.

Dann verdrehte der Earl die Augen und seine Nasenflügel blähten sich. Er keuchte. Sein Kiefer krampfte sich zusammen, und er presste die freie Hand an seine Schläfe.

Tilda wollte ihn gern fragen, was er sah, doch sie wollte seine Konzentration nicht stören. Sie wollte auch seinen Schmerz lindern, denn sie konnte sehen, wie sehr er litt.

»Vorsichtig, Raven.« Sie merkte, dass sie seinen Namen nicht zu Ende gesprochen hatte, aber das lag daran, dass er wieder gekeucht hatte.

»Ich kann nicht«, sagte er, atemlos. »Nehmen Sie.«

Tilda riss ihm die Münze aus der Hand und strich mit der anderen Hand über seine Stirn und Schläfe. »Ganz ruhig«, murmelte sie und streichelte ihm sanft über den Kopf. »Wollen Sie sich setzen?«

»Einen Moment.« Er atmete schwer und schloss die Augen. Sein Kopf drückte gegen ihre Hand, als ob er den Trost suchte, den sie ihm bot.

Dann schwankte er, und Tilda umklammerte seinen Ellbogen mit ihrer Hand. »Ganz ruhig«, raunte sie leise.

»Ich habe Sir Henry gesehen«, raunte Ravenhurst düster. Er schlug die Augen auf und sah sie an.

Bevor er mehr sagen konnte, hörte Tilda jemanden auf der Treppe. »Sie kommen.« Sie schob die Münze in ihr Retikül und beeilte sich, die übrigen Münzen von der Kommode wieder in den Beutel zu geben, den sie von Ravenhurst genommen hatte. Sie wollte, dass die Polizei alles so vorfand, wie es war.

Abgesehen von der einen Münze, die sie und Ravenhurst vielleicht irgendwann wieder brauchten.

Kaum ließ Tilda den Beutel in die Schublade fallen, erschien der Constable in der Tür.

Der Mann betrat den Raum, in der Hand einen Knüppel wie Tildas Vater. »Ich bin Police Constable Barker.« Er war um die dreißig und hatte einen dunklen Bart, der seinen Kiefer bedeckte.

Seine Nase war kurz und stumpf, und die runden Augen blickten ängstlich. »Mir wurde gesagt, es hätte hier einen Mord gegeben.«

Die Nachbarin stand in der Tür, kam aber nicht herein.

»So ist es«, antwortete Tilda. »Ich bin eine Ermittlerin. Mein Klient, Lord Ravenhurst, und ich sind gekommen, um mit Mr. Fitch zu sprechen. Er ist jedoch erdrosselt worden.«

Mit wachsamem Blick kam Barker näher. »Eine Ermittlerin, sagten Sie? Ich habe noch nie von einer weiblichen Ermittlerin gehört.« Er blickte zu Ravenhurst. »Guten Abend, Mylord. Stimmt es, was sie sagt?«

»Ja«, entgegnete der Earl in einem knappen Tonfall. »Miss Wren ermittelt in einem Fall, den die Abteilung A der Metropolitan Police vorzeitig abgeschlossen hat. Ich bin vor einiger Zeit von diesem Mann niedergestochen worden.« Er deutete auf Fitchs Leiche.

Der Constable machte große Augen. »Verflixter Mist. Verzeihen Sie, Mylord. Sind Sie sicher, dass er es war?«

Ravenhursts Blick wurde hochmütig. Nie hatte er mehr wie ein Earl ausgesehen. »Ganz und gar.«

Der Constable nickte und sah sich im Raum um. »War der Tatort in diesem Zustand, als Sie hier ankamen?«

»Ja«, antwortete Tilda. »Die Tür stand einen Spalt offen.«

»Da war noch jemand hier drin«, rief die Nachbarin.

Barker drehte seinen Kopf zu ihr. »Sie haben hier noch jemanden gesehen?«

»Nein, aber ich habe ihn gehört. Zumindest glaube ich nicht, dass es einer von diesen beiden war.«

Barker lenkte seine Aufmerksamkeit auf Tilda und Ravenhurst und fragte: »War da noch jemand?«

»So war es«, bestätigte Tilda mit einem Nicken. Sie berichtete, wie sie die Tür einen Spalt offen stehend vorgefunden hatten, und beschrieb dann den jungen Mann, der aus Fitchs Wohnung gestürmt war.

Barker unterbrach sie auf halbem Weg durch den Bericht,

damit er sich Notizen machen konnte. Er schob seinen Knüppel in seinen Gürtel und holte dann ein Notizbuch und einen Stift aus seiner Uniformtasche hervor. Dann bat er Tilda, noch einmal von vorne anzufangen, und machte sich dabei Notizen.

»Es wird eine Untersuchung stattfinden«, verkündete Barker. »Sicher werden Sie beide als Zeugen vorgeladen. Das wird aller Wahrscheinlichkeit nach nicht morgen passieren, denn morgen ist Sonntag. Ich würde sagen, Montag ist am wahrscheinlichsten.«

»Natürlich«, antwortete Tilda. »Wir würden jetzt aufbrechen, wenn Sie nichts weiter brauchen. Falls Sie später noch etwas wissen wollen, wissen Sie ja, wie Sie uns finden.« Sowohl sie als auch Ravenhurst hatten ihre vollen Namen angegeben und auch die Adressen. Es hatte sie nicht überrascht, zu erfahren, dass der Earl in der Curzon Street im Herzen von Mayfair wohnte. Sein Haus war bestimmt sehr alt, groß und über die Maßen elegant.

Bis sie draußen auf der East Cheap waren, wechselten sie kein Wort. Dort kamen sie an zwei weiteren Constables vorbei, die in das Gebäude hasteten, in dem Fitch tot lag. Ravenhurst massierte sich den Kopf, während sie in Richtung Fish Street Hill schritten.

»Geht es Ihnen gut?«, fragte Tilda. Sie rief sich den Ton seiner Stimme von vorhin in Erinnerung, doch seit sie Fitch gefunden hatten, wirkte er irgendwie … abwesend auf sie. »Ich weiß, es kann erschreckend sein, eine Leiche zu finden.«

Er sah zu ihr hinüber. »Das wissen Sie aus Erfahrung?«

»Ähm, nein. Aber mein Vater hat während seiner Arbeit bei der Polizei viele Leichen gefunden, und nie hat er sich wirklich daran gewöhnen können.«

»Es ist mehr als das«, meinte Ravenhurst mit rauem Ton. »Fitch wiederzusehen, selbst tot … hat meine Erinnerungen an den Abend geweckt, an dem er mich niedergestochen hat. Alles war einfach so schnell gegangen. Ich hatte keine Chance, Angst zu empfinden. Heute Abend habe ich eine Angst gespürt, die ich noch nie zuvor erlebt habe.« Er blieb stehen und so auch sie.

Seine Augen trafen ihre, und sie waren dunkel vor Emotionen. »Obwohl der Mann tot war, wurde mir mit aller Klarheit bewusst, dass er es war, der mich fast umgebracht hätte. Er hat mein Leben unwiderruflich verändert, und das nicht nur, weil das Verbrechen, das er mir angetan hat, diesen schrecklichen Fluch ausgelöst hat.«

Sie konnte sehen, dass er zitterte. Von Besorgnis überwältigt, aber auch von einer vagen Angst, berührte Tilda ihn am Arm. »Sie sind hier, und Sie sind in Sicherheit.« Diese Worte zu sagen, schien recht einfach, aber sie waren auch irgendwie richtig.

Er blinzelte. »Das weiß ich. Ich habe vorher nur nicht begriffen, wie tief mich der Angriff getroffen hat.«

»Das ist vollkommen verständlich.« Tilda legte ihre Hand um seinen Arm und drückte ihn fest an sich, während sie langsam bis zur Ecke weitergingen, wo sie in die Fish Hill Street einbogen.

»Das ist furchtbar ärgerlich«, knurrte er. Tilda konnte die von ihm ausgehende Wut deutlich spüren. »Mir ist glaube ich auch klar geworden, dass ich die Antworten nicht finden werde, nach denen ich gesucht habe und die ich *brauche*, da Fitch ja nun tot ist. Eine Gelegenheit, mir Genugtuung zu verschaffen, werde ich auch nicht bekommen.«

Auch Tilda war darüber verstimmt. »Es tut mir leid, Ravenhurst. Das hatten Sie verdient.«

»Und das verdiene ich noch immer.« Als sie nun weitergingen, fanden sich ihre Blicke erneut. »Wir werden den wahren Schurken finden – denjenigen, der Fitch angeheuert hat, um mich niederzustechen und Crawford zu töten.«

»Wie dem auch sei, hat Sir Henry irgendwie damit zu tun.« Mehr denn je war Tilda entschlossen, die Wahrheit ans Licht zu bringen.

»Ich denke, dass Sir Henry der Schlüssel zu allem ist.« Ravenhursts Stimme veränderte sich. Der Zorn verrauchte und eine helle Begeisterung trat an seine Stelle. »Ich habe Ihnen noch nicht zu Ende erzählt, was ich gesehen habe.«

»Das müssen Sie jetzt auch nicht tun«, versicherte Tilda, obwohl sie natürlich unbedingt davon hören wollte. Sie wollte ihn nicht über Gebühr anstrengen.

»Das muss ich aber.« Er blickte sie noch einmal an. »Sie müssen doch wissen, was ich weiß.«

Tilda lächelte. Etwas Ähnliches hatte sie zu ihm gesagt. »Ja.«

»Ich habe eindeutig Sir Henry gesehen, als ich die Münze berührte. Er lag auf dem Boden und sah auf, wobei er die Augen weit aufgerissen hatte und die Lippen bewegte.«

»Konnten Sie ihn hören?« Tilda wusste nicht, ob er etwas hörte, wenn er diese Visionen hatte.

»Nein, ich höre keine Geräusche. Himmel, ich glaube, das wäre noch viel schrecklicher.« Er seufzte. »Sir Henry wirkte blass.« Ravenhurst bewegte seine linke Hand auf seine rechte Seite. »Seine Hand war so an seine Seite gepresst. Das ist ungefähr die Stelle, an der mir die Stichwunde beigebracht worden ist.«

Jetzt war Tilda an der Reihe, aufzukeuchen. Sie hob die Hand zum Mund. Obwohl sie es geahnt hatte, war die Bestätigung, dass Sir Henry tatsächlich auf diese Weise gestorben war, dennoch ein Schock. Zumindest dann, *wenn* sie den Visionen des Earls Glauben schenkte.

»Der Teppich unter ihm war unverwechselbar«, fuhr Ravenhurst fort. »Es war ein gedämpftes Braun mit dunkelroten Blumen, die einen goldenen Mittelpunkt hatten. Ich würde diesen Teppich auf jeden Fall erkennen, wenn ich ihn sehen würde.«

»Das ist gut«, sagte Tilda. »Allerdings müssen wir echte Beweise vorweisen. Ihre Visionen, so hilfreich sie auch sein mögen, helfen uns nicht, etwas zu beweisen.« In Gedanken überlegte sie, was sie als Nächstes tun sollten. »Da wir jetzt wissen, dass Fitch auch Sir Henry erstochen hat, müssen wir den Tatort aufsuchen, an dem er getötet wurde.«

»Wir müssen herausfinden, wo er ist.«

»Morgen besuche ich Millicent und frage sie. Vielleicht weiß sogar Vaughn etwas«, stellte Tilda fest. »Ich werde ihn fragen, sobald ich nach Hause komme.«

Sie kamen an der Stelle an, wo sie von Ravenhursts Kutscher herausgelassen worden waren – und die Kutsche war bereits wieder zurück. Der Kutscher gestand, dass er sich Sorgen gemacht hatte, weil sie nicht zurückgekehrt seien.

»Es ist alles in Ordnung«, beteuerte Ravenhurst mit einem Lächeln, das seine Augen nicht ganz erreichte. Er half Tilda in die Kutsche, und sie setzte sich auf die nach hinten gerichteten Sitzbank.

»Sie müssen immer mit dem Gesicht nach vorne sitzen«, sagte der Earl, als er einstieg.

»Nicht heute Abend«, entgegnete sie mit einem Kopfschütteln.

»Es macht mir nichts aus, rückwärts zu schauen«, murmelte er.

Tilda unterdrückte ein Lächeln. Sobald die Kutsche sich in Bewegung gesetzt hatte, fragte sie: »Können wir daraus schließen, dass Fitch Crawford getötet hat? Wir wissen nun, dass er auf Sie eingestochen und Sir Henry getötet hat.«

»Das können wir, denke ich«, antwortete Ravenhurst zuversichtlich. »Ich bin mir fast sicher, dass ich aus Versehen niedergestochen wurde.« Seine blauen Augen glitzerten im Licht der Laterne, die an der Seite der Kutsche hing, und sein Kiefer wies einen entschlossenen Zug auf. »Meines Glaubens hatte Fitch es an dem Abend, als er mich niedergestochen hat, auf Crawford abgesehen.«

»Sie berichteten, Crawford sei an jenem Abend auf dem Weg zu einem wöchentlichen Kartenspiel dieselbe Straße entlanggegangen wie Sie. Zudem sagten sie, er hätte die gleiche Haarfarbe und Statur wie Sie. Also glauben Sie, Fitch hat Sie mit Crawford verwechselt.«

»Ja, und als er mein Gesicht erkannte, bemerkte er seinen

Irrtum und ergriff die Flucht. Vielleicht wollte er mich bestehlen, wie er es bei Crawford getan hat.«

»Um dem Verbrechen den Anschein zu verleihen, es wäre von einen Straßenräuber verübt worden.« Sie spürte eine Welle des Mitgefühls für den Mann ihr gegenüber, den sie zu mögen und zu respektieren gelernt hatte. »Sie waren leider zur falschen Zeit am falschen Ort.«

»Bedauerlicherweise«, meinte er mit triefender Ironie. »Am darauffolgenden Dienstag traf Fitch dann sein eigentliches Ziel und erledigte den Auftrag, der ihm aller Wahrscheinlichkeit nach erteilt worden war. Wir müssen nur herausfinden, wer ihn beauftragt hat und aus welchem Grund.«

Tilda versuchte immer wieder, die verlorene Investition ihrer Großmutter in dieses Puzzle einzufügen, doch sie war sich einfach nicht sicher, wo sie hinpasste. »Ich verstehe immer noch nicht, wie die eventuelle Veruntreuung der Geldmittel meiner Großmutter mit den Geschehnissen um Sir Henry zusammenhängt.«

»Wir müssen Hardacre noch befragen«, erinnerte Ravenhurst. »Das sollten wir am Montag in Angriff nehmen.«

»Ja. Das möchte ich wirklich nicht länger aufschieben. Kommen Sie morgen mit mir zu Millicent? Dann können wir von dort aus direkt dorthin fahren, wo Sir Henry getötet wurde.«

Er murmelte etwas, das sich ganz wie ein Fluch anhörte. »Ich kann Sie nicht begleiten, um Mrs. Forsythe zu besuchen. Meine Mutter kommt jeden zweiten Sonntag zum Tee. Früher war es monatlich, aber nach dem Angriff auf mich kam sie wöchentlich. Ich habe sie schließlich davon überzeugt, dass vierzehntägig vollkommen ausreichen würde.«

»Es ist schön, dass Ihre Mutter sich um Sie sorgt.« Tilda war nicht sicher, ob ihre Mutter sich die Mühe machen würde, sie von Birmingham aus zu besuchen, selbst wenn Tilda niedergestochen worden wäre. »Ich werde Millicent besuchen und dann zu Ihnen kommen, wenn ich fertig bin.«

»Ich freue mich schon darauf.« Er hob die Lippen zu einem halben Lächeln, das Tilda mit einer überraschenden Wärme erfüllte. Sie hatte sich ernste Sorgen um ihn gemacht.

»Geben Sie heute Abend und morgen bitte gut auf sich Acht«, ermahnte sie ihn. »Und wenn Ihnen morgen Abend nicht danach ist, in den Club zu gehen, können wir das auch am Montag erledigen.« Obwohl das Warten zu einer Qual werden würde.

Tilda dachte, sie könnte auch ohne ihn gehen, aber nach der Aufregung des heutigen Abends wurde ihr klar, dass sie gern jemanden bei sich hatte. Nicht irgendjemanden, sondern Ravenhurst. Er schätzte sie als Ermittlerin, und er gab ihr das Gefühl, beschützt zu sein. Seit ihr Vater gestorben war, hatte das niemand mehr getan.

Ravenhurst erwiderte ihren Blick. »Ich weiß Ihre Sorge zu schätzen, aber nichts kann mich davon abhalten, unsere Ermittlungen morgen fortzusetzen.«

»Gut. Ich gestehe, dass ich nicht so gern allein gehen wollte.«

Jetzt lächelte der Earl aus tiefstem Herzen, und wieder spürte Tilda ein Flattern in ihrem Bauch. »Das freut mich sehr.«

AM FOLGENDEN NACHMITTAG fuhr Tilda in einer Mietdroschke zu Millicents Haus am Bedford Square. Sie war ein wenig müde, denn sie hatte sich lange hin und her gewälzt und war einige Zeit mit dem Überdenken der Einzelheiten ihrer Untersuchung beschäftigt gewesen, ehe sie dann endlich Schlaf gefunden hatte. In Wahrheit hatte sie auch an Ravenhurst gedacht. Sie hoffte, dass er eine erholsame Nachtruhe genossen hatte. Seine Enthüllungen über den Angriff und seine Gefühle nach der Entdeckung von Fitchs Leiche, waren sehr bewegend gewesen und ihr im Gedächtnis geblieben.

Sie hatte ihre erste Rechnung für ihre Ermittlungsdienste und die Ausgaben für den Earl fertiggestellt, die sie jedoch nicht bei sich hatte. Es erschien ihr einfach nicht richtig, inmitten seines ... Aufruhrs eine Zahlung zu verlangen. Das würde sie allerdings bald in Angriff nehmen, denn das zusätzliche Einkommen wäre höchst willkommen, da Vaughn nun zumindest vorübergehend in ihren Haushalt aufgenommen worden war.

Tilda ging zur Tür und wurde kurz darauf von Millicents Butler, einem kräftigen, jüngeren Mann mit rosigen Wangen und hoch angesetzten Augenbrauen, eingelassen. Er führte Tilda die Treppe hinauf in den Salon und kündigte an, dass Mrs. Forsythe gleich bei ihr sein würde.

Tilda hatte zuvor eine Nachricht geschickt, Millicent erwartete sie also. Einen Moment später kam ein Hausmädchen mit einem Teetablett herein. Sie stellte es auf einen Tisch beim Sofa.

Millicent trat ein, und ihre schwarzen Röcke raschelten um ihre Knöchel. Tilda fühlte sich fast schwindelig vor Erleichterung, denn heute war der letzte Tag, an dem sie Trauerkleidung tragen musste. Morgen wären seit Sir Henrys Tod vierzehn Tage vergangen, und Tilda konnte zu ihrer normalen Garderobe übergehen, Gott sei Dank.

»Es ist schön, dich zu sehen, Tilda«, bekundete Millicent, während sie Tilda einen Kuss auf die Wange drückte.

Tilda erwiderte den Gruß, und sie setzten sich, während das Hausmädchen den Tee einschenkte. Als das Hausmädchen gegangen war, legte Millicent die Teekuchen auf zwei Teller und reichte einen davon Tilda.

»Erzähl mir von Vaughn. Wie geht es ihm?«, bat Millicent.

»Viel besser. Wir haben sogar Schwierigkeiten, ihn im Bett zu halten. Er scheint nicht aufhören zu können, ein Butler zu sein.«

Millicent lachte leise. »Das ist der Vaughn, wie ich ihn kenne. Ich bin froh, das zu hören. Ich habe gestern eine Nachricht von der Köchin erhalten, und sie hat sich in ihrer neuen Position gut eingelebt. Auch Dora hat eine Nachricht geschickt. Man hat ihr eine Stelle in einem noblen Haushalt angeboten. Sie ist überglücklich.«

»Ich freue mich für sie und bin überhaupt nicht überrascht«, sagte Tilda lächelnd. »Sie war eine unglaubliche Hilfe beim Ausräumen des Hauses deines Vaters.«

»Ich kann dir gar nicht genug dafür danken, dass du diese Aufgabe übernommen hast. Mein Mann hat sich am Freitag mit einem Anwalt getroffen, nicht mit Whitley, und das Haus wird, so hoffen wir, schnell verkauft werden.«

»Ich hoffe, dass das Geld ausreicht, um Vaughn eine Abfindung für seinen Ruhestand zu zahlen«, meinte Tilda.

Millicent senkte den Blick auf ihren Schoß. »Ich glaube nicht, dass das der Fall sein wird. Belinda verlangt ihren Anteil an dem, was wir übrig haben, und ich bezweifle, dass sie etwas zu Vaughns Ruhestand beitragen wird. Leider glaube ich auch nicht, dass ich meinen Mann dazu überreden kann«, sagte sie leise. »Er ist über die Misswirtschaft meines Vaters wirklich sehr wütend.«

Tilda wollte sowohl Millicents Ehemann als auch Belinda darauf hinweisen, dass Sir Henrys Misswirtschaft keinesfalls Vaughns Schuld war und er nicht darunter leiden sollte. »Nun, jemand muss sich um Vaughn kümmern.«

»Ich hoffe, du findest noch ein bisschen von Papas Geld oder von der Investition deiner Großmutter«, sagte Millicent fröhlich, und vielleicht mit einem Hauch von Naivität. »Hast du noch weitere Einzelheiten erfahren?«

»Leider nicht. Bislang hatte ich noch keine Zeit, um meine Nachforschungen fortzusetzen, aber ich werde dich auf dem Laufenden halten.«

»Ich bitte um Entschuldigung«, meinte Millicent, nachdem sie ihren Bissen Teegebäck heruntergeschluckt hatte. »Du warst ja auch schrecklich beschäftigt, und das war meine Schuld. Ich werde dich nicht wieder mit diesen finanziellen Angelegenheiten belästigen. Dass du dein Bestes tun wirst, weiß ich ja. Du hast so einen scharfen Verstand.«

»Ich werde alles in meiner Macht Stehende unternehmen«,

gelobte Tilda und dachte dabei auch an Vaughn und daran, dass sie für seine Absicherung Sorge tragen würde, wenn sie im Moment auch nicht wusste, wie ihr das gelingen sollte. Obwohl sie noch mit Hardacre sprechen wollte, bezweifelte sie dennoch, mit der Wiederbeschaffung der Investition ihrer Großmutter Erfolg zu haben. »Millicent, ich mache mir Sorgen, dass es dein Vater war, der das Geld ausgegeben haben könnte. Weißt du davon, dass er gerne gespielt hat und große Summen verloren haben könnte?«

Millicent errötete. Sie hatte ihre Teetasse angehoben, und nun setzte sie die Tasse klappernd auf die Untertasse. »Du hast doch nicht noch mehr Schuldscheine gefunden, oder?«

Tilda blinzelte. »Ich habe keine gefunden. Gibt es Schuldscheine?«

Millicent ließ von der Tasse ab, ohne daraus zu trinken, und legte die Hände in den Schoß, wo ihre Finger nicht stillstanden. »Ich habe mehrere in der untersten Schublade von Papas Schreibtisch gefunden. Ich dachte, wir könnten einfach so tun, als wüssten wir nichts von ihrer Existenz.«

Ein Gefühl der Beklemmung beschlich Tilda und setzte sich in ihrer Brust fest. Sie hoffte inständig, dass Millicent die Schuldscheine nicht vernichtet hatte. »Hast du sie noch?«

Millicent nickte, und Tilda atmete erleichtert aus. »Ich kann sie holen.« Sie sah Tilda fest an. »Bitte sei mir nicht böse, dass ich sie dir vorenthalten habe. Ich hatte gehofft, sie würden einfach verschwinden. Es ist ja nicht so, als wäre Geld da, um sie zu begleichen.«

»Ich bezweifle, dass sie sich einfach in Luft auflösen werden«, meinte Tilda leise. »Aber vielleicht kann ich dir in dieser Sache helfen.«

»Danke. Was würde ich nur ohne dich anfangen?« Schniefend stand Millicent auf.

Tilda nippte an ihrem Tee und verzehrte ihren Teekuchen, während Millicent fort war. Die Entdeckung der Schuldscheine war angesichts der Visionen nicht überraschend, die Ravenhurst in Sir Henrys Schlafgemach erlebt hatte.

Millicent kehrte zurück und setzte sich wieder zu Tilda auf das Sofa. »Es tut mir leid, dass ich dir nicht davon erzählt habe. Das hätte ich tun sollen.« Sie reichte Tilda einen kleinen Stapel Papiere. Ihre Züge waren von Sorge und Kummer gezeichnet. »Ich wusste nicht, dass mein Vater in einer derart fürchterlichen Lage war. Augenscheinlich hat er vor uns allen viele Geheimnisse gehütet – seine finanzielle Situation und seine Gesundheit. Gibt es noch mehr, wovon wir nichts wissen?«

Tilda entschied, dass dies nicht der richtige Zeitpunkt war, um Millicent darüber in Kenntnis zu setzen, dass ihr Vater ermordet worden war. »Du hast im Moment viel durchzustehen, nicht zuletzt deinen Kummer.« Tilda sah sie mit einem aufmunternden Lächeln an.

»Du weißt, wie sich das anfühlt«, meinte Millicent leise, während sie ihre Teetasse anhob.

»So ist es in der Tat«, antwortete Tilda. Dann wandte sie ihre Aufmerksamkeit den Schuldscheinen zu, um nicht von der Vergangenheit eingeholt zu werden. Für so etwas war im Moment keine Zeit.

Es gab sechs Schuldscheine über unterschiedliche Beträge. Der kleinste betrug sechzig Pfund an einen Mann namens Theodore Morehouse. Ein weiterer ging über einhundertzwei Pfund an Farringer's. Tilda schaute zu Millicent hinüber. »Weißt du, was Farringer's ist?«

Millicent wurde blass. Sie stellte ihre Teetasse ab und strich mit den Händen über ihren Schoß. »Das ist der Ort, an dem mein Vater gestorben ist. Es ist ein Spielklub in der Nähe von Covent Garden.«

Tildas Puls schlug schneller. Sie hatte danach fragen wollen, nachdem sie die Schuldscheine durchgesehen hatte, doch das musste sie nun nicht mehr. Der Schuldschein des Clubs war mit einem Datum im Dezember versehen. Also war er wahrscheinlich ein Stammkunde gewesen. Sie streckte ihren Arm aus und tätschelte Millicents Hand, ehe sie die restlichen Schuldscheine durchging.

Die übrigen waren an verschiedene Gentlemen gerichtet, aber es war der letzte, der Tildas Atem stocken ließ. Er belief sich über fünfhundert Pfund und war an Martin Crawford gerichtet. Der Mann musste mit Patrick Crawford verwandt sein. Dieser Zufall war einfach zu groß. Sie konnte es kaum erwarten, Ravenhurst diesen Fund zu zeigen.

»Darf ich die behalten?«, fragte Tilda. »Ich werde Ravenhurst um Rat fragen, wie ich damit verfahren soll.«

»Bitte tu das«, bat Millicent sie mit einem weiteren Schniefen. »Ich habe keine Ahnung, was ich anfangen soll, und ich habe Angst, dass diese Leute eine Rückzahlung von meinem Mann fordern. Bislang habe ich ihm die Schuldscheine noch nicht einmal gezeigt. Einer der Gründe, warum er sich derart über das fehlende Geld aufregt, besteht darin, dass mein Vater ihm offenbar eine Erbschaft in Aussicht gestellt hatte.«

»Ich verstehe. Hat Sir Henry dabei etwas Bestimmtes verlauten lassen?«

Millicent schüttelte den Kopf. »Nein, und genau das ist die Ursache der Frustration meines Mannes.«

Tilda faltete die Schuldscheine und steckte sie in ihr Retikül. Die letzte Information, die Tilda noch von Millicent brauchte, war von heikler Natur, aber es war wichtig, sodass sie danach fragte.

»Millicent, es tut mir leid, dich das jetzt zu fragen, aber ich fürchte, ich habe keine andere Wahl. Mir ist bewusst, dass dies ein beunruhigendes Thema ist. Könntest du mir die Wunde beschreiben, die du bei deinem Vater gesehen hast, als du ihn für die Beerdigung vorbereitet hast?«

Jetzt schien Millicent beinahe grau zu werden. Ihre Lippen bebten. »Daran denke ich gar nicht gerne. Es war ja nicht nur die Wunde, sondern die ganze Tortur. Er war so bleich und er roch so seltsam.« Sie hielt sich die Hand an die Nase und hielt einen Moment inne. Sie drehte das Gesicht zu Tilda und sah ihr in die Augen. »Warum willst du das wissen?«

Tilda glaubte nun, dass sie nicht umhin kam, Millicent die volle Wahrheit zu sagen. Sie versuchte, so sanft wie möglich zu sprechen. »Ravenhurst und ich vermuten, dass dein Vater ermordet worden sein könnte. Ich möchte nicht zu viel darüber sagen, bis wir mehr Beweise haben, aber dieser Schuldschein den er bei Farringer's hat, wird uns sicher weiterhelfen.« Tilda war sich noch nicht sicher, in welcher Weise, doch sie hatte den Verdacht, dass dieser und auch der Schuldschein bei Crawford wichtige Beweise darstellten. Dies brachte Sir Henry zumindest mit beidem in Verbindung, obwohl die Verbindung zu Farringer's ja bereits bestand, da er dort gestorben war.

Millicent brach in Tränen aus und Tilda legte ihr tröstend die Hand auf die Schulter. »Es tut mir so leid. Ich wollte dich nicht aufregen«, beruhigte Tilda sie. »Ich hätte nicht gefragt, wenn es nicht unbedingt notwendig gewesen wäre.«

Millicent nickte, zog ein Taschentuch hervor und tupfte sich die Augen trocken. »Ich weiß. Immer warst du freundlich und hilfsbereit. Ich bin dir so dankbar.« Nun putzte sie sich die Nase und atmete tief durch. »Um ehrlich zu sein, habe ich mir die Wunde nicht allzu genau angesehen. Sie war genäht worden, und der Faden war noch drin. Der Bereich darum war verfärbt.«

»Und wo genau war die Wunde?« fragte Tilda, nahm ihre Hand von Millicent und legte sie in ihren Schoß.

Millicent legte die Handfläche auf ihre rechte Seite. »Hier, wo seine Rippen enden.«

»Danke, Millicent. Wenn dir noch etwas einfällt, sag mir bitte Bescheid.«

Ein weiteres Mal erwiderte sie Tildas Blick. »Das werde ich. Ich verspreche dir, dass ich dir nichts mehr verheimliche. Und du gibst mir Bescheid, wenn du mehr darüber herausgefunden hast, was passiert ist. Insbesondere, was das Geld angeht.«

»Natürlich.« Tilda würde Sorge dafür tragen, dass sie beide, Ravenhurst und sie Mr. Hardacre am morgigen Tag einen Besuch abstatteten. Ihr Augenmerk musste mehr auf die mögliche Unterschlagung gerichtet sein, denn sie mussten herausfinden, ob und wie diese mit dem Mord an Sir Henry in Zusammenhang stand.

KAPITEL 15

Immer wieder warf Hadrian einen Blick auf die Uhr, allerdings nicht, weil der Tee mit seiner Mutter zu einer bestimmten Zeit endete. Vielmehr fragte er sich, ob Miss Wren gerade bei ihrer Cousine war und ob der Besuch schrecklich verlaufen würde. Er war sich auch nicht ganz sicher, wann genau Miss Wren hier ankommen würde, aber vorhin hatte sie eine Nachricht geschickt, dass es wahrscheinlich kurz vor fünf Uhr werden würde. Er würde dafür sorgen, dass seine Mutter bis dahin wieder weg war, denn er wollte sie nur ungern mit seiner Privatermittlerin bekannt machen. Seine Mutter würde empört sein, dass er eine Frau engagiert hatte.

»Du scheinst heute abgelenkt zu sein«, bemerkte Hadrians Mutter, die Witwe des früheren Earls, von dem kleinen, runden Tisch in der Bibliothek aus. Seine Mutter hatte dieselben blauen Augen wie er, doch ihre Gesichtsform war völlig anders. Ihre Nase war kurz und leicht nach oben gebogen, ihr Kinn rund und klein. Sie lächelte leicht, und wo sein Vater ernst und intellektuell gewesen war, besaß sie ein fröhliches Naturell und war in der Regel auf der Suche nach Vergnügungen. Sie ging gerne einkaufen und sie besuchte Museen und ging ins Theater.

Außerdem hatte sie einen großen Freundeskreis, mit dem sie Tee trank, Dinnerpartys veranstaltete und Karten spielte.

»Ich bitte um Entschuldigung«, meinte Hadrian, ehe er einen weiteren Schluck Tee trank. Seine Tasse war jetzt leer, und er hatte nicht vor, sie nochmals zu füllen.

»Beschäftigt dich etwas?«, fragte sie mit hochgezogenen Brauen.

Er gab ihr eine Antwort, die in etwa der Wahrheit entsprach. »Ich bin letzte Woche nach Westminster zurückgekehrt, und habe sehr viele Dinge nachzuholen.« Was zugunsten seiner Ermittlungen mit Miss Wren weitestgehend unerledigt geblieben war.

»Das ist verständlich. Ich kann mir vorstellen, dass deine Kollegen dort froh sind, dich wiederzuhaben.«

»In der Tat, obwohl es mich wirklich schockiert, dass jemand in der Woche nach mir angegriffen wurde und ich nicht das Geringste davon wusste.« Das hätte Hadrian seiner Mutter gegenüber besser nicht erwähnt. Er wollte sie nicht beunruhigen, und nach dem Angriff auf ihn war sie sehr verzweifelt gewesen.

Sie runzelte die Stirn, ohne ihn anzusehen. »Ich dachte nicht, dass es für deine Genesung hilfreich wäre, davon zu hören.«

»Du wusstest davon?«, fragte er.

Sie nickte. »Mrs. Crawford – Mrs. Martin Crawford, seine Mutter – ist eine Freundin. Nicht eng, aber wir verkehren in denselben Kreisen. Es war ein schrecklicher Schock. Wie auch der Angriff auf dich.«

»Wusstest du, dass beide Verbrechen an derselben Stelle verübt wurden?«

»Ich hatte gehört, dass Crawford in der Nähe der Stelle lag, an der du angegriffen wurdest. War es genau dieselbe? Wie merkwürdig.«

»In der Tat.«

Hadrians Butler, Collier, trat ein. Er war groß und hatte eine eher abweisende Miene, doch ansonsten wirkte er so feierlich, dass seine Vorliebe für derbe Späße nicht auffiel. »Mylord, Miss Wren ist eingetroffen.«

Verflixt! Hadrian hatte sie nicht so früh erwartet, denn sonst hätte er Collier angewiesen, sie nicht auf diese Weise anzukündigen. Ein Verhör seiner Mutter über Miss Wren konnte er jetzt ganz und gar nicht gebrauchen. Außerdem würde seine Mutter dazu noch verlangen, sie kennenzulernen, und Hadrian hatte Miss Wren nicht gewarnt, dass dies passieren könnte.

Die Witwe richtete ihre blauen Augen auf Hadrian. »Wer ist Miss Wren?« Sie blinzelte erwartungsvoll.

»Eine Mitarbeiterin«, antwortete Hadrian. »Sie hilft mir bei einer Untersuchung. Mehr kann ich leider nicht sagen.«

»*Sie* ist eine Ermittlerin? Das ist ungewöhnlich.«

Hadrian ärgerte sich über die Betonung, die seine Mutter auf Miss Wrens Geschlecht gelegt hatte. »Ihr Vater war bei Scotland Yard, und ihr Großvater war ein angesehener Magistrat. Ich würde sagen, es liegt ihr im Blut.«

»Wren?«, fragte seine Mutter. »Das kommt mir doch bekannt vor.«

Hadrian erhob sich. »Collier, bitte richten Sie Miss Wren aus, dass ich gleich bei ihr sein werde. Die Witwe und ich beenden gerade den Tee.« Er begegnete dem Blick des Butlers. »Ich benötige meinen Hut und meine Handschuhe sowie meinen Mantel.«

»Ja, Sir.« Collier entfernte sich.

Seine Mutter erhob sich aus ihrem Sessel. »Ich verstehe, dass du mich verabschieden willst und wie ich annehme, waren wir mit dem Tee ohnehin fertig. Erlaube mir wenigstens, Miss Wren kennenzulernen?«

Das ließ sich jetzt nicht mehr vermeiden. »Natürlich.«

»Und du gehst offensichtlich mit ihr aus«, fuhr seine Mutter fort. »Wohin seid ihr unterwegs?«

»Darüber kann ich leider nicht sprechen, Mutter. Ich hoffe, du verstehst das.«

Ihre Augen wurden schmal und ein besorgter Ausdruck

zeichnete sich auf ihrem Gesicht ab. »Hat das mit dem Angriff auf dich zu tun? Ich weiß, wie wichtig es dir ist, den Grund dafür herauszufinden.«

»Ich verspreche, dass ich dir zu gegebener Zeit eine Erklärung liefern werde.« Er hoffte nur, irgendwann dazu in der Lage zu sein, was bedeutete, dass Miss Wren und er diesen komplizierten Fall gelöst haben würden.

Hadrian begleitete seine Mutter von der Bibliothek durch den Familiensalon in die Treppenhalle. Er blickte nach rechts in die Eingangshalle und sah dort Miss Wren stehen.

In dem Moment, als seine Mutter vor ihm in die Eingangshalle trat, ergriff Hadrian das Wort. »Guten Abend, Miss Wren. Erlauben Sie mir, Ihnen meine Mutter vorzustellen, die Witwe des früheren Earls of Ravenhurst. Mutter, das ist Miss Matilda Wren.«

Seine Mutter trat näher an Miss Wren heran und lächelte. »Ich bin erfreut, Ihre Bekanntschaft zu machen, Miss Wren, wenn auch überrascht. Mein Sohn hat Sie oder Ihre Bekanntschaft nicht erwähnt.« Sie warf Hadrian einen leicht vorwurfsvollen Blick zu.

Hadrian unterdrückte den Drang, mit den Augen zu rollen. Seine Mutter war eine Sammlerin und Überbringerin von Neuigkeiten, mit anderen Worten, sie war eine Klatschtante. Es gab Gründe, warum er ihr gewisse Dinge nicht erzählte, und trotzdem wusste sie oft davon.

Miss Wren sank in einen Knicks. Als sie sich erhob, zog sie ihren dunkelgrauen Mantel enger um sich, um ihr Kleid zu bedecken. »Es ist mir ein Vergnügen, Sie kennenzulernen, Mylady. Ich hatte nicht zu einem ungünstigen Zeitpunkt hereinplatzen wollen.« Sie warf Hadrian einen besorgten Blick zu, und er nickte, was hoffentlich ein leichtes, aber beruhigendes Nicken war.

»Dein Timing ist perfekt«, sagte Hadrian. »Meine Mutter wollte gerade gehen.« Er wandte sich der Witwe zu und streichelte ihre Wange. »Es ist mir immer ein Vergnügen, Mutter.«

Collier erschien mit ihrem Hut und ihren Handschuhen. Sie nahm den Hut und setzte ihn sich auf den Kopf, dann nahm sie die Handschuhe entgegen. »Danke, Collier.« Mit einem Blick zu Hadrian schlug sie vor: »Vielleicht könntest du Miss Wren das nächste Mal zum Tee einladen, damit wir uns kennenlernen können.«

»Ich bezweifle, dass sie dafür Zeit findet, Mutter«, antwortete Hadrian. »Miss Wren ist eine vielbeschäftigte Frau.«

Seine Mutter lächelte Miss Wren an, während sie ihre Handschuhe anzog. »Sie kann es sich überlegen und vielleicht ihren Zeitplan ändern, wenn es nötig ist.«

Miss Wren erwiderte nun ihr Lächeln. Aber in ihren Augen lag ein nervöses Glitzern.

Collier hielt die Tür auf, und Hadrians Mutter trat ins Freie. Nachdem er die Tür wieder geschlossen hatte, reichte er Hadrian dann seinen Hut.

»Es tut mir leid, wenn Sie sich wegen meiner Mutter unbehaglich gefühlt haben«, meinte Hadrian zu Miss Wren, während er seinen Hut aufsetzte. »Ich wollte nicht, dass Sie beide sich begegnen. Sie ist unheilbar und überwältigend wissbegierig.«

Sie betrachtete ihn mit einem schwachen Lächeln, ihre Augen tanzten vor Belustigung. »Daher rührt also Ihre Neugier.«

Hadrian lachte. »Anscheinend.«

»Ich hätte nicht so frühzeitig herkommen sollen«, meinte sie. »Aber ich wollte Sie unbedingt sehen.«

Ihre Worte erfüllten ihn mit einer überraschenden Wärme. »Das ist schon in Ordnung. Ich hoffe, Sie haben Neuigkeiten zu berichten.«

»Das habe ich tatsächlich.« Ihre Augen leuchteten vor unverhohlener Erregung, und nun überkam Hadrian eine große Vorfreude. »Sagen Sie mir zuerst, wie es Ihnen geht.«

»Es gibt wenig, was ein guter Nachtschlaf nicht wieder wettmachen kann«, antwortete er und freute sich dabei über ihre Anteilnahme.

Er nahm seine Handschuhe von Collier entgegen und zog sie schnell an, ehe er sich dann von seinem Butler in den Mantel helfen ließ. »Danke, Collier. Wir werden einen Spaziergang machen.« Leach hatte den Abend frei.

Collier nickte und lächelte Miss Wren kurz zu. Dann öffnete er die Tür, und Hadrian begleitete Miss Wren nach draußen.

»Es tut mir wirklich leid, dass ich so früh gekommen bin«, sagte Miss Wren mit einem Kopfschütteln. »Ich habe nicht nachgedacht.«

»Ihre Ungeduld deutet darauf hin, dass Sie etwas Nützliches herausgefunden haben.«

»Durchaus. Zuerst sind wir auf dem Weg zu Farringer's. Das ist ein Spielclub in der Nähe von Covent Garden.«

»Ich habe schon davon gehört. Einige meiner Kollegen besuchen ihn.« Er hielt eine Droschke an und entlohnte den Fahrer, der sie zu Farringer's brachte.

Nachdem sie sich im Fahrzeug niedergelassen hatten, fuhren sie über die Half Moon Street in Richtung Piccadilly.

Hadrian drehte den Kopf nach links und sah Miss Wren an. »Wie war Ihr Besuch bei Mrs. Forsythe? Offensichtlich haben Sie den Namen des Ortes erfahren, an dem Sir Henrys Tod eingetreten ist.«

»Es war sehr informativ. Zufälligerweise musste ich nicht einmal nach dem Ort fragen. Ich begann mit der Frage, ob Sir Henry ein Spieler sei, und sie gestand, dass sie mehrere Schuldscheine gefunden habe.«

»Mehrere?« Hadrian starrte Miss Wren an.

»Insgesamt sechs, aber die Zahl ist nicht das Schockierende daran. Zwei der Schuldner sind am überraschendsten. Der erste ist der von Farringer's, daher habe ich erfahren, dass er dort gestorben ist.«

»Und der zweite?« Hadrian hielt den Atem an.

»Martin Crawford. Ich nehme an, er ist ein Verwandter von Patrick Crawford?«

Hadrian musste seinen Kiefer zudrücken. »Sein Vater.« Er lehnte sich zurück und ließ diese Information einen Moment lang in sein Gehirn eindringen. »Das bringt Sir Henry mit dem anderen Mordopfer in Verbindung. Ich denke, wir können den Schluss daraus ziehen, dass Patrick Crawford von Fitch ermordet wurde, wenn wir das nicht ohnehin schon vermutet haben.«

»Dem stimme ich zu«, meinte Miss Wren, als sie den Piccadilly entlang fuhren. Es war noch nicht ganz fünf Uhr und es war Sonntag, weshalb zwar lebhafter Verkehr herrschte, der allerdings nicht allzu dicht war. Somit würden sie seiner Einschätzung nach relativ schnell in Covent Garden ankommen.

»Schließlich fragte ich Millicent nach der Wunde ihres Vaters«, fuhr Miss Wren fort. »Sie sagte, die Fäden seien noch vorhanden gewesen und die Haut um die Wunde herum verfärbt. Die Wunde befand sich hier, am Ansatz seiner Rippen.« Miss Wren drückte eine Hand auf ihre rechte Seite.

»Es ist genau die gleiche Stelle, an der auch mir diese Stichwunde beigebracht worden ist. Hadrian verspürte ein Zucken in seiner Seite, als er sich daran erinnerte. »Es scheint, als hätte Fitch bei Crawford und Sir Henry besser gezielt.«

»Hatten Sie ihn nicht gepackt, als er Sie angegriffen hat?«, fragte Miss Wren. »Vielleicht hat Ihre Reaktion Ihnen das Leben gerettet.«

»Das ist nicht auszuschließen. Es ist auch möglich, dass er geflohen ist, ehe er den Auftrag erledigt hatte, weil er erkannt hatte, dass ich nicht seine Beute war.« Hadrian dachte immer noch an die Schuldscheine. »Wie viel hat Sir Henry Crawford geschuldet?«

»Weit mehr, als er irgendjemandem sonst schuldete – fünfhundert Pfund.«

Hadrian starrte sie an. »Gütiger Himmel, das ist eine große Summe.«

»Es stand kein Datum darauf, also wissen wir nicht, wie alt dieser Schuldschein ist. Alle anderen hatten allerdings ein Datum. Der Schuldschein von Farringer's ist vom Dezember und er beläuft sich über einhundertzwei Pfund.«

Hadrian fixierte sich augenblicklich auf den größeren Schuldschein. »Martin Crawford ist letztes Jahr gestorben – ich glaube, es war nicht lange nach Neujahr. Dass er Sir Henry einen so hohen Betrag geliehen hat, deutet darauf hin, dass sie sich gut kannten, meinen Sie nicht auch?«

»Das würde ich annehmen. Menschen, die man nicht kennt, würde man kein Geld leihen und schon gar nicht eine solche Summe.«

»Ich denke, wir sollten Mrs. Patrick Crawford und vielleicht auch Mrs. Martin Crawford aufsuchen«, schlug Hadrian nun vor. »Meine Mutter und die ältere Mrs. Crawford sind gute Bekannte. Können Sie sich vorstellen, dass meine Mutter von Patrick Crawfords Tod wusste und mir nichts davon erzählt hat? Sie hatte mich während meiner Genesung nicht beunruhigen wollen.«

Miss Wren zögerte, bevor sie antwortete: »Das war wohl rücksichtsvoll von ihr gemeint?«

»Wären Sie nicht verärgert, wenn Ihre Eltern Ihnen solche Informationen vorenthalten hätten?«, fragte er trocken.

»Touché. Obwohl mein Vater mir so etwas nicht vorenthalten hätte. Er würde verstehen, dass ich davon erfahren muss«, antwortete sie überzeugt.

»Und Ihre Mutter?«

»Da wir nur monatlich Briefe austauschen, wage ich zu behaupten, dass sie mir nicht rechtzeitig davon berichten würde, weil sie anderweitig beschäftigt ist.« Miss Wren zog eine Schulter hoch. »Wir haben uns nie sehr nahegestanden, und ich kann nicht sagen, dass mich das stört. Etwas, das man nie gehabt hat, vermisst man auch nicht.«

Hadrian war sich nicht sicher, ob er das so glaubte. Bei vielen

Gelegenheiten hatte er sich nach einer tieferen Verbindung zu seinem Vater gesehnt. Allerdings war es für Miss Wren möglicherweise einfacher, in solchen Begriffen an ihre Mutter zu denken. »Es tut mir leid, das zu hören. Gelegentlich kann meine Mutter eine Zumutung sein, aber wir sorgen uns umeinander.«

»Wann werden Sie Mrs. Crawford aufsuchen?«, fragte Miss Wren und wechselte damit das Thema, was auch willkommen war – zum einen, weil seine Worte an Rührseligkeit grenzten, zum anderen, weil er sich unbedingt auf die Ermittlungen konzentrieren wollte, die nun scheinbar mit gleicher Macht vorankamen, wie ein Felsbrocken, der einen Berg hinabrollte.

»Morgen vielleicht, nachdem wir Mr. Hardacre besucht haben?«

Die Mietdroschke hielt vor dem Farringer's, und Hadrian stieg aus dem Gefährt. Er war Miss Wren beim Aussteigen behilflich und nickte dem Kutscher zu.

Als er sich mit Miss Wren umdrehte, fiel sein Blick auf den Eingang. Es war ein bescheidenes Etablissement mit großen Fenstern zu beiden Seiten der hölzernen Tür, auf der ein goldenes H prangte.

Ein Lakai in Livree öffnete ihnen, als sie sich näherten. Trotz seiner Bezeichnung als »Club« schien das Farringer's nichts weiter als eine angesagte Spielhölle zu sein.

Sie traten in einen wohl als elegant zu beschreibenden Hauptraum mit Kronleuchtern und Mahagonitischen und -stühlen. Alles wirkte jedoch recht zerschlissen, als hätte es fünf Jahre zuvor oder noch länger einmal prächtig ausgesehen und wäre dann mit der Zeit renovierungsbedürftig geworden.

Da es noch früh am Tag war, fand sich auch kaum jemand im Raum – nur ein paar Gäste und ein livrierter Angestellter standen müßig in einer der Ecken.

»Sollen wir uns setzen?«, murmelte Miss Wren.

»Ich denke, das sollten wir tun. Dann könnten wir mit dem Besitzer sprechen.«

»Wir sollten mit so vielen Menschen wie möglich reden.«

»Einverstanden.« Hadrian führte sie weiter in den Raum. Ein Mann in einem schwarzen Frack und goldener Weste trat durch eine Tür im hinteren Bereich ein.

»Guten Abend«, begrüßte sie der Mann mit einem höflichen Lächeln. Er war von durchschnittlicher Größe, hatte ein spitzes Kinn und eine schmale Stirn. »Sind Sie zum Abendessen gekommen?«

»Ja.« Hadrian beschloss, dass dies ein guter Grund war, ihre Anwesenheit hier zu erklären, anstatt sofort mit ihren Fragen über einen Mord anzufangen, der sich hier vor fast zwei Wochen ereignete und vertuscht worden war.

»Und anschließend vielleicht ein kleines Kartenspiel oder Würfel«, schlug Miss Wren mit der Andeutung eines schelmischen Lächelns vor.

Hadrian schmunzelte. »Wie die Dame wünscht.«

Der Mann führte sie zu der Tür, durch die er den Raum gerade betreten hatte. Sie kamen in einen Speisesaal, der einen gepflegteren Eindruck machte als der Hauptraum. Da war allerdings dieser Teppich! Hadrian erkannte ihn auf der Stelle.

Miss Wren wandte den Blick zu ihm. Sie wollte ihn fragen, ob dies derselbe Teppich war, den er in seiner Vision gesehen hatte. Jedenfalls passte er auf die Beschreibung, die er ihr gegeben hatte.

Er nickte ihr kurz zu. »Dieser Teppich gefällt mir«, bemerkte Hadrian zu dem Mann, der sie zu einem Tisch führte.

»Sie finden ihn auch in unseren Spielsälen«, meinte der Mann.

Dann ist Sir Henry vielleicht doch nicht in diesem Raum getötet worden. Hadrian vermutete, dass es logischer wäre, wenn er in einem der Spielsäle gestorben wäre, denn er war ja ein Spieler gewesen.

»Dürfen wir uns die Räume anschauen, ehe wir zum Essen Platz nehmen?«, erkundigte sich Miss Wren. »Die Spielsäle, meine ich. Ich bin sehr neugierig. Es ist das erste Mal für mich, dass ich in einem Etablissement wie diesem bin.« Sie blinzelte gesittet und ihr ganzes Gebaren war von unterdrückter Aufregung geprägt. Sie war wirklich ausgezeichnet darin, in eine Rolle zu schlüpfen.

»Natürlich«, antwortete der Mann.

»Danke«, meinte Hadrian zu ihm, als sie zu einer anderen Tür als der gingen, durch die sie gekommen waren. »Sind Sie der Besitzer?«

»Der Geschäftsführer. Mein Name ist Dunwell. Ich arbeite für Mr. Farringer.«

Sie traten in einen der Spielsäle ein. Dieser war eindeutig für Würfelspiele gedacht und mit sechs verschiedene Spieltischen ausgestattet. Derzeit war nur einer mit Spielern besetzt.

»Oh, wie prachtvoll«, rief Miss Wren erfreut aus. Sie warf einen Blick auf den Teppich, der dem im Speisezimmer glich.

»Wenn Sie Karten bevorzugen, haben wir zwei Säle auf der gegenüberliegenden Seite.«

»Ich würde sie mir gerne anschauen, wenn es Ihnen nichts ausmacht.« Miss Wren umklammerte Hadrians linken Arm fester. Als Dunwell sie in den Hauptraum zurückführte, lehnte sie sich so nahe wie möglich zu ihm und flüsterte: »Sollten Sie nicht Ihre Handschuhe ausziehen und etwas anfassen?«

Verflixt, natürlich sollte er das. Unverzüglich zog Hadrian seinen rechten Handschuh aus und hielt ihn in der linken Hand. Als sie durch den Hauptraum gingen, streifte er mit den Fingerspitzen über eine Stuhllehne. Er fühlte sich von Überschwang und Vorfreude erfüllt. Denn er sah nichts.

Als sie den ersten Kartenraum erreichten, hatte er bereits einige Möbelstücke berührt, ohne etwas Nennenswertes gesehen zu haben. Als er den zweiten Kartenraum betrat, überkam ihn jedoch das Gefühl, schon einmal hier gewesen zu sein. Das war ein vollkommen neues Gefühl. Es war gerade niemand im Raum anwesend, was Hadrian sehr gelegen kam.

Es war ein kleiner Raum mit nur vier Tischen, die scheinbar für ein Turnier angeordnet worden waren. Er zog Miss Wren zu einem der Tische und legte seine Handfläche auf den grünen Kork, der das Mahagoniholz bedeckte. Auf der Stelle stürmte eine überwältigende Anzahl von Empfindungen auf ihn ein und wie hinter einem Schleier konnte er einige Figuren ausmachen. Die Eindrücke waren zu viel und üble Kopfschmerzen machten sich blitzartig bemerkbar. Er zog die Hand weg. Diese Methode der Ermittlung war hier unmöglich anwendbar.

»Wir sind hergekommen, weil uns das Lokal von einem Freund empfohlen wurde«, bemerkte Hadrian. »Sir Henry Meacham? Bedauerlicherweise ist er hier vor etwa zwei Wochen verstorben.«

Dunwell hatte zurückhaltend gewirkt, doch nun schien sein Gesicht kurz zu erzittern. »Oh ja, der Mann, der zusammengebrochen ist.«

»Ist es hier drin geschehen?«, fragte Miss Wren.

»Ich kann mich nicht erinnern. Es war eine traurige Situation. Ich möchte lieber nicht darüber sprechen, wenn es Ihnen nichts ausmacht.«

»Das ist so bedauerlich«, stellte Hadrian fest, der darüber frustriert war, so schnell abgewiesen zu werden. »Er war ein guter Mann. Wir sind natürlich neugierig, wie er zu Tode gekommen ist. Seine Angehörigen sind sehr verzweifelt.«

»Das kann ich mir vorstellen.« Dunwells Blick huschte zu Miss Wrens schwarzem Kostüm, ohne jedoch ein Wort zu sagen. Überlegte er, ob sie zu Sir Henrys Familie gehörte? Hadrian wurde klar, dass es für eine Frau in Trauerkleidung seltsam aussah, zum Abendessen auszugehen, geschweige denn, sich an einen Spieltisch zu setzen.

Dunwell ging auf eine andere Tür zu. »Der andere Spielsaal ist hier durch.«

»Ich glaube, mir ist jetzt danach, das Dinner einzunehmen«, meldete sich Miss Wren zu Wort.

»Dann zurück in den Speisesaal«, wandte sich Hadrian mit ihr in Richtung des Hauptraums. Dunwell eilte ihnen voraus und führte sie erneut in den Speisesaal, wo er sie an einen Tisch in der Mitte des Raumes setzte.

»Ihr Kellner wird gleich bei Ihnen sein.« Dunwell verschwand im Hauptraum.

»Nun, das war enttäuschend«, sagte Miss Wren.

»Dass uns hier bestätigt wurde, dass Sir Henry niedergestochen worden war, konnten wir nicht erwarten«, überlegte Hadrian. »Man hat eine falsche Geschichte erfunden und an Scotland Yard übermittelt. Ich muss annehmen, dass diese Angestellten in die Lüge eingeweiht sein müssen.

»Das sind eine Menge Leute, die zum Schweigen gebracht werden müssen«, bemerkte Miss Wren, während sie sich im Raum umsah. »Selbst wenn sie die Situation auf diesen Raum beschränkt blieb, muss es Zeugen gegeben haben.«

»Es sei denn, Fitch hätte Sir Henry dort erstochen, wo ihn wahrscheinlich niemand gesehen hätte. Was ist, wenn die ganze Sache geplant und geheim gehalten wurde?«

Miss Wren machte große Augen. »Sie meinen, Sir Henry ist hierher in seinen Tod gelockt worden?«

»Ich spreche die Möglichkeiten nur laut aus.« Hadrian sah den Kellner, ein junger Mann Mitte zwanzig mit langen Koteletten, auf sie zukommen.

»Guten Abend«, begrüßte er sie mit einem Nicken.

»Guten Abend«, sagte Hadrian. »Wir nehmen eine Flasche Claret.«

»Sofort, Sir.« Der Kellner zog sich zurück.

»Er weiß nicht, dass Sie ein Earl sind«, sagte Miss Wren leise. In ihren Augen schimmerte ein Hauch von Schalk.

»Finden Sie das lustig?«

»Vielleicht ein bisschen. Stört es Sie, wenn Sie nicht angemessen angesprochen werden?«

»Nicht im Geringsten. Ich habe ihn geschickt, um Wein zu

holen, damit er etwas zu tun hat, während wir ihn mit Fragen löchern.« Er warf ihr einen vielsagenden Blick zu. »Ich glaube, Sie müssen die trauernde Verwandte spielen, zumal Sie entsprechend gekleidet sind.«

»Oh Gott, ich hätte nicht in Trauerkleidung zum Dinner ausgehen sollen« Sie schnitt eine Grimasse.

»Das dachte ich auch, aber wenn ich darüber nachdenke, spielt das an einem Ort wie diesem wohl kaum eine Rolle.« Er warf ihr einen schelmischen Blick zu.

Als der Kellner zurückkehrte, machte er sich daran, die Weinflasche zu öffnen.

Miss Wren sah den Kellner mit trauriger Miene an. »Ich hoffe, Sie werden es nicht für seltsam halten, aber wir sind heute Abend hergekommen, weil ich mich meinem lieben verstorbenen Cousin näher fühlen wollte. Erst kürzlich ist er hier gestorben.«

Der Kellner ließ den Korkenzieher versehentlich auf den Tisch fallen. »Ich verstehe.« Seine Stimme schien nun höher zu klingen.

»Sie waren nicht etwa zufällig an jenem Abend hier?« Ihr Blick wurde flehend. »Ich würde gerne mit jemandem sprechen, der ihn vor seinem Zusammenbruch noch gesehen hat.«

Hadrian rechnete ihr hoch an, dass sie sich an die Geschichte hielt, die sie sich ausgedacht hatten. Er berührte ihren Arm. »Na, na«, murmelte er zur Unterstützung der Farce.

Sie warf ihm einen dankbaren Blick zu, ehe sie ihre Aufmerksamkeit wieder auf den Kellner richtete. »Sein Name war Sir Henry Meacham. Er war ein liebenswürdiger Gentleman mit mehr Charme, als ein Mensch besitzen sollte. Bestimmt würden Sie sich an eine Begegnung mit ihm erinnern. Bitte sagen sie mir: kannten Sie ihn? Das wäre ein großer Trost für mich.«

Trotz des leichten Zitterns in seinen Händen, gelang es dem Kellner, den Korken aus der Flasche zu ziehen. Für Hadrian war seine Nervosität offensichtlich. »Ich habe ihn an jenem Abend gesehen, und er war sehr entgegenkommend. Ich hatte ihn natürlich schon einmal getroffen.«

»Natürlich«, sagte Miss Wren sanft. »Ich weiß ja, wie gern er hierher kam. Er hat immer wunderbare Dinge über die zuvorkommende Behandlung der Gäste und die erlesenen Speisen gesagt.«

Wieder war Hadrian von ihren Schmeichelkünsten beeindruckt. Der junge Kellner errötete leicht.

»Ich nehme nicht an, dass Sie mir sagen können, wie er sich vor seinem Zusammenbruch gefühlt hat?«, fragte Miss Wren. »Wir wollen nur wissen, dass er nicht gelitten hat. Für seine Töchter wäre das ein besonderer Trost.«

Der Kellner erbleichte, als er den Wein in die Gläser schüttete. Seine Hand zitterte noch mehr, und der Flaschenhals klapperte gegen den Rand des zweiten Glases.

»Es ist alles in Ordnung«, sagte Hadrian in leisem Ton. »Wir wissen, dass Sir Henrys Tod möglicherweise nicht so eingetreten ist, wie erzählt wurde.«

Der junge Mann holte tief Luft und richtete den Blick auf Hadrian. »Ich darf nicht darüber sprechen. Sie würden mich in große Schwierigkeiten bringen.«

»Das wollen wir nicht«, versicherte Miss Wren leise.

»Sprechen Sie mit dem Portier«, flüsterte der Kellner. »Gregson kann Ihnen vielleicht mehr sagen. Aber ich kann es nicht.« Er stellte die Flasche auf den Tisch und eilte davon, ehe sie ihr Dinner bestellen konnten. Nicht, dass Hadrian überhaupt Interesse gehabt hätte, und er bezweifelte, dass Miss Wren Appetit hatte.

»Sollten wir uns mit dem Portier unterhalten?«, fragte er.

Miss Wren stand bereits auf. »Sofort.«

Hadrian griff in seine Tasche und legte genug Geld für den Wein und ein wenig mehr auf den Tisch. Dann stand er auf und führte sie aus dem Speisesaal. Rasch gingen sie auf den Ausgang zu.

Sobald Hadrian die Tür öffnete, übernahm der draußen stehende Portier die Aufgabe, die Tür offen zu halten, während Miss Wren ins Freie trat. Hadrian gesellte sich zu ihr, dann drehten sie sich zu dem Portier um.

Hadrian hatte bei ihrer Ankunft nicht bemerkt, dass der Mann ein stämmiger Kerl mit breiten Schultern und Beinen wie Baumstämmen war. Sogar seine Hände waren ungewöhnlich groß. Er sah mehr wie ein Wachmann als ein Portier aus, aber vielleicht war er auch beides. Ein Etablissement wie das Farringer's war wahrscheinlich auf jemanden angewiesen, der erforderlichenfalls die Ruhe wiederherstellen konnte.

»Guten Abend«, meinte Hadrian freundlich. Er beschloss, keine Zeit zu verlieren und sich nicht mit Ausflüchten aufzuhalten. Noch einmal zückte er sein Portemonnaie, zog zwei Pfund heraus und reichte sie dem Portier. »Ich bin Lord Ravenhurst. Davon gibt es mehr, wenn Sie meine Fragen beantworten können.«

Die Augen des Mannes weiteten sich ein wenig, doch dann schob er die Scheine kommentarlos in seine Livree. »Guten Abend, Mylord.«

Als Hadrian nun sprach, reichte seine Stimme knapp über ein Flüstern hinaus. »Gregson?« Auf das Nicken des Portiers hin fuhr Hadrian fort: »Wir haben gehört, dass Sie Informationen über den Todesfall haben, der sich hier vor fast zwei Wochen ereignet hat. Sir Henry Meacham starb und es hieß, er habe einen Herzanfall erlitten. Wir wissen, dass dem nicht so war. Wir wissen, dass er niedergestochen wurde.«

Die Nasenflügel des Portiers blähten sich, und Röte überzog seinen Hals. »Darüber darf ich nicht sprechen. Ich kann Ihnen allerdings versichern, dass Sie eine gewisse unwillkommene Aufmerksamkeit auf sich ziehen werden, wenn sie noch weitere Fragen stellen.« Er begegnete kurz Hadrians Blick. »In all dies wollen sie ganz bestimmt nicht verwickelt werden.«

»Wir wissen, wer die Tat begangen hat«, fuhr Hadrian fort. »Ein Mann namens Fitch. Kennen Sie ihn?«

Der Portier erblasste und die Röte seines Nacken schwand, bis er ganz bleich war. Er sagte nichts, aber Hadrian hatte seine Antwort. »Wissen Sie, dass Fitch tot ist?«, fragte er als Nächstes.

Der Portier wischte sich über die Stirn. »Bitte, Sie müssen gehen«, krächzte er. Dann warf er einen Blick über die Schulter zur Tür.

Miss Wren trat näher an ihn heran, ihre Stimme war ein scharfes Flüstern. »Haben Sie Angst um Ihr Leben, wenn man Sie mit uns sprechen sieht?«

Der Portier nickte. »Insbesondere jetzt, wo Sie mir von Fitch erzählt haben. *Bitte*, lassen Sie mich in Ruhe.«

Die Tür öffnete sich plötzlich, und der Türsteher packte Hadrian am Ellbogen. Seine Oberlippe kräuselte sich zu einem drohenden Grinsen. »Ich sagte, Sie sollen gehen.« Er drehte das Gesicht in Richtung des Geschäftsführers, der in der Tür stand. »Dieser Gentleman weiß nicht, wann er aufhören soll, Fragen zu stellen, auf die es keine Antwort gibt.«

»Ich verstehe.« Der Geschäftsführer warf Hadrian einen kalten Blick zu. »Ich muss Sie bitten, zu gehen und nicht mehr wiederzukommen. Wir haben versucht, die Unannehmlichkeiten in Verbindung mit dem Todesfalls zu vergessen, und es ist nicht gut für Sie, hierherzukommen und sie wieder aufzugreifen. Sie müssen verstehen, dass es für die Angestellten sehr erschütternd war.«

Hadrian löste seinen Arm aus dem Griff des Türstehers. »Ich weiß. Ich bitte um Entschuldigung.« Er nahm Miss Wrens Arm und führte sie von der Tür weg. Er sprach nicht, bis sie um die Ecke von Covent Garden gelangt waren.

»Wenn das nicht nach Verheimlichung riecht, weiß ich nicht, was sonst«, sagte Miss Wren.

Hadrian hielt nach einer Mietdroschke Ausschau. »Ich hoffe,

wir haben den Kellner oder den Portier nicht in Schwierigkeiten gebracht.«

»Das hoffe ich ebenfalls. Es könnte wirklich gefährlich für sie werden, wenn man bedenkt, was Sir Henry zugestoßen ist.« Sie hielt inne und ließ ihren Blick nach unten schweifen. »Ich möchte so gerne herausfinden, was mit ihm widerfahren ist. Das hat er verdient. Und Millicent auch.«

»Sie ebenfalls«, sagte Hadrian und berührte sanft ihren Arm.

Sie hob den Blick zu ihm und nickte. »Danke.« Dann holte sie tief Luft und straffte die Schultern. »Da wir bereits eine Leiche gefunden haben und uns nun um die Sicherheit der anderen Beteiligten in diese Verbrechensserie sorgen, ist es vielleicht an der Zeit, dass wir Scotland Yard von unseren neuen Erkenntnissen informieren.«

»Da mögen Sie recht haben, aber ich befürchte, dass die Einmischung der Behörden einige der Personen, die wir zu einem Gespräch überreden wollen, vertreiben wird. Wie auch immer, wir müssen dem Besuch von Hardacre Priorität einräumen. Lange genug haben wir ihn nun zugunsten von allem anderen aufgeschoben.« Hadrian winkte eine Mietdroschke heran und entlohnte den Kutscher, der sie zuerst zum Haus der Wrens und dann zu seinem eigenen Haus in der Curzon Street brachte.

Auf der Fahrt nach Marylebone bedankte sich Miss Wren bei ihm für sein Anliegen, Hardacre aufzusuchen. »Nachdem ich heute mit Millicent gesprochen habe, würde ich gerne die Angelegenheit der Investition meiner Großmutter und Sir Henrys Mangel an Geldmitteln klären.«

»Das ist mehr als verständlich.«

Dann erörterten sie, was sie im Spielclub in Erfahrung gebracht hatten, und Hadrian beschrieb die Eindrücke, die er im Kartenraum gesehen und gefühlt hatte, als er versucht hatte, seine Fähigkeit zum Einsatz zu bringen. »Ich wünschte nur, dieser lästige Fluch wäre hilfreicher gewesen«, meinte er ein wenig verbittert. Wozu war diese verflixte Gabe gut, wenn er keine Kontrolle darüber hatte? Wenigstens hatte er heute keine anhaltenden Kopfschmerzen.

»Ich stelle mir vor, dass es schwierig ist, diese Fähigkeit einzusetzen, wenn wir uns an einem Ort befinden, an dem sehr viele Menschen sind oder früher waren. Wie soll man inmitten eines Ozeans von Empfindungen und Visionen etwas erkennen oder sehen?«

»Ich werde wohl lernen müssen, besser damit umzugehen, nehme ich an. Allerdings hatte ich gehofft, dass dies mit der Zeit nachlässt, während ich mich immer mehr von meinem Sturz während des Angriff erhole.«

»Das könnte wohl geschehen, doch dann können Sie diese Fähigkeit nicht mehr so wirkungsvoll nutzen. Oder überhaupt nicht.« Sie sah ihn mit einem aufmunternden Lächeln an. »Aber ohne diese Fähigkeit wären wir uns nicht begegnet.«

Damit hatte sie recht. »Und es gäbe keine Ermittlung«, fügte Hadrian hinzu. »Ich würde in meiner Gewissheit schmoren, dass ein gewöhnlicher Straßenräuber mich nicht niedersticht, und keiner würde mir zuhören.«

Miss Wren lachte, als die Droschke vor ihrem Haus stehen blieb, und Hadrian sprang heraus, um ihr beim Aussteigen behilflich zu sein. Kaum hatte er das getan, bewegte sich eine Gestalt auf sie zu. Hadrian verkrampfte sich.

Der Mann trat in das Licht der Straßenlaterne. »Guten Abend, Lord Ravenhurst, Miss Wren.«

»Guten Abend, Inspektor Teague«, sagte Hadrian. »Ich bin überrascht, dass Sie sich im Haus von Miss Wren aufhalten.«

»Ich war zuerst bei Ihnen, aber Ihr Butler hat mich informiert, dass Sie nicht da sind.« Teague sah zu Miss Wren. »Ihre Großmutter sagte mir, dass Sie auch nicht da sind.«

Hadrian spürte, wie Miss Wren sich versteifte. Bestimmt

würde sie sich sorgen, weil ihre Großmutter mit einem Inspektor sprechen musste, der nach ihrer Enkelin suchte.

Teague blickte zwischen ihnen hin und her. »Ich denke, es ist an der Zeit, dass Sie mir genau sagen, was Sie in Bezug auf Sir Henry Meacham unternommen haben.«

KAPITEL 16

»Könnten wir vielleicht hineingehen?«, fragte Inspektor Teague.

Tilda sah ihn stirnrunzelnd an. »Vermutlich schon, obwohl ich wünschte, Sie hätten mich nicht zu Hause aufgesucht. Meine Großmutter hat es nicht verdient, von Scotland Yard behelligt zu werden.« Obwohl ihre Großmutter über Tildas Ermittlungen Bescheid wusste, hatte sie keine Ahnung, dass die Sache eskalierte.

Ravenhurst schickte die Droschke weg und kehrte dann an Tildas Seite zurück. »Sollen wir nach drinnen gehen?« Er nickte ihr leicht zu, als könnte er ihre Sorge nur zu gut verstehen.

Tilda führte sie zur Tür und in die Diele. Mrs. Acorn kam herbeigestürmt. »Oh, Tilda. Und Inspektor Teague.« Ihre Lippen waren zusammengepresst, und ihr Blick war starr. Auch sie schien sich an Teagues Anwesenheit zu stören. Ihre Miene entspannte sich zu einem Lächeln, als sie den Earl ansprach. »Guten Abend, Lord Ravenhurst.«

Ravenhurst erwiderte ihr Lächeln. »Guten Abend, Mrs. Acorn.«

Tilda zog ihren Hut und ihre Handschuhe aus und reichte sie

der Haushälterin, dann hängte sie ihren Mantel an den Haken. »Wir werden ein paar Minuten im Wohnzimmer sein.« Sie wandte sich an Ravenhurst. »Führen Sie bitte Teague herein? Ich komme gleich nach.«

»Natürlich.« Der Earl gab dem Inspektor ein Zeichen, ihm ins Wohnzimmer zu folgen.

Tilda wandte sich an Mrs. Acorn und flüsterte: »War Großmutter über den Besuch des Inspektors verärgert?«

»Sie war ... besorgt«, antwortete Mrs. Acorn.

»Bitte sagen Sie ihr, dass ich ihr alles erklären werde, sobald die Gentlemen gegangen sind. Und bitten Sie Großmutter, im Salon zu bleiben – ich nehme an, sie hält sich gerade dort auf?« Auf Mrs. Acorns Nicken hin fuhr Tilda fort: »Ich werde nicht lange brauchen.«

»Da ist noch etwas anderes.« Mrs. Acorn zog ein versiegeltes Schreiben aus ihrer Schürzentasche. »Ein Constable hat dies vorhin vorbeigebracht. Ich habe es Ihrer Großmutter nicht gesagt.«

Tilda schürzte die Lippen, brach das Siegel und überflog das Papier. Es war eine Vorladung zur Untersuchung des Mordes an Mr. Paul Fitch, die morgen früh um zehn Uhr im The Bell am Fish Street Hill stattfinden sollte. Tilda sollte als Zeugin befragt werden. Die gleiche Vorladung war wahrscheinlich auch an Ravenhurst gegangen.

»Danke, Mrs. Acorn.« Tilda steckte die Vorladung in ihre Tasche.

Mrs. Acorn warf einen Blick zum Wohnzimmer. »Der Inspektor war sehr interessiert, Sie zu sprechen. Ich glaube, er hat gehofft, Ihre Großmutter würde ihn einladen, hier zu bleiben und auf Sie zu warten.«

»Er ist ein anständiger Mensch. Vielleicht hat er Informationen, die mir bei meinen Ermittlungen helfen.« Tilda drehte sich auf dem Absatz um und schritt ins Wohnzimmer. Die Herren standen noch immer, obwohl beide ihre

Hüte abgenommen hatten und diese nun in der Hand hielten.

Auch Tilda setzte sich nicht. Sie wollte, dass Teague schnell ging, damit sie ihre Großmutter beruhigen und ihr versichern konnte, dass alles in Ordnung war. »Herr Inspektor, bitte kommen Sie gleich zum Anlass Ihres Besuchs.«

»Wie Sie wünschen.« Teague räusperte sich. »Wie ich höre, haben Sie beide gestern Abend einen Mann tot aufgefunden. Ein Mann namens Fitch, den Sie, Lord Ravenhurst, als den Mann identifiziert haben, der Sie im Januar angegriffen hat.« Er fixierte den Earl mit einem finsteren Blick.

»Ja, zu all dem«, antwortete Ravenhurst gleichmütig.

»Wie haben Sie ihn ausfindig gemacht?«, drängte Teague.

Ravenhurst blickte zu Tilda. Es war schwer zu sagen, was er denken mochte. »Wir werden unsere Ermittlungsmethoden zu diesem Zeitpunkt nicht mit Ihnen besprechen. Zumal diese Angelegenheit von der City of London Police untersucht wird, die von der Metropolitan Police getrennt ist.«

Teague runzelte die Stirn. »Das mag sein, aber da Sie Fitch als den Mann identifiziert haben, der Sie angegriffen hat, ist das auch eine Angelegenheit der Abteilung A. Ich würde gerne helfen.« Er blickte zu Ravenhurst. »Sie sind sich sicher, dass Fitch der Mann war, der Sie angegriffen hat?«

»Es besteht kein Zweifel.«

»Haben Sie einen Verdacht, wer ihn töten wollte?«

Ravenhurst schaute Tilda an. mit seinem Blick schien er im Stillen zu fragen, ob er antworten sollte. Sie beschloss, diesen Teil für ihn zu übernehmen. »Noch nicht«, entgegnete sie und lenkte damit Teagues Aufmerksamkeit auf sich. »Aber wir arbeiten daran. Wir glauben jedoch, dass Fitch Sir Henry ermordet hat.«

Teagues Gesichtsausdruck wurde schärfer, und seine Brauen zogen sich zu einem V zusammen. »Haben Sie Beweise, dass Sir Henry ermordet wurde? Dann wird eine Untersuchung durchgeführt werden müssen.«

»Wie soll das ohne Leiche gehen?«, fragte Ravenhurst. »Oder gedenken Sie, ihn zu exhumieren? Das könnte tatsächlich erforderlich sein, da die Todesursache strittig ist. Wir wissen sicher, dass er eine Wunde hatte, und bald werden wir bestätigen, dass er nicht an einem Herzleiden gelitten hat.«

»Bislang gibt es keinerlei Pläne, Sir Henrys Leiche zu exhumieren«, antwortete Teague. »Was sich allerdings ändern könnte, wenn ich neue Beweise vorlege.«

»Heißt das, Sie sind ebenfalls der Ansicht, dass Sir Henry ermordet wurde?«, fragte Tilda den Inspektor.

»So ist es nicht.« Teague blickte zu Ravenhurst. »Mich macht aber Padgetts Weigerung stutzig, Informationen über die Angriffe auf Sie und Crawford weiterzugeben. Bislang hatte ich nicht das Glück, mit ihm zu sprechen oder gar die vertraulichen Berichte einzusehen. Da ich meine Möglichkeiten ausgeschöpft habe, möchten Sie vielleicht mit dem Superintendenten sprechen. Er wird morgen zugegen sein, wenn Sie möchten, dass ich für den Nachmittag ein Gespräch mit ihm vereinbare.«

»Das wäre hilfreich«, meinte Tilda und wunderte sich über das Motiv des Inspektors. »Warum haben Sie ein so starkes Interesse an diesem Fall?« Sie erinnerte sich, dass Ravenhurst ihr erzählt hatte, Teague sei neugierig geworden.

Der Inspektor warf ihr einen entschlossenen Blick zu. »Mir ist daran gelegen, sicherzustellen, dass wir keine Fälle vorzeitig abgeschlossen haben. Die gründliche Aufklärung von Verbrechen hat für mich oberste Priorität.«

»Sie sind uns also behilflich, weil Sie das wollen?«, fragte Tilda mit großer Skepsis. »Sie sind nicht dazu verpflichtet, und das sollten Sie, zumindest nicht während Ihres Dienstes, nicht tun.«

»Das ist richtig. Dies ist meine persönliche Zeit.«

Tilda verschränkte die Arme vor der Brust. »Was sollen wir Ihnen bezahlen?«

Teague schaute verblüfft, seine Augen weiteten sich kurz.

»Nichts.« Er rümpfte angewidert die Nase. »Mir gefällt diese Sache mit dem Schmiergeld nicht, wenn ich auch nicht viel dagegen ausrichten kann.«

»Das ist sehr lobenswert von Ihnen«, meinte Ravenhurst. »Im Moment benötigen wir keine Hilfe, aber das kann sich bald ändern. Wenn es so weit ist, werden wir Sie sofort benachrichtigen.«

Teague setzte seinen Hut wieder auf. »Hoffentlich werden Sie das tun. Der Gerechtigkeit muss Genüge getan werden.«

Tilda war von den ethischen Grundsätzen des Inspektors begeistert. »Ich bin ganz Ihrer Meinung. Sie haben Ihre Bemühungen in Bezug auf Padgett und die vertraulichen Berichte ausgeschöpft, sagen Sie. Könnten Sie denn noch etwas anderes unternehmen, um an Informationen über den Angriff auf Ravenhurst und den Mord an Crawford heranzukommen?«

»In beiden Fällen waren Constables involviert, wobei ich allerdings nicht weiß, wer genau dabei war. Das kann ich aber herausfinden und die Männer dann befragen«, meinte er entschlossen. »Da Sie Bestechung zur Sprache gebracht haben, sollten Sie wissen, dass Padgett nicht davor zurückschreckt, Geld für ... *Hilfe* anzunehmen.«

»Das würde einiges erklären«, sagte Ravenhurst mit Abscheu. »Warum sonst wurde mein Fall und auch Crawfords so schnell und ohne gründliche Untersuchung abgeschlossen?«

»Männer wie Padgett machen mich wütend«, meinte Teague. »Aber ich kann nichts gegen sie ausrichten. Der Superintendent ist über dieser korrupten Praktiken im Bilde, glaubt aber, dass sie unsere Arbeit nicht beeinträchtigen. Da bin ich anderer Meinung.«

»Vielleicht ändert er seine Meinung, wenn wir ihm nachweisen können, dass Padgett versäumt hat, der Gerechtigkeit Genüge zu tun.«

»Insbesondere im Fall eines Earls«, bemerkte Teague mit gekräuselten Lippen. »Superintendent Newsome legt großen

Wert darauf, wie die Mitglieder des House of Lords die Metropolitan Police sehen.«

»Weil Scotland Yard auf unsere Unterstützung angewiesen ist«, sagte Ravenhurst. »Vielleicht sollte ich das zu meinem Vorteil nutzen, wenn ich mich auch frage, ob das letztendlich besser ist als Bestechung.«

»Wenn Sie mit Ihrem Einfluss eine Veränderung in die Wege leiten, bin ich dafür«, bekundete Teague, bevor er seine Schritte in die Diele lenkte. »Ich werde Ihr Gespräch mit Newsome arrangieren und Ihnen die Uhrzeit mitteilen. Guten Abend, und Miss Wren, bitte richten Sie Ihrer Großmutter meine Entschuldigung für meine Aufdringlichkeit aus.«

Als der Inspektor weg war, wandte sich Ravenhurst an Tilda. »Ich bedauere sehr, dass sich dies vor Ihrer Haustür ereignet hat«, meinte Ravenhurst mit großem Ernst.

»Teague ist nicht der einzige Polizeibeamte, der heute hier erschienen ist.« Sie zog die Vorladung aus ihrer Tasche und reichte sie Ravenhurst zum Lesen. »Ich nehme an, dass auch eine zu Ihnen nach Haus zugestellt worden ist.«

»Meiner Vermutung nach werden wir morgen für den Großteil des Tages beschäftigt sein.« Er gab ihr die Vorladung zurück, und sie steckte sie wieder in ihre Tasche.

»Wir müssen unser Gespräch mit Mr. Hardacre noch einmal verschieben«, stellte Tilda mit großer Enttäuschung fest.

Ravenhurst warf ihr einen mitfühlenden Blick zu. »Vielleicht ist die Untersuchung ja schnell vorbei. Die Geschworenen werden nicht lange brauchen, um Fitchs Tod als Mord zu erklären.«

»Sie werden aber keinen Schuldigen haben. Ich kann mir nicht vorstellen, dass der Mörder anwesend sein wird.«

»Dem würde ich zustimmen«, sagte Ravenhurst grimmig. »Ganz bestimmt wird es aber eine interessante Veranstaltung werden. Ich werde Sie kurz nach neun abholen. Jetzt gehen Sie zu Ihrer Großmutter und sprechen Sie mit ihr. Es tut mir leid, dass sie sich so aufregen musste.«

»Danke, dass Sie mitgekommen sind, um mit Teague zu sprechen«, meinte Tilda.

»Ja, aber gewiss. Wir sehen uns dann morgen früh.« Ravenhurst trat ins Freie und Tilda verriegelte die Tür.

Sie drehte sich um, schüttelte ihre Schultern, bis sie locker waren und stellte sich auf das Gespräch mit ihrer Großmutter ein. Tilda betrat den Salon, und ihre Großmutter blickte sofort zu ihr.

»Komm und setz dich, meine Liebe«, sagte Großmutter lächelnd.

Tilda nahm in dem Sessel neben dem ihrer Großmutter Platz. »Es tut mir leid, dass du von Inspektor Teague gestört worden bist.«

»Bestimmt wirst du mir erzählen, worüber er mit dir sprechen wollte. Ich weiß, dass du gerade mit ihm – und Lord Ravenhurst – im Wohnzimmer ein Gespräch geführt hast.« Großmutter schaute sie erwartungsvoll an.

»Du weißt ja, dass Lord Ravenhurst mich mit der Untersuchung des Angriffs auf ihn beauftragt hat. Die Ermittlungen haben sich ... ausgeweitet. Wir wissen jetzt, dass der Mann, der Lord Ravenhurst niedergestochen hat, auch für den Tod anderer Menschen verantwortlich ist.« Tilda nahm die Hand ihrer Großmutter. »Darunter auch Sir Henry. Er ist nicht an einem Herzleiden gestorben.«

Großmutter hob ihre freie Hand zum Mund, aber sie konnte sich das Keuchen nicht verkneifen. »Das ist absolut schrecklich. Weiß Millicent davon?«

»Heute Nachmittag habe ich mit ihr darüber gesprochen. Ravenhurst und ich haben noch viel Ermittlungsarbeit zu leisten.«

»Unterstützt dich der Earl dabei?«

»Das tut er«, versicherte Tilda. »Er will unbedingt herausfinden, warum er angegriffen wurde – und das ist ja auch verständlich.«

»Ich war so schockiert, als ich von Sir Henry hörte. Erst ist meine Investition nicht aufzufinden, und jetzt erfahren wir, dass er ermordet wurde.« Sie blinzelte Tilda an. »Hängen diese Dinge zusammen?«

Tilda wollte nach der Enthüllung von Sir Henrys Ermordung nicht auch noch über die mögliche Unterschlagung sprechen. »Wusstest du, dass Sir Henry eine Vorliebe für Glücksspiele hatte?«

»Oh, ja. Er und dein Großvater haben nie Nein zum Whist gesagt.« Ein nostalgisches Lächeln erhellte Großmutters Gesicht. »Sie liebten es, an Turnieren teilzunehmen.«

»Und haben sie gewettet? Als Sir Henry starb, gab es mehrere Schuldscheine.«

Großmutter machte ein säuerliches Gesicht. »Gelegentlich hat Sir Henry es beim Wetten übertrieben, aber dein Großvater hat ihn im Zaum gehalten. Mir war gar nicht in den Sinn gekommen, dass Sir Henry ohne ihn wohl niemanden mehr hatte, der ihm kluge Ratschläge erteilte.« Auf einmal wich alle Farbe aus Großmutters Gesicht. »Du glaubst, er hat meine Investition verspielt?«

»Das ist nicht auszuschließen«, sagte sie leise und drückte ihrer Großmutter die Hand. »Ganz sicher wissen wir das aber noch nicht.«

Großmutters Augen leuchteten vor Zorn. »Es war so töricht von mir, ihm zu erlauben, mein Geld zu verwalten.«

»Du hattest keine richtige Wahl. Er war unser einziger männlicher Verwandter.« Tilda war es ein Dorn im Auge, dass Frauen so wenig Kontrolle über ihr Leben hatten. »Aber wir müssen sofort dafür sorgen, dass die Verwaltung mir übertragen wird. Und zwar über alle Mittel, die wir haben.«

Großmutter nickte. »Du wirst das großartig machen. Und du

wirst den Mord an Sir Henry aufklären. Ich bin sehr froh, dass du den Fall übernommen hast. Dein Vater wäre so stolz auf dich.«

Tilda schluckte. In diesem Moment traute sie sich nicht, zu sprechen.

Einen Augenblick später meinte sie: »Morgen müssen Lord Ravenhurst und ich an einer Untersuchung teilnehmen und als Zeugen aussagen. Der Mann, der ihn und Sir Henry erstochen hat, ist ermordet worden, und Lord Ravenhurst und ich haben die Leiche gefunden.« Tilda hatte gar keine andere Wahl, als ihr die Wahrheit zu sagen, denn es war gut möglich, dass gewisse Einzelheiten der Untersuchung in der Zeitung gedruckt würden, die ihre Großmutter dann in die Hände bekommen würde.

Großmutter verdrehte die Augen und sie fasste sich mit der Hand an die Brust. »Du hast seinen Tod nicht miterlebt, oder?«

»Nein, und ich verspreche dir, dass wir sehr vorsichtig waren.«

»Du bist wirklich eine richtige Ermittlerin«, stellte ihre Großmutter mit einem gewissen Maß an Bewunderung fest.

Mrs. Acorn kam herein. »Das Essen ist fertig.«

Tildas Großmutter richtete sich auf und sah Tilda an. »Ich habe Mrs. Acorn gebeten, es warm zu halten, während du mit den Gentlemen gesprochen hast.« Sie ging und bevor Tilda ihr folgen konnte, reichte Mrs. Acorn ihr einen weiteren Umschlag.

»Dies wurde kurz nach Ihrem Aufbruch heute Nachmittag abgegeben«, erklärte die Haushälterin. »Ich wollte Sie damit nicht belästigen, solange der Earl und der Inspektor hier waren, und zusammen mit dem offizieller aussehenden Dokument hatte ich es Ihnen auch nicht übergeben wollen.«

»Danke, Mrs. Acorn. Ich komme gleich zum Abendessen.« Tilda erkannte die Schrift nicht, in der ihr Name auf dem Umschlag geschrieben stand. Sie öffnete ihn und nahm den Brief samt einer Pfundnote heraus.

Die kurze Nachricht war von Inspektor Lowther. Er sagte, er

könne ihr Geld nicht annehmen, da er ihr nicht helfen könne. Er schloss seinen Brief mit einer Warnung:

Sie müssen die Sache mit dem Angriff auf Ravenhurst ruhen lassen. Selbst Ihr Vater hätte seine Aufmerksamkeit woandershin gelenkt. Seien Sie bitte sehr vorsichtig.

Tilda runzelte die Stirn über den Brief. Wenn Lowther persönlich hier gewesen wäre, hätte sie mit ihm disputiert. Niemals hätte ihr Vater sich aus dieser Untersuchung zurückgezogen. Es gab zu viele unbeantwortete Fragen. Zu viele Dinge, die einfach keinen Sinn ergaben.

Warum warnte Lowther sie? Ihr Magen fühlte sich mit einem Mal wie hohl an. Er war doch nicht auch korrupt, oder? Nun, einmal abgesehen von der Annahme von Bestechungsgeldern.

Das *war* Korruption.

Tilda musste die Tatsache akzeptieren, dass sie ohne die Hilfe ihres Vaters nicht wusste, wem sie bei Scotland Yard trauen konnte, und wem nicht. Teague schien ehrenhaft zu sein, aber konnte sie sich dessen wirklich sicher sein?

Da sie bereits mit anderen Ermittlungen ausgelastet war, hatte sie keine Zeit, gegen die Mitglieder der Abteilung A zu ermitteln.

Eines schien allerdings sicher. Wenn ein Inspektor ihr riet, ihre Ermittlungen einzustellen, war sie auf dem besten Wege, die Wahrheit herauszufinden. Tilda steckte den Brief und die Pfundnote wieder in den Umschlag und verstaute diesen dann in ihrer Tasche.

Sie würde Sir Henrys Mörder finden und Sorge dafür tragen, dass er vor Gericht gestellt wird. So wie auch ihr Vater gehandelt hätte.

KAPITEL 17

$\mathcal{A}$ls Hadrian gestern Abend nach Hause kam, hatte dort die gleiche Vorladung auf ihn gewartet, die auch Miss Wren erhalten hatte. Heute Morgen war dann eine Nachricht von Inspektor Teague eingetroffen. Er hatte einen Termin für ein Treffen mit Superintendent Newsome in Whitehall um vier Uhr nachmittags anberaumt. Hadrian hoffte, dass die Untersuchung bis dahin zum Abschluss gebracht worden war.

Seine Kutsche kam bei Miss Wren an. Wenige Augenblicke später klopfte er an die Tür und wurde von Vaughn begrüßt.

Hadrian sah den Mann verwundert an. »Ich hatte nicht erwartet, Sie zu sehen, Vaughn. Ich nehme an, das bedeutet, dass es Ihnen besser geht?«

Der ältere Butler wirkte etwas gebeugter als vor seinem Angriff, aber seine Gesichtsfarbe war wieder besser. Er lächelte Hadrian schwach an. »Guten Morgen, Mylord.« Er hielt Hadrian die Tür auf, als dieser in die Diele trat. »Es geht mir gut, danke. Ich finde es abscheulich, bettlägerig zu sein.«

War er jetzt als Butler für diesen Haushalt tätig? Hadrian wäre überrascht gewesen, wenn er erfahren hätte, dass Miss Wren und ihre Großmutter es sich leisten konnten, einen

weiteren Diener einzustellen. »Ich hoffe, Sie passen gut auf sich
auf. Es ist immer klug, den Anweisungen eines Arztes Folge zu
leisten.«

Vaughn schloss die Tür und schlurfte zu einem Stuhl. »Ich
habe meinen Stuhl hier. Und wenn ich zu müde werde, kann ich
mich in den Salon zurückziehen.« Er deutete auf den Raum
neben der Eingangshalle, in dem sie gestern Abend mit Teague
gesprochen hatten.

Hadrian fragte sich, was Mrs. Wren wohl davon halten würde,
wenn ihr abwesender Butler über das Sofa drapiert war. Er
kannte sie nicht gut, vermutete aber, dass sie nicht annähernd so
entsetzt sein würde wie seine Mutter, wenn so etwas passierte.

In diesem Moment kam Miss Wrens Großmutter in die Diele,
als ob sie von Hadrians Gedanken an sie herbeigezaubert worden
wäre. Sie war schwarz gekleidet und bewegte sich für eine Frau
ihres Alters noch rüstig. Möglicherweise fiel Hadrian das aber
auch nur auf, weil Vaughn sich recht träge bewegte.

»Guten Morgen, Lord Ravenhurst«, begrüßte Mrs. Wren ihn,
als Vaughn sich wieder auf seinen Stuhl setzte. »Lassen Sie uns
im Salon auf meine Enkelin warten.« Sie blickte zu Vaughn.
»Werden Sie Tilda sagen, wo wir sind? Nicht, dass sie es nicht
ohnehin herausfinden würde.«

Vaughn nickte. »Ja, Ma'am.«

Mrs. Wren ging vor ihm in den Salon und nahm in einem
Sessel beim Fenster Platz, das auf die Straße hinausging. Sie
wartete, bis Hadrian ihr gegenüber auf einem anderen Sessel
Platz genommen hatte, ehe sie das Wort ergriff. »Allem Anschein
nach haben wir nun einen Butler. Zumindest vorübergehend.
Mrs. Acorn fand ihn heute Morgen in der Diele vor. Er erklärte,
der Haushalt benötige seine Dienste und er selbst müsse aus dem
Bett.« Sie zuckte mit den Schultern.

»Es ist sehr gütig von Ihnen, ihm zu gestatten, sich hier zu
erholen.«

»Wo sollte er denn sonst hin? Ich bin mir nicht sicher, wohin er gehen *kann*, wenn er wieder gesund ist.« Mrs. Wren atmete tief durch die Nase ein. »Tilda ist dabei, das herauszufinden.«

Hadrian erkannte, dass Miss Wren sich mit sehr vielen Dingen beschäftigte. »Sie ist sehr fähig. Das ist jedenfalls meine Beobachtung.«

»Sie ist eine kluge Frau«, bestätigte Mrs. Wren mit einem Nicken. »Sie werden nur wenige junge Frauen mit ihrem Intellekt und ihrer Effizienz finden. Aber vermutlich wissen Sie das bereits durch die gemeinsame Arbeit bei dieser Ermittlung. Gestern Abend hat sie mir berichtet, wie Sir Henry ermordet wurde.« Ein Schaudern überlief ihre kleine Gestalt. »Ich kann es immer noch nicht ganz glauben. Sein plötzlicher Tod war schockierend genug. Ich möchte Ihnen dafür danken, dass Sie sich mit Tilda an dieser Ermittlung beteiligen. Ich fühle mich besser, wenn ich weiß, dass sie dabei nicht allein vorgeht. Sie erweisen mir einen großen Gefallen, wenn Sie sie unterstützen.«

»Sie erweist mir einen Gefallen, indem sie sich bereit erklärt, mit mir zusammenzuarbeiten«, gab er mit einem Lächeln zurück.

Mrs. Wren schmunzelte. »Sie sind ein kluger Mann.«

Miss Wren betrat den Salon, und Hadrian musste blinzeln, um sich zu vergewissern, dass er dieselbe Person vor sich hatte. Es war bemerkenswert, wie sich die das Fehlen der schwarzen Kleidung auf das Aussehen auswirkte. Seit ihrer ersten Begegnung hatte er sie nur in Trauerkleidung gesehen.

Heute trug sie ein blaues Ausgehkleid mit marineblauem Saum und einen kecken Hut, den sie auf ihrem rotgoldenen Haar nach vorne schob. Ihm war keineswegs entfallen, dass sie recht hübsch war, doch wahrscheinlich hatte er gar nicht erkannt, dass sie tatsächlich schön war.

»Da bist du ja, Tilda«, meinte Mrs. Wren. »Wir haben uns über deine investigativen Fähigkeiten ausgetauscht.«

Ein schwaches Rosa zeigte sich auf Miss Wrens Wangenknochen. »Das ist nicht nötig, dessen bin ich sicher«, murmelte sie.

Sie blickte zu Hadrian. »Wir können uns auf den Weg machen, ich bin bereit.«

Mrs. Wren erhob sich aus ihrem Sessel und Hadrian sprang auf, um ihr Hilfe anzubieten, falls sie sie benötigte. Aber sie winkte ihn mit einem Lächeln ab. »Ich bin noch nicht alt genug, um Hilfe zu brauchen – in der Regel –, aber ich weiß den wohlmeinenden Gedanken zu schätzen. Ich wünsche Ihnen beiden einen erfolgreichen Tag.« Sie warf ihrer Enkelin einen spitzen Blick zu. »Später erwarte ich dann deinen Bericht.«

»Natürlich«, versicherte Miss Wren, ehe sie sich umdrehte und in die Diele trat. »Bleiben Sie ruhig sitzen, Vaughn. Lord Ravenhurst kann die Tür für mich öffnen.«

»Aber es ist meine Aufgabe, Miss«, entgegnete Vaughn und klang leicht verärgert.

Hadrian beeilte sich, die Tür zu öffnen. »Ich bin sicher, Sie können die Tür für Miss Wren öffnen, wenn sie zurückkommt.« Er lächelte den Butler an und begleitete Miss Wren zu seiner Kutsche.

Als sie drinnen saßen – sie in Fahrtrichtung und er ihr gegenüber – ergriff Hadrian das Wort: »Jetzt haben Sie offenbar einen Butler.«

»Es hat ganz den Anschein«, entgegnete sie mit der Andeutung eines Lächelns. »Es ist natürlich nur vorübergehend, aber ich muss seinen Ruhestand in die Wege leiten. Millicent hat mir mitgeteilt, dass der Erlös aus dem Verkauf des Hauses wahrscheinlich nicht ausreichen wird, um ihm eine Abfindung zu zahlen.«

»Das ist bedauerlich. Was werden Sie unternehmen?«

»Ich werde schon irgendwie zurechtkommen. Wir können ihn ja nicht vor die Tür setzen.«

Nein, das würde sie nicht können. Hadrian beschloss, nach einer Möglichkeit zu suchen, wie er helfen könnte, obwohl er seine Zweifel hatte, dass sie Hilfe annehmen würde. »Wenn Sie mir eine Rechnung für Ihre bisherigen Dienste ausstellen, würde ich Sie sofort begleichen.«

Sie griff in ihr Retikül und zog einen Umschlag heraus, den sie ihm reichte. »Hier, bitte sehr.«

Er lächelte. »Ich schicke Ihnen das Geld, sobald ich zu Hause bin.«

»Das ist nett von Ihnen.« Sie richtete sich auf und strich mit den Händen über ihren Schoß. »Sind Sie für die heutige Untersuchung gewappnet? Mein Vater hat mir von unzähligen Untersuchungen erzählt, an denen er teilgenommen hat. Ich fand es faszinierend, wie er davon berichtete. So ein Spektakel mit der auf dem Tisch aufgebahrten Leiche, den Geschworenen, die sich selbstherrlich aufführen, der Menschenmenge draußen, die auf Neuigkeiten giert. Ganz zu schweigen von den Journalisten, die die Geschichte zu Papier brachten.« Sie legte den Kopf schief. »Machen Sie sich Sorgen, dass Ihr Name in der Zeitung erscheint? Die Anwesenheit eines Earls, noch dazu als Zeuge, bei der Untersuchung wird wahrscheinlich viel Aufmerksamkeit erregen.«

»Daran habe ich gar nicht gedacht«, gestand er.

»Wir müssen auch bedenken, dass Fitchs Mörder jetzt weiß, dass Sie – und ich – Ermittlungen durchführen.«

»Wer, glauben Sie, ist sein Mörder?« Hadrian kam zu Bewusstsein, dass sie bislang noch nicht über die Möglichkeit gesprochen hatten, dass Fitchs Mörder hinter allem stecken könnte. »Glauben Sie, er hat Fitch getötet, damit er ihn nicht belasten kann?«

»Das ist wohl der wahrscheinlichste Grund für die Ermordung. Es ist ein zu großer Zufall, dass ein Mann, von dem wir wissen, dass er drei Menschen getötet oder angegriffen hat, zufällig in seinem Haus erdrosselt wurde.« Sie schürzte ihre Lippen. »Ich hoffe, es dauert nicht den ganzen Tag.«

»Das hoffe ich auch nicht, denn wir haben heute Nachmittag

um vier ein Gespräch mit dem Superintendenten. Teague hat heute Morgen eine Nachricht geschickt.«

»Ich gebe zu, dass ich nicht weiß, was ich ihn fragen soll«, sagte sie mit besorgter Miene. »Wenn wir seine Polizisten offen der Korruption beschuldigen, wird das Gespräch vermutlich abgebrochen.«

»Damit haben Sie wahrscheinlich recht.«

»Da ist eine Sache, die ich gern von ihm wissen würde, aber ich bin mir nicht sicher, ob ich das wage. Es ist die Frage, warum einer seiner Inspektoren mir dringend dazu rät, meine Ermittlungen in Bezug auf den Angriff auf Sie einzustellen.«

Hadrian starrte sie an. »Wer war das und wann?«

»Lowther hat mir gestern eine Notiz geschickt, in der er mich auffordert, die Ermittlungen einzustellen. Er ging sogar so weit zu behaupten, selbst mein Vater hätte das getan, was vollkommener Unsinn ist.« Sie schnalzte abschätzig mit der Zunge. »Mein Vater hätte sich niemals von einer Untersuchung abgewandt.«

»Das ist höchst beunruhigend.« Hadrian fragte sich, ob Teague der einzige Inspektor der Abteilung A war, dem die Gerechtigkeit ein echtes Anliegen war. »Warum glauben Sie, dass Lowther so etwas tun würde?«

Sie zuckte mit den Schultern. »Das kann ich nicht sagen, aber es ermutigt mich zu dem Gedanken, dass wir auf dem richtigen Weg sind. Möglicherweise versucht Lowther heikle Informationen zu verheimlichen, wie dies Padgett wahrscheinlich auch durch die Einstufung der Berichte als vertraulich tut. All dies sind Bemühungen, die dazu beitragen, die Wahrheit zu verbergen.« Stirnrunzelnd fügte sie hinzu: »Ich habe beschlossen, nicht länger mit Bestechung zu arbeiten.«

»Wie wollen Sie an Informationen kommen, ohne deren Spiel mitzuspielen?«

»Da bin ich mir noch nicht ganz sicher, aber die Verheimlichung von Informationen, die zur Behinderung der Justiz führt, kann ich keinesfalls fördern.«

»Ich bewundere diese Haltung«, sagte Hadrian lächelnd. Ernüchternd fügte er hinzu: »Ich frage mich, ob Lowther von jemandem – vielleicht Padgett – gebeten worden ist, Sie zur Einstellung Ihrer Ermittlungen anzuhalten.«

»Das wäre am naheliegendsten«, meinte sie.

»Was ist mit Ihrem Beschluss, dass wir bei Scotland Yard mit Bedacht vorgehen sollten?« fragte Hadrian. »Diese Notiz von Lowther betrifft ja mich.«

»Fragen wir doch Teague, der uns so gerne helfen möchte.«

»Ausgezeichnete Idee.« Hadrian würde sich besser fühlen, wenn Teague über Lowthers Handlung im Bilde wäre. Möglicherweise hätte er ja sogar eine Erklärung dafür.

Einige Minuten später hielt die Kutsche an, und Hadrian half Miss Wren auf den Bürgersteig. Hadrian hatte seinem Kutscher mitgeteilt, dass er nicht genau wüsste, wie lange sie brauchten. Deshalb sollte er die Kutsche gleich um die Ecke parken und auf sie warten.

Vor dem The Bell hatte sich bereits ein Menschenauflauf gebildet. Hadrian begleitete Miss Wren durch die Menge zur Tür.

»Lord Ravenhurst, warum sind Sie hier?«, warf ihm jemand ihm die Frage zu und er vermutete, es war ein Journalist.

Hadrian beachtete die Frage nicht und öffnete Miss Wren die Tür, damit sie ihm in den Pub folgen konnte. Fitchs Körper lag auf zwei zusammengeschobenen Tischen, und ein Laken bedeckte seine Gestalt.

»Da ist Constable Barker von neulich Abend«, flüsterte Miss Wren und blickte zu dem uniformierten Mann, der mit einem älteren Gentleman unterhielt, von dem Hadrian annahm, dass es sich um den Untersuchungsrichter handelte. Mit seinen grauen Haaren und den scharfen Augen wirkte er trotz seiner kleinen Statur wie eine Autorität.

Eine Gruppe gut gekleideter Männer stand an einer Seite. Hadrian nahm an, dass sie die Geschworenen waren.

Ein anderer Constable kam auf sie zu. »Guten Morgen. Sie sind Lord Ravenhurst?«

»Ja, und Miss Wren.« Hadrian drehte sich zu ihr.

»Die Zeugen sitzen gleich hier drüben.« Er führte sie zu einer Gruppe von Stühlen. Fitchs Nachbarin war bereits anwesend, ebenso wie Moll, das Barmädchen und der Barmann des Pubs. Überraschenderweise war der junge Mann ebenfalls anwesend, den sie beim Verlassen von Fitchs Unterkunft erwischt hatten.

Miss Wren nahm auf einen Stuhl Platz, und Hadrian setzte sich neben sie, sodass er neben dem jungen Mann zum Sitzen kam, dem sie begegnet waren. Er sah erschreckend nervös aus. Er war Anfang zwanzig und damit wahrscheinlich jünger als Miss Wren. Sein Gesicht war schmal und die Augen weit aufgerissen. Er zappelte mit den Händen und kaute auf seiner Lippe.

Der Untersuchungsrichter begann mit der Untersuchung und wählte zunächst zwölf Geschworene aus. Es schienen fast zwanzig Gentlemen anwesend zu sein, die der Vorladung gefolgt waren. Ein Kandidat, der nicht ausgewählt wurde, verließ den Saal, doch die anderen blieben zurück, um das Verfahren zu verfolgen.

Anschließend gab der Untersuchungsrichter den Namen des Opfers bekannt und schilderte die Umstände seines Todes. Die Geschworenen begaben sich dann zur Inspektion der Leiche. Sie umringten den Tisch, und das Laken wurde entfernt. Der Blick auf Fitch war durch die Männer um den Tisch herum weitgehend verdeckt.

Dies dauerte einige Zeit, bis der Untersuchungsrichter die Wunde, die seinen Tod verursacht hatte, bezeichnete. Es bestand kein Zweifel daran, dass die Geschworenen die Todesursache als Mord einstufen würden.

Fitch wurde wieder zugedeckt, und die Geschworenen begaben sich in einen Bereich mit zwölf Stühlen, um sich die

Aussagen der Zeugen anzuhören. Der Untersuchungsrichter machte mit Hadrian den Anfang.

Er stand auf und nahm dann auf einem für die Zeugenaussage bestimmten Stuhl vor den Geschworenen Platz. Ein Schreiber saß an einem Tisch und nahm Hadrians Aussage auf. Er schilderte, wie sie Fitch gefunden hatten und dass Hadrian den Constable hatte holen lassen.

»Wie sind Sie zu Mr. Fitchs Unterkunft gelangt?«, erkundigte sich der Untersuchungsrichter mit prüfendem Blick, als er sich an Hadrian wandte.

»Ich habe einen Ring, der ihm gehörte.« Hadrian rechnete damit, den Ring nun abgeben zu müssen, da er ein Beweismittel war. Das Opfer brachte er nur ungern, aber er konnte diesen Umstand nicht verschweigen. Moll, das Barmädchen würde den Ring bei ihrer Aussage mit Sicherheit erwähnen.

»Und wie sind Sie in den Besitz dieses Rings gekommen?«

»Der Verstorbene hat mich am einundzwanzigsten Januar niedergestochen«, antwortete Hadrian. Einige scharfe Atemzüge waren daraufhin zu hören. Er warf einen Blick auf die Geschworenen, die ihn aufmerksam beobachteten. Einige runzelten die Stirn. »In meinem Versuch, mich zu verteidigen, habe ich seine Hand gepackt und den Ring dabei irgendwie abgezogen. Als ich dann hinfiel, schlug ich mit dem Kopf auf den Bürgersteig auf und bemerkte erst einige Tage später, dass ich den Ring hatte.«

»Sie haben diesen Ring nicht der Metropolitan Police gegeben?«

»Nein, wie ich schon sagte, wusste ich ja gar nicht, dass ich ihn hatte. Dann wurde mein Fall ziemlich schnell abgeschlossen«, fügte er hinzu.

Der Untersuchungsrichter nickte. »Wie haben Sie Mr. Fitch ausfindig gemacht?«

An dieser Stelle wurde es schwierig. »Er hat an jenem Abend etwas über The Bell gesagt, also bin ich hergekommen, um ihn hier zu suchen.« Das war natürlich reine Erfindung, aber was hätte Hadrian sonst antworten sollen? »Ich habe mit der Bardame dort gesprochen.« Er zeigte auf Moll, deren Miene stoisch blieb. Vorhin hatte sie geweint, wenn ihre gerötete Nase ein Hinweis darauf war. »Sie hat uns den Weg zu Fitchs Unterkunft beschrieben.«

»»Uns‹?«, fragte er. Dann lenkte er den Blick zu Miss Wren. »Sie meinen damit sich selbst und Miss Matilda Wren?«

»Ja. Sie ist meine Privatermittlerin. Ich habe sie unter Vertrag genommen, damit sie mir bei der Suche nach Fitch behilflich ist.« Darauf war von einigen Anwesenden ein Kichern zu vernehmen, was Hadrian irritierte. Er wünschte, er hätte feststellen können, von wem sie stammten, denn dann würde er diese Personen zurechtweisen.

»Miss Molly Hennings hat Ihnen die Adresse von Fitch gegeben, und Sie sind am Samstagabend direkt dorthin gegangen?«

»Ja.«

»Ist Ihnen bei Ihrer Ankunft ein Mann begegnet, der die Unterkunft von Fitch verlassen hat?«

»Ja, so war es«, bestätigte Hadrian. »Er sagte zu uns: ›Er war schon so, als ich hierher kam‹, womit der sich vermutlich auf Fitch und die Tatsache bezog, dass er tot war.«

»Könnten Sie diesen Mann identifizieren, wenn Sie ihn wiedersehen würden?«, fragte der Untersuchungsrichter.

»Gewiss.« Hadrian blickte zu dem jungen Mann, der neben ihm saß. Dieser war inzwischen ganz blass geworden.

»Sehen Sie ihn hier?«, drängte der Untersuchungsrichter.

»Ja. Er sitzt zu meiner Linken.«

»Bitte nehmen Sie zur Kenntnis, dass Lord Ravenhurst sich auf Mr. John Prince bezieht.«

Der Untersuchungsrichter fuhr fort und fragte Hadrian nach dem Austausch mit der Nachbarin und was genau sie in Fitchs Zimmer vorgefunden hatten. Hadrian beschrieb, wie das Zimmer durchwühlt worden war und wie Fitchs Leiche dagelegen hatte – ihre Position und die Wunde, die sie entdeckt hatten.

»Danke, Lord Ravenhurst«, endete der Untersuchungsrichter. »Wir sind Ihnen dankbar, dass Sie sich heute Zeit genommen haben, und bitten Sie, noch zu bleiben, falls ich Ihnen weitere Fragen stellen muss.«

»Ich bin gerne bereit, meinen Beitrag zur Förderung der Gerechtigkeit zu leisten.« Hadrian ging von dem Zeugenstuhl zurück zu seinem eigenen. Kaum hatte er Platz genommen, rief der Untersuchungsrichter Miss Wren zur Aussage auf. Hadrian schenkte ihr ein ermutigendes Nicken.

Nun nahm Miss Wren auf dem vorgesehenen Zeugenstuhl Platz. Die Hände sittsam im Schoß gefaltet, wirkte sie in ihrem blauen Ausgehkostüm, dessen Stoffknöpfe an der Vorderseite von unten bis zum Kragen an ihrem Hals reichten, gelassen und gefasst. Ihr Kostüm war vielleicht ein wenig aus der Mode, aber sie sah elegant aus. Ihr Blick war klar und scharf, als sie die Fragen des Untersuchungsrichters erwartete.

»Sie sind die Privatermittlerin von Lord Ravenhurst?«, fragte dieser.

»Ja«, entgegnete sie gelassen, aber mit einem warmen Tonfall, der ihren Stolz verriet, so angesprochen zu werden.

»Wann haben Sie angefangen, für ihn zu arbeiten?«

»Nach dem Tod des Cousins meines Großvaters, Sir Henry Meacham«, antwortete sie.

Der Untersuchungsrichter zog seine dunklen Augenbrauen in die Höhe. »Es gibt einen weiteren Todesfall?«

»Ja, und noch einen dritten, der sich eine Woche nach dem Angriff auf Lord Ravenhurst ereignete«, antwortete sie. »Mr. Patrick Crawford wurde in Whitehall an derselben Stelle niedergestochen wie Lord Ravenhurst. Leider hat Mr. Crawford seine Verletzung nicht überlebt.«

Hadrian wollte ihr applaudieren, weil sie dies zur Sprache brachte.

»Hängen diese Todesfälle Ihrer Ansicht nach mit dem Tod von Mr. Fitch zusammen?«, fragte der Untersuchungsrichter.

»Ich glaube, der Tod von Mr. Crawford wurde von der Person begangen, die Lord Ravenhurst niedergestochen hat, und das war Mr. Fitch. Das Zusammentreffen der beiden Verbrechen die am selben Ort und auf dieselbe Weise begangen wurden, ist zu auffällig, um diesen Umstand außer Acht zu lassen. Außerdem hat Lord Ravenhurst festgestellt, dass er seinen Angreifer überrascht hatte. Das könnte an seiner Verteidigung gelegen haben, aber auch daran, dass der Angreifer es auf eine andere Person abgesehen hatte. Mr. Crawford besuchte jeden Dienstag ein Kartenspiel im »White Stag« in Whitehall. Lord Ravenhurst wurde auf seinem Weg von Westminster nach Whitehall an einem Dienstag angegriffen. Außerdem haben Ravenhurst und Crawford die gleiche Statur und Haarfarbe. Es ist durchaus möglich, dass der Earl versehentlich angegriffen wurde, insbesondere wenn man bedenkt, dass Crawford am darauf folgenden Dienstag an derselben Stelle angegriffen wurde. Wahrscheinlich hatte Fitch es auf Crawford abgesehen.«

»Das ist eine interessante Theorie, Miss Wren«, bemerkte der Untersuchungsrichter nun langsam. Es war für Hadrian schwer zu sagen, ob er das ernst oder sardonisch gemeint hatte. »Sie haben jedoch keine Beweise, um diese Theorie zu unterstützen«, stellte der Untersuchungsrichter fest.

»Derzeit nicht.« Ihre Stimme klang ein bisschen schroff, was Hadrian ihr nicht verübeln konnte.

Der Untersuchungsrichter fragte sie nach dem Besuch im The Bell und dem Gespräch mit der Bardame, ehe sie zu Fitchs Unterkunft weitergingen. Sie bestätigte alles, was Hadrian bereits gesagt hatte, und bald darauf wurde sie als Zeugin entlassen.

Als sie wieder neben Hadrian Platz nahm, wurde Fitchs Nachbarin, Lilian Tolman, aufgerufen, um ihre Aussage zu machen. Sie war zittrig und unzweifelhaft nervös. Dazu war ihr

Blick meist auf den Boden gerichtet und sie sprach mit leiser Stimme.

Der Untersuchungsrichterfragte sie, woher sie Fitch kannte, wie lange sie Nachbarn gewesen waren und wann sie ihn das letzte Mal vor seinem Tod gesehen hätte.

Ihrer Aussage nach war dies mindestens einen Tag vorher gewesen, vielleicht auch zwei, da sie beide unterschiedliche Arbeitszeiten hatten.

»Wissen Sie, welchen Beruf Mr. Fitch ausgeübt hat?«, fragte der Untersuchungsrichter.

»Er arbeitete für einen schicken Club in der Nähe von Covent Garden und hatte eine besondere Uniform mit goldenen Knöpfen und allem.« Sie klang ein wenig neidisch.

Miss Wren berührte Hadrian am Arm. Sie dachte eindeutig, was Hadrian auch vermutete, dass Fitch vielleicht ein Angestellter von Farringer war. Hoffentlich könnte der Untersuchungsrichter das bestätigen.

»Verfluchter Mistkerl«, flüsterte Moll hinter ihnen. Hadrian blickte zu ihr zurück und sah, dass sie ein leichtes Grinsen aufsetzte. Er erinnerte sich an ihr Gespräch und sie hatte ihnen nicht sagen können, was Fitch beruflich tat. Vielleicht hatte sie es tatsächlich nicht gewusst und war irritiert, dass seine Nachbarin Bescheid wusste.

Als Nächstes fragte der Untersuchungsrichter Lilian, ob sie in den letzten Tagen oder sogar Wochen Besucher in seiner Unterkunft bemerkt habe. Zur Antwort nickte sie. »Der Mann neben dem Earl dort. In den vergangenen Wochen war er ein paarmal dort gewesen.«

Hadrian blickte noch einmal zu dem jungen Mann, Prinz, hin. Seine Gesichtsfarbe hatte von weiß zu grau gewechselt.

Der Untersuchungsrichter stellte Mrs. Tolman noch ein paar Fragen darüber, wie sie den Constable geholt hatte, und entließ sie dann. Als Nächstes rief er die Bardame als Zeugin auf.

Moll sagte aus, sie habe mehrere Monate lang eine intime

Beziehung mit Fitch gehabt. Sie gab zu, dass sie ihn liebte, ohne jedoch geglaubt zu haben, dass er ihre Gefühle erwiderte. Sie erzählte dem Untersuchungsrichter von Hadrian und Miss Wren, die ins Bell gekommen waren und nach Fitch gefragt hatten, weil sie seinen Ring hatten.

Als sie fertig war, wurde der Barmann und einige andere Personen aufgerufen, die in der Nähe wohnten und Fitch kannten oder ihn regelmäßig sahen. Bemerkenswerterweise war niemand von Farringer's anwesend, was Hadrian seltsam fand – falls es sich tatsächlich um seinen Arbeitgeber handelte. Ein Nachbar, der gegenüber von Fitch wohnte, sagte aus, dass er John Prince gesehen hatte, wie er irgendwann am Samstag durch die Tür ging, die zu Fitchs Wohnung führte, aber er konnte nicht mehr genau sagen, wann das gewesen war.

Neben Hadrian saß der angespannte Prince. Dann wurde er als Nächster zur Aussage aufgerufen.

»Woher kennen Sie Mr. Fitch?«, fragte der Untersuchungs-richter.

Prince wischte sich mit dem Handrücken über den Mund. »Ich kenne ihn eigentlich nicht wirklich.«

»Aber Sie wurden bei mehreren Gelegenheiten beobachtet, wie ihn besuchten und in der Nacht, in der er tot aufgefunden wurde, seine Wohnung aufsuchten«, meinte der Untersuchungs-richter. »Warum sollten Sie einen Mann besuchen, den Sie nicht kennen?«

»Ich habe ihn nach seiner Arbeit gefragt«, antwortete Prince und fummelte an einem Knopf seines Mantels herum. »Er hatte eine schöne Livree an, und es sah so aus, als würde er gut bezahlt.«

In diesem Moment öffnete sich die Tür und ein Inspektor betrat die Schankstube. Er ging direkt zum Untersuchungs-richter und sprach mit ihm in leisem Ton. Hadrian konnte nicht verstehen, was sie sagten. Der Inspektor reichte dem Untersu-chungsrichter einen in ein Tuch eingewickelten Gegenstand.

Nachdem der Untersuchungsrichter das Tuch zurückgeschlagen hatte, um den Inhalt zu betrachten, nickte er. Dann legte er den Gegenstand auf den Tisch neben Fitchs Leiche

Der Untersuchungsrichter warf einen Blick in Hadrians Richtung. Nein, nicht Hadrian. In Richtung von John Prince. »Mr. Prince, Sie können jetzt auf Ihren Platz zurückkehren.«

Verdammt. Was war passiert?

Der Inspektor, der gerade hereingekommen war, nahm in der Ecke Platz, und der Untersuchungsrichter bat Constable Barker um seine Aussage. Barker ging die Ereignisse des Abends durch, einschließlich des Fundes des Geldes in Fitchs Schublade.

»Haben Sie die Waffe gefunden, mit der Mr. Fitch getötet wurde?«

»Nein, das haben wir nicht.«

Der Untersuchungsrichter dankte ihm und verabschiedete ihn. Als Barker zu seinem Platz zurückkehrte, bat der Untersuchungsrichter den Inspektor, der gerade eingetroffen war, eine Aussage zu machen.

Der Inspektor mit dem kantigen Gesicht und der fast kahlen Stirn, wenn er seinen Hut abnahm, hatte kleine, dunkle Augen. Sein Name war Chisholm und er war seit neunzehn Jahren bei der Londoner Polizei beschäftigt. Er war mit der Ermittlung in Fitchs Fall beauftragt worden und entschuldigte sich für seine heutige Verspätung.

»Ich habe gehört, Sie haben einen guten Grund für Ihre Verspätung«, sagte der Untersuchungsrichter. »Würden Sie ihn bitte allen mitteilen?«

»Gewiss«, antwortete Chisholm knapp. »Wir haben die Wohnung von John Prince durchsucht. Dort fanden wir ein Stück Draht mit Blut daran. Ein Gegenstand also, mit dem man jemanden erdrosselt. Der Draht war unter dem Bett von Mr. Prince verborgen.«

»Ich habe ihn nicht dort versteckt!« rief Prince mit weit

aufgerissenen Augen und gerötetem Gesicht. »So etwas habe ich nicht getan!«

»Mr. Prince, bitte seien Sie ruhig«, forderte der Untersuchungsrichter verärgert. »Ich werde Sie erneut befragen, nachdem der Inspektor seine Aussage gemacht hat, und dann werden Sie Gelegenheit haben, das Gesagte zu widerlegen.«

Aus welchem Grund auch immer glaubte Hadrian dem jungen Mann. Seine Erklärungen heute und an dem Abend, an dem sie Fitch tot aufgefunden hatten, klangen für ihn einfach wahr.

Hadrian zog seinen Handschuh aus und berührte John Prince an der Hand. »Es wird alles gut«, murmelte er.

Nichts geschah. Hadrian behielt seine Hand auf der von John Prince und hoffte auf eine Vision oder auch nur auf das kleinste Gefühl. Da! Prince hatte Angst. Und er wollte unbedingt, dass man ihm glaubte. Hadrian konnte nicht das Geringste einer Täuschung bemerken. Er nahm seine Hand weg und zog seinen Handschuh wieder an.

Hadrian war sich sicher, dass dieser junge Mann am Tod von Fitch unschuldig war. Aber warum versuchte jemand, das Ganze so darzustellen, als sei er der Mörder? Und warum war er in Fitchs Zimmer eingedrungen?

Miss Wren lehnte sich zu Hadrian und flüsterte: »Meines Erachtens will Fitchs Mörder die Schuld einem andern aufladen.«

Also legte er den Draht unter Prince' Bett ... was allerdings nicht die Zeugenaussagen erklärt, dass Prince Fitch besucht hatte, oder die Tatsache, dass sie beide Prince aus Fitchs Wohnung kommen sahen, während Fitch tot im Zimmer lag. »Welches Motiv sollte Prince haben, um Fitch zu töten?« fragte Hadrian leise.

»Das dürfte die größte Problematik bei dieser Farce darstellen«, antwortete sie mit einem scharfen Tonfall.

Der Untersuchungsrichter wandte sich noch einmal an den

Inspektor. »Haben Sie eine Ahnung, warum Mr. Prince die Absicht haben könnte, Mr. Fitch zu töten? Es wurde bereits festgestellt, dass der Mörder Geld in Mr. Fitchs Unterkunft hinterlassen hat, also kann er den Mann nicht bestohlen haben.«

Der Inspektor räusperte sich. »Es scheint sich um eine Meinungsverschiedenheit über Miss Hennings gehandelt zu haben.«

Hadrian schaute hinüber, um die Reaktion von Prince zu beobachten. Er sah zu Boden, sein Gesicht war rot geworden.

»Bitte erklären Sie das«, forderte der Untersuchungsrichter.

Inspektor Chisholm holte tief Luft. Weder Prince noch der Bardame warf er einen Blick zu. »Prince hat mehrfach versucht, Miss Hennings Gunst zu gewinnen. Sie wird Ihnen dies bestätigen, wenn Sie sie fragen, da bin ich sicher. Aber wir werden dafür sorgen, dass ihre Aussage in die Verhandlung aufgenommen wird.«

»Versuch?« flüsterte Prince. Er sackte in seinem Stuhl zusammen.

Der Untersuchungsrichter entließ den Inspektor und bat die Bardame, in den Zeugenstand zurückzukehren. Sie bestätigte, dass Prince mit ihr geflirtet und romantische Annäherungsversuche unternommen hatte, doch sie hätte ihm gesagt, sie sei nicht interessiert, weil sie mit einem anderem zusammen war.

Dann war Prince an der Reihe, eine weitere Aussage zu machen. Er schwitzte stark und sah aus, als wolle er die Flucht ergreifen, was Hadrian ihm nicht verübeln konnte. Sein ganzes Auftreten ließ ihn nervös und schuldbewusst erscheinen, was eine Schande war, denn Hadrian wusste um seine Unschuld.

Der Untersuchungsrichter fragte Prince, ob er mit Miss Hennings bekannt sei. Prince gab zu, dass er sie kannte und gehofft hatte, sie auf sich aufmerksam zu machen. Der Untersuchungsrichter fragte, ob er mehr getan habe, als nur zu hoffen.

»Ich habe sie ein- oder zweimal eingeladen, ein Ale mit mir zu trinken«, antwortete Prince und seine Lippen zitterten.

»Sie leben allein, Mr. Prince?«, fragte der Untersuchungsrichter.

»Ja«, antwortete der junge Mann zittrig.

Der Untersuchungsrichter starrte ihn mit finsterem Blick an.
»Wie schaffen Sie das? Was machen Sie beruflich?«

Prince wurde wieder weiß. »Ich arbeite bei den Docks.«

»Reicht das, um allein über die Runden zu kommen?«

»Meine Unterkunft ist sehr klein.« Prince wirkte vollkommen niedergeschlagen.

»Ich danke Ihnen, Mr. Prince. Sie können auf Ihren Platz
zurückkehren.« Der Untersuchungsrichter schwieg einen
Moment, um dann tief Luft zu holen. »Die Geschworenen
werden sich nun beraten und die Ergebnisse der Untersuchung
festlegen.«

»Kann ich gehen?« Prince wandte sich mit verzweifelten
Blick an Hadrian.

»Das sollten Sie besser nicht tun«, riet Hadrian.

»Ich habe ihn nicht umgebracht«, schwor Prince und blickte
auf die Leiche auf dem Tisch.

Inspektor Chisholm kam auf sie zu. Sein Blick war auf Prince
gerichtet. »Ich weiß nicht, wie die Untersuchung ausgehen wird,
Mr. Prince, aber Sie müssen mit mir kommen, wenn sie abgeschlossen ist.«

»Werden Sie mich verhaften?«, fragte Prince.

»Das ist nicht auszuschließen«, antwortete der Inspektor. Er
sah Hadrian an. »Würden Sie bitte Platz machen, damit ich neben
Mr. Prince sitzen kann?«

Hadrian stand auf, und Miss Wren trat zu ihm. »Ich habe
gesehen, dass Sie Ihren Handschuh ausgezogen und ihn berührt
haben. Was ist passiert?«, fragte Miss Wren leise.

»Ich hatte das Gefühl, dass er die Wahrheit sagt. Er ist wie
versteinert.«

Miss Wren sah ihn aufmerksam an. »Wir müssen den wahren
Mörder finden.«

Hadrian trat auf der anderen Seite neben Prince beugte sich hinunter. »Gehen Sie mit dem Inspektor. Es wird sich alles zum Guten wenden. Miss Wren und ich werden den Mann finden, der Fitch getötet hat.«

Prince schaute ihn völlig niedergeschlagen an. »Ich will nicht hängen.«

»Das werden Sie nicht«, versprach Hadrian ihm. Sie mussten schnell handeln, um dem jungen Mann weiteres Ungemach zu ersparen. Das würde nicht leicht für ihn werden.

Am Ende stellten die Geschworenen fest, dass Fitch durch Erdrosseln ermordet worden war, und der Untersuchungsrichter wies darauf hin, dass es mindestens einen Verdächtigen gab, nämlich John Prince, der daraufhin von der Londoner Polizei in Gewahrsam genommen wurde. Das Schluchzen des jungen Mannes war auf der Straße zu hören, als der Untersuchungsrichter das Urteil verlas – so stand es später in den Zeitungen.

»Wir können Prince nicht für ein Verbrechen mit dem Leben büßen lassen, das er nicht begangen hat«, stellte Hadrian fest.

Entschlossen erwiderte Miss Wren seinen Blick. »Das werden wir nicht.«

KAPITEL 18

Nachdem sie sich einen Weg durch die
Menschenmenge vor dem The Bell gebahnt hatten,
lief Tilda eilig neben Ravenhurst zu seiner Kutsche. Die draußen
wartenden Journalisten hatten dem Earl eine Frage nach der
anderen entgegengeworfen, die er aber alle ignoriert hatte.
Einige folgten Ravenhurst und Tilda bis zur Kutsche und
versuchten weiterhin, Fragen zu stellen, als Leach ihnen die Tür
aufhielt. Sobald die Kutsche angefahren war, lehnte sich Tilda
entspannt gegen das Sitzpolster zurück.

»Hartnäckig, nicht wahr?«, fragte sie ironisch.

»So ist es.« Ravenhurst prüfte die Uhrzeit auf seiner Taschenuhr. »Uns bleibt genügend Zeit, um Mr. Hardacre aufzusuchen.
Ich habe den Kutscher angewiesen, uns zur Walton Street zu
bringen.«

Tilda war froh, dass sie diesen Besuch endlich erledigen
konnten. »Danke.«

Es dauerte einige Zeit, bis sie die Walton Street in der Nähe
des Brompton Crescent im äußersten West End erreicht hatten.
Auf dem Weg dorthin sprachen sie über die Ermittlungen.
Hardacres Haus war ein adrettes, neues Reihenhaus mit schmie-

deeisernen Fenstern über einem schmalen Balkon im ersten Stock.

»Er hat es sich im Ruhestand sehr angenehm eingerichtet«, bemerkte Tilda, als sie nach dem Aussteigen aus der Kutsche auf dem Bürgersteig standen. »Die Veruntreuung würde diese Bequemlichkeit wohl erlauben.«

»Ganz recht.« Ravenhurst begleitete sie zur Tür, die ihnen prompt von einem Butler geöffnet wurde.

Der Earl reichte ihm seine Karte und bat, Mr. Hardacre zu sprechen. Tilda konnte nicht leugnen, dass Ravenhursts Privileg als Adliger für ihre Ermittlungen sehr hilfreich war.

»Ich werde nachsehen, ob Mr. Hardacre zu sprechen ist.« Der Butler bat sie in die Eingangshalle, schloss die Tür und ging die Treppe hinauf.

»Meinen Sie, es gibt eine Mrs. Hardacre?«, murmelte Tilda.

Ravenhurst zuckte mit den Schultern. »Daran habe ich gar nicht gedacht.«

Einige Minuten später kehrte der Butler zurück. »Wenn Sie mir bitte folgen würden.«

Er führte sie die Treppe hinauf in den Salon. Zwei hohe Fenster führten auf den schmalen Balkon, von dem aus man die Straße überblicken konnte. Der Raum selbst war elegant in Gold und Elfenbein eingerichtet. Tilda vermutete, dass eine Frau dieses Zimmer eingerichtet haben musste.

»Der Earl von Ravenhurst, wie?«, knarrte eine Stimme vom Türrahmen her.

Sie drehten sich um, als Mr. Hardacre hereinschlenderte. Er war auf einen Stock gestützt und bewegte sich langsam. Der Mann war mittelgroß, aber leicht gebeugt, wenn auch nicht so stark wie Vaughn. Hardacre hatte beinahe eine Glatze, aber er hatte die dicksten und weißesten Brauen, die Tilda je gesehen hatte.

»Guten Tag, Mr. Hardacre«, sagte Ravenhurst. »Es tut uns

leid, Sie zu stören, aber wir sind in einer dringenden Angelegenheit hier.«

»Setzen Sie sich«, lud Hardacre sie ein und ließ sich in einen Sessel sinken. Er lehnte seinen Stock an die Armlehne und sank dann mit einem Brummen in die Polster zurück. »Kenne ich Sie? Das ist eine furchtbare Frage, aber mein Gedächtnis ist nicht mehr das, was es einmal war, fürchte ich.«

Tilda und Ravenhurst setzten sich auf das Sofa. »Es tut mir sehr leid, das zu hören«, bemerkte Tilda taktvoll. »Nein, wir sind nicht miteinander bekannt. Sie waren der Anwalt des Cousins meines Großvaters, Sir Henry Meacham.«

Hardacre zog seine beeindruckenden Augenbrauen hoch. »Oh ja, Sir Henry. Ein fröhlicher Zeitgenosse. Ich hatte von seinem Tod erfahren, aber ich bedaure, dass ich nicht an der Beerdigung teilnehmen konnte. In letzter Zeit gehe ich nicht mehr so oft aus. Ich habe eine Karte geschickt. Ich *glaube*, ich habe eine Karte geschickt.« Er runzelte die Stirn und schüttelte den Kopf.

»Das war sehr freundlich von Ihnen«, meinte Tilda. »Dann will ich auch gleich zum Grund unseres Besuchs kommen.«

»Wie war Ihr Name?«, fragte Hardacre und unterbrach sie, ehe sie weitersprechen konnte. »Habe ich den schon wieder vergessen?«

»Eigentlich nicht. Ich bin Miss Matilda Wren.«

Hardacre zog erneut die Stirn in Falten. »Wren? Das kommt mir bekannt vor. Aber wer kennt Christopher Wren auch nicht«, meinte er daraufhin schmunzelnd.

Christopher Wren war tatsächlich Tildas Vorfahre, was sie allerdings unerwähnt ließ. »Vielleicht erinnern Sie sich an meinen Vater, Thomas Wren? Er starb vor elf Jahren, und damals ging das Vermögen, das er für seine Mutter – meine Großmutter – verwaltet hatte, in die Obhut von Sir Henry über, da er ihr nächster lebender männliche Verwandter war. Doch wie es scheint, ist dieses Geld verschwunden.«

Hardacre blinzelte sie an. »Verschwunden?«

»Nachdem Sie in den Ruhestand gegangen waren, ist Mr. Whitley Sir Henrys Anwalt geworden und seiner Aussage nach gibt es keine Aufzeichnungen über die Investitionen meiner Großmutter. Ich hoffe, Sie können sich daran erinnern, was mit ihrem Geld geschehen ist.« Tilda hielt den Atem an.

Ravenhurst rutschte auf dem Sofa bis an die Kante und schaute Hardacre mit ernstem Blick an. »Es ist von entscheidender Bedeutung, dass wir die Wahrheit erfahren, Mr. Hardacre, wie auch immer diese aussehen mag.«

»Wer sind Sie noch mal?«, fragte Hardacre. »Sir Henrys Neffe?«

»Nein, ich bin Ravenhurst.«

»Ach ja.« Hardacre nickte und tippte sich mit dem Finger an die Schläfe. »Ich kann mich an ein Dinner erinnern, das wohl an die zwanzig Jahre zurückliegt, und doch werde ich das, was Sie mir jetzt sagen, wahrscheinlich in wenigen Minuten wieder vergessen.«

»Sie erinnern sich also an Sir Henry?«, hakte Tilda nach. Hardacre hatte ihn als fröhlich bezeichnet.

»Gewiss. Immer fröhlich und mit einem üblen Sinn für Humor. Er war ein Desaster, wenn es um seine Finanzen ging.« Hardacre schüttelte den Kopf und sah einen Moment lang zu Boden.

»Wie schrecklich war er denn?«, wollte Tilda erfahren. Als der Mann eine ganze Weile nicht antwortete, versuchte Tilda es noch einmal. »Mr. Hardacre, wir sprachen über einige Investitionen, die Sir Henry im Namen der Witwe seines Cousins, Mrs. Alexander Wren, getätigt hätte. Das war vor etwa elf Jahren. Können Sie sich daran erinnern?«

»Nicht so richtig, aber der Name ist mir ein Begriff. Wie Christopher Wren«, fügte er mit einem Lächeln hinzu.

Tilda warf Ravenhurst einen entnervten Blick zu, der zum Glück geduldiger zu sein schien. Sie war besorgt, dass dies ein erfolgloses Unterfangen sein würde. Aber sie mussten es versuchen.

»Wissen Sie, was mit diesen Investitionen geschehen ist?«, fragte Ravenhurst. »Whitley, Ihr Nachfolger, hat keine Aufzeichnungen darüber.«

»Das würde er nicht.« Hardacre sagte dies mit einer überraschenden Gewissheit. »Ich kann mir nicht vorstellen, dass Sir Henry elf Jahre lang etwas aufbewahrt hat. Er gab das Geld so schnell aus, wie er es in die Hände bekam. Er litt an einer fürchterlichen Spielsucht. Ich erinnere mich genau, dass er das Erbe seiner Frau in nur wenigen Jahren komplett verjubelt hatte. Nicht ein einziges Whist-Turnier hat er ausgelassen.«

»Das stimmt«, flüsterte Tilda leise. »Sind Sie sich sicher?« Sie musste ihn einfach noch einmal fragen, um Bestätigung zu haben

»Ganz gewiss. Wie ich schon sagte, kann ich mich sehr gut an Dinge erinnern, die lange zurückliegen. Sir Henry war ein eigenartiger Mensch. Immer wenn er große Summen verlor, plagte ihn sein schlechtes Gewissen – ganz besonders schlimm war es, nachdem er das letzte Geld seiner Frau verprasst hatte. Aber dann fand er eine Möglichkeit, das Geld zurückzahlen, obwohl es immer ein Glücksspiel war und selten erfolgreich.« Hardacre legte die Stirn in Falten, und seine Augenbrauen trafen beinahe zusammen, sodass sie einer langen, weißen Raupe glichen. »Jetzt, wo ich darüber nachdenke, meine ich mich zu erinnern, dass er sich etwas aus einem Fonds geliehen hat, um eine Schuld zu begleichen. Das könnte das Geld Ihrer Großmutter gewesen sein.«

Tilda ließ sich gegen die Rückenlehne des Sofas sinken. »Er hat das Darlehen vermutlich nicht zurückgezahlt?«

»Das kann ich mir nicht vorstellen. Er war immer knapp bei Kasse. Nun besinne ich mich sogar darauf, dass er einmal erwogen hat, jemanden zu erpressen.« Hardacre wackelte mit den Brauen. »Ganz schön verwegen!«

Tilda richtete sich auf und warf Ravenhurst einen schockierten Blick zu, der diesen ebenso schockiert erwiderte.

Nun richtete der Earl seine Aufmerksamkeit wieder auf Hardacre. »Wissen Sie, wen er erpressen wollte?«

»Einen Mann mit viel Geld. Am Ende hat er davon abgesehen.« Hardacre zuckte mit den Schultern. »Er sagte, er habe zu viel Angst, entlarvt zu werden.«

»Sind Sie sicher, dass er das Geld meiner Großmutter ausgegeben hat?« Tilda hatte gewusst, dass dies möglich war, aber eine endgültige Antwort bedeutete, dass nun keine Hoffnung mehr bestand.

»Sir Henry gab jeden Schilling aus, den er in die Finger bekam.« Hardacre blinzelte sie an. »Wer war Ihre Großmutter?«

Ravenhurst räusperte sich. »Mr. Hardacre, wir wissen, dass auch Sie Geld an sich genommen haben, das Ihnen nicht gehörte. Haben Sie die Investmentfonds von Mrs. Barbara Wren vor elf Jahren veruntreut oder irgendwann seither?«

Hardacre schien beleidigt. »Veruntreuung? Ich habe nichts dergleichen getan. Ich habe ein ordentliches Honorar für meine Dienste verlangt.«

Tilda fragte sich, ob Hardacre sich vielleicht nicht daran erinnerte, Geld veruntreut zu haben, oder überhaupt noch wusste, dies getan zu haben. Es war möglich, dass er seiner Ansicht nach nichts Unrechtes getan hatte. Allerdings glaubte sie nicht, dass er Großmutters Geld gestohlen hatte, wenn er sich noch so gut an Sir Henry und dessen verschwenderisches Verhalten zu erinnern schien. Und da Tilda jetzt wusste, was für ein unverbesserlicher Spieler er war und wie gern er ein Risiko einging, hatte sie keine Schwierigkeiten zu glauben, dass er das Geld ihrer Großmutter entwendet hatte, zumal er einem Gespräch mit Tilda über finanzielle Angelegenheiten immer ausgewichen war.

»Danke, Mr. Hardacre.« Tilda erhob sich. »Wir wissen Ihre Zeit heute sehr zu schätzen.«

»Es freut mich, dass ich Ihnen helfen konnte.« Sein Blick war leer, als er sie betrachtete, und sie konnte erkennen, dass bereits vergessen hatte, wer sie überhaupt war.

»Guten Tag, Mr. Hardacre«, verabschiedete sich Ravenhurst, bevor er Tilda aus dem Salon und dann die Treppe hinunter führte.

Der Butler begleitete sie zur Tür und Ravenhurst half Tilda beim Einsteigen in die Kutsche. Tilda hörte, wie er den Kutscher zu Scotland Yard in Whitehall anwies. Sie ließ sich durch den Kopf gehen, was sie eben erfahren hatten.

Ravenhurst setzte sich ihr gegenüber, und die Kutsche fuhr an. »Das war ein lohnender, wenn auch enttäuschender Besuch. Es tut mir leid.«

»Ich bin so empört.« Tilda zitterten tatsächlich die Hände. »Dieses Geld hätte meiner Großmutter in ihren letzten Jahren ein angenehmes Dasein ermöglichen sollen.«

»Das ist eine schreckliche Situation«, meinte er leise. »Ich wünschte, ich könnte etwas sagen oder unternehmen.«

Da war nichts mehr zu retten. Das Geld war verloren, und das schon seit geraumer Zeit. Kein Wunder, dass Sir Henry mit ihr nie über eine Aufstockung der Bezüge hatte sprechen wollen. »Ich bin überrascht, dass er nicht auch das Geld aus der ersten Investition an sich genommen hat, aber dann hätte Großmutter keine Lebensgrundlage mehr gehabt.«

»Wenigstens hat er ein gewisses Maß an Zurückhaltung bewiesen.« Ravenhurst sprach mit sanfter Stimme. Sie wusste, dass er sie zu beruhigen versuchte, doch dieser Schlag war mit keinem Mittel zu mildern.

»Ich werde auch Millicent informieren müssen.« Tildas Magen wollte rebellieren. »Sie hatte die Hoffnung, ich könnte einen Teil des Geldes auftreiben.«

»Es tut mir doppelt für Sie leid, dass Sie obendrein die Überbringerin weiterer schlechter Nachrichten sein werden. Vielleicht erzählen Sie ihr besser nichts von seinen Überlegungen zur Erpressung.«

»Nein, den Teil lasse ich aus. Obwohl das ein pikantes Detail ist.«

»Das finde ich auch«, meinte Ravenhurst.

Sie schwiegen ein paar Minuten, als sie die Kutsche nach Osten in Richtung Whitehall dahinfuhr. Tildas Wut begann abzukühlen und wich einer gewissen Traurigkeit und Furcht. Auf die Gespräche mit ihrer Großmutter und Millicent freute sie sich wahrlich nicht.

Um ihre Aufmerksamkeit von ihren finanziellen Problemen abzulenken, fragte Tilda: »Was ist das Ziel bei unserem Treffens mit Superintendent Newsome?«

Ravenhurst stemmte sich mit den Schultern gegen die Rückenlehne. »In erster Linie geht es mir darum, die Herausgabe der angeblich vertraulichen Berichte über meinen Angriff und Crawfords Tod zu verlangen. Ich denke, Sie müssen ihm auch von der Nachricht berichten, die sie von Inspektor Lowther erhalten haben.«

»Da haben Sie fürchte ich recht, obwohl ich nur ungern Ärger mache. Man kann wohl mit Fug und Recht behaupten, dass Lowther mit dieser Nachricht für die Verursachung des Ärgers verantwortlich ist.«

»Ja, genau so ist es.« Ravenhursts Blick wurde schmal. »Ich bin hin- und hergerissen zwischen dem Wunsch, diese Untersuchung auf eigene Faust zu Ende zu führen, oder Scotland Yard über unsere Erkenntnisse ins Bild zu setzen, die eindeutig zeigen, dass weder mein Fall noch Crawfords hätte abgeschlossen werden dürfen. Zudem hätte Sir Henrys Tod untersucht werden müssen.«

»Wir könnten beides in Angriff nehmen«, schlug Tilda vor. »Teague ist jederzeit bereit und willens zu helfen. Zuerst müssen wir ohnehin den Beweis erbringen, dass Sir Henry ermordet worden oder zumindest auf verdächtige Weise gestorben ist. Allein diese Sache verdient eine ordentliche Untersuchung. Dafür brauchen wir allerdings eine Leiche.« Tilda konnte es sich nicht leisten, Sir Henry exhumieren zu lassen, und sie bezweifelte, dass Millicent in der Lage wäre, für die Kosten aufzukommen – oder dass ihr Mann die Kosten überhaupt erlauben würde.

»Ich würde dafür aufkommen«, meinte Ravenhurst mit sanftem Blick.

Sie hatte kein Wort gesagt, und doch hatte er das Hindernis leicht erkennen können. »Sie können das nicht tun.«

»Warum nicht? Ebenso gern wie Sie möchte ich herausfinden, wer hinter Sir Henrys Tod steckt. Denn ich glaube, diese Person ist für den Angriff auf mich und diese schrecklichen Visionen verantwortlich. Sie sind meine Privatermittlerin, und dies ist nur ein weiterer Kostenpunkt.« Womit er nicht unrecht hatte.

Sie schob die Frage der Exhumierung allerdings vorerst beiseite und meinte: »Man könnte argumentieren, dass diese Person aufgrund Ihrer Visionen versehentlich eine Untersuchung in die Wege geleitet hat, die sie sehr gut vor Gericht bringen könnte.«

Ravenhurst grinste. »Das ist reichlich poetisch.«

Sie näherten sich nun Whitehall. »Ich hoffe, Superintendent Newsome ist bereit, sich anzuhören, was wir über Ihren und Crawfords Fall sowie über den Tod von Sir Henry zu sagen haben«, bemerkte Tilda. »Dies ist ein weiterer Fall, bei dem Ihr Rang uns bestimmt von großem Nutzen sein wird.« Tilda war sich nicht sicher, ob sie selbst einen Termin beim Superintendenten bekommen hätte.

»Ihre Verbindungen zu Scotland Yard dürften sich ebenfalls als hilfreich erweisen«, meinte Ravenhurst. »Hoffentlich wird Newsome die Tochter eines seiner besten Sergeants gerne anhören.«

»Es ist nett, dass Sie das sagen«, meinte Tilda leise. »Aber mein Vater ist vor mehr als einem Jahrzehnt gestorben. Ich kann mir nicht vorstellen, dass sein Vermächtnis noch immer viel Gewicht hat.«

»Das sollte es aber, zumal er im Dienst gestorben ist.« Ravenhurst klang in diesem Punkt sehr verbindlich.

»Wir werden den Verdacht äußern, dass einer seiner Inspektoren die Ermittlungen beeinflusst haben könnte. Wir müssen
damit rechnen, dass der Superintendent Anstoß daran nehmen
wird.«

»Leider ist dies unumgänglich«, meinte Ravenhurst
entschlossen. »Padgett hat diese Ermittlungen aktiv zum
Erliegen gebracht, und ich wüsste zu gerne, aus welchem Grund.
Teague sagte, er sei korrupt, und ich vertraue ihm, dass er uns die
Wahrheit sagt.«

»Es stellt sich die Frage, wer ihn bestochen haben könnte, um
die Ermittlungen in Ihrem Fall und bei dem Mord an Crawford
zu behindern.«

Die Augen des Earls leuchteten vor Eifer. »Das, meine liebe
Miss Wren, würde ich gerne wissen.«

Kurze Zeit später saßen sie im Büro des Superintendenten und
warteten auf seine Ankunft. Es war eine Viertelstunde nach der
vereinbarten Zeit, als Newsome endlich eintrat. Der Mann war
Anfang fünfzig, hochgewachsen mit dünnen Koteletten und
dichtem grauen Haar. Seine Augen waren groß und von einem
eher beunruhigenden Hellblau. Er erweckte den Eindruck, als
könne er durch einen hindurchsehen. Hadrian stellte sich vor,
dass diese Augen bei Verhören bestimmt nützlich waren.

»Guten Tag, Ravenhurst, Miss Wren. Es tut mir leid, dass ich
Sie habe warten lassen.« Er setzte sich zu ihnen an einen Tisch,
an dem ein Assistent kurz nach Hadrians und Miss Wrens
Ankunft ein Teeservice hingestellt hatte. »Ah, der Tee wird Ihnen
nicht schaden. Wie ich sehe, haben Sie sich bereits eingegossen,
ausgezeichnet.«

Der Kommissar schenkte sich ebenfalls eine Tasse ein und

zufrieden trank er einen Schluck, was der Seufzer verriet, den er beim Abstellen der Tasse auf die Untertasse ausstieß. »Inspektor Teague teilte mir mit, Sie hätten Fragen zu den Ermittlungen über den schlimmen Angriff, der im Januar auf Sie verübt worden ist. Es tut mir schrecklich leid, dass das passiert ist, Mylord. Es sieht so aus, als hätten Sie sich gut erholt.«

»Das habe ich, danke. Soweit ich informiert bin, wurde bislang niemand gefasst und des Verbrechens angeklagt, aber der Fall ist abgeschlossen.«

Newsome stützte die Ellbogen auf die Armlehnen seines Stuhls und verschränkte die Finger ineinander. »Ja, so ist es. Leider kommt das manchmal vor.«

»Es ist allerdings so, dass Lord Ravenhurst den Mann gefunden hat, der ihn niedergestochen hat«, entgegnete Miss Wren gleichmütig. »Vor zwei Tagen haben wir ihn tot in seiner Unterkunft gefunden. Er war erdrosselt worden.«

Newsome löste seine Hände voneinander und ließ sie in seinen Schoß sinken. »Ich bin darüber im Bilde. Gerade komme ich von einer Besprechung über die Untersuchung heute Morgen. Sie waren glaube ich dabei? Nach meiner Information wurde der Mörder dieses Mannes von der Londoner Polizei verhaftet.« Er blickte zu Hadrian. »Da der Mann, den Sie als Ihren Angreifer identifiziert haben, tot ist, würde ich Ihren Fall definitiv als abgeschlossen betrachten.«

Obwohl ihr Gespräch eben erst angefangen hatte, hatte sich Hadrians Geduld bereits erschöpft. »Das stimmt vermutlich, doch die Untersuchung des Todes von Mr. Patrick Crawford, MP, sollte meines Erachtens wieder aufgenommen werden. Ich glaube, er wurde von demselben Mann getötet, der mich niedergestochen hat.«

»Nun, damit wäre dann auch dieser Fall gelöst, nicht wahr?«, frohlockte Newsome.

Hadrian tauschte einen frustrierten Blick mit Miss Wren aus. Sie beugte sich leicht zu Newsome hinüber. »Zumindest sollten die Berichte über beide Ermittlungen dahingehend geändert werden, dass die Identität des Täters, die ja nun feststeht, angegeben wird.«

»Woher wissen Sie, dass dies noch nicht geschehen ist?«, fragte Newsome und hob die Brauen.

»Weil die Berichte vertraulich sind und wir sie nicht einsehen durften«, antwortete Miss Wren knapp.

»Ich finde die Einstufung als vertraulich wirklich verwirrend«, bemerkte Hadrian. »Wenn diese Angriffe tatsächlich auf einen gemeinsamen Täter zurückzuführen sind, ist es unlogisch, dass sie geheim gehalten werden.«

Der Superintendent runzelte die Stirn. »Das ist ein gutes Argument, und ich fürchte, ich habe keine Antwort für Sie.«

»Vielleicht wäre es möglich, dass Sie der Sache nachgehen, damit Sie eine Antwort darauf erhalten«, schlug Hadrian mit einem milden Lächeln vor.

Miss Wren bewegte ihre Hand leicht, sodass sie Hadrian am Bein berührte. Er sah sie an, und sie warf ihm einen warnenden Blick zu. Hadrian wurde bewusst, dass er wohl zu weit gegangen war. Selbst für einen Earl.

»Es gibt da noch eine weitere Angelegenheit, die unserer Meinung nach von Scotland Yard untersucht werden sollte. Der Cousin meines Großvaters, Sir Henry Meacham, ist vor vierzehn Tagen gestorben. Es wurde berichtet, er sei in einem Club namens Farringer's in der Nähe von Covent Garden zusammengebrochen. Wir glauben jedoch, dass die wahre Ursache seines Todes falsch dargestellt wurde und er auf die gleiche Weise niedergestochen worden ist, wie Lord Ravenhurst und Mr. Crawford.«

Nun flammte ein Ausdruck von Überraschung auf Newsomes Gesicht auf. »Glauben Sie, er ist von demselben Mann getötet worden? Von demjenigen, der umgebracht wurde und für den die Untersuchung heute stattgefunden hat?«

»So ist es«, antwortete Miss Wren.

Newsome hob seine Teetasse für einen weiteren Schluck an die Lippen. »Mir ist bekannt, dass Ihr Vater ein angesehener Sergeant bei der Metropolitan Police war und Ihr Großvater ein hoch angesehener Richter, aber Sie sind kaum qualifiziert, solche Schlüsse zu ziehen, Miss Wren.«

Die Herablassung des Kommissars brachte Hadrian in Rage. Er konnte sich nur vorstellen, wie sich Miss Wren dabei fühlte. Er sah zu ihr hinüber und bemerkte ein Zucken in ihrem Kiefer.

»Ich würde behaupten, dass meine Abstammung mich in einzigartiger Weise qualifiziert«, teilte sie ihm kühl mit. »Ravenhurst und ich arbeiten noch an den Verbindungen, aber Mr. Fitch scheint ein Angestellter in dem Spielclub gewesen zu sein, in dem Sir Henry starb. Von dort aus brachte jemand seine Leiche zu seinem Arzt, Dr. Selwin, der feststellte, dass er einem Herzinfarkt erlegen war – ohne eine Autopsie durchzuführen. Als Sir Henrys Tochter ihn jedoch für die Beerdigung vorbereitete, bemerkte sie eine genähte Wunde an seiner rechten Seite. Dies stimmt nicht mit der auf dem Totenschein angegebenen Todesursache überein. Ich möchte auch anmerken, dass ein Totenschein gar nicht erforderlich gewesen wäre, und dessen Existenz wirft weitere Fragen auf.«

Hadrian wollte aufstehen und applaudieren.

Newsome war nicht so beeindruckt – er zuckte bloß mit den Schultern. »Nur weil Sir Henry eine Wunde hatte, muss das nicht bedeuten, dass diese seinen Tod herbeigeführt hat. Und auch wenn ein Totenschein nicht notwendig gewesen wäre, so scheint er in dieser Situation doch eine vorausschauende Maßnahme. Bitte nehmen Sie mein Beileid an, Miss Wren.«

Miss Wren schürzte die Lippen. »Wir haben Grund zu der Annahme, dass Sir Henry überhaupt kein Herzleiden hatte, was bedeuten würde, dass der Totenschein falsche Angaben enthält. Die Wunde an seiner Seite scheint die wahrscheinlichere Todesursache zu sein.« Sie warf dem Kommissar einen direkten Blick zu – Hadrian konnte ihre Zuversicht nur bewundern. »Wir sind gewillt, seine Leiche exhumieren zu lassen.«

Newsome riss die Augen vor Überraschung weit auf. »Seine nächsten Verwandten unterstützen das?«

»Ja«, sagte Miss Wren, während sie ihr Retikül umklammerte. Das war ein Zeichen dafür, dass sie nicht ganz ehrlich war, nicht dass Hadrian irgendetwas von alldem, was sie sagte, bestreiten würde.

Bevor Newsome diese Frage weiterverfolgen konnte, erklärte Hadrian: »Sie sollten wissen, dass wir mit den Angestellten von Farringer's gesprochen haben. Wir wissen, dass sein Tod kein gewöhnlicher Herzanfall war. Ich bin sogar überrascht, weil keine Untersuchung eingeleitet worden ist.

Newsome tippte kurz mit den Fingern auf den Schreibtisch. »Sie sagen, die Todesursache sei fälschlicherweise als Herzanfall angegeben worden. Wollen Sie damit sagen, dass der Arzt sich geirrt hat?«

»Entweder das, oder er hat gelogen«, meinte Miss Wren, ohne den Blick vom Superintendenten abzuwenden.

»Das ist eine schwerwiegende Anschuldigung.« Newsome trank einen weiteren Schluck Tee. Als er die Tasse absetzte, wandte er sich wieder Miss Wren zu, doch sein Blick war kühl geworden. »Miss Wren, ich bezweifle sehr, dass Ihr Vater es gutheißen würde, wenn Sie unsere Arbeit machen. Ich schlage dringend vor, dass Sie diese Ermittlungen uns überlassen.« Er warf einen Blick in Hadrians Richtung. »Ihnen würde ich gern denselben Rat geben, Ravenhurst.«

Es kam Hadrian in den Sinn, dass Lowthers Nachricht wohl als direkte Folge verfasst wurde, nachdem der Superintendent von Miss Wrens Ermittlung erfahren hatte und erreichen wollte, dass sie aufhört. Vielleicht war es das Beste, wenn sie diese Sache nicht zur Sprache brachten. Er würde darüber schweigen, obwohl Miss Wren etwas äußern könnte. Er wollte und konnte sie nicht daran hindern.

Hadrian sah, dass Miss Wrens Hals über ihrem blauen Kleid rot anlief. Er konnte nicht weiter schweigen und warf dem Superintendenten einen eisigen Blick zu. »Hätten wir das Gefühl, dass die Polizei ihre Arbeit ordentlich gemacht hätte, sähen wir uns vielleicht nicht gezwungen, diese Dinge selbst zu untersuchen.«

»Vielleicht kannten Sie meinen Vater nicht sehr gut, Superintendent Newsome«, fügte Miss Wren leise, aber bestimmt hinzu. »Wenn Sie ihn kennen würden, wüssten Sie, dass er mein treuester Unterstützer war. Alles, was ich über Ermittlungen und das Lösen von Verbrechen weiß, habe ich von ihm gelernt.«

Wieder wollte Hadrian jubeln. Er bemerkte, dass Newsome nun einen straffen Zug um den Kiefer hatte und sich um seinen Mund herum Falten bildeten. Er schien verärgert oder vielleicht verlor er auch die Geduld. Oder beides.

Hadrian zwang sich zu einem kleinen, kurzen Lächeln. »Ich bin zuversichtlich, dass Scotland Yard es vorziehen würde, die Wahrheit ans Licht zu bringen und sicherzustellen, dass der Gerechtigkeit Genüge getan wird.

»Aber – wie Sie behaupten – ist Ihr Angreifer und der Mörder von Crawford und Sir Henry bereits tot«, erwiderte Newsome barsch. »Der Gerechtigkeit wurde bereits Genüge getan.«

»Fitch hat nicht auf eigene Faust gehandelt«, sagte Miss Wren. »Welchen Grund sollte ein Mann wie er haben, sich so weit von seinem Wohnort entfernt an Gentlemen heranzupirschen, und zwar in einer Weise, die das Risiko potenziell erhöht?«

Nun blitzte Ungeduld in Newsomes Blick auf und seine Miene wurde finster. »Ich verstehe nicht, warum das von Belang ist. Mr. Fitch ist tot. Die Verbrechen, die er begangen haben soll, sind damit aufgeklärt. Darüber hinaus ist alles, was Sie heute vorgetragen haben, nur Indizien, und obwohl ich mit Ihrer Lage sympathisiere, Ravenhurst, habe ich einfach nicht die Mittel, einem Earl zu willen zu sein, der Ermittler spielen möchte.«

Hadrian stand auf, und Miss Wren schloss sich ihm an. »Das mag sein, aber ich sollte zumindest die Möglichkeit haben, den Bericht von Inspektor Padgett einzusehen. Wenn Sie ihn mir nicht zur Verfügung stellen können, werde ich den Innenminister um seine Unterstützung bitten.«

»Sie brauchen sich nicht zu bemühen«, gab Newsome unwirsch zurück, und sein Kiefer bewegte sich vor innerer Erregung. »Ich werde die Berichte beschaffen und sie Ihnen persönlich übergeben. Ich vertraue darauf, dass Sie die Unterlagen vertraulich behandeln, da sie ja als geheim eingestuft wurden.« Sein Blick wanderte auf eine Weise zu Miss Wren, als wollte er zum Ausdruck bringen, dass es ihr nicht gestattet war, die Berichte zu lesen.

»Ich würde gerne erfahren, mit welcher Begründung Padgett sie so eingestuft hat«, meinte Hadrian. »Darüber können Sie mich dann informieren, wenn Sie die Berichte abliefern.« Sein Blick fiel auf Miss Wren und er nickte dezent in Richtung Tür.

»Ich danke Ihnen für Ihre Zeit, Superintendent Newsome«, verabschiedete sich Miss Wren knapp.

Newsome erhob sich. »Ich helfe gerne.« Er lächelte, doch das Lächeln erreichte seine Augen nicht, die zu sagen schienen, dass es ihn ganz und gar nicht freute, ihnen helfen zu müssen. »Ravenhurst, wenn es eine Verschwörung oder ein Komplott gibt, um Crawford, Sir Henry und Sie zu ermorden, warum leben Sie dann noch? Und warum hat nicht schon wieder jemand versucht, Sie zu töten?«

»Ich glaube nicht, dass ich das Opfer war, auf das der Täter es abgesehen hatte«, antwortete Hadrian. »Das war Crawford. Es war bekannt, dass er dienstagabends in einen Pub ging, um mit anderen Abgeordneten Karten zu spielen. Ich wurde mit ihm verwechselt. Fitch war ziemlich überrascht, als ich mich zu ihm umdrehte und wir Blickkontakt aufnahmen. Diese Einzelheit sollte in den *vertraulichen* Bericht aufgenommen werden, da ich es Inspektor Padgett mitgeteilt habe, als er mich befragte.«

Newsomes Nasenflügel hatten sich während Hadrians Antwort leicht gebläht, was darauf hindeutete, dass er von Hadrians Argumenten nicht unbeeindruckt war. Vielleicht würde er wirklich in Betracht ziehen, eine Untersuchung dieser Fälle anzuordnen.

Hadrian führte Miss Wren aus dem Büro des Mannes. Sie folgten einem Korridor bis in den Hauptempfangsbereich.

»Ich hätte nicht erwartet, dass Newsome so abweisend ist«, bemerkte Miss Wren, als sie auf dem Weg zu Hadrians Kutsche waren.

»Ich kann nur hoffen, dass wir ihm die Augen für bestimmte Tatsachen geöffnet haben, die ihm wohl nicht bewusst waren. Mir hat ganz und gar nicht gefallen, wie er versucht hat, Sie abzuschrecken. Das klang beinahe wie die Nachricht, die Sie von Lowther erhalten haben.«

»Dem stimme ich zu, weshalb ich dies auch nicht erwähnt habe. Es ist möglich, dass es Newsome war, der Lowther geraten hat, mir mitzuteilen, mich um meine eigenen Angelegenheiten zu kümmern«, gab sie zu bedenken.

Hadrian half ihr in die Kutsche. »Wir haben, denke ich, klargestellt, dass wir das keinesfalls tun werden.«

»Und Sie haben gedroht, ihn zu übergehen und mit dem Innenminister zu sprechen«, meinte sie. »Werden Sie das wirklich tun?«

Hadrian ließ sich ihr gegenüber nieder, als die Kutsche anfuhr. »Vielleicht. Das ist davon abhängig, was mit den vertraulichen Berichten geschieht, wie beispielsweise wann ich sie erhalte und was Newsome über Padgetts Vorgehensweise zu sagen hat.« Er begegnete ihrem Blick. »Auf jeden Fall werde ich Ihnen die Berichte zeigen.«

Miss Wren kicherte. »Der Inspektor schien ausdrücken zu wollen, dass Sie das unterlassen sollten. Weil ich nicht ordentlich ausgebildet bin, wissen Sie.« Sie verdrehte die Augen, und er war froh, dass sie Newsomes unausstehliches Verhalten mit einen gewissen Humor betrachten konnte.

»Es tut mir sehr leid, dass er diese Dinge zu Ihnen gesagt hat«, meinte Hadrian. »Sie haben sich ganz wunderbar geschlagen. Ich hatte echte Ehrfurcht vor Ihrem Selbstbewusstsein und Ihrer Fähigkeit, mit ihm umzugehen. Er sollte sich wirklich wünschen, er hätte mehr Ermittler wie Sie.«

Ihre Wangen färbten sich leicht rosig, und sie wandte den Blick zum Fenster. »Es ist nett, das Sie das sagen.« Einen Moment später warf sie Hadrian einen zweifelnden Blick zu. »Warum habe ich das Gefühl, dass die Berichte nicht geliefert werden?«

»Hoffentlich wird das nicht passieren.« In diesem Fall würde Hadrian wirklich mit dem Innenminister sprechen. »Morgen haben wir unseren Termin mit Selwin. Ich möchte ihn unbedingt dazu befragen, was sich in der Nacht von Sir Henrys Tod in Wirklichkeit zugetragen hat.«

»Das möchte ich auch. Ich denke, er muss irgendwie dazu gebracht worden sein, falsche Angaben in dem Totenschein zu machen. Und zwar von wem auch immer, der hier die Fäden zieht.«

»Aber wir sind des Rätsels Lösung nicht näher gekommen«, bemerkte Hadrian in einem frustrierten Ton. Er würde ja denken, sie beide würden schlechte Arbeit leisten, doch zusammen fanden sie mehr Antworten als die Polizei.

Sie sah ihn wieder an. »Vielleicht sind Sir Henrys Schuldscheine der richtige Ansatz, nach einem Motiv zu suchen.«

»Jemand hat Sir Henry getötet, weil er nicht zahlen konnte?« Hadrian schüttelte den Kopf. »Das wäre unlogisch, denn dann würde er sein Geld ja nie bekommen.«

»Heißt das, Millicent kann die gefundenen Schuldscheine einfach vergessen?«, fragte Miss Wren und klang dabei hoffnungsvoll.

»Wahrscheinlich, aber vielleicht sollte sie sich an jeden der

Inhaber wenden und einfach erklären, dass sie nicht imstande ist, die geschuldeten Summen zurückzuzahlen, da ihr Vater bankrott war.«

Miss Wren nickte. »Bestimmt kann ihr Mann ihr dabei behilflich sein.« Sie legte die Stirn in Falten. »Aber warum sollten die Schuldscheine jemanden dazu gebracht haben, Crawford zu töten?«

»Da gibt es diese eine Verbindung zwischen dem Schuld- schein und Martin Crawford, aber warum wurde sein Sohn ermordet?« Hadrian schüttelte den Kopf. »Zwischen Patrick Crawford und Sir Henry muss es eine Verbindung geben. Ich denke, wir sollten seine Witwe morgen nach unserem Treffen mit Selwin aufsuchen.«

»Glauben Sie denn, sie wird uns empfangen?«, fragte Miss Wren. »Obwohl der Tod ihres Mannes schon fast zwei Monate her ist, wird sie uns vielleicht nicht empfangen.«

Hadrian lehnte sich mit dem Rücken an das Polster. »Wir müssen es versuchen. Hoffentlich werden die Dinge durch Ihre Anwesenheit glatter verlaufen.«

»Warum?« Miss Wren klang überrascht. »Ich kenne die Frau nicht.«

Er zuckte mit den Schultern. »Weil Sie eine Frau sind?«

Sie lachte. »Das ist zwar kein Grund zu der Annahme, ich könnte der Sache dienlich sein, aber es kann vermutlich nicht schaden.«

»Vielleicht sollten Sie wieder Schwarz tragen«, schlug Hadrian vor.

Miss Wren schnitt eine Grimasse. »So sehr ich diese Vorstel- lung auch verabscheue, ist dies wirklich sehr schlau.«

»Warum verabscheuen Sie dies?«

»Der Gedanke, dieses Trauerkleid auch nur einen Tag länger zu tragen ...« Sie erschauderte in eindeutiger Abscheu. »Trotzdem nehme ich es auf mich.«

»Ich weiß Ihr Opfer zu schätzen«, meinte er mit einem

kleinen Lächeln, das auch sie zum Lächeln verführte. Er war froh darüber, denn er wusste, wie schwierig dieser Tag für sie gewesen war. Außerdem stand ihr noch bevor, mit ihrer Groß-mutter über die Informationen zu sprechen, die sie von Hardacre erfahren hatten. Ihr Tag würde nicht besser werden.

»Ravenhurst?«, sagte sie, als sie sich Marylebone näherten.

»Ja?«

»Wir haben nicht viel über die Vision gesprochen, die Sie mit dem Foto in Sir Henrys Haus erlebten – seit wir Fitch gefunden haben.«

»Nein, das haben wir nicht.« Hadrians Gedanken an die tote Frau waren von der Vision verdrängt worden, die er von Sir Henrys Tod gehabt hatte. »Meine Gedanken waren zu sehr auf das konzentriert, was ich in Fitchs Münze erkannt habe. Und darauf, Fitch tot vorzufinden.« Hadrians Nachtschlaf war von einem Traum unterbrochen worden, in dem Fitch wieder hinter ihm her war. Dieses Mal um ihn zu erdrosseln.

Miss Wren nickte. »Verständlicherweise. Aber Sir Henry steht irgendwie mit dieser toten Frau in Verbindung. Wir sollten nicht außer Acht lassen, dass sie ein Teil von all dem ist.«

»Sollten wir?« Hadrian war sich da nicht sicher. »Ihr Aussehen deutet darauf hin, dass sie wahrscheinlich vor Jahr-zehnten gelebt hat. Ich kann mir nicht vorstellen, was sie mit Sir Henrys Tod zu tun haben könnte.«

»Dieser Ansicht kann ich zwar nicht widersprechen, aber trotzdem finde ich es beunruhigend, dass Sir Henry etwas mit einer toten Frau zu tun hatte, auch wenn dies schon eine Weile her ist. Ich wünschte nur, es gäbe jemanden, den wir fragen könnten.« Sie tippte mit dem Finger auf die Stelle neben ihrem Bein. »Bitte schlagen Sie nicht Millicent vor. Sie mag damals wohl schon auf der Welt gewesen sein, aber ich kann mir nicht vorstellen, dass sie etwas über eine tote Frau weiß.«

Hadrian war einer Meinung mit ihr und hielt es für unwahr-scheinlich, dass die Tochter von Sir Henry etwas wissen würde.

»Sie könnten sie aber fragen, wer zu jener Zeit seine Freunde waren. Vielleicht können wir mit ihnen sprechen.«

»Das kann ich tun.« Eine schwache Grimasse huschte über Miss Wrens Züge. »Ich muss ihr eröffnen, dass wir absolut kein Geld haben.«

»Sie müssen auch die voraussichtliche Exhumierung zur Sprache bringen«, erinnerte er sie sanft. »Ich würde Sie gerne begleiten.«

»Ich werde über Ihr freundliches Angebot nachdenken.« Sie holte tief Luft. »Auf dieses Gespräch freue ich mich wirklich nicht.«

Die Kutsche kam bei ihrem Haus an, und Hadrian begleitete sie zur Tür. Vaughn ließ sie mit einem sehr butlerhaften Nicken ein.

Als Hadrian wieder in seiner Kutsche saß, wurde er von den Gedanken an die tote junge Frau vereinnahmt. Wer war sie? Was hatte sie mit Sir Henry zu tun?

Auf dem gesamten Heimweg dachte er über sie nach, ohne der Frage einen Schritt näher zu kommen, was sie mit dem aktuellen Geheimnis zu tun haben könnte. Hadrian befürchtete, dass das Geheimnis um ihre Identität und ihres – wie es ausgesehen hatte – gewaltsamen Todes mit Sir Henry gestorben war.

KAPITEL 19

as Anziehen des verabscheuten schwarzen Kleides nach nur einem glorreichen Tag der Freiheit trieb Tilda vor Frustration fast die Tränen in die Augen. Sie hätte wohl auch geweint, wenn sie gekonnt hätte, was aber nicht der Fall war.

Gestern Abend, als sie ihre Großmutter über Sir Henrys Niedertracht ins Bild gesetzt hatte, war sie diesem Gemütszustand nicht einmal annähernd nahegekommen. Leider *hatte* Großmutter einige Tränen vergossen, zum Teil aus Trauer, aber vor allem vor Wut.

Tilda hatte ihr geschworen, dass es ihnen an nichts fehlen würde und sie eine Möglichkeit finden, damit sie gut zurechtkämen. Ravenhursts Honorar für ihre Dienste als Ermittlerin war sicherlich hilfreich, jedoch würden die Ermittlungen nicht ewig dauern. Nun war auch noch Vaughn ein Mitglied des Haushalts – oder sie müsste ihm eine Abfindung zahlen. Tilda hatte gestern Abend beschlossen, ihrer Großmutter nicht zu sagen, dass ihr Haushalt nun einen festen Butler hatte – diese Nachricht konnte warten, bis sie weniger aufgeregt war.

Als sie in die Diele ging, wo sie Ravenhursts Ankunft für

ihren Termin mit Dr. Selwin abwarten wollte, erhob sich Vaughn von seinem Stuhl.

»Sie brauchen nicht aufzustehen, Vaughn«, meinte sie zu ihm. »Ich erwarte nur die Ankunft von Lord Ravenhurst.«

»Das ist schon in Ordnung, Miss. Ich hatte sowieso aufstehen wollen. Im Salon muss Staub gewischt werden.«

»Mrs. Acorn wird sich darum kümmern«, entgegnete Tilda und bedeutete ihm, sich wieder zu setzen. »Sie sollten sich so viel wie möglich ausruhen.«

»Bah, ich kann abstauben, denn Mrs. Acorn hat schon sehr viele Aufgaben zu erledigen. Die Wahrheit ist, dass Ihr Haushalt einen Butler braucht. Es ist gut, dass ich hier bin.« Tilda fand ihn sehr liebenswürdig und sie würde nicht leugnen, dass sie ihn gern hier hatte. Sie musste nur eine Möglichkeit finden, wie sie sich diesen Zuwachs weiterhin leisten konnten.

Ravenhurst klopfte an die Tür, und Vaughn ging mit langsamen Schritten, um ihm zu öffnen. »Guten Tag, Mylord.«

»Guten Tag, Vaughn.« Ravenhurst trat ein. Er trug einen wunderschönen Strauß aus Herzblumen, Kamelien und Nelken.

»Sie haben Blumen mitgebracht?« Tilda war ein wenig verblüfft.

»Ich weiß, wie schwer es heute für Sie ist, dieses Trauerkleid anzuziehen.« Er sah sie mit einem entschuldigenden Lächeln an, das voller Wärme und Verständnis war. Tilda verspürte in ihrem Inneren ein Flattern, das sie an einen fliegenden Vogel erinnerte. »Auch gestern war ein schwerer Tag. Ich hoffe, die Blumen hier werden Sie ein wenig aufheitern.«

Lächelnd nahm Tilda den Strauß entgegen. »Die Blumen sind wunderschön. Ich danke Ihnen.« Sie verschwieg ihm allerdings, dass der einzige Mensch, der ihr je Blumen geschenkt hatte, ihr Vater gewesen war. Jedes Jahr zu ihrem Geburtstag hatte er ihr einen kleinen Strauß geschenkt, was im November keine Kleinigkeit war.

Nun war es so weit, dass sie ihre Tränen vor Rührung zurückblinzeln musste. Sie wandte sich vom Earl ab und reichte den Blumenstrauß an Vaughn weiter. »Würden Sie die bitte für mich in eine Vase stellen?«

»Natürlich, Miss. Sie sind genauso schön wie Sie.« Mit einem Lächeln auf dem Gesicht verließ er langsam die Diele.

Tilda wandte sich noch einmal an den Earl. »Das war sehr aufmerksam von Ihnen.«

Er lächelte sie an, wobei ein Funkeln in seinen Augenwinkeln aufblitzte. Wenn er sie auf eine bestimmte Weise anlächelte, hatte dies etwas Jugendliches an sich – es wirkte am echtesten. Sie schienen sich aus einer ihm innewohnenden Wärme und Freude zu entwickeln. »Sie haben etwas Schönes verdient«, gab er zurück. »Vielleicht sollten Sie noch Ihren Mantel holen. Bei meiner Ankunft hat es zu regnen angefangen.«

Tilda nahm ihren Mantel vom Ständer und zog ihn mit Hilfe des Earls an. Dann hielt er ihr die Tür auf, und sie traten ins Freie. Wegen des Regens liefen sie eilig zur Kutsche.

Nachdem sie drinnen Platz genommen hatten und unterwegs waren, richtete der Earl seinen Blick auf sie. »Hoffentlich nehmen Sie mir diese Frage nicht übel, aber wie ist es gestern Abend mit Ihrer Großmutter gewesen?«

»Sie war erschüttert, als sie hören musste, dass Sir Henry ihr Geld zur Begleichung seiner Spielschulden verwendet hat. Kurz darauf war sie traurig. Und anschließend sehr wütend. Zum Schluss hat sie ein zweites Glas Sherry getrunken.«

Ravenhurst zog die Augenbrauen hoch. »Das gehört vermutlich nicht zu ihrer Gewohnheit, nehme ich an?«

Tilda schüttelte den Kopf. »Das macht sie nur selten. Nur bei feierlichen Anlässen oder wenn sie verärgert ist, was so gut wie nie vorkommt. Und gewiss nicht in einem Ausmaß, das den Genuss eines zweiten Glases Sherry erfordert. Nicht einmal als wir von Sir Henrys Tod erfuhren, hat sie eines getrunken. Oder nachdem ich ihr mitgeteilt hatte, dass er ermordet wurde.«

»Nun, das tut mir wirklich leid. Hoffentlich hat sie trotz allem gut geschlafen.«

»Das hat sie, sagte sie. Danke, dass Sie sich nach ihr erkundigen.« Tilda ließ ihre Sorgen über den Haushalt oder Vaughn im Besonderen unerwähnt. Im Augenblick war es ihr wirklich lieber, nicht an diese Sorgen zu denken. Vielmehr wollte sie ihre Aufmerksamkeit auf das bevorstehende Gespräch mit dem Arzt richten.

Da es nur eine kurze Wegstrecke zur Harley Street war, hatten sie ihr Ziel fast erreicht.

»Hoffentlich ist Dr. Selwin heute entgegenkommender«, brachte Tilda nachdenklich hervor, obwohl sie sich denken konnte, dass das sehr unwahrscheinlich war. »Allerdings vermute ich, dass er unseren Termin eher kurz halten wird.«

»Ich bin schon sehr gespannt, was er uns für einen Beweis vorlegen wird, der die Diagnose und Behandlung von Sir Henrys Herzleiden belegen soll.«

Die Kutsche hielt vor der Arztpraxis, wo Dr. Selwin auch gleichzeitig seine Wohnung in den oberen Stockwerken hatte. Der Regen hatte ein wenig nachgelassen, doch aus dem wolkenverhangenen Himmel sickerte noch immer ein anhaltender Nieselregen.

Der Earl stieg aus und nachdem er Tilda behilflich gewesen war, führte er sie in die Praxis. Die Assistentin trug heute eine Halbmondbrille und schaute bei ihrem Eintreten auf.

»Guten Tag«, begrüßte Ravenhurst sie jovial. »Sie erinnern sich sicher noch an uns von letzter Woche. Wir sind zu unserem Termin bei Dr. Selwin gekommen.«

Die Assistentin setzte ihre Brille ab und schürzte die Lippen. »Sie haben keinen Termin mit ihm. Sie treffen sich mit mir, damit ich Ihnen die Daten der Besuche von Sir Henry Meacham bei Dr. Selwin aushändigen kann.« Sie reichte Tilda einen Bogen Papier, der mit Daten und kurzen Beschreibungen beschrieben war. »Die sind aus dem vergangenen Jahr. Hoffentlich ist das für Sie ausreichend.«

»Nein, das ist es nicht«, gab Ravenhurst schroff zur Antwort. »Woher sollen wir denn wissen, dass die Daten nicht gefälscht sind? Wir wollen die Tagebücher für diese Daten einsehen.«

»Die kann ich Ihnen leider nicht übergeben«, wies die Assistentin seine Forderung kalt zurück. »Dann würden Sie ja auch die Daten anderer Patienten sehen.«

»Wir versprechen, uns einzig und allein Sir Henrys Termine anzusehen«, gelobte Tilda zunehmend frustriert. Das war allerdings albern. Es war ja nicht so, als hätte sie etwas anderes erwartet. Genau das hatte sie aber. Sie war der Annahme gewesen, dass zumindest Dr. Selwin anwesend wäre.

»Ich muss darauf bestehen, dass wir mit Dr. Selwin sprechen«, forderte Ravenhurst nachdrücklich.

Die Assistentin faltete die Hände auf ihrem Schreibtisch und musterte ihn mit einem kühlen, geduldigen Blick. »Er ist nicht hier.«

Tilda faltete das Papier mit den Daten zusammen und steckte es in ihr Retikül. »Wir kommen wieder, wenn er hier ist.«

Sie machte auf dem Absatz kehrt und marschierte zur Tür. Ravenhurst kam kurz vor ihr an und führte sie nach draußen. Er schloss die Tür hinter ihnen, wahrscheinlich ein bisschen kräftiger als nötig.

»Ich war auf einen gewissen Widerstand gefasst gewesen, aber mit Unhöflichkeit hatte ich nicht gerechnet«, bemerkte Ravenhurst.

Tilda schaute zum Gebäude zurück. »Wahrscheinlich lügt sie, dass er nicht da ist. Bestimmt ist er in seinem Behandlungszimmer, da könnte ich wetten.«

Im trüben Nachmittagslicht flammte ein Glitzern in Ravenhursts Augen auf. »Es gibt nur eine Möglichkeit, das herauszufinden.« Abrupt drehte er sich um und lenkte seine Schritte in die Praxis zurück. Dieses Mal ging er einfach an der Assistentin vorbei und marschierte direkt in das Empfangszimmer, in dem sie sich letzte Woche mit Selwin getroffen hatten. Dann marschierte er in das private Büro des Arztes.

Mit einem Satz war Dr. Selwin hinter seinem Schreibtisch aufgesprungen. Er war rot wie eine Rübe. »Sie können nicht einfach hier eindringen!«

»Wir haben einen Termin«, bemerkte Tilda höflich, als Ravenhurst die Tür schloss.

»Wir benötigen ein bisschen von Ihrer Zeit.« Ravenhurst lächelte den Arzt heiter an, doch Tilda konnte den wütenden Puls erkennen, der in seinem Nacken pochte. »Bitte nehmen Sie doch wieder Platz.«

Selwin ließ sich auf seinen Stuhl fallen, und seine Gesichtsfarbe war nun erheblich blasser, während er die Schultern sinken ließ. Auch seine Hände zitterten.

»Wir haben einige Fragen zu der Nacht, in der Sir Henry starb«, erklärte Tilda und trat näher an den Schreibtisch heran.

»Ich kann nicht mit Ihnen reden«, brachte Selwin leise hervor. Seine Stimme klang dunkel und nach Angst.

Ravenhurst zog einen Stuhl herbei, der in der Nähe des Schreibtisches gestanden hatte und setzte sich dicht neben den Arzt. »Das können und müssen Sie. Es ist uns vollkommen klar, dass Sie gelogen haben, was den Tod von Sir Henry anbelangt. Er wurde bei Farringer's niedergestochen und dann hierher gebracht. War es nicht so?«

Tilda war von der aggressiven Haltung des Earls überrascht, doch es störte sie nicht. Tatsächlich hatte es etwas … Belebendes, ihm zuzusehen, wie er die Kontrolle über die Situation übernahm und eine autoritäre Position vertrat.

Selwin, immer noch leichenblass, schaute zu Ravenhurst auf, aber nur für einen Moment, ehe er den Blick gleich wieder sinken ließ und auf seinen Schoß starrte. »Ja. Er war bereits tot, als er gebracht wurde. Seine Kleidung war blutdurchtränkt, und ich konnte sehen, dass es von einer Wunde an seiner rechten Seite stammen musste.«

»Wer hat ihn hergebracht?«, bohrte Ravenhurst weiter.

Tilda war von Ravenhursts Verhalten fasziniert. Er fixierte Dr. Selwin mit festem Blick und sprach in einem ruhigen, aber fordernden Ton. Fast sah er wie ein Vater aus, der ein Kind erzieht und so hörte er sich auch an. Ravenhurst hatte etwas Dominantes, aber auch Freundliches.

»Sie haben im Club gearbeitet«, antwortete Dr. Selwin zittrig. »Ein paar Kerle trugen ihn herein, und ein dritter Mann, der Verantwortliche, befahl mir, Sir Henry zu säubern und einen Totenschein auszustellen, der eine natürliche Todesursache bescheinigte.«

»Dieser Mann hat Ihnen einfach Anweisungen erteilt, die Sie dann befolgt haben?«

»Er bedrohte mich mit einer Pistole, und einer der Kerle fuchtelte mit seinem blutigen Messer herum, während der andere zur Kutsche zurückkehrte. Meiner Vermutung nach war es das Messer, das benutzt worden war, um Sir Henry zu töten. Ich befürchtete also, dass ich der Nächste sein würde.« Die Stimme des Arztes verstummte.

»Haben Sie Sir Henrys Herzleiden für den Totenschein erfunden?«, fragte Ravenhurst.

Dr. Selwin nickte.

Tildas Lippe kräuselte sich. »Deshalb konnten Sie uns vergangene Woche auch nicht einfach Ihr Tagebuch zeigen oder uns sagen, wann Sie Sir Henrys Herzleiden diagnostiziert haben. Warum haben Sie sich überhaupt die Mühe gemacht, einen Totenschein auszustellen? Die Todesursache wäre im Beerdigungsregister vermerkt worden.«

Der Arzt senkte den Kopf wieder zu seinem Schoß. »Der Wortführer sagte, es würde die Sache mit der Polizei erleichtern.«

Ravenhurst blickte den Arzt stirnrunzelnd an. »Warum sollte sich die Polizei dafür interessieren?«

»Es ging darum, dafür zu sorgen, dass die genau das nicht tun würden.« Dr. Selwin beschäftigte nun seine Hände, schnippte mit den Fingern und beugte dann seine Handflächen. »Nachdem ich Sir Henry so weit sauber hergerichtet hatte, ließ ich seine Leiche in sein Haus bringen, wo ich sie seinem Butler übergab und ihn über den Vorfall informierte. Ich übergab ihm den Totenschein, damit er diesen Sir Henrys nächsten Angehörigen aushändigen konnte.«

Tilda starrte ihn fassungslos an. »Sir Henry war einer Ihrer Patienten. Wenn ich mich nicht irre, haben Sie sich um seine Frau gekümmert, als sie krank wurde und starb. Selbst wenn Sie bedroht wurden, wie konnten Sie ihn so schändlich behandeln?«

Als Selwin das Gesicht hob, konnte sie Tränen in seinen Augen sehen. »Dieser Mann, der das Sagen hatte, ließ mir keine Wahl. Er machte mir in aller Deutlichkeit klar, dass er mich nicht fragt, sondern mir sagt, was ich zu tun habe.« Er warf ihr einen ängstlichen Blick zu, und Tilda hatte fast ein schlechtes Gewissen, weil sie ihn eingeschüchtert hatte. »Er hat mir auch eine anständige Summe bezahlt.«

Ravenhurst gab einen angewiderten Laut von sich. »Seither hatten Sie nun wirklich reichlich Gelegenheit, den Vorfall der Polizei zu melden, da Sie ja nicht mehr aktiv bedroht wurden«, kritisierte Ravenhurst, der immer noch ruhig klang, während Tilda Selwin am liebsten geschüttelt hätte, bis ihm die Zähne klapperten. »Oder haben Sie das Geld lieber behalten und sich damit mitschuldig gemacht?«

Selwins Kinn bebte nun. Schniefend wischte er sich mit den Händen über die Augen. »Ich bin nicht stolz darauf.«

»Wie lauten die Namen der Männer, die Sir Henry hierher gebracht haben?«, fragte Ravenhurst.

»Das weiß ich nicht. Sie haben ihre Namen nicht genannt und ich habe sie auch nicht danach gefragt. Die beiden Männer, die ihn hereinschleppten, trugen eine Livree, als ob sie Lakaien wären. Der Wortführer trug Abendgarderobe – einen schwarzen Frack und eine weiße Weste.

Tilda und Ravenhurst schauten sich im gleichen Moment an. Ihre stillschweigende Kommunikation bestätigte, dass sie beide wussten, wer er war – Dunwell, der Geschäftsführer von Farringer's, den sie kennengelernt hatten. Und Tilda würde wetten, dass Fitch einer der Männer in Livree gewesen war. Wahrscheinlich war er derjenige, der mit dem Messer herumgefuchtelt hatte. Für den Arzt war das wohl wirklich erschreckend gewesen, das musste sie zugeben. Doch Ravenhurst hatte recht. Im Laufe der letzten beiden Wochen hätte Selwin den Vorfall jederzeit melden können.

Ravenhurst richtete seine Aufmerksamkeit erneut auf den Arzt. »Wie viel hat der Mann Ihnen bezahlt?«

Noch einmal schlug Selwin den Blick nieder und senkte die Stimme beinahe zu einem Flüstern. »Dreißig Pfund.«

So eine große Summe! Tilda wollte verlangen, dass er sie ihr als Entschädigung aushändigte. Stattdessen sah sie ihn mit einem finsteren Blick an. »Sie müssen jetzt mit uns zu Scotland Yard kommen und vor dem Inspektor wiederholen, was Sie uns erzählt haben.«

Selwin reagierte mit einem heftigen Kopfschütteln. »Ganz bestimmt nicht. Das Gespräch mit Ihnen hier ist schon riskant genug. Diese Männer sind gefährlich. Als sie hier waren, haben sie sehr bedrohlich auf mich gewirkt. Insbesondere dieser Kerl mit dem Messer. Er war wirklich furchterregend. Und er drohte, nach oben zu gehen und meiner Frau etwas anzutun.« Daraufhin brach Selwin in lautes Schluchzen aus.

»Ich kann Ihre Angst verstehen«, redete Ravenhurst beschwichtigend auf ihn ein. »Jetzt ist es jedoch an der Zeit, Ordnung in die Dinge zu bringen.«

Selwin drehte sich auf seinem Stuhl um und öffnete eine der Schubladen seines Schreibtischs. Er kramte darin herum, um dann ein gefaltetes Papier ans Licht zu befördern. »Das habe ich vorgestern erhalten, zusammen mit weiteren zehn Pfund.« Er schob Ravenhurst die Notiz zu.

Der Earl blickte zu Tilda auf, bevor er das Papier entfaltete. Er las es laut vor:

Vergessen Sie nicht, dass Sie Stillschweigen bewahren müssen. Menschen, die reden, verlieren ihre Zunge.

Und mehr.

Das gilt auch für ihre Familienangehörigen.

Ein weiterer Schluchzer brach aus Selwins Mund hervor. Er schlug die Hand vor die Lippen und rutschte in seinem Stuhl zurück. Er sah am Boden zerstört aus.

Stirnrunzelnd sah Ravenhurst zu Tilda. Sie schürzte die Lippen. Was sollten sie unternehmen?

»Ich werde London für eine Weile verlassen«, krächzte Selwin. »Wir werden die Schwester meiner Frau und ihren Mann in Oxford besuchen.« Nun zog er ein Taschentuch heraus und putzte sich die Nase.

»Sie können nicht abreisen, ehe Sie nicht Ihre Aussage gemacht haben«, stellte Ravenhurst düster fest und seine Augen wurden ein wenig schmaler. »Ich werde dafür Sorge tragen, dass hier ein Wachtposten postiert wird, damit Sie vor Ungemach sicher sind. Das werde ich unverzüglich in die Wege leiten.«

Energisch schüttelte Selwin den Kopf. »Innerhalb einer Stunde werde ich unterwegs sein. Wir haben bereits gepackt, und die Kutsche wird in diesem Moment reisefertig gemacht. Sie können mich nicht zwingen, hierzubleiben!« Selwin sprang auf.

Ravenhurst richtete sich langsam auf. »Nein, das können wir nicht. Aber wenn Sie jetzt gehen, sollten Sie wissen, dass Sie eines Verbrechens angeklagt werden können. Ich werde wirklich alles in meiner Macht Stehende tun, um das zu verhüten.«

Selwin wurde grau. »Bitte. Ich habe um all dies nicht gebeten.«

Tilda stemmte die Hand in die Hüfte und blickte den Arzt an.

»Sir Henry hat auch nicht darum gebeten, ermordet zu werden und diese Tatsache obendrein zu verheimlichen. Haben Sie denn kein Gefühl dafür, was Recht und Unrecht ist? Und für Gerechtigkeit?«

»Das habe ich.« Selwin zog die Schultern zusammen und sprach mit leiser Stimme. »Ich werde Ihnen helfen. Lassen Sie mich nur meine Frau zu ihrer Schwester bringen, dann komme ich morgen zurück.«

»Sollten Sie das nicht tun, werde ich Sorge dafür tragen, dass Sie aufgespürt und zurückgebracht werden«, drohte Ravenhurst. Er sah Tilda an, und seine Augen waren dunkler, als sie je zuvor bei ihm erlebt hatte.

»Was ist mit dieser Notiz?«, fragte Selwin und ließ den Blick über das Papier in der Hand des Earls schweifen.

»Die behalte ich.« Ravenhurst ging zur Tür, öffnete sie und hielt sie für Tilda auf.

Sie sah den Arzt mit einem wütenden Blick an. »Sie sollten sich schämen. Ich bete, dass Ihre Frau nichts von Ihrem erbärmlichen Verhalten erfährt. Ich bezweifle, dass sie Ihnen das verzeihen würde. Ich könnte das sicher nicht.«

Tilda machte auf dem Absatz kehrt und stakste durch die Tür. Rasch schritt sie zum Büro der Assistentin, der sie nicht einmal einen Blick zuwarf. Ravenhurst war nicht schnell genug, um die äußere Tür für sie zu öffnen.

Draußen murmelte sie einen Fluch vor sich hin. »Wie können wir ihn einfach aus London wegfahren lassen?«, fragte sie.

»Soll ich ihm Fesseln anlegen, bis Inspektor Teague eintrifft?« Ravenhurst führte sie zur Kutsche.

Inzwischen hatte es aufgehört zu regnen, aber es weht ein kalter Wind. Die kalte Luft fühlte sich erfrischend auf Tildas erhitztem Gesicht an. »Wir sollten uns an Teague wenden.« Sie konnte nur hoffen, dass er heute noch bei Scotland Yard zu tun hatte, denn sie brauchten wirklich seine Hilfe. Wer auch immer der Drahtzieher in dieser ganzen Sache war, musste er als eine sehr gefährliche Person angesehen werden.

»Ich würde lieber zuerst Mrs. Crawford aufsuchen.« Er warf einen Blick auf ihr Kleid. »Sie haben sich die Mühe gemacht, aus eben diesem Grund dieses Kleidungsstück zu tragen, das Ihnen so zuwider ist, also sollten wir dafür sorgen, dass Ihre Bemühungen nicht umsonst waren.«

Tilda wollte dieses Kleid wirklich so bald nicht wieder tragen. »Ja, besuchen wir zuerst Mrs. Crawford. Dann können wir Teague über Selwins Verbrechen informieren. Meinen Sie, dass er verhaftet wird?«

Ravenhurst zog die Schulter hoch und half ihr in die Kutsche, während Leach die Tür aufhielt. »Das ist möglich. Bestimmt werde ich nicht auf Nachsicht plädieren.«

Tilda dachte an den armen Sir Henry, der niedergestochen und beerdigt worden war, während die Wahrheit über sein Ableben totgeschwiegen wurde. Jetzt mussten sie den Grund dafür herausfinden.

KAPITEL 20

Als die Kutsche beim Clarendon Square in die Grenville Street einbog, begann es wie aus Kübeln zu regnen. Das passte zu Hadrians düsterer Stimmung. Am liebsten hätte er Selwin erdrosselt, als er von seiner Tat erfuhr, mit der er sich an der Verschleierung von Sir Henrys Tod mitschuldig machte. Und wofür? Für Geld?

Um seine Familie zu schützen, hatte Selwin versichert. Hadrian konnte seine Angst ja verstehen, aber wären diese Schurken irgendwann in den letzten vierzehn Tagen bei Scotland Yard gemeldet worden, dann säßen sie wahrscheinlich längst hinter Gittern und würden auf ihren Prozess warten. Möglicherweise wäre Fitch sogar noch am Leben.

Er sah zu Miss Wren hinüber. Sie hatte kaum ein Wort gesagt, seit sie Selwin verlassen hatten. Da Sir Henry zu ihrer Familie gehört hatte, war die ganze Sache noch viel schlimmer für sie. Er konnte sich nicht vorstellen, wie wütend sie sein musste.

Die Kutsche hielt vor dem Haus der Crawfords. Die Tür war noch immer mit einem Trauerkranz geschmückt, und hinter den Fenstern konnte er schwarze Vorhänge erkennen.

Hadrian wünschte wirklich, sie müssten Crawfords Witwe

nicht belästigen, doch dieser Besuch war für das Vorankommen ihrer Ermittlungen von entscheidender Bedeutung. Es ging darum, die Verbindung zwischen Patrick Crawford und Sir Henry herzustellen. »Bereit?«, fragte er Miss Wren.

Sie blinzelte ein paar Mal und rückte dann von der Rückenlehne der Sitzbank ab. »Ja. Lassen Sie uns das Beste aus diesem schwarzen Kleid machen, nicht wahr?« Ein kleines Lächeln huschte über ihre Lippen, und Hadrian war für diesen winzigen Moment der Unbeschwertheit dankbar.

Nun stieg er aus der Kutsche, half ihr heraus und begleitete sie zur Tür. Er hoffte nur, dass dieser Besucht für Mrs. Crawford nicht zu beunruhigend wäre. »Ich weiß nicht, wie ich reagieren soll, wenn sie sich weigert, uns zu empfangen.«

»Ich weiß. Ich habe versucht, nicht daran zu denken«, sagte Miss Wren und warf ihm einen besorgten Blick zu.

Er holte tief Luft, sprach ein stilles Gebet, und dann klopfte er an die Tür. Einen Moment später wurde sie geöffnet und der Butler trat hervor. Er war ein älterer Mann mit strengem Gesicht und dunklen, vogelähnlichen Augen, die Hadrian und Miss Wren rasch, aber intensiv musterten.

Hadrian überreichte dem Mann seine Karte. »Guten Tag. Wir würden gerne Mrs. Crawford sprechen, falls sie uns empfängt. Ich war ein Kollege ihres verstorbenen Mannes. Auch ich wurde auf die gleiche Weise angegriffen wie er, und ich bin gekommen, um ihr die Geschichte zu erzählen.« Er hielt es für wichtig, Letzteres zu erwähnen, da es ihre Möglichkeiten verbessern könnte, empfangen zu werden.

»Ich verstehe«, antwortete der Butler. »Kommen Sie doch bitte herein, während ich frage, ob Mrs. Crawford Sie empfangen kann. Außer der Familie empfängt sie derzeit keine Besucher.«

»Wir verstehen«, meinte Miss Wren leise und mit einem sanften Nicken.

Der Butler sah sie erneut an und sein Blick verweilte auf ihrem Trauerkostüm. »Wenn Sie bitte hier warten würden.« Er verließ die Eingangshalle und verschwand in der Treppenhalle, die durch eine bogenförmige Türöffnung zu sehen war.

Hadrian zog seine Handschuhe aus und bemerkte, dass Miss Wren ihn dabei beobachtete. »Nur für den Fall«, flüsterte er.

Während sie warteten, wurde die Spannung immer deutlicher spürbar. Was würden sie unternehmen, wenn Mrs. Crawford sich weigerte, sie zu empfangen? Dann würden sie zu Scotland Yard fahren. Hadrian dachte auch daran, noch einmal zu Farringer's zurückzukehren, aber da ihnen der Besuch untersagt worden war, kam das nicht in Frage. Hadrian wollte Fitch unbedingt als Angestellten bestätigt wissen.

Der Butler erschien aus der Treppenhalle, als er in die Eingangshalle zurückkam. »Mrs. Crawford wird Sie empfangen. Ich bringe Sie nach oben in den Salon.«

Sie folgten dem Butler die Treppe hinauf in den Salon. Kerzen flackerten, aber der Raum war schummrig und hatte eine melancholische Ausstrahlung, da die Vorhänge zugezogen waren und schwarzer Krepp mehrere Spiegel bedeckte. Mrs. Crawford war nicht anwesend, aber vermutlich würde sie gleich kommen.

Miss Wren drang weiter in den Raum vor und näherte sich einer zentralen Sitzgruppe. Plötzlich sprang eine Katze vom Sofa über die Lehne auf einen dahinter stehenden Tisch. Mehrere Fotos waren umgedreht, und die Katze stieß eines davon herunter, als sie vom Tisch auf den Boden sprang und aus dem Raum flitzte, wobei sie einen großen Bogen um Miss Wren und Hadrian machte.

Miss Wren fasste sich an die Brust. »Das hat mich überrascht.«

»Offenbar haben wir die Katze überrascht.« Hadrian machte sich daran, die Fotografie aufzuheben. Er konnte nicht umhin, sie zu betrachten und erstarrte. Es war mit dem Bild der vier Männer bei Sir Henry identisch. Und sie rief in Hadrian denselben Gedanken an die tote Frau hervor. Aber die Vision war anders. Nun sah er die Frau aus einem anderen Blickwinkel.

Und er konnte die untere Hälfte der Beine eines Mannes auf der anderen Seite ihres Körpers erkennen.

Hadrian holte tief Luft, und die Vision verflog wie ein Schmetterling. Er blinzelte auf die Fotografie in seiner Hand. Es war nicht genau dieselbe wie Sir Henrys. Die Männer auf der linken Seite waren nicht ganz so unscharf. Der zweite von links war sogar fast zu erkennen, als hätte man ihn gebeten, für diese Version der Fotografie stillzuhalten.

»Was ist los?«, fragte Miss Wren und trat an seine Seite. Sie schnappte nach Luft. »Oh!«

»Was machen Sie da?«

Hadrian und Miss Wren drehten sich beim Klang der zittrigen, weiblichen Stimme zur Tür um.

»Das sollte umgedreht sein«, sagte Mrs. Crawford. Sie war etwa so alt wie Hadrian, schön, aber furchtbar dünn. Außerdem war sie blass und hatte dunkle Ringe unter den Augen, was wahrscheinlich ein Hinweis darauf war, dass sie nicht gut schlief.

»Das war es«, antwortete Hadrian. »Ich fürchte, wir haben die Katze erschreckt, und sie hat die Fotografie zu Boden geworfen. Ich wollte sie nur aufheben.«

»Ich verstehe«, lenkte Mrs. Crawford ein und ging langsam auf sie zu. Sie trug ein hochgeschlossenes Kleid in Schwarz. Es war allerdings weitaus modischer als dasjenige von Miss Wren, aber trotzdem war es schrecklich, dass Mrs. Crawford es tragen musste. Sie war eine junge Frau und sollte lachen und leuchtende Farben tragen.

Miss Wren sah sie mit einem herzlichen Lächeln an. »Das ist Lord Ravenhurst, und ich bin Miss Matilda Wren. Auf dieser Fotografie ist der Cousin meines Großvaters zu sehen.« Miss Wren nahm es von Hadrian und zeigte es Mrs. Crawford. »Hier.« Miss Wren zeigte auf den Mann ganz rechts und fuhr fort: »Das ist Sir Henry Meacham. Er ist vor vierzehn Tagen gestorben. Deshalb trage auch ich schwarz.«

»Mein Beileid«, entgegnete Mrs. Crawford darauf. »Der Mann neben Sir Henry ist mein Schwiegervater.«

»Ist er das?« Miss Wren studierte die Fotografie. »Das wusste ich nicht. Die beiden müssen Freunde gewesen sein.«

»Das waren sie, glaube ich, obwohl das Bild vor etwa dreißig Jahren aufgenommen wurde, wenn ich mich nicht irre. Auf der Rückseite ist das Datum vermerkt.«

Hadrian nahm die Fotografie von Miss Wren entgegen. »Darf ich?« Er bat Mrs. Crawford, ob er das Bild aus dem Rahmen nehmen dürfe. »Ich würde das Datum sehr gerne sehen. Die Fotografie von Sir Henry hatte keins.« Möglicherweise war doch ein Datum drauf. Beide hatten sie nicht daran gedacht, nachzusehen.

»Sie können es aus dem Rahmen nehmen, wenn Sie wollen«, sagte Mrs. Crawford.

Vorfreude durchströmte Hadrian, als er die Fotografie aus dem Rahmen nahm. Er las die Jahreszahl, die auf der Rückseite eingraviert war. »1839«, las er vor und dachte, dass die Kleidung der Frau in seinen Visionen in diese Zeit passte. Sie war allerdings nicht auf der Fotografie zu sehen, sondern nur in damit zusammenhängenden Visionen. Zu gern würde er herausfinden, wer sie war.

Hadrian fügte das Bild wieder in den Rahmen ein. »Sie wissen vermutlich nicht, wer die anderen Männer sind?«

Miss Wren sah Mrs. Crawford mit einem schwachen Lächeln an. »Sir Henrys Tochter weiß es nicht, und sie fragt sich, ob sie gute Freunde ihres Vaters waren.«

»Das weiß ich nicht, es tut mir leid«, entgegnete Mrs. Crawford.

Hadrian wollte die Fotografie noch nicht aus der Hand legen, für den Fall, dass die Vision noch einmal aufblitzen würde. Also hielt er das Bild noch eine Weile fest. Er fixierte den Blick auf das Bild, und zwar erst auf Sir Henry und dann auf Martin Crawford, der neben ihm stand.

Die Vision tauchte wieder auf und mit ihr zusammen ein stechender Schmerz. Er sah die Frau, aber sie stand wegen des Blickwinkels fast auf dem Kopf. Sah er sie aus Crawfords Perspektive und nicht aus der von Sir Henry? Nun versuchte er, mehr von dem Mann zu erkennen, dessen Beine sichtbar waren. Hoch, hoch bis zur Mitte des Mannes ... höher. So.

Es war Sir Henry, aber das war dreißig Jahre her.

Der Schmerz in Hadrians Kopf wurde noch schlimmer. Er spürte, wie Miss Wren seinen Arm berührte. Sie nahm die Fotografie aus seiner Hand und legte sie mit der Vorderseite nach unten auf den Tisch zu den anderen. Als er sie anblinzelte, erkannte er die Sorge in ihrem Blick.

»Danke, dass Sie uns empfangen, Mrs. Crawford«, meinte Miss Wren sanft. »Ich kann mir vorstellen, wie schwer diese Zeit für Sie ist. Der Verlust Ihres Mannes tut mir sehr leid.«

»Er war so ein guter Mann.« Mrs. Crawfords Stimme brach bei dem letzten Wort. Es zuckte um ihre Nase, und sie zog sogleich ein Taschentuch hervor. »Ohne einen ständigen Vorrat davon komme ich nicht aus«, meinte sie mit einem flüchtigen Lächeln. Sie drückte das Taschentuch an ihre Nase.

»Ja«, bestätigte Hadrian, dessen Stimme dabei ein wenig schroff klang. Leise räusperte er sich. »Er wird in der Gemeinschaft sehr vermisst.«

»So viele seiner Kollegen haben Briefe und Blumen geschickt. Wir wissen ihre Anteilnahme sehr zu schätzen.« Mrs. Crawford konzentrierte sich auf Hadrian. »Mein Butler sagte mir, dass Sie ebenfalls angegriffen worden sind. Ich wusste nicht, dass es noch ein weiteres Opfer gegeben hat.«

»Ja, und zwar am Dienstag davor, an derselben Stelle.«

Mrs. Crawfords blaue Augen drückten Erstaunen aus. »Was für ein bemerkenswerter Zufall.«

»Genau das habe ich auch gedacht«, antwortete Hadrian. »Erst vor kurzem habe ich von dem Angriff auf Ihren Mann erfahren.

Ich finde das überaus beunruhigend. Und zwar in einem Maße, dass ich Scotland Yard besucht habe, um herauszufinden, was dort zur Aufklärung der beiden Verbrechen unternommen worden ist.«

»Meiner Meinung nach hat Scotland Yard nicht viel unternommen«, bemerkte Mrs. Crawford mit deutlicher Verbitterung. »Sie haben Patricks Fall rasch zu den Akten gelegt, nachdem sie festgestellt hatten, dass ein Straßenräuber für seinen Tod verantwortlich war. Dann eröffnete der Inspektor mir, dass der Täter wahrscheinlich nie gefunden werden würde. Das wird er ganz bestimmt nicht, weil sie ja noch nicht einmal nach ihm gesucht haben.«

»War es Inspektor Padgett?« fragte Hadrian. »Soweit ich weiß, war er für beide Fälle zuständig.«

Ein wenig angewidert rümpfte Mrs. Crawford die Nase. »Ja. Ich konnte ihn nicht leiden.«

»Das konnte ich auch nicht«, bemerkte Hadrian aus Solidarität. »Ich habe versucht, die Berichte einzusehen, aber er hat sie als vertraulich eingestuft, und so war mir das nicht möglich.« Vielleicht versuchte Superintendent Newsome gerade jetzt, sie ihm zukommen zu lassen. Das hoffte er zwar, doch er würde sich nicht darauf verlassen.

»Darf ich fragen, was Sie hergeführt hat?«, erkundigte sich Mrs. Crawford. »Es scheint fast so, als würden Sie beide in diesen Fällen ermitteln, da Scotland Yard nichts unternimmt.«

Miss Wren lächelte. »*Genau das* machen wir. Wie Sie sich vorstellen können, hat Lord Ravenhurst ein besonderes Interesse daran, die Wahrheit herauszufinden und er hat mich beauftragt, eine Untersuchung durchzuführen.«

»Er hat Sie unter Vertrag genommen?«, fragte Mrs. Crawford überrascht.

»Miss Wren ist wirklich ungemein qualifiziert darin«, versicherte Hadrian. »Sie ist kurz vor der Erbringung des Beweises, dass der Mann, der sowohl mich angegriffen als auch Ihren

Mann getötet hat, ebenfalls den Cousin ihres Großvaters ermordete.«

Mrs. Crawford musste sich eine Hand vor den Mund halten. Trotz ihres Blinzelns trat aus jedem Auge eine Träne. Sie hob das Taschentuch an ihr Gesicht und tupfte sich rasch die Wangen ab. »Sie wissen, wer Patrick getötet hat?« Ihr Blick wanderte von Miss Wren zu Hadrian.

»Wir halten es für sehr wahrscheinlich, dass er von demselben Mann getötet wurde, der Lord Ravenhurst angegriffen hat«, antwortete Miss Wren. »Der Earl konnte ihn eindeutig identifizieren. Leider ist er aber tot.«

Die Witwe schwankte, und Miss Wren eilte an ihre Seite. Sie legte Mrs. Crawford ihren Arm um die Taille. »Ich halte Sie«, murmelte Miss Wren.

»Verzeihung«, flüsterte Mrs. Crawford leise. »Diese Nachricht ist einfach zu schockierend.«

»Kommen Sie und setzen Sie sich.« Miss Wren führte sie zum Sofa, und dort nahmen sie zusammen Platz.

Hadrian wählte einen Sessel, der dem Sofa gegenüberstand. »Es tut mir leid, dass dies so aufwühlend für Sie ist. Lassen Sie sich bitte versichern, dass wir nur versuchen, die Wahrheit herauszufinden. Dazu fehlt uns allerdings die Verbindung zwischen Ihrem Mann und Sir Henry.« Wenngleich es ganz so aussah, als ob diese Verbindung in Wahrheit zwischen Sir Henry und ihrem Schwiegervater, dem Mann auf der Fotografie bestand – zumal Martin Crawford Sir Henry Geld geliehen hatte.

»Ich kann nur bestätigen, dass mein Schwiegervater mit Sir Henry befreundet war. Mir war die Existenz der Fotografie vollkommen entfallen, doch sie war eines der zahlreichen Dingen, die Patricks Mutter ihm nach dem Tod seines Vaters im vergangenen Jahr geschenkt hatte.« Mrs. Crawford schwieg einen Moment, ehe sich dann ihre Augen kurz weiteten. »Einen Moment bitte. Nun erinnere ich mich, wer einer der anderen

Gentlemen ist. Er war zu der Beerdigung meines Schwiegerva-
ters gekommen. Sein Name ist Erasmus Blount.«

Hadrian spürte, wie ihn eine leichte Aufregung überkam.
Hoffentlich war Blount noch am Leben und bei guter Gesundheit. »Sie werden uns nicht vielleicht die Adresse von Mr. Blount
geben können?« Er hielt den Atem an und blickte zu Miss Wren,
deren Aufmerksamkeit ganz auf Mrs. Crawford gerichtet war.

»Er lebt in Brighton und ist gebrechlich. Letztes Jahr war es,
glaube, ich sehr anstrengend für ihn, nach London zu kommen.
Er hat eine Karte zu Patricks Tod geschickt, in der er sein
Bedauern mitteilte, dass er die Reise zur Beerdigung nicht
antreten konnte.« Mrs. Crawford schüttelte den Kopf. »Es ist mir
schleierhaft, warum mir das nicht bereits früher eingefallen ist.«
Sie blickte Miss Wren an. »Vermutlich liegt es an dem Kummer,
der manchmal zu viel Platz in meinem Kopf einnimmt.«

Miss Wren tätschelte der Frau die Hand. »Wir sind Ihnen so
dankbar, dass Sie sich an eine Einzelheit erinnern konnten, die
uns weiterhelfen könnte.«

»Wie soll dies eine Hilfe sein?«, fragte Mrs. Crawford.

»Wir werden mit Mr. Blount sprechen«, antwortete Hadrian.
»Er kann uns hoffentlich mehr über die Verbindung sagen, die
zwischen Ihrem Schwiegervater und Sir Henry bestanden hat.«

Miss Wren drehte ihr Gesicht nun Mrs. Crawford zu. »Ist
Ihnen vielleicht etwas über einen Schuldschein bekannt, den Sir
Henry bei Ihrem Schwiegervater hatte?«

Mrs. Crawford schüttelte den Kopf. »Nein. Sie könnten
meine Schwiegermutter danach fragen, was ich Ihnen aber nicht
empfehlen würde. Wegen Patricks Tod ist sie völlig am Boden
zerstört. Sie ist aufs Land gezogen. Nicht einmal ihre Enkel-
kinder machen ihr mehr Freude.« Mrs. Crawford schniefte.

»Das ist sehr schade«, meinte Miss Wren tröstend.

Mrs. Crawford blickte zu ihr. »Wurde Sir Henry ebenfalls
niedergestochen?«

»So ist es, und jemand hat versucht, es so aussehen zu lassen,

als wäre er eines natürlichen Todes gestorben«, führte Miss
Wren aus. »Meiner Vermutung nach ist der Tod Ihres Mannes als
zufälliger Angriff eines Straßenräubers dargestellt worden, der
zu weit gegangen ist.«

»Allerdings ergibt ein Straßenräuber, der seine Opfer
niedersticht, keinen Sinn«, entgegnete Hadrian. »Aus diesem
Grund habe ich Miss Wren beauftragt, der Sache nachzugehen.«

Mrs. Crawford legte vor Verwirrung die Stirn in Falten.
»Aber Sie sagten doch, Sie hätten den Täter identifiziert und er
sei bereits tot. Ist die Angelegenheit damit nicht geklärt?«

Miss Wren schüttelte den Kopf. »Nein. Denn wir glauben
nicht, dass der eigentliche Täter, der Ihren Mann und Sir Henry
getötet hat, ein Tatmotiv hatte. Viel wahrscheinlicher ist es, dass
er für das, was …. er getan hat, entlohnt wurde.«

»Wie abgebrüht.« Mrs. Crawford senkte den Blick auf ihren
Schoß und schniefte erneut.

»Wir werden Sie nicht länger stören.« Miss Wren berührte
kurz Mrs. Crawfords Hand, ehe sie sich erhob. »Nochmals vielen
Dank dafür, dass Sie uns empfangen haben. Ich werde in
Gedanken bei Ihnen bleiben.«

»Und bei meinen Kinder bitte«, bat Mrs. Crawford, ehe sie
sich mit ihrem Taschentuch die Augen abtupfte. »Sie sind noch
so klein. Meiner Befürchtung nach werden sie sich gar nicht an
ihren Vater erinnern. Verzeihen Sie mir.« Sie kniff die Augen zu
und verließ das Zimmer in aller Eile.

»Die armen Kinder«, meinte Miss Wren.

»Ich bedaure ihren Verlust sehr. Nun werde mich mehr denn
je bemühen, die Wahrheit darüber herauszufinden, was
geschehen ist.« Hadrian stand auf und trat zu der Fotografie.
Ohne zu zögern, nahm er sie in die Hand und öffnete seinen
Geist für alles, was er darin sehen könnte.

Blitzartig machte sich der Schmerz hinter seinen Augen
bemerkbar. Die tote Frau, Sir Henry ... rechts, ein anderer Mann,

von dem allerdings nur der Mittelteil zu sehen war. Und seine Hand. Er trug einen Ring an seinem kleinen Finger.

»*Ravenhurst.*« Miss Wren rüttelte ihn aus seiner Vision.

»Raven hat mir eigentlich besser gefallen«, brachte er ohne nachzudenken vor. Es hämmerte in seinem Kopf. Das musste der Grund sein, warum er sich die Hand auf die Stirn presste. Er war vollkommen in das Geschehen vertieft gewesen. Und was er gesehen hatte ... Ein Gefühl der Aufregung brandete in ihm auf, das den Schmerz für einen Moment verdrängte.

»Sie haben etwas gesehen, als Sie die Fotografie berührt haben«, raunte Miss Wren mit leiser Stimme. »Es passierte auch, als Sie das Bild vom Boden aufgehoben haben. Ich habe Ihre Reaktion gesehen.«

Noch immer hielt er die Fotografie in der Hand, doch im Augenblick war er nur von einem Durcheinander von Gefühlen erfüllt: Angst, Entsetzen, Schuldgefühle. »Ich habe dieselbe tote Frau gesehen«, sagte er. »Aber aus einer anderen Perspektive. Ich würde sagen, es war Crawfords Blickwinkel. Ich konnte Sir Henry sehen, der auf der anderen Seite des Körpers der Frau stand. Da war noch ein dritter Mann. Ich konnte einen Körperteil von ihm sehen – seine Hand.« Hadrian blinzelte und richtete seinen Blick dann auf Miss Wren. »Er trug einen Ring an seinem kleinen Finger. Einen Ring mit dem Buchstaben M.«

Daraufhin keuchte sie und riss die Augen weit auf. »Der Ring, den Sie haben?«

Nun nahm Hadrian ihn aus seiner Tasche und war froh, dass er ihn nicht hatte abgeben müssen – jedenfalls noch nicht. Er sah oder spürte rein gar nichts, was von dem Ring ausging, und mit einem Mal wurde ihm klar, dass dies seit dem Auffinden von Fitchs Leiche nicht mehr passiert war. Als er den Ring nun genau betrachtete, war er sicher, dass es sich um denselben handelte, den er in seiner Vorstellung gesehen hatte. »Ja. Wem auch immer dieser Ring ursprünglich gehörte, war diese Person mit Sir Henry, Crawford und der toten Frau zusammen. Das war wahrscheinlich vor dreißig Jahren.« Er blickte auf die Fotografie hinunter. »Wenn ich ihn berühre, würde ich glaube ich die Erinnerungen der Person sehen, der er gehörte. Der Blickwinkel auf der Fotografie löst diese Bilder aus.«

»Es handelt sich also heute um die Erinnerungen von Martin Crawford, die Sie sehen. Und mit Sir Henrys Fotografie haben Sie Sir Henrys Erinnerungen gesehen. Beiden Männern ist die schreckliche Erinnerung an diese tote Frau gemein«, stellte Miss Wren düster fest. »Warum können Sie die Erinnerungen des Mannes nicht sehen, der den Ring trägt? Sie *haben* doch den Ring.«

Hadrian reichte ihr die Fotografie und zog den Ring aus seiner Tasche. Er steckte ihn an seinen Finger und holte tief Luft. Noch immer hatte er furchtbare Kopfschmerzen. Dennoch nahm er die Fotografie wieder an sich. Für einen langen Augenblick war nichts zu erkennen, dann blitzte eine Farbe auf – es war das blau gemusterte Kleid der toten Frau. Er sah die Anstecknadel an ihrem Mieder.

Die Frau war nicht tot. Sie lächelte verführerisch, und ihre Augenlider waren vor Verlangen halb herabgesunken. Sie sprach, aber Hadrian konnte sie nicht verstehen. Er dachte, es könnte »Küss mich« gewesen sein. Dann schloss sie die Augen ganz und ihre Lippen teilten sich, als ob sie stöhnen würde.

Hadrian blickte von oben auf sie herab. Hände legten sich um ihren Hals. Sie wich nicht zurück. Sie bog den Kopf zurück, als wünschte sie sich diese Misshandlung sogar. Die Hände drückten zu. Sie riss die Augen auf und fing an, sich zur Wehr zu setzen. Sie packte die Handgelenke des Mannes mit ihren eigenen Händen. Ihr Gesicht wurde bleich. Sie riss den Mund auf und ihre Augen waren vor Panik geweitet. Dann erschlaffte sie. Die Fotografie fiel ihm aus der Hand. Er blinzelte. Dann brauchte er noch einen Augenblick, ehe er sich auf Miss Wren konzentrieren konnte. Sie hielt die Fotografie in der Hand. Ihr Gesicht war von Sorge gezeichnet. »Was haben Sie gesehen?«, fragte sie flüsternd.

»Der Mann, der diesen Ring trug, hat sie getötet. Er hat sie erwürgt.« Hadrian versuchte, sich einen Reim auf das Ganze zu machen. »Zuerst hat es ihr scheinbar gefallen – die beiden waren ... intim.« Sie hatten einen Liebesakt vollzogen. Dessen war sich Hadrian inzwischen sicher. Der Mann hatte angefangen, sie zu würgen, und sie hatte es offenbar genossen. Bis er zu weit gegangen war.

Miss Wren sah ihn mit offenem Mund an. »Wie grauenhaft. Ist alles in Ordnung mit Ihnen?«

»Ich bin sehr froh, dass dieser Fluch nichts mit Ihnen zu tun hat.« Sein Kopf fühlte sich an, als wäre er mit einer Axt gespalten worden. Er nahm den Ring ab und steckte ihn in seine Tasche zurück. Dann massierte er sich die Stirn. »Wir sollten nun gehen.«

»Wir sollten Erasmus Blount so schnell wie möglich einen Besuch abstatten«, meinte sie leise.

Hadrian nickte und wünschte sogleich, er hätte das nicht getan, denn es pochte noch immer heftig in seinem Kopf. »Morgen. Ich werde unsere Fahrkarten nach Brighton kaufen. Wir werden früh aufbrechen.«

KAPITEL 21

Nachdem sie das Haus der Crawfords am Nachmittag verlassen hatten, brachte er Miss Wren zu Mrs. Forsythe, wo sie mit ihrer Cousine über die mögliche Exhumierung sprechen und sie über die Freundschaft zwischen ihrem Vater, Martin Crawford und Erasmus Blount befragen wollte. Miss Wren hoffte, die Identität des vierten Mannes auf der Fotografie in Erfahrung bringen zu können. Beide waren sie sich sicher, dass es sich bei ihm um den Mörder der armen jungen Frau, von Patrick Crawford und Sir Henry handeln musste. Und von Fitch.

Sie hatten beschlossen, dass Hadrian währenddessen Inspektor Teague aufsuchen würde, um ihm mitzuteilen, was sie von und über Selwin erfahren hatten. Natürlich wollte Teague direkt selbst mit Selwin sprechen, und als er erfahren musste, dass der Arzt die Stadt verlassen hatte, war er verärgert gewesen. Zumindest war er einigermaßen froh darüber, zu wissen, wohin Selwin unterwegs war, damit die Polizei ihn zurückholen konnte, falls er nicht wie versprochen von selbst zurückkam.

Außerdem tauschten sie sich auch über die Besprechung aus, die Hadrian und Miss Wren mit Superintendent Newsome geführt hatten. Dabei hatte Hadrian auch die herablassende Haltung von Newsome gegenüber Miss Wren erwähnt sowie die Nachricht, die sie von Lowther erhalten hatte. Das hatte Teague nicht überrascht, denn die Polizei mochte es im Allgemeinen nicht, wenn sich jemand in ihre Ermittlungen einmischte. Selbst dann nicht, wenn die Fälle abgeschlossen waren oder die ermittelnde Partei über die dazu erforderlichen Kenntnisse verfügte, die Miss Wren Teagues Meinung nach unzweifelhaft besaß.

Hadrian hatte sich über dieses Lob gefreut und er konnte es kaum erwarten, Miss Wren mitzuteilen, dass sie zumindest einen Unterstützer bei Scotland Yard hatte. Hadrian wartete noch immer auf die »vertraulichen« Berichte über den Angriff auf ihn und Crawfords Mord Inzwischen bezweifelte er allerdings, dass er sie je zu lesen bekommen würde.

Es war bereits nach neun Uhr am Abend, als Hadrian an seinem Schreibtisch in seinem Arbeitszimmer saß und eine Zeitleiste der Ereignisse anfertigte, wobei er mit der Fotografie aus dem Jahr 1839 den Anfang machte. Er hatte noch immer Kopfschmerzen, aber ein Glas Whisky hatte die gröbsten Beschwerden gedämpft.

Hadrians Butler, Collier, trat durch in die offen stehende Tür des Arbeitszimmers. »Es tut mir leid, Euch zu stören, Mylord, aber am Dienstboteneingang ist ein Mann, der Euch zu sprechen wünscht. Er sagt, sein Name sei Gregson und er kündigte an, dass er Informationen habe, an denen Ihr Interesse habt.«

Hadrian schoss aus seinem Stuhl und wäre beinahe die Treppe hinuntergestürzt. Allerdings sollten sie in einer vertraulichen Umgebung miteinander sprechen und bestimmt nicht in der Spülküche. »Führen Sie Gregson doch bitte nach oben.«

Collier zögerte. »Ich sollte das nicht fragen, aber ist er an Ihren Ermittlungen beteiligt?«

Über die Einzelheiten seiner Ermittlungen hatte Hadrian sich ausgeschwiegen, aber er hatte Collier und seinem Kammerdiener Sharp in Kenntnis davon gesetzt, dass er hinter dem Mann her war, der ihn angegriffen hatte, und die Nachforschungen sich in der Zwischenzeit auf eine Reihe von Verbrechen ausgedehnt hatten.

»So ist es«, antwortete Hadrian. »Es überrascht mich nicht wenig, dass er hergekommen ist.«

»Ich führe ihn hinauf.« Collier machte kehrt und ging davon.

Während des Wartens wanderte Hadrian auf und ab, und überlegte sich dabei viele Fragen. Er hatte die Hoffnung gehegt, ein weiteres Mal mit dem Portier oder dem Kellner sprechen zu können, ohne sich jedoch sicher gewesen zu sein, wie oder wann er dies in die Wege leiten könnte. Angesichts dessen, was sie bei ihren Ermittlungen vorhin von Selwin erfahren hatten, kam ihm dies unglaublich gelegen und genau zur rechten Zeit.

Er wünschte, Miss Wren wäre hier. Hadrian würde sich die größte Mühe geben, um sich an jede Einzelheit des Gesprächs zu erinnern. Zudem würde er sicherstellen, dass er keine wichtige Frage ausließ.

»Mylord, Mr. Gregson ist hier«, verkündete Collier von der Tür aus.

Gregson, der seinen Hut zwischen den fleischigen Händen hielt, kam mit langsamen Schritten in das Arbeitszimmer. Mit wachsamen Blick schaute er sich im Zimmer um. Dann schaute er Hadrian an.

»Willkommen, Mr. Gregson.« Hadrian sah zu seinem Butler. »Danke, Collier.«

Der Butler entfernte sich und mit einem unüberhörbaren, endgültigem Klicken schloss er die Tür hinter sich.

Hadrian betrachtete den Portier – heute war er nicht in der Livree vom Farringer's, sondern er trug einen billig wirkenden braunen Anzug. Vorfreude durchströmte Hadrian, in die sich allerdings ein Tropfen Besorgnis mischte.

»Ich weiß es zu schätzen, dass Sie mich empfangen, Mylord.« Gregson klang so unsicher, wie er aussah.

»Ich freue mich sogar, Sie zu sehen« Mit einer einladenden

Geste wies Hadrian auf die kleine Sitzgruppe bei der Feuerstelle, wo glühende Kohlen Wärme ausstrahlten. »Bitte nehmen Sie doch Platz.«

Gregson ging zu einem der Sessel hinüber und schien zu zögern. Schließlich ließ er sich auf der Kante nieder, als wollte er sich nicht so richtig setzen.

»Machen Sie es sich bequem«, forderte Hadrian ihn auf.

Der Mann war bei ihrem Kennenlernen ängstlich gewesen, und trotzdem war er jetzt hierher gekommen. Hadrian hätte es lieber, wenn er nicht nervös wäre – oder Angst hätte. Trotzdem würde Hadrian auf der Hut sein, für den Fall, dass Gregson aus ruchlosen Beweggründen hergekommen war, obwohl er das stark bezweifelte. Der Mann wirkte keineswegs wie jemand, der Übles im Schilde führte. »Darf ich Ihnen ein Glas Wein einschenken oder wäre Ihnen Whisky lieber?«, bot Hadrian an.

Gregson blinzelte. »Ähm, nein, danke, Mylord.«

Hadrian setzte sich in den Sessel, der Gregson gegenüberstand. Er machte es sich bequem und sah den Mann mit einem ermutigenden Lächeln an. »Es ist sehr mutig von Ihnen, hierher zu kommen. Ich weiß, dass das nicht einfach gewesen sein kann.«

»Wissen Sie, aus welchem Grund ich hergekommen bin?«, fragte Gregson scheinbar überrascht.

»Ich kann mir den Grund denken. Neulich bei Farringer's war mir klar, dass Sie Angst hatten, zu viel zu sagen.«

Gregson nickte. »Ja, genau so war es. Dann kam Dunwell nach draußen.« Er zog eine Grimasse und drehte den Hut in seinen Händen. »Er hat sich über Sie und Ihre Freundin geärgert, weil Sie so viele Fragen gestellt haben.«

»Haben Sie ihm erzählt, worüber wir gesprochen haben?«, fragte Hadrian und sorgte sich um den Portier, da er wusste, dass Dunwell in die Verschleierung des Mordes an Sir Henry verwickelt war – wenn nicht Schlimmeres. Was hatte der Mann sonst noch auf dem Kerbholz?

Gregson schüttelte den Kopf und wischte sich mit der Hand

über die Stirn. »Nur, dass Sie nach Sir Henry gefragt haben. Ich sagte ihm, dass ich mich geweigert habe, Ihnen zu antworten und Sie aufgefordert habe, zu gehen.«

»Das war klug.« Hadrian war auf den Grund für den Besuch des Portiers gespannt. »Warum sind Sie heute Abend hergekommen?«

»Sie haben erzählt, dass Fitch tot ist. Ich habe gehört, dass er erdrosselt wurde.« Gregsons Schultern zuckten und sein Gesicht wurde eine Spur blasser.

»So ist es«, bestätigte Hadrian. »Haben Sie und Fitch bei Farringer's zusammengearbeitet?«

Gregson nickte. »Er war auch Portier. Er war schon länger dort als ich. Ich habe erst letzten Herbst angefangen.«

Hadrians Puls begann zu pochen. »Seit ich Sie neulich getroffen habe, konnte ich noch weitere Informationen beschaffen. Ich weiß nun, dass Sir Henrys Leiche von Farringer's in die Praxis seines Arztes in der Harley Street transportiert worden war. Ist der Transport von Fitch und Ihnen durchgeführt worden?«

Gregson presste sich die Hand auf den Mund. Für einen Moment richtete er den Blick auf die glühenden Kohlen, ehe er die Hand wieder in den Schoß sinken ließ. Er sah Hadrian mit Kummer und Bedauern in den Augen an. »Ja. In jener Nacht habe ich meinen Dienst an der Tür versehen, und Fitch war drinnen. Manchmal hatten wir Gentlemen, denen der Alkohol nicht gut bekam oder die wütend und irrational wurden, wenn sie ihr Geld verloren. Der Mann, der drinnen als Portier arbeitete, hat sie dann rausgeschmissen.«

»Ich verstehe. Wissen Sie, was sich dort drinnen abgespielt hatte? Sir Henry wurde niedergestochen, aber es wäre gut zu wissen, wer die Waffe geführt hat.« Hadrian betete, der Mann möge Fitch dessen bezichtigen.

»Was genau passiert ist, weiß ich nicht«, antwortete Gregson. Das zu hören war zwar eine Enttäuschung, aber sehr wahrscheinlich wusste Gregson *etwas* anderes, das hilfreich wäre. »Dunwell bat mich um meine Hilfe, um die Leiche nach hinten zu bringen, ehe sie von jemandem entdeckt wurde. Scheinbar hatte niemand gesehen, was im Kartenraum geschehen war. Nur Dunwell und Fitch waren dort gewesen. Und der tote Mann.«

Gregson holte tief Luft, ehe er weitersprach. »Ich konnte erkennen, dass der Mann – Sir Henry – niedergestochen worden war. Da war jede Menge Blut gewesen, und es schien aus einer Wunde an seiner rechten Seite zu sickern. Ich glaubte, sie könnte von einem Pistolenschuss stammen, doch ich hatte keinen Schuss gehört.« Er schluckte. »Und Fitch hält immer ein Messer griffbereit – oben in seinem Stiefel.«

Warum war Hadrian denn nicht eingefallen, Fitchs Leiche zu durchsuchen, als sie sie entdeckt hatten? Hätte er allerdings ein Messer bei sich getragen, wäre es sicher bei der Untersuchung aufgetaucht. Möglicherweise hat sein Mörder aber auch gewusst, dass ein Messer in seinem Stiefel steckte und hat es einfach mitgenommen.

»Glauben Sie, Fitch hat Sir Henry getötet?«, fragte Hadrian.

»Wenn ich darauf wetten könnte, würde ich es tun, aber das werde ich nicht. Dunwell bezahlt Fitch manchmal für Extraarbeit.« Gregson zögerte, bevor er hinzufügte: »Ich habe mich gefragt, ob Fitch für Geld zum Mörder würde.«

»Wie kommen Sie darauf?«

Gregson zog die Schulter hoch. »Vor einigen Wochen hat er eines Abends sein Messer geschärft. Ich meine, ich hätte getrocknetes Blut an der Klinge gesehen, doch so ganz sicher war ich mir da nicht. Trotzdem war Fitch ein Kerl, der mir nicht ganz geheuer war. Immer war er für einen Scherz zu haben, aber ich wollte ihn nicht reizen. Kurz nach dem Jahreswechsel hat er einen der Kellner im Farringer's verprügelt, bis dessen Augen völlig zugeschwollen waren. Und das nur, weil der Kellner sich einen Scherz über den neuen Goldring erlaubt hatte, den Fitch trug. Der Kellner hatte ihn gefragt, von wem er ihn gestohlen hatte. Das fand Fitch gar nicht komisch, und er hat geantwortet, er habe ihn fairerweise als Bezahlung bekommen. Dann verprügelte er den Kellner.«

Als Gregson davon erzählte, dass Fitch den Kellner verprügelt hatte, beschleunigte sich Hadrians Herzschlag – denn aller Wahrscheinlichkeit nach handelte es sich hierbei um eine der der ersten Visionen, die Hadrian gesehen hatte. Bei der Erwähnung des Rings, fing sein Herz dann an, noch schneller zu schlagen. »War in diesen Ring ein M eingraviert?«

Gregson blinzelte. »So ist es. Woher wissen Sie das?«

Hadrian stieß die Luft aus und zog den Ring aus seiner Tasche. Dann präsentiert er ihn auf seiner Handfläche. »Weil ich Fitch den Ring an dem Abend im Januar vom Finger gezogen habe, als er mich niederstach. Haben Sie eine Ahnung, wer ihm den Ring als Bezahlung gegeben hat?«

»Das weiß ich nicht. Nie hat er etwas gesagt, und nachdem er den Kellner verprügelt hatte, hat sich auch niemand mehr getraut, ihn etwas zu fragen. Keiner hat ihn mehr angesprochen, es sei denn, er hat das Wort an jemanden gerichtet.«

»Das klingt sehr charmant«, meinte Hadrian trocken. Doch er wollte die Frage wieder aufgreifen, was in der Nacht von Sir Henrys Tod geschehen war. »Nachdem Sie die Leiche aus dem Kartenzimmer entfernt hatten, transportierten Sie sie zusammen mit Fitch in die Harley Street. Hat Dunwell Sie begleitet?«

»Ja. Er ist mitgekommen, um dafür zu sorgen, dass gewisse Dinge erledigt wurden. Worum genau es dabei ging, weiß ich allerdings nicht, weil ich in der Kutsche warten musste. Dunwell hat nur gesagt, der Arzt müsse einen Totenschein ausstellen, ehe wir die Leiche zu ihm nach Hause bringen könnten.«

Hadrian musterte den Mann einen Moment lang. »Ihnen muss doch klar sein, wie gefährlich es für Sie ist, bei Farringer zu arbeiten, nachdem man das von Ihnen verlangt hat?«

»Das ist mir bewusst. Ich habe eine neue Stelle gefunden und heute meine Kündigung eingereicht. Dunwell war nicht erfreut.

Ich soll nicht gehen und auf keinen Fall ein Sterbenswort reden, hat er mir gesagt.«

»Hat er Sie bedroht?«

»Nicht direkt, doch ich muss zugeben, dass ich, insbesondere seit Fitch getötet wurde, wirklich Angst habe. Dann habe ich aber gelesen, dass der Mann verhaftet worden ist, der ihn ermordet hat.«

Hadrian runzelte die Stirn. »Es tut mir leid, Ihnen das sagen zu müssen. Ich glaube aber nicht, dass dieser Mann Fitch getötet hat.«

Gregsons Gesichtszüge wurden aschfahl. »Der Mörder ist also noch auf freiem Fuß?«

»Ja, aber ich bin kurz davor, ihn zu stellen. Es wird Ihnen nicht erspart bleiben, bei Scotland Yard eine Aussage zu Sir Henrys Tod zu machen.«

»Werde ich in Schwierigkeiten geraten?«, fragte Gregson, und Angst lag in seinem Blick.

»Nein. Sie sagen aus, dass Sie auf Anweisung Ihres Arbeitgebers gehandelt haben und Sie nach Ihrem damaligen Wissen nicht in ein Verbrechen verwickelt waren. Das erfuhren Sie erst, als Sie mit mir gesprochen haben.« Hadrian warf einen Blick auf die Uhr. »Es ist reichlich spät, um jetzt noch zu Scotland Yard zu fahren, und ich habe morgen Vormittag schon etwas vor. Am Nachmittag könnte ich Sie allerdings abholen und mit Ihnen nach Whitehall fahren. Wo sind Sie untergebracht?«

»Ich glaube nicht, dass ich zu meiner Unterkunft zurück möchte, wenn Fitchs Mörder noch auf der Lauer liegt«, meinte Gregson mit zitternder Stimme. »Fitch wurde in seiner Wohnung umgebracht.«

»Sie können hier bleiben«, sagte Hadrian. »Sie können in den Stallungen bei meinem Kutscher Quartier nehmen.«

Vor Erleichterung entspannte Gregson die Schultern. »Danke, Mylord.«

»Kommen Sie, ich bringe Sie zu den Stallungen.« Hadrian

stand auf. Er war über die Neuigkeiten, die er gerade erfahren hatte, ganz aufgeregt und konnte kaum erwarten, sie am Morgen mit Miss Wren zu erörtern.

~

TROTZ DER FRÜHEN Stunde war Ravenhurst pünktlich wie immer. Tilda hatte seine Kutsche ankommen sehen und war zur Tür geeilt. Vaughn war unten, um irgendetwas zu polieren, das nicht poliert werden musste.

»Guten Morgen«, begrüßte Ravenhurst sie, und sein Gesichtsausdruck war lebhafter als gewöhnlich. Sein Blick strotzte geradezu vor Aufregung.

»Sie sehen aus, als hätten Sie etwas zu berichten«, bemerkte Tilda, als sie nach draußen trat.

»So ist es in der Tat. Lassen Sie uns in der Kutsche Platz nehmen.« Er führt sie zu dem Gefährt, dessen Tür Leach ihnen aufhielt.

Tilda wartete kaum, bis er Platz genommen hatte, bevor sie wissen wollte, was er erfahren hatte. »Ich nehme an, Ihr Besuch bei Teague hat etwas Neues ergeben?«

»Nein, im Grunde genommen kamen die Neuigkeiten nicht von Teague. Gregson, der Portier von Farringer's, ist gestern Abend zu mir nach Hause gekommen. Er war sogar bereit, mir zu berichten, was er uns neulich Abend verheimlicht hat.«

Vor Ungeduld, den Bericht zu hören, setzte sich Tilda auf ihrer Sitzbank vor. »Es tut mir so leid, dass ich diese Unterhaltung verpasst habe.«

»Mir ebenso«, meinte Ravenhurst mit einem leisen Lachen. »Ich hatte mir tatsächlich gewünscht, Sie wären dabei gewesen. Diese Neuigkeiten ohne Sie zu hören war wirklich nicht dasselbe. Ich hätte gern noch zu Ihnen kommen wollen, um Ihnen davon zu erzählen, aber es war bereits nach zehn Uhr abends.«

»Das ist ein Jammer. Ich gehe in der Regel nicht so früh zu Bett, doch vermutlich ist dies ein wenig spät für einen Besuch. Wenn Sie allerdings in Zukunft wichtige oder sogar spannende Informationen zu berichten haben, hätte ich keine Einwände, wenn Sie zu dieser Stunde kommen. Sie würden mich keineswegs stören.«

»Das werde ich mir merken.«

Tilda wollte wieder auf das Thema zurückkommen, was eigentlich passiert war. »Gregson ist einfach bei Ihnen aufgetaucht?«

»Er stand am Dienstboteneingang. Seinen Posten bei Farringer's hat er gekündigt. Er bewies damit das erforderliche Maß an Klugheit, sich eine neue und sichere Arbeitsstelle zu suchen.«

»Darüber bin ich erfreut. Hat er noch einmal bestätigt, dass Fitch dort arbeitete?« Tilda hielt den Atem an, wenngleich sie sich dessen so gut wie sicher war.

»Ja. Er war ebenfalls Türsteher dort. Außerdem wurde er von Dunwell auch dafür bezahlt, andere Aufträge außerhalb des Clubs zu erledigen. Gregson konnte zwar nicht sagen, worum genau es sich dabei handelte, doch seiner Vermutung nach könnte Fitch jemanden getötet haben.« Ravenhurst zog die Augenbrauen in die Höhe. »Vor einigen Wochen hatte Fitch ein Messer mit getrocknetem Blut an der Klinge bei sich.«

Tilda war nicht im Geringsten überrascht, das zu hören, doch gleichzeitig war sie auch schockiert. »Vielleicht war das der Tag gewesen, an dem er Crawford getötet hat. Oder als er Sie niederstach.«

»Ganz genau. Es klang nicht so, als sei Fitch ein angenehmer Mensch gewesen. Gregson erzählte mir eine reichlich hässliche Geschichte über ihn. Kurz nach dem Jahreswechsel hat er einen der Kellner auf das Übelste verprügelt, als dieser ihm unterstellte, dass er etwas gestohlen habe. Diese Szene hatte ich als meine allererste Vision gesehen, ohne damals jedoch eine Ahnung zu haben, was genau sie bedeutet.« Ravenhurst verstummte kurz, und Tilda war sich sicher, dass er gleich etwas Bedeutsames von sich geben würde. »Fitch wurde gewalttätig, als der Kellner sich einen Scherz darüber erlaubte, dass er den goldenen Ring, den er trug, gestohlen haben musste.«

Tilda holte tief Luft. »*Mit einem eingravierten M.*«

Ravenhurst nickte auf eine leicht triumphierende Weise. »Ich habe Gregson den Ring gezeigt, der daraufhin berichtete, dass Fitch ihm erzählt habe, er hätte diesen Ring als Bezahlung erhalten.«

»Von dem Mann, der diese arme Frau vor über dreißig Jahren erwürgt hat. Ich nehme an, Gregson weiß nicht, wer dieser Mann ist?« So sicher, wie sie sich war, dass Gregson eine Bestätigung von Fitchs Anstellung bei Farringer's abgeben würde, war sie sich andererseits ebenso sicher, dass er die Identität des Mörders nicht kannte.

»Das wäre auch wirklich zu simpel für uns, nicht wahr?«, bemerkte Ravenhurst mit einem sardonischen Lächeln. »Gregson war dabei gewesen, als sie Sir Henrys Leiche zu Dr. Selwin gebracht haben – und zwar zusammen mit Fitch und Dunwell. Der Geschäftsführer wies Gregson allerdings an, in der Kutsche zu bleiben, während Selwin sich darum kümmerte, Sir Henry zurechtzumachen und einen Totenschein mit falschen Angaben auszustellen.«

Tilda pochte das Herz. »Hat Gregson bestätigt, dass Fitch für Sir Henrys Ermordung verantwortlich ist?«

Ravenhurst stieß einen frustrierten Atemzug aus. »Leider war das nicht der Fall, denn er stand draußen vor der Tür, als dies geschah, und Fitch war drinnen. Gregson hält es allerdings für sehr wahrscheinlich, dass Fitch der Täter ist. Sir Henry schien erstochen worden zu sein, und Gregson wusste, dass Fitch immer ein Messer in seinem Stiefel hatte.«

»Wie praktisch für einen Mörder«, murmelte Tilda.

Sie kamen am Bahnhof London Bridge an, und der Kutscher

öffnete die Tür. Ravenhurst stieg aus und half dann Tilda aus der Kutsche.

Raschen Schrittes begaben sie sich auf den Bahnsteig. Ravenhurst führte sie zu ihrem Waggon und hielt ihr die Tür auf, als sie einstieg. Auf beiden Seiten des Abteils befand sich eine mit dunkelrotem Samt bezogene Sitzbank. Sie setzten sich einander gegenüber.

Tilda konnte sich des Gedankens nicht erwehren, dass sie, hätte Ravenhurst sie nicht eingestellt, im ungepolsterten Abteil im hinteren Zugbereich gesessen hätte, denn mehr hätte sie sich nicht leisten können. Zudem wäre die Reise sehr ermüdend gewesen.

»Sind Sie mit Gregson zu Scotland Yard gegangen?«, fragte Tilda, um ihre Unterhaltung fortzusetzen, die sie bei Verlassen der Kutsche unterbrochen hatten.

»Das bin ich noch nicht. Wie ich schon sagte, war es reichlich spät geworden, und wir beide wollten ja heute früh aufbrechen. Heute Nachmittag werde ich mit ihm hingehen, und natürlich sind Sie herzlich eingeladen, sich uns anzuschließen.«

»Das würde ich keinesfalls verpassen wollen.«

Sie dachte an Fitchs Ermordung und hegte die Befürchtung, Gregson könnte ein ähnliches Schicksal drohen, wenn er auch nicht so stark involviert war. »Sind Sie der Ansicht, dass Gregson in Sicherheit ist?«

»Gregson hat das geglaubt. Sobald ich ihm allerdings eröffnete, dass ich den wegen Mordes an Fitch verhafteten Mann für unschuldig halte, traute er sich nicht mehr in seine eigene Unterkunft. Die Nacht hat er mit Leach in meinen Stallungen verbracht. Er frühstückte im Dienstbotenbereich, als ich heute Morgen aufbrach. Er wird den ganzen Tag im Stall arbeiten, bis ich später wiederkomme – er selbst hat darauf bestanden.«

»Ich freue mich sehr, dass Sie das getan haben«, bemerkte Tilda, die den Earl für einen einzigartigen Gentleman hielt. Noch nie hatte sie einen Mann wie ihn kennengelernt. In vielerlei

Hinsicht erinnerte er sie an ihren Vater. Sein Wesen war zuvorkommend und fürsorglich. Und er war gerecht.

»Wie ist Ihr Besuch bei Mrs. Forsythe gestern verlaufen?«,
fragte Ravenhurst und demonstrierte damit seine große Umsicht.

»Ich habe mir Sorgen gemacht, Millicent könnte sich über die
Möglichkeit der Exhumierung ihres Vaters aufregen, doch sie
war nicht beunruhigt. Es war eher das Gegenteil der Fall, denn
sie wollte unbedingt Antworten auf seinen Tod. Wenn eine
Autopsie dabei von Nutzen sein könnte, ist sie auf jeden Fall
dafür.« Tilda unterbrach sich kurz, ehe sie noch hinzufügte:
»Allerdings war ihr auch daran gelegen, dass ein anderer die
Kosten für diese Maßnahme übernimmt. Ich bin Ihnen wirklich
sehr dankbar, dass Sie das angeboten haben.«

»Es ist nur ein weiterer Kostenpunkt im Zusammenhang mit
den Ermittlungen«, entgegnete Ravenhurst. »Es erleichtert mich
wirklich sehr, dass Ihre Cousine sich nicht aufgeregt hat.«

»Als ich nach den Freundschaften ihres Vaters mit Crawford
und Blount fragte, konnte Millicent mir allerdings nur sagen,
dass Blount nach Sir Henrys Tod eine Beileidskarte geschickt
hatte.« Tilda hielt sich an der geschnitzten Armlehne aus Holz
ihrer Sitzbank fest, als der Zug nun anfuhr. »Sie wusste noch,
dass ihr Vater einige enge Freunde hatte, mit denen er sich regelmäßig zum Kartenspielen und im Herbst zu einer Jagdgesellschaft traf, aber da diese Aktivitäten sie in keiner Weise betrafen,
hatte sie ihnen auch keine Beachtung geschenkt. Ob Blount
Mitglied dieser Gruppe gewesen war oder nicht, hat sie mir nicht
sagen können. Wie ist Ihr Treffen mit Teague verlaufen?«

»Er hat großes Interesse bekundet, mehr über Selwin zu
erfahren, aber er war über meine Entscheidung nicht erbaut, ihm
zu erlauben, die Stadt zu verlassen. Dann erinnerte ich ihn in
aller Freundlichkeit daran, dass ich nicht zum Polizeistab gehöre,
während die zuständigen Behörden den Fall ohne angemessene
Ermittlungen zu den Akten gelegt hatte.«

Tilda schmunzelte. »Wie hat er ihre Antwort aufgenommen?«

»Er hat sie verstanden. Wenn mein Gefühl mich nicht trügt, ist er über die Abwicklung dieser Ermittlung frustriert. Anscheinend liegt ihm tatsächlich daran, die Wahrheit ans Licht zu bringen.«

»Denn im Gegensatz zu Inspektor Padgett ist er offenbar nicht korrupt.« Tildas Augen wurden schmal. »Ich würde zu gerne wissen, welche Rolle Padgett bei der ganzen Sache spielt. Hat er die Fälle nur abgeschlossen und die Akten als vertraulich eingestuft, um zu verhindern, dass jemand weiter nachforscht und die Wahrheit erfährt?«

»Ich freue mich schon darauf, auch darauf eine Antwort zu finden. Wir machen gute und rasche Fortschritte«, meinte Ravenhurst aufmerksam. »Ich habe das Gefühl, dass nicht mehr viel fehlt, bis wir alles herausgefunden haben und den Fall lösen können.«

»Falls Blount den vierten Gentleman auf dem Foto identifizieren kann, glauben Sie dann, dass wir damit die wahre Identität der Person erfahren, die hinter allem steckt?«

»Ja, wobei ich allerdings bemüht bin, nicht zu voreilig zu sein«, meinte er mit einem Lachen.

»Ich habe Sir Henrys Fotografie mitgebracht, um sie Blount zu zeigen.« Sie hatte das Bild in ihrem Retikül verstaut.

Bewunderung blitzte in Ravenhursts Augen auf. »Das war sehr klug. Ich war vermutlich davon ausgegangen, dass er ebenfalls eine Fotografie besitzt, da er ja auf dem Bild war.«

»Das ist schon möglich, doch ich wollte das Risiko nicht eingehen, dass er vielleicht alles vergessen hat oder er gar nicht weiß, nach welcher Fotografie wir ihn fragen. Die Sache liegt schließlich dreißig Jahre zurück. Möglicherweise hat er das Bild nicht mehr, und wenn er jemals eines hatte, ist ihm vielleicht nicht mehr in Erinnerung.«

Während der restlichen Fahrt besprachen sie ihren Fall. Ravenhurst zog ein Papier aus seinem Mantel. »Ich habe eine Zeitleiste der Ereignisse erstellt, und zwar anhand der uns bekannten Daten, und auch eine Liste der Akteure in diesem sich ständig ausweitenden Plan erstellt. Er reichte ihr das Papier.

Tilda lächelte. »Ich habe das Gleiche getan.« Sie zog ihre Version aus ihrem Retikül und reichte sie ihm.

Ravenhurst lachte. »Was für gute Partner wir sind.« Beide verstummten sie, während sie die Aufzeichnungen des jeweils anderen durchgingen.

»Wir haben einen Drahtzieher, der alle Fäden in der Hand hält«, begann Tilda.

»Der Mann, dem der goldene Ring mit dem M ursprünglich gehörte und der 1839 diese junge Frau getötet hat«, fuhr Ravenhurst fort.

»Dieser Mann ist auch für den Tod von Sir Henry und Patrick Crawford verantwortlich.« Ihr Blick fiel auf Ravenhurst. »Und für den Angriff auf Sie.«

»Der Angriff auf mich hatte eigentlich Crawford gegolten. Stellen Sie sich vor, wenn Fitch diesen Fehler nicht gemacht hätte, wäre der Drahtzieher mit seinen Machenschaften vielleicht erfolgreich gewesen.«

»Abgesehen davon, dass wir seine Identität nicht kennen, tappen wir über sein Tatmotiv auch noch vollkommen im Dunkeln.«

Ravenhurst hielt den Kopf ein wenig schief und blickte aus dem Fenster auf die vorbeiziehende Landschaft. »Wir wissen, dass er vor dreißig Jahren jemanden getötet hat und wir wissen auch, dass zwei Männer bei ihm und der Leiche waren. Diese beiden Männer – nun ja, der Sohn von einem dieser Männer – sind tot. Wenn er sie umbringt, bliebt sein Geheimnis weiterhin gewahrt.«

»Warum aber sollte er sie jetzt töten? Um zu verhindern, dass sie sein Verbrechen aufdecken? Warum hat er das nicht schon vor dreißig Jahren getan?«

»Es muss irgendeinen Auslöser für diese Serie von Ereignissen gegeben haben«, meinte Ravenhurst. »Hoffentlich wird

Blount in der Lage sein, uns zu sagen, wer der vierte Mann auf der Fotografie ist, und vielleicht kann er uns etwas über die tote Frau erzählen.«

Tilda warf ihm einen überraschten Blick zu. »Sie meinen, wir sollen ihn direkt nach ihr fragen?«

Er warf ihr einen finsteren Blick zu. »Das müssen wir, denke ich.«

Eine Zeit lang herrschte Schweigen, während sie beide in Gedanken versunken waren. Tilda sah auf die vorbeiziehende Landschaft hinaus, aber sie war zu sehr mit ihren Gedanken beschäftigt, um sie zu genießen. Das war ein Jammer, da sie London bislang nur selten verlassen hatte.

Als der Zug endlich in den Bahnhof einfuhr, wurde Tilda von einen Anflug der Vorfreude überkommen. Bald würden sie Antworten bekommen.

KAPITEL 22

Am Bahnhof von Brighton angekommen, nahm Hadrian eine Mietdroschke, die sie zum Haus von Erasmus Blount in der Nähe des Queen's Park brachte. Dort angekommen führte er Miss Wren bis zur Haustür.

»Ich bin so nervös«, flüsterte sie, sobald sie oben auf der Treppe standen. »Was ist, wenn Blount gar nicht zu Hause ist?«

»Er wird da sein.« *Er muss zu Hause sein,* dachte Hadrian.

Er klopfte, und eine stämmige Haushälterin öffnete ihnen die Tür. Hadrian reichte ihr seine Karte und lächelte. »Guten Tag, wir sind aus London gekommen, um Mr. Blount zu besuchen.« Er hoffte, dass die Erwähnung der weiten Anreise ihrer Sache dienlich sein würde.

Die Haushälterin beäugte sie skeptisch. »Ich verstehe. Sind Sie mit Mr. Blount bekannt? Wissen Sie, dass er gebrechlich ist?«

»Wir sind keine Bekannten von ihm«, antwortete Miss Wren sanft. »Verzeihen Sie unsere Aufdringlichkeit, aber Mr. Blount war ein Freund meines Cousins. Er ist vor kurzem gestorben, und ich hatte gehofft, dass Mr. Blount uns einige Informationen geben könnte, die unserer Familie in dieser schweren Zeit Trost spenden.«

»Mein Beileid«, bekundete die Haushälterin, als sie die Tür weiter öffnete. »Bitte kommen Sie herein. Ich werde Mr. Blount sagen, dass Sie hier sind. Ich bin sicher, dass er Ihnen Trost spenden will, wenn er kann. Ich bin gleich zurück.«

Die Haushälterin verließ die kleine Diele und begab sich ins Treppenhaus. Einige Minuten später warteten sie gespannt auf ihre Rückkehr, und dann wurden sie von ihr in den kleinen Salon geführt, dessen Fenster auf die Straße hinausging.

Mr. Blount saß in einem Sesseln beim Kamin, und seine Füße waren auf einem Schemel gebettet. Neben ihm befand sich ein Tisch, auf dem sich Bücher und Zeitungen stapelten. Er war vollständig angezogen, aber seine Kleidung wirkte ein bisschen zerknittert, als hätte er den ganzen Vormittag in diesem Sessel gesessen. Die Brille saß ihm auf der Nase, während er seinen Blick auf Hadrian und Miss Wren richtete.

»Lord Ravenhurst?«, fragte Blount in einem etwas barschen Ton.

Hadrian nickte. »Ja, und das ist meine Privatermittlerin, Miss Wren.«

Blount richtete seinen Blick auf sie. »Meine Haushälterin sagt, dass Ihr Cousin vor kurzem gestorben ist und dass ich Ihnen einige Informationen geben kann. Wer war Ihr Cousin?«

Hadrian bemerkte, dass er sie nicht einlud, sich zu setzen. Dennoch rückte er näher an den Sessel des Mannes heran, und Miss Wren folgte ihm.

»Sir Henry Meacham«, antwortete Miss Wren.

Blount begann zu husten. Er drückte sich ein Taschentuch vor den Mund, während sich sein Gesicht vor Anstrengung rötete. Als er sich erholt hatte, griff er nach einem Glas Wasser auf dem Tisch neben seinem Sessel und trank einen Schluck.

»Es tut uns schrecklich leid, Sie zu behelligen«, sagte Miss Wren. »Das hätten wir auch nicht getan, wenn die Sache nicht von entscheidender Bedeutung wäre.«

»Ich wusste, dass Sir Henry gestorben ist«, brachte Blount von einem weiteren leichten Husten unterbrochen vor.

»Ja, seine Tochter informierte mich, dass Sie eine Beileidskarte geschickt haben. Ich danke Ihnen.«

»Ich glaube nicht, dass ich Ihnen helfen kann.« Blount sah sie nicht an. Stattdessen blickte er ins Feuer. »Ich habe Sir Henry schon seit vielen Jahren nicht mehr gesehen. Und wir haben nicht korrespondiert.«

»Wir wollen nicht zu viel von Ihrer Zeit in Anspruch nehmen, Mr. Blount«, kündigte Miss Wren an. »Deshalb komme ich auch gleich auf den Grund unseres Kommens zu sprechen. Ich habe eine Fotografie, die Sir Henry gehörte, und wir sind nicht in der Lage, die vierte Person darauf zu identifizieren. Da Sie auf dem Bild zu sehen sind, haben wir gehofft, Sie könnten uns sagen, wer dieser Gentleman ist.« Sie nahm das Foto aus ihrem Retikül und zeigte es Blount.

Der Mann begann wieder zu husten und musste nach Luft schnappen, als er geendet hatte. »Da kann ich Ihnen leider nicht helfen.«

Hadrian konnte sehen, dass der Mann sich nur weigerte, aber sie brauchten dringend seine Hilfe. »Mr. Blount, bitte. Das sind Sie mit Sir Henry und Martin Crawford. Bitte sagen Sie uns, wer der vierte Mann ist.«

Blount hustete einmal und nahm einen weiteren Schluck Wasser. Er griff nach der Fotografie und hielt sie sich vor das Gesicht. »Er ist unscharf.«

»Das sind Sie auch«, gab Hadrian darauf zurück. »Aber Mrs. Patrick Crawford hat sich daran erinnert, dass Sie der zweite Mann von links sind. Ist es nicht so?« Einen kurzen Moment lang befürchtete Hadrian, Mrs. Crawford könnte sich vielleicht geirrt haben.

»Das bin ich.« Blount wirkte sehr niedergeschlagen. Leise murmelte er etwas, was sich fast wie »Herr, vergib mir« anhörte, und worauf er ein Seufzen folgen ließ. Er deutete auf den Mann auf der rechten Seite. »Das ist Henry und das ist Crawford.« Sein Finger wanderte zu dem Mann neben Sir Henry. »Das bin ich.« Er deutete auf den zweiten Mann von links. Seine Hand zitterte, als sein Finger nach links wanderte, zu der undeutlichsten Abbildung. »Und das ist Ardleigh.«

»Sie meinen Viscount Ardleigh?«, fragte Hadrian erstaunt.

Blount nickte und schob Miss Wren die Fotografie wieder zurück. »Ich verabscheue diese Fotografie.«

»Sie ist nicht sonderlich gut gelungen, nicht wahr?«, meinte Miss Wren mit einer Spur von Sympathie. »Hatten Sie nicht Ihre eigene Aufnahme? Das hier gehörte Sir Henry, und Mrs. Crawford hat dasjenige in ihrem Besitz, das ihrem Schwiegervater gehört hatte.«

»Ich hatte mal eine dieser Fotografien, aber ich habe sie verbrannt. Ardleigh hatte auch eine. Auf seiner ist gar nichts unscharf. Er hat die beste von allen behalten, weil er für die Aufnahmen bezahlt hatte.«

»Das war im Jahr 1839«, stellte Hadrian fest. »Wo waren Sie?«

»Auf Ardleighs Anwesen in Essex. Ardleigh veranstaltete jeden Herbst Jagdpartys. Das war die letzte, an der wir teilgenommen haben.« Blount hustete erneut und runzelte die Stirn. »Sie müssen gehen.«

»Das werden wir gleich, das verspreche ich«, sagte Miss Wren leise. »Dies ist so wichtig, und ich bin Ihnen für Ihre Hilfe sehr dankbar.« Sie sah zu Hadrian hinüber, und er wusste, dass dies die einzige Gelegenheit war, die er bekommen würde, um zu fragen, was sie am dringendsten wissen mussten, nachdem sie Ardleighs Identität nun kannten.

Obwohl Hadrian wusste, dass es Ardleigh war, der die Frau getötet hat, die er in seinen Visionen sah, stellte er absichtlich eine vage Frage. »Mr. Blount, was hat eine tote junge Frau mit dieser Fotografie zu tun?«

Der Husten des älteren Mannes setzte wieder ein, und es war

schlimmer als zuvor. Er wurde scharlachrot und rang nach Luft. Eine Frau mittleren Alters stürmte in den Raum und sah sie stirnrunzelnd an. Sie trug eine gestärkte weiße Schürze und eine Haube. Hadrian vermutete, dass sie seine Krankenschwester war.

Sie wedelte mit einem Kräutersäckchen vor Blount. »So, jetzt. Ganz ruhig. Versuchen Sie zu atmen.«

Blount rang mit sich, bekam aber schließlich wieder Luft, und der Husten ließ nach. Die Krankenschwester drehte ihren Kopf zu Hadrian und Miss Wren. »Sie müssen Mr. Blount jetzt allein lassen.«

Kopfschüttelnd nahm Blount das Glas Wasser, das ihm die Schwester entgegenhielt. Er trank einen Schluck und holte dann tief Luft. »Lassen Sie uns allein, Schwester. Die Herrschaften werden in Kürze gehen.«

Die Krankenschwester sah nicht erfreut aus, doch sie ging eilig aus dem Zimmer.

Hadrian mit einem finsteren Blick fixierend, fragte Blount: »Woher wissen Sie von dieser Frau?« Sein Blick wanderte zu Miss Wren. »Hat Henry Ihnen davon erzählt, bevor er starb?« Sein Tonfall enthielt eine anklagende Note.

Miss Wren warf Hadrian einen überraschten Blick zu. »Das hat er nicht getan. Woher wir das wissen, kann ich leider nicht sagen, aber wir wissen es.«

Blount schniefte und lenkte den Blick für einen Moment auf den Fußboden. »Ich nehme an, es ist an der Zeit, die Wahrheit zu sagen. Warum nehmen Sie nicht Platz?« Er zeigte zu dem Sofa in der Nähe.

Hadrian und Miss Wren setzten sich zusammen und tauschten besorgte Blicke aus.

Blount nahm seine Brille ab und legte sie auf eines der Bücher, die sich auf dem Tisch neben seinem Stuhl stapelten. Er massierte sich den Nasenrücken. Schließlich sagte er: »Ardleigh hatte schon immer ein Faible für junge Frauen. In unserer Jugend war er, wie ich annehme, sehr attraktiv, und das schöne

Geschlecht buhlte typischerweise um seine Aufmerksamkeit. Er kokettierte meist mit ihnen, aber später erfuhren wir, dass er es viel weiter trieb, insbesondere mit den Frauen, die in seinem Dienst standen.« Blount sah Hadrian an, und seine Züge zeigten deutlich, wie müde er war. »Er wurde manchmal grob zu ihnen. Das hat er uns erzählt, als wir ihn bei der Jagdgesellschaft über der Frau stehend ertappt haben. Sie stand *nicht* in seinen Diensten, sondern war die Tochter eines Nachbarn. Sie hatten sich zu einem Schäferstündchen in der Nähe der Stelle getroffen, wo das Grundstück ihres Vaters an Ardleighs grenzte. Das geschah am Tag, bevor die Fotografie gemacht wurde.«

»Er hat die junge Frau getötet?« Hadrian kannte die Antwort natürlich schon.

»Er sagte, es sei ein Unfall gewesen, sie habe seine Aufmerksamkeiten genossen. Ardleigh hatte ihr die Hände um den Hals gelegt, während sie ...« Blount warf Miss Wren einen scharfen Blick zu. »Vielleicht sollten Sie das nicht hören.«

»Es ist schon in Ordnung, Mr. Blount«, beruhigte sie den Mann. »Mein Vater war Sergeant bei der Metropolitan Police, und ich bin Privatermittlerin.«

»Fahren Sie fort, Mr. Blount«, forderte Hadrian ihn auf.

Blount nippte an seinem Wasser, bevor er fortfuhr. »Ardleigh fand Gefallen daran, seine Bettpartner in Bedrängnis zu bringen. In diesem Fall ist er zu weit gegangen. Er behauptete, er habe sie aus Versehen getötet.«

Miss Wrens Gesicht verlor ein bisschen Farbe, doch sie äußerte sich nicht. Hadrian verspürte den Drang, ihre Hand zu ergreifen. Das tat er allerdings nicht. Später würde er ihr Trost spenden – wenn das ihr Wunsch wäre.

»Ardleigh war sehr verzweifelt. Er schluchzte. Wir alle glaubten ihm. Nun, wir alle, außer vielleicht Sir Henry. Es stellte sich heraus, dass Ardleigh so etwas schon einmal getan hatte. Vier Jahre zuvor hatte es bereits einen ›Unfall‹ mit einem Dienstmädchen in seinem Haus in London gegeben. Auch bei jener

Gelegenheit hatte Sir Henry ihm geholfen, die Sache zu beseitigen.«

»Haben Sie alle das mit der jungen Frau gemacht, die Ardleigh bei der Jagd getötet hat?«, fragte Hadrian. »Sie haben sie ›beseitigt‹?«

Blounts Kinn bebte, und seine Hände zitterten wieder. »Wir haben ihm geholfen, sie zu begraben. Ihre Familie war am Boden zerstört, weil sie verschwunden war. Ich finde es noch immer furchtbar, dass diese armen Leute keine Ahnung haben, was mit ihr passiert ist.« Ein weiterer Hustenanfall überkam ihn. Tränen liefen ihm über die Wangen. Hadrian konnte nicht sagen, ob sie die Folge des Hustens waren oder vom tiefen Bedauern herrührten.

Als Blount sich wieder erholt hatte, hielt Miss Wren das Foto hoch. »Am nächsten Tag haben Sie alle dafür posiert, als wäre nichts passiert?«

»Das wollten wir nicht. Crawford wollte gleich als Erstes abreisen, aber Ardleigh hatte den Termin für die Aufnahme bereits arrangiert und bezahlt. Er bestand darauf, dass wir alle bleiben, denn wir seien schon zu lange befreundet.« Blount hustete wieder leicht und trank mehr Wasser. »Danach waren wir vier nie wieder zusammen. Crawford hielt sich von uns allen fern. Ich glaube, Sir Henry und Ardleigh blieben befreundet. Ein paar Jahre später verließ ich London. Ich hasste es, Ardleigh über den Weg zu laufen und die Erinnerungen, die das weckte.« Blount wischte sich mit der Hand über die Nase, während er auf seinen Schoß hinunterblickte. »Ich hasse mich immer noch.«

Hadrian und Miss Wren tauschten einen betrübten Blick aus. Was konnten sie zu Blount sagen, um seinen Kummer zu lindern? War dies überhaupt ihre Aufgabe?

»Es ist gut, dass Sie uns diese Geschichte jetzt erzählen«, sagte Miss Wren mit einem kleinen, aufmunternden Lächeln. »Wir werden unser Bestes geben, um Ardleigh vor Gericht zu bringen.«

»Ich kann mir vorstellen, wie schwer es für Sie gewesen sein muss, diese Geheimnisse die ganzen Jahre über zu hüten und sie jetzt preiszugeben«, meinte Hadrian. »Hoffentlich wird es Ihnen damit leichter fallen, das, was Sie uns erzählt haben, einem Inspektor von Scotland Yard zu erzählen.«

Blount schüttelte den Kopf. »Ich kann unmöglich nach London reisen.«

»Natürlich nicht, und das wird auch niemand von Ihnen erwarten«, versicherte Miss Wren. »Der Inspektor kann hierher kommen und Ihre Aussage aufnehmen.«

»Wird das denn überhaupt eine Rolle spielen?«, fragte Blount mit niedergeschlagener Stimme. »Das Verbrechen liegt so lange zurück, und es hat nicht einmal in London stattgefunden.«

»Das ist zwar richtig, aber scheinbar steht dieses Verbrechen mit dem Tod von Patrick Crawford und Sir Henry in Verbindung. Ein Mann wurde dafür bezahlt, die beiden zu töten. Er trug einen goldenen Ring mit dem eingravierten Buchstaben M, der ihm als Bezahlung gegeben wurde.«

»Der Ring gehörte Ardleigh.« Blount hustete. »Das M steht für seinen Nachnamen, Mattingly. Bevor er Viscount wurde, nannten ihn alle Matty. Es wundert mich allerdings, dass er den Ring verschenkt hat. Er hat ihn von seinem Vater geschenkt bekommen.«

»Vielleicht war er bereit, alles daranzusetzen, um seine Geheimnisse zu bewahren«, schlug Hadrian vor.

»Das glaube ich mit jeder Faser meines Wesens. Wann immer ich ihn vor meiner Abreise aus London sah, fragte er mich, ob ich ›unser‹ Geheimnis bewahrt hätte.« Blount grinste. »Ardleigh legte großen Wert darauf, dass wir alle einen Anteil an dem Geschehen hatten, und es damit geheim blieb. Wenn er jemanden für den Mord an Sir Henry bezahlt hat, muss er der Ansicht gewesen sein, dass Sir Henry ihn bloßstellen wollte.«

Miss Wren stieß einen hörbaren Atemzug aus. Hadrian schaute zu ihr hinüber und sah, dass sie ihre Augen für einen

Moment geschlossen hatte. Als sie sie öffnete, erkannte er eine helle Lebendigkeit darin. Auf dem Sofa sitzend drehte sie den Oberkörper zu ihm hin. »Whitley sagte, Sir Henry habe geglaubt, er käme an eine große Summe Geld. Und wenn er Ardleigh erpresst hat? Hardacre sagte, er habe schon einmal eine Erpressung in Erwägung gezogen.«

»Sie sind brillant«, versicherte Hadrian mit einem kurzen Lächeln. »Aber warum wurde Crawford getötet?«

Blount ergriff das Wort. »Ich kann nicht sagen, warum Martins Sohn getötet wurde, aber von uns dreien, die an diesem Tag mit Ardleigh zusammen waren, wäre Martin derjenige gewesen, der die Wahrheit über diesen Vorfall ans Licht gebracht hätte. Er war so entsetzt, dass er sogar einen Versuch unternahm, davonzulaufen, während wir das Grab des armen Mädchens aushoben.«

»Warum hat er es nicht getan?«, fragte Miss Wren.

»Ardleigh überzeugte ihn, davon abzusehen, da er ohnehin bereits Teil des Geschehens sei.« Blount runzelte die Stirn, tiefe Falten bildeten sich um seinen Mund. »Martin war anfangs nicht so recht zu überzeugen, doch dann wurde Ardleigh beängstigend. Er drohte zwar nicht ausdrücklich mit Gewalt, aber in seinem Verhalten lag eine kalte Bosheit, die mich nicht daran zweifeln ließ, dass Ardleigh, Unfall oder nicht, nicht davor zurückschrecken würde, einem anderen das Leben zu nehmen.«

»Wie entsetzlich«, murmelte Miss Wren. »Könnte es sein, dass Ardleigh dachte, Martin Crawford habe dieses Geheimnis seinem Sohn anvertraut? Vielleicht hatte Ardleigh Angst, dass Patrick Crawford ihn entlarven würde.«

»Es ist rätselhaft. Meines Erachtens sollte ich wohl froh sein, dass er mich nicht auch noch umgebracht hat.« Blount bekam einen weiteren Hustenanfall, und Hadrian beschloss, dass sie gehen sollten.

Hadrian stupste Miss Wren kurz an. Sie sah zu ihm und nickte. Dann erhoben sie sich beide.

Als Blount sich von seinem Anfall wieder erholt hatte, verabschiedete sich Hadrian mit den Worten: »Wir können Ihnen nicht genug dafür danken, dass Sie mit uns gesprochen haben.«

»Ja«, stimmte Miss Wren zu. »Es tut uns leid, dass wir Sie belästigen mussten, aber ich bin sicher, dass Sie verstehen, wie wichtig das ist.«

Blount sah zu ihnen auf, seine Augen waren wässrig. »Ich sollte Ihnen noch eine Sache erzählen. Die junge Dame trug eine Brosche an ihrem Gewand, eine aus Korallen geschnitzte Kamee. Sie fiel zu Boden, als Ardleigh und Crawford sie dorthin trugen, wo wir das Loch für ihre Leiche ausgehoben hatten. Henry hob sie auf und steckte sie ein. Ardleigh und Crawford hatten nichts davon bemerkt, aber ich habe es gesehen. Henry wusste glaube ich nicht, dass ich ihn beobachtet hatte. Ich habe nie ein Wort darüber verloren – bis jetzt.«

Miss Wren starrte Blount fassungslos an. »Sir Henry hatte ein Beweisstück?«

»Damals hatte er es. Vielleicht hat er es benutzt, um Ardleigh zu erpressen.« Blount trank einen Schluck Wasser. »Hoffentlich können Sie ihn aufhalten. Es ist an der Zeit. Ich möchte nicht daran denken, wie viele andere Frauen er verletzt hat – oder Schlimmeres.«

Auch Hadrian wollte nicht daran denken. Er hatte sich wegen John Prince ohnehin schon bemüht, diesen Fall so schnell wie möglich zu lösen. Doch jetzt war eine rasche Lösung unumgänglich. Sie mussten Ardleighs Tun Einhalt gebieten, ehe er noch mehr Menschen Schaden zufügte oder sie gar töten ließ. »Mit Ihrer Hilfe sind wir einige Schritte näher dran, Ardleighs Schreckensherrschaft ein Ende zu setzen.«

»Das hoffe ich.« Blount lehnte den Kopf an die Sessellehne zurück und schloss die Augen. »Ich danke Ihnen. Es tut mir leid.« Eine weitere Träne rann ihm über die Wange, und dieses Mal konnte kein Zweifel daran bestehen, dass sie von Traurigkeit und Bedauern herrührte.

TILDA WAR von Gedanken und Reaktionen auf ihr Treffen mit Blount erfüllt, doch Ravenhurst und sie hatten vereinbart, mit ihrem Austausch so lange zu warten, bis sie in ihrem Zugabteil saßen. Sie hatten sich am Bahnhof rasch mit Tee und Kuchen gestärkt, aber ihre Unterhaltung auf ein Minimum beschränkt. Jetzt, wo sie allein in ihrem Abteil saßen, ergriff Tilda das Wort.

»Ich denke, es ist klar, dass Sir Henry Ardleigh erpressen wollte. Hardacre sagte, dies habe er in der Vergangenheit in Betracht gezogen. Whitley meinte ebenfalls, er habe eine Geldsumme erwartet. Und Blount sagte, er habe Beweise, mit denen er die Erpressung durchführen könne.«

Ravenhurst hörte ihr aufmerksam zu und nickte bei jeder ihrer Äußerungen. »Ich habe diese Brosche in meiner Vision gesehen.«

Tilda blinzelte ihn an. »Tatsächlich?«

»Ja. Ich hatte sie nur nicht als ein wichtiges Objekt identifiziert.«

»Sie ist entscheidend. Und ich weiß glaube ich sogar, wo sie zu finden ist.« Tilda erinnerte sich an die hübsche Korallenkamee, die sie letzte Woche in Sir Henrys Arbeitszimmer gefunden hatte. »Sie ist in Millicents Besitz.«

»Sie müssen Ihre Cousine darum bitten«, forderte Ravenhurst.

»Ich weiß. Und wieder einmal muss ich ihr eine erschütternde Nachricht überbringen. Sie hat diese Brosche beim Ausräumen des Hauses ihres Vaters gefunden und gedachte, sie sei eine schöne Belohnung für all die harte Arbeit, die sie nach dem Tod ihres Vaters geleistet hat. Ich möchte sie ihr nur ungern wegnehmen.«

»Ich verstehe.« Ravenhurst schaute aus dem Fenster, als der Zug aus dem Bahnhof fuhr. »Denken Sie nur daran, was die Familie dieser armen jungen Frau tun wird, wenn sie das

Schmuckstück nach dreißig Jahren sehen. Endlich werden sie wissen, was mit ihrer Tochter geschehen ist.«

Tilda hielt sich die Hand vor den Mund, als eine Woge der Trauer über sie hinwegbrandete. Bislang hatte sie sich keine tieferen Gedanken an die ermordete junge Frau erlaubt. Da sie nun allerdings die Wahrheit über sie wusste, wer sie war und was mit ihr geschehen war, konnte sie unmöglich die Augen vor der Vorstellung verschließen, was sie erlitten hatte und was ihre Familie durchgemacht hatte. »Ardleigh ist ein Monster.« Eine neue Welle von Gefühlen wogte in ihr auf – Wut. Sie begegnete Ravenhursts Blick mit Entschlossenheit. »Wir müssen dafür sorgen, dass er für seine Verbrechen bezahlt.«

»Das werden wir«, gelobte er mit harter Miene.

Auch Sir Henry trug einen Teil der Schuld daran. Er hätte der Familie jahrzehntelangen Kummer ersparen können, anstatt Ardleighs Geheimnis zu bewahren. Tilda konnte kaum glauben, dass der joviale Mann, der so beliebt gewesen war, zu solcher Kaltherzigkeit fähig sein konnte.

Nach einigen Momenten des Schweigens fragte Ravenhurst: »Haben wir die Beweise, die wir brauchen, um sicherzustellen, dass Ardleigh schuldig gesprochen wird?«

»Für welches Verbrechen?«, fragte Tilda. »Wir können ihn mit Fitch in Verbindung bringen – den Sie als den Täter identifizieren können, der Sie niedergestochen hat – mit Gregsons Aussage über die Übergabe von Ardleighs Ring an Fitch als Bezahlung. Und Gregsons Aussage wird Fitchs Anwesenheit in der Nacht von Sir Henrys Tod im Farringer's untermauern.«

»Selwins Aussage wird beweisen, dass Sir Henry erstochen wurde und dies seine Todesursache war«, fügte Ravenhurst an.

»Beide müssen so schnell wie möglich mit Scotland Yard sprechen.«

Ravenhurst nickte. »Ich werde Sorge dafür tragen, dass Gregson dies später am Nachmittag erledigt. Hoffentlich ist

Selwin zurück – wenn nicht heute, dann morgen. Ich werde in seiner Wohnung und seiner Praxis vorbeischauen.«

»*Wir* werden ihn aufsuchen«, korrigierte sie lächelnd.

»Natürlich«, sagte Ravenhurst mit einem Nicken. »Mrs. Forsythe kann bezeugen, dass sie die Brosche der jungen Frau im Haus ihres Vaters gefunden hat, und Blount wird bezeugen, dass die Brosche der toten Frau gehörte, was ihre Familie bestätigen wird.«

»Es gibt noch viel Arbeit, um alles zusammenzutragen. Es ist schade, dass Ihre Visionen nicht als Beweismittel verwendet werden können. Sie waren unglaublich hilfreich.« Tilda schenkte dem Earl ein schiefes Lächeln.

Ravenhurst erschauderte. »Können Sie sich vorstellen, was das für mich bedeuten würde? Ich würde in eine Anstalt eingewiesen werden und nie wieder das Tageslicht erblicken.«

»Ich werde nicht zulassen, dass Ihnen dies widerfährt«, sagte sie leise. »Sie sind *nicht* verrückt. Von mir wird niemand jemals von Ihrem Fluch erfahren.«

»Ich weiß.«

Ihre Blicke trafen sich, und das gemeinsame Geheimnis verband sie. Doch nach all ihren gemeinsamen Erlebnissen fühlte Tilda bereits eine besondere Verbindung zu ihm. Eine seltsame Hitze blühte in ihr auf.

Sie wandte den Blick von ihm ab und versuchte, die etwas unangenehme Spannung zu lösen. »Wie ich die Inspektoren beneide, die mit diesen Ermittlungsaufgaben betraut werden.«

»Es ist schade, dass Sie nicht Inspektorin werden können«, bedauerte Ravenhurst. »Scotland Yard könnte sich glücklich schätzen, Sie zu haben. In dieser Position würden Sie die meisten ihrer Kollegen in den Schatten stellen.«

Tilda lachte. »Schade, dass nicht Sie es sind, der solche Dinge entscheidet.« Wieder spürte sie die seltsame Wärme, die von dem gemeinsamen Moment vorhin ausgegangen war. Seine Schmeicheleien machten einen zu großen Eindruck auf sie, dachte sie im Stillen.

Ein weiterer Moment verging, bevor Ravenhurst fragte: »Was ist mit Dunwell? Es hat ganz den Anschein, als ob er Ardleigh als den Mann identifizieren könnte, der die Fäden zieht.«

»Das würde aber voraussetzen, dass der Viscount direkt mit Dunwell zusammenarbeitet«, überlegte Tilda laut. »Da wir nun wissen, dass Ardleigh unser Mann ist, sollten wir Gregson fragen, ob er das Farringer´s je aufgesucht hat.«

»Das ist eine ausgezeichnete Idee. Wir werden ihn danach fragen, sobald wir wieder in London sind.«

»Gut.« Lächelnd strich sie sich mit den Händen ihre Röcke glatt und machte es sich für die lange Zugfahrt bequem. »Vielleicht sollten wir zuerst bei Scotland Yard Halt machen und Teague abholen. Dadurch würde sich Gregson bestimmt sicherer fühlen, und er ist ein wichtiger Zeuge in dieser Untersuchung.«

»Das ist eine ausgezeichnete Idee«, antwortete Ravenhurst. »Anschließend können wir dann mit Teague Dunwell zu Farringer's fahren. Ich kann mir vorstellen, dass der Geschäftsführer eher bereit sein wird, mit einem Polizeiinspektor zu sprechen.«

»Dann ist da auch noch Selwin, und ich muss die Brosche von Millicent erbitten.« Sie blinzelte ein paar Mal. »Wir haben einen ziemlich anstrengenden Nachmittag und Abend vor uns.«

»Teague kann sich um Selwin kümmern, denn er muss ja ohnehin seine Aussage aufnehmen«, schlug Ravenhurst vor. »Sie und ich werden zusammen Mrs. Forsythe aufsuchen.«

Allerdings wurden all ihre Pläne vollkommen über den Haufen geworfen, als sie bei Scotland Yard ankamen, wo sie dann Inspektor Teague aufsuchten. Er empfing sie in seinem Büro, und Tilda konnte sofort bemerken, dass etwas nicht in Ordnung war.

»Wir haben Neuigkeiten zu berichten«, begann Tilda. »Allerdings sehen Sie aus, als hätten Sie ebenfalls etwas Wichtiges zu erzählen.«

Teague sah sie stirnrunzelnd an. »Farringer's ist in der Nacht abgebrannt. Drei Menschen sind tot, darunter der Geschäftsführer.«

»Dunwell?« fragte Ravenhurst mit vor Schreck geweiteten Augen.

Teague nickte. »Die beiden anderen sind noch nicht identifiziert worden. Dunwell entkam aus dem Gebäude, starb aber kurze Zeit später. Er konnte dem Constable mitteilen, dass er nach einem Schlag auf den Kopf das Bewusstsein verloren hatte.«

»Das Feuer war also kein Unfall«, vergewisserte sich Tilda noch einmal, nicht dass sie etwas anderes gedacht hätte.

»Scheinbar nicht. Es konnte zum Glück eingedämmt werden, ehe es sich noch weiter ausgebreitet hatte. Der Verlust von Menschenleben ist aber sehr bedauerlich. Die Abteilung F ermittelt.«

Ravenhurst warf dem Inspektor einen grimmigen Blick zu. »Wir könnten eine Vermutung äußern, wer dafür verantwortlich ist.«

Überrascht zog Teague die Brauen hoch. »Wer?«

»Der Mann, der von Dunwells Tod profitieren würde.«

»Was hätte er davon?«, fragte Teague.

»Seelenfrieden«, antwortete Tilda. »Dunwell hat zu viel gewusst. Das Gleiche galt für Fitch auch.« Sie sah zu Ravenhurst hinüber. »Wir müssen wirklich sicherstellen, dass Gregson in Sicherheit ist.«

»Das werden wir.« Ravenhurst stand auf, und Tilda folgte seinem Beispiel. »Teague, kommen Sie bitte mit uns zu meinem Haus. Ich habe dort einen Zeugen – er war bis gestern Portier bei Farringer's. Er wird Ihnen eine Menge über die Nacht berichten, in der Sir Henry Meacham getötet wurde. Wir werden seine Leiche exhumieren lassen und eine vollständige Autopsie durchführen, damit kein Zweifel an der wahren Todesursache besteht.«

Teague schüttelte den Kopf, als hätte auch er einen Schlag eingesteckt. Nachdem er aufgestanden war, griff er nach seinem

Hut. »Sie haben mir immer noch nicht gesagt, wer einen Vorteil aus Dunwells Tod zieht.«

Tilda und Ravenhurst waren bereits auf dem Weg zur Tür, doch dann blickten beide über die Schultern zum Inspektor zurück. »Das ist Viscount Ardleigh«, antwortete Ravenhurst. »Wir werden Ihnen die Einzelheiten in der Kutsche auf dem Weg zu meinem Haus erläutern.«

»Verfluchter Mist.« Teague folgte ihnen aus dem Büro.

Ravenhurst blieb noch einmal stehen, ehe sie das Gebäude verließen »Bislang habe ich die die vertraulichen Berichte noch immer nicht erhalten, die Superintendent Newsome mir persönlich übergeben wollte.«

Teague presste seine Lippen zu einer dünnen Linie zusammen. »Newsome hat mir heute Morgen mitgeteilt, dass sie verschwunden sind. Er ist außer sich.«

»Hoffentlich hat er seinen Zorn auf Padgett gerichtet«, meinte Ravenhurst mit einem Augenzwinkern.

Tilda unterdrückte ein Lächeln. Sie ernüchterte allerdings rasch wieder, als sie an das Feuer und den Tod von drei Menschen dachte. Nun würde es also kein Verhör mit Dunwell geben.

Sie setzten sich in Ravenhursts Kutsche, und zum ersten Mal teilte Tilda die Sitzbank mit dem Earl. Sie beide saßen nebeneinander mit dem Gesicht nach vorn, während Teague nach hinten blickte. Es war nicht anders als die Male, als sie zusammen auf einem Sofa gesessen hatten, doch der Platz in der Kutsche war beengt, und aus irgendeinem Grund war sich Tilda der Wärme und ... Männlichkeit des Earls mehr als bewusst. Ihre heutige Reaktion auf den Earl war höchst verwirrend. Das führte sie auf die ganze Aufregung über all die Neuigkeiten zurück, die sie erfahren hatten.

In der Kutsche berichteten sie dem Inspektor von ihrem Treffen mit Erasmus Blount. Teague hörte sich jede Einzelheit genau an und blieb anschließend noch eine Weile stumm.

Schließlich lenkte er den Blick zu Ravenhurst. »Sie haben diesen Ring mit dem M, der Ardleigh gehörte?«

Ravenhurst zog ihn aus seiner Tasche. »So ist es.«

Teague runzelte die Stirn. »Das hätten Sie Padgett sagen sollen, als er Sie nach Ihrem Angriff befragt hat. Dann hätte er den Fall vielleicht nicht so schnell abgeschlossen.«

»Irgendwie bezweifle ich das«, entgegnete Ravenhurst mit einem sardonischen Unterton. »Allerdings hätte ich das wirklich getan, wenn ich gewusst hätte, dass der Ring sich in meinen Besitz befindet. Mein Diener fand ihn in meiner Tasche und legte ihn beiseite. Als ich feststellte, dass ich den Ring hatte, war der Fall bereits abgeschlossen.«

Natürlich hatte Ravenhurst nicht verraten können, wieso er den Ring behalten hatte. Tilda fragte sich auch, ob es ihm etwas ausmachte, diesen Gegenstand abzugeben, durch den der Fluch, mit dem er nun geschlagen war, zum erstem Mal ausgelöst worden war.

Nun nahm Teague den Ring an sich und betrachtete ihn eingehend, ehe er ihn in seine eigene Tasche steckte. »Vielleicht kann ich Superintendent Newsome davon überzeugen, dass ich Ihren Fall wieder aufnehmen darf.«

»Aber auch den von Sir Henry und Patrick Crawford«, verlangte Tilda mit Nachdruck. »Fitch mag der Täter und Mörder gewesen sein, doch der Mann, der letztendlich dafür verantwortlich gewesen ist, war er nicht. Seine Witwe und seine kleinen Kinder haben Gerechtigkeit für das Verbrechen verdient, dem Crawford zum Opfer gefallen ist.«

»Ich werde mein Bestes geben, damit sie diese Gerechtigkeit bekommen«, versprach Teague. »Außerdem würde ich Sie gerne zum Haus von Sir Henrys Tochter begleiten, um dort die Brosche abzuholen, die der jungen Frau gehörte, die neben Ardleighs Anwesen wohnte.«

»Einverstanden«, willigte Tilda ein. »Allerdings müssten Sie mir erlauben, zuerst mit Millicent zu sprechen. Sie findet sehr großen Gefallen an dieser Brosche, und in letzter Zeit hat sie viele enttäuschende Nachrichten hinnehmen müssen.«

»Gewiss«, willigte Teague ein. Er legte die Stirn in Falten und verzog die Mundwinkel. »Da Dunwell tot ist und dieser Türsteher nicht imstande, Ardleigh als den Mann zu identifizieren, der Fitch angeheuert hat – obwohl der Ring eine Hilfe sein wird, das zu beweisen –, wäre es ideal, wenn wir Ardleigh zu einem Geständnis bewegen könnten.«

»Zu welchem Verbrechen?«, fragte Ravenhurst und wiederholte damit die Frage, die Tilda ihm zuvor gestellt hatte.

»Vorzugsweise alle Verbrechen, für die er verantwortlich ist«, entgegnete Teague mit einem humorlosen Lachen.

Tilda arbeitete in Gedanken einen Plan aus. Sie bezweifelte, dass einer der Gentlemen in der Kutsche sich für ihre Einfälle erwärmen würde, doch sie war der Ansicht, dass dies ihre beste Gelegenheit wäre – und es würde funktionieren.

»Da Ardleigh eine Vorliebe für die Beseitigung von Personen entwickelt hat, die zu viel über seine Verbrechen wissen, wäre es doch eine Möglichkeit, ihn mit einer Person aus der Reserve zu locken, die über seine Verbrechen Bescheid weiß«, schlug sie vor.

Ravenhurst nickte zunächst bedächtig, doch dann verzog er die Lippen zu einem langsamen, ziemlich wunderbaren Lächeln. »Brillant. Ardleigh wird Gregson ganz bestimmt umbringen wollen.«

»Ich dachte eigentlich, ich würde der Lockvogel sein«, meinte Tilda. »Ich könnte die Brosche tragen, denn das würde ihn bestimmt zu einer Dummheit verleiten. Wir stellen ihm eine Falle, und wenn er dann zu mir kommt, schnappen wir ihn.«

»Auf keinen Fall«, widersprach Teague und schüttelte den Kopf. »Sie können sich nicht auf so eine riskante Weise in Gefahr bringen.«

»Ich werde ja gar nicht in Gefahr sein«, argumentierte Tilda. »Sie beide werden ja dort sein, und damit bin ich in Sicherheit.«

»Ich könnte mich wirklich überzeugen lassen, bei diesem Plan mitzumachen«, meinte Ravenhurst zurückhaltend. »Dabei würde ich allerdings vorziehen, Gregson als Köder einzusetzen. Wir brauchen ihn nur nach Hause in seine Unterkunft zu schicken. Wenn Ardleigh ihn beseitigen will, wird er es dort versuchen, während wir bereits auf ihn warten.«

Tilda verschränkte die Arme vor dem Brustkorb. »Das ist zu vage. Dort müssen wir uns dann für wer weiß wie lange versteckt halten? Ich dachte, ich würde Ardleigh direkt in die Arme laufen.« Nun sah Tilda Ravenhurst direkt an. »Sie könnten das in die Wege leiten. Ich würde die Brosche tragen und Ardleigh gegenüber erwähnen, dass wir uns bei Sir Henrys Beerdigung getroffen haben. Dann würde ich zur Sprache bringen, dass ich am nächsten Morgen in seinem Haus sein werde, um es leerzuräumen. Ardleigh wird der Versuchung sicher nicht widerstehen können, wenn er weiß, dass ich dort allein bin.«

»Das könnte klappen«, urteilte Teague mit leicht zusammengekniffenen Augen. »Doch wir sollten wirklich Gregson einsetzen. Ich kann Constables in Uniform in seiner Wohnung postieren. Wir würden Ardleigh fangen, ohne Sie im Geringsten einer Gefahr auszusetzen.«

»Auf welche Weise wollen Sie aber dann sein Geständnis erlangen?«, fragte Tilda. Als niemand auf ihre Frage antwortete, arbeitete sie weiter auf ihren Sieg hin. »Genau das brauchen wir, und ich werde es beschaffen. Darüber hinaus werden Sie beide anwesend sein, wenn der Viscount sich selbst belastet. Sie werden sich in oder unter den Möbeln verstecken. Und Sie können Polizisten in Uniform außerhalb des Hauses bereithalten, die auf der Lauer liegen.«

»Sie hat ein gutes Argument«, gab Ravenhurst resigniert zu. »Meines Erachtens sollten wir ihren Plan in die Tat umsetzen.«

»Ich fürchte, Sie haben recht.« Teague warf Tilda einen eindringlichen Blick zu. »Hat Ihnen schon einmal jemand gesagt, dass Sie Inspektorin werden sollten?«

Tilda konnte ihr selbstgefälliges Lächeln nicht unterdrücken. »Ja, und zwar erst kürzlich.«

KAPITEL 23

*H*adrian schnippte einen Fussel von seiner elfenbeinfarbenen Weste, als seine Kutsche auf dem Weg zu Miss Wrens Haus war. Er konnte kaum fassen, dass sie Blount erst gestern in Brighton besucht und von ihm erfahren hatten, dass der Mann, nach dem sie suchten, Ardleigh war.

Der Viscount war stets freundlich und sogar charmant gewesen. Beim Gedanken daran, was dieser Mann alles getan hat, wurde Hadrian ganz übel. Wie konnte ein Mensch sein Leben vollkommen normal weiterführen, nachdem er derart abscheuliche Taten begangen hatte? Das konnte Hadrian nicht verstehen, und er wollte es auch nicht.

Teague hatte Gregson befragt, der mit Entsetzen erfahren hatte, dass Farringer's abgebrannt war. Er konnte Ardleighs mehrmalige Anwesenheit im Club bestätigen. Oft war er in Begleitung von Sir Henry gewesen, so auch in jener Nacht, in der Sir Henry den Tod gefunden hatte.

Gregson war gleich doppelt froh darüber, seine Arbeitsstelle aufgegeben zu haben und wollte Hadrians Stall unter keinen Umständen verlassen, bis Ardleigh in Gewahrsam genommen war. Als zusätzliche Sicherheitsmaßnahme hatte Teague sich darum gekümmert, dass ein Constable die Stallungen bewachte.

Anschließend hatten sie Mrs. Forsythe aufgesucht. Wie Miss Wren bereits angekündigt hatte, war diese sehr enttäuscht, als sie die Korallenkamee zurückgeben musste. Miss Wren hatte ihr sanft erklärt, dass die Brosche einer anderen Frau gehöre und zurückgegeben werden müsse. Die Schrecken von Ardleighs Handlung und die Beteiligung Sir Henrys an der Verschleierung in allen Einzelheiten zu schildern hielt Miss Wren allerdings für unnötig. Ihre Cousine würde früh genug davon erfahren, und Miss Wren würde sie so lange verschonen, bis das nicht mehr möglich war.

Da Hadrian bereits zu einem Empfang des Herzogs und der Herzogin von Northumberland am heutigen Abend eingeladen war, hatten sie beschlossen, dass dies das perfekte Ereignis war, um Ardleigh zu begegnen. Hadrian war sicher, dass Ardleigh anwesend sein würde, da die Teilnehmer zu einem Großteil aus der Politik kamen.

Miss Wren hatte sich zunächst gesträubt, dann aber gestanden, dass sie nichts Passendes für eine solche Veranstaltung hatte. Hadrian hatte ihr angeboten, sie einzukleiden, wogegen sie allerdings mit dem Einwand widersprochen hatte, dass diese Art von Kosten zu weit gingen. Also hatte er sie daran erinnert, dass dies ihr Plan war. Sie hatte zugestimmt, ihm die Kosten in Rechnung zu stellen – verantwortungsbewusst.

Hadrian hatte ihr das Geld im Voraus ausgehändigt, damit sie ein Bekleidungsgeschäft aufsuchen konnte und wo auch immer sie sonst hinging, um zu kaufen, was sie brauchte. Er hatte ihr die strikte Anweisung gegeben, nicht zu knausern, denn sie solle sich anpassen. Wenn er ehrlich war, wollte er, dass sie etwas Schönes und Neues bekam, denn er war sich mehr als sicher, dass sie seit einiger Zeit keine neuen Kleider mehr erstanden hatte. Er freute sich schon auf ihren Anblick.

Die Kutsche hielt vor dem Haus ihrer Großmutter in der Marylebone Lane, und Leach öffnete die Tür der Kutsche. Wahrscheinlich war er das einzige Mitglied von Hadrians Haushalt, das nicht kommentiert hatte, wie schön es war, ihn wieder bei einer Abendveranstaltung zu sehen. Hadrian hatte seit Januar keine mehr besucht.

»Ich danke Ihnen, dass Sie keine Bemerkung dazu gemacht haben, dass ich heute Abend ausgehe«, meinte Hadrian zum Kutscher.

Leach schnaubte. »Ich weiß, dass Sharp sehr erfreut war, Ihre Abendgarderobe zu bügeln.«

Tatsächlich war Hadrians Kammerdiener geradezu überschwänglich gewesen, als er ihn auf einen Abend in Gesellschaft vorbereiten sollte.

Hadrian ging auf die Eingangstür zu, die Vaughn bereits öffnete, bevor Hadrian sie erreichte. Der Butler empfing ihn drinnen. »Guten Abend, Mylord. Es ist immer eine Freude, Euch zu sehen.«

»Danke, Vaughn.« Hadrian ging in die kleine Diele mit dem Parkettboden und dem dicken grün-goldenen Teppich. »Gleichfalls.«

Hadrian fragte sich, was Miss Wren angesichts des Mangels an finanziellen Mitteln von Sir Henry mit dem Butler vorhatte. Vielleicht gäbe es genügend Geld, um ihn in den Ruhestand zu schicken, nachdem das Haus verkauft und die Schulden beglichen waren. Hadrian hatte seine Zweifel daran, aber er hoffte das Beste. Was auch immer geschehen mochte, würde er dafür sorgen, dass Vaughn abgesichert war. Der Mann hatte es verdient, insbesondere nach dem tätlichen Überfall auf ihn.

Wenn der Schuldige dieses Verbrechens auch bislang unbekannt geblieben war, vermutete Hadrian, dass es Fitch gewesen sein könnte, der einen seiner Nebenaufträge für Dunwell ausführte, hinter dem in Wahrheit aber Ardleigh steckte. Aber warum sollte Fitch zu Sir Henry gegangen sein? Hadrian wollte die Hoffnung noch nicht aufgeben, dass es ihnen gelingen würde, alle verbleibenden Fragen zu beantworten, doch ihm war auch klar, dass das vielleicht nicht passieren würde.

»Guten Abend, Lord Ravenhurst«, begrüßte Mrs. Wren ihn, als sie in die Diele schlenderte. »Tilda wird gleich kommen. Es ist schon eine Weile her, dass sie sich auf ein solches Ereignis vorbereitet hat.«

»Hatte sie eine Saison?«

»Nein, Sie hat keine gewollt.« Mrs. Wrens Stimme klang fast wehmütig. »Sie kam zu mir, als sie siebzehn war. Der neue Ehemann ihrer Mutter hätte es sich allerdings leisten können, ihr eine Saison zu ermöglichen. Er wohnt mit ihrer Mutter in Birmingham, und entweder hatten sie beschlossen, dass sie für die Saison nicht nach London kommen wollten, oder Tilda überzeugte sie davon, dass sie keine wollte. Meiner Vermutung nach war es eine Kombination aus beidem.«

Aber hatte Miss Wren das tief in ihrem Herzen wirklich gewollt? Wenn sie nicht hatte glauben wollen, dass dies eine Möglichkeit für sie war, oder sie nur widerwillig teilgenommen hätte, konnte er verstehen, warum sie lieber auf diese Saison verzichten wollte. Angesichts ihrer Einstellung zur Ehe konnte er sich auch vorstellen, dass sie den ganzen Aufwand für unsinnig hielt.

»Hoffentlich wird sie sich heute Abend gut amüsieren«, meinte Hadrian.

»Sie hat mir gesagt, dass Sie im Rahmen Ihrer Ermittlungen an der Veranstaltung teilnehmen, aber sie hat mir den Grund dafür nicht genannt.« Mrs. Wren schien auf Informationen aus zu sein.

Hadrian konnte gut verstehen, warum Miss Wren ihrer Großmutter die Einzelheiten vorenthalten hatte. Mrs. Wren musste ja nicht unbedingt wissen, dass ihre Enkelin einen

Mörder anlockte, damit er sie morgen aufsuchte. Hadrian selbst hatte bereits genügend Angst davor und er wollte nicht, dass Mrs. Wren unter dem gleichen Zustand leiden musste.

Er konnte nur hoffen, das Risiko ihres Vorhabens richtig beurteilt und eingedämmt zu haben. Zusammen hatten sie alles durchgeplant, und Miss Wren würde zu keinem Zeitpunkt mit Ardleigh allein sein. Dennoch war der Gedanke ungemein beunruhigend, dass sie einem derart verachtenswerten und zu Bösem fähigen Mann wie Ardleigh gegenüberstehen würde. Hadrian würde alles Notwendige für ihren Schutz in die Wege leiten.

Dann kam Miss Wren in die Diele. Sie war wunderschön und sie trug ein elfenbeinfarbenes Seidenkleid mit einem schwarzen Netzüberkleid. Das Kleid ließ ihre Schultern frei, und der Ausschnitt war V-förmig, was als »*en coeur*«-Stil bezeichnet wurde. Die korallenfarbene Kamee war am tiefsten Punkt befestigt und zog die Blicke auf sich.

Ihr Haar war genauso frisiert wie jeden Tag, nur dass heute eine einzelne Locke über ihr Schlüsselbein fiel. Kleine Perlen hingen von ihren Ohren und elfenbeinfarbene Handschuhe umhüllten ihre Arme bis zu den Ellbogen. Sie sah elegant und schön aus. In Wahrheit raubte sie ihm den Atem.

»Sie sind umwerfend, Miss Wren«, schmeichelte er ihr mit einem Lächeln.

»Sehen Sie nur, wie wundervoll Sie beide zusammenpassen«, bemerkte Mrs. Wren.

Hadrian nahm an, dass dies tatsächlich der Fall war, da sie beide Schwarz und Elfenbein trugen. Vielleicht hätte er sich eine Korallenbrosche ins Revers stecken sollen.

»Das war nicht beabsichtigt«, murmelte Miss Wren. Sie begegnete Hadrians Blick. »Sollen wir gehen?«

Er bot ihr seinen Arm an. »Ja.«

Mrs. Acorn strahlte, als sie Miss Wren einen elfenbeinfarbenen Schal um die Schultern legte.

»Viel Spaß«, wünschte Mrs. Wren mit einem breiten Lächeln.

Vaughn hielt die Tür auf, und obwohl er wie die anderen breit lächelte, funkelten seine Augen lebhaft. Alle schienen sich zu freuen, dass Miss Wren einen Abend ausgehen konnte.

Außer vielleicht Miss Wren. Sie machte keinen besonders erfreuten Eindruck. Nein, sie wirkte ein bisschen ängstlich und er konnte den Grund dafür verstehen, denn er fühlte dasselbe.

Sie traten ins Freie und gingen auf seine Kutsche zu. Der Märzabend war kühl, aber zum Glück war es trocken. Leach hielt die Tür auf, und Miss Wren nahm, wie es inzwischen üblich war, auf der nach vorn gerichteten Sitzbank Platz.

Als sie unterwegs waren, bemerkte Hadrian, dass sie sich überhaupt nicht entspannt hatte. Im vom außen in das Fenster der Kutsche fallende Lampenlicht sah sie blass aus.

Anstatt Sie auf ihr Aussehen hinzuweisen, bemerkte er: »Ich gestehe, dass ich mich vor dem heutigen Abend fürchte.«

»Ich ebenfalls, aber wahrscheinlich nicht ganz aus denselben Gründen wie Sie.« Sie warf ihm einen fast schüchternen Blick zu. »Noch nie war ich auf einer Veranstaltung wie dieser. Ich habe noch nie einen Herzog oder eine Herzogin kennengelernt. Ich glaube, Sie sind vielleicht erst der zweite Earl, dessen Bekanntschaft ich gemacht habe.«

»Sie sind im Konversieren sehr gewandt und Sie wissen, wie Sie sich ins beste Licht setzen.« Hadrian wollte ihre Sorge mildern. »Sie brauchen sich keine Sorgen zu machen.«

»Es ist nur, weil alles unbekannt ist«, brachte sie mit einem kleinen Lächeln hervor.

Er wollte sie beruhigen, doch dann merkte er, dass das vielleicht nicht möglich war. Bald würde sie sich selbst ein Bild machen können. »Ich werde die ganze Zeit bei Ihnen sein.«

»Das weiß ich sehr zu schätzen. Ebenso wie ich dieses Kleid und die vielen Ausstattungsgegenstände zu schätzen weiß, deren Anschaffung erforderlich war.« Sie blickte auf ihr Kleid hinunter.

»Ich habe ein schlechtes Gewissen wegen der Kosten für diese Ausstattung, die ich nur einmal tragen werde.«

»Das wissen Sie nicht«, entgegnete er. »Wenn wir vielleicht noch einmal zusammenarbeiten, könnte es doch sein, dass wir uns noch einmal für eine Abendveranstaltung kleiden müssen.«

»Sie beabsichtigen, meine Dienste als Ermittlerin in Zukunft nochmalig in Anspruch zu nehmen?«

»Vielleicht, wer kann das schon sagen? Es kann aber auch sein, dass eine andere Person Ihre Dienste in Anspruch nimmt und Sie vielleicht meine Hilfe brauchen.« Ihm kam zu Bewusstsein, dass er die Zusammenarbeit mit ihr vermissen würde.

»Niemand wird mich als Privatermittlerin engagieren«, meinte sie mit einem rauen Lachen. »Mit Ausnahme von Mr. Forrest, der mich gelegentlich im Rahmen seiner Scheidungsfälle einsetzt.«

»Nun, wenn Sie jemals Hilfe dabei brauchen, hoffe ich, dass Sie sich an mich wenden. Ich bin mehr als bereit zu helfen.« Diese ganze Erfahrung war unglaublich aufregend gewesen, und das nicht nur, weil er die Wahrheit über den Angriff auf ihn herausgefunden hatte. Er genoss Miss Wrens Gesellschaft und er begleitete sie gern bei der Arbeit. »Darf ich Sie weiterempfehlen?«, fragte er.

Sie starrte ihn an. »Das würden Sie tun?«

»Ohne zu zögern und mit großem Elan.«

Ein strahlendes, wunderbares Lächeln heiterte ihr Gesicht auf, und Hadrian glaubte nicht, dass er je zuvor eine schönere Frau gesehen hatte. Sein Herz schlug ein wenig schneller, und eine Hitze durchfuhr seinen Körper. Verunsichert wandte er seine Aufmerksamkeit auf einen imaginären Fussel, den er von seinem Frack zupfte.

»Wie wollen Sie mich vorstellen?«, fragte sie.

Alles war so schnell gegangen, dass sie diese Frage gar nicht besprochen hatten. »Wie wir es in der Vergangenheit gehalten haben, wollte ich Sie als Freundin der Familie vorstellen.«

»Das wird Nachfragen zur Folge haben, die sich auf den Grund unseres Zusammenseins beziehen werden, insbesondere unter dem Aspekt meines Daseins als Jungfer. Dessen bin ich mir sicher.«

»Niemand wird so töricht sein, so etwas zu wagen, jedenfalls nicht heute Abend. Und wenn jemand die Frechheit besitzt, mich über Sie auszufragen, werde ich den Betreffenden zurechtweisen.« Er warf ihr einen strengen Blick zu. »Ich dulde keine Verunglimpfung Ihrer Person.«

Ihre Mundwinkel zuckten. »Das ist nett von Ihnen.«

Sie kamen am Northumberland House in der Nähe des Trafalgar Square an. Es war ein geschwungenes Gebäude im jakobinischen Stil, das jetzt in der kommerziellen Umgebung fehl am Platz wirkte. Leach öffnete die Kutschentür, und Hadrian stieg aus, um Miss Wren zu helfen.

Sie legte ihre behandschuhte Hand in seine und schaute beim Aussteigen an der Fassade hoch. »Ich bin bestimmt schon hundertmal an diesem Haus vorbeigegangen. Nie hätte ich gedacht, dass ich einmal hineingehen würde.«

Hadrian lächelte sie an, als er sie unterhakte. »Heute Abend werden Sie das tun.«

Der Butler öffnete ihnen die Tür, und Hadrian spürte, wie sich Miss Wren anspannte. Ihr Blick wanderte durch die prächtige Eingangshalle. Sie drückte seinen Arm, und er legte instinktiv seine andere Hand auf ihre.

Sie gingen in die Treppenhalle weiter, stiegen die mittleren Stufen hinauf und wandten sich dann der rechten Seite zu, um in den ersten Stock zu gelangen. Das Geländer war reich verziert, aber die Decke war noch prächtiger. Ein großer, extravaganter Kronleuchter hing über dem mittleren Teil der Treppe.

Als sie den ersten Stock erreichten, wurden sie von den Geräuschen lebhafter Unterhaltung begrüßt. Sie folgten dem Weg zur großen Galerie, die auch ein Ballsaal war. Hadrian war schon ein paar Mal in Northumberland House gewesen, unter anderem einmal während der Saison seiner früheren Verlobten. Hier hatte er mit ihr auf einem Ball getanzt.

Sie betraten die Galerie, wo sie gleich darauf vom Herzog begrüßt wurden. Mit seiner großen Nase und dem vorspringenden Kinn hatte der Herzog eine beeindruckende Ausstrahlung. Erst vergangenes Jahr hatte er seinen Titel geerbt, aber davor hatte er im Unterhaus gedient, sodass Hadrian ihn recht gut kannte.

Hadrian stellte Miss Wren vor. Sie knickste, und der Herzog nickte ihr anerkennend zu. Sie gingen weiter, um Ihre Gnaden, die Herzogin, zu begrüßen. Sie war überschwänglich in ihrer Begrüßung und fragte lachend, ob Miss Wren mit Christopher Wren verwandt sei.

»Das bin ich in der Tat«, sagte Miss Wren. »Er war mein Urgroßvater.«

Die Herzogin zeigte sich sehr beeindruckt. »Wie außergewöhnlich! Weiß Seine Gnaden davon? Er ist ganz vernarrt in Wrens Arbeit und führt eine lebhafte Debatte darüber, ob Wrens Plan für London nach dem Großen Brand hätte angenommen werden sollen.«

»Ich bin mir nicht sicher, ob er das weiß«, antwortete Hadrian. »Wir werden das sicher später mit ihm besprechen.«

Sie durchquerten die Galerie, und Miss Wren betrachtete aufmerksam die Gemälde. »Das ist wie in einem Museum.«

»Ich denke schon, ja. Es erinnert mich ein wenig an den Spiegelsaal in Versailles.« Der jetzt in der Tat ein Museum war.

»Ich wüsste nicht, wie das aussieht.«

»Ähnlich wie das hier, aber ... pompöser.«

Miss Wren unterdrückte ein Lachen. »Dann werde ich keinen Besuch ins Auge fassen.«

»Das sollten Sie aber, zumindest wegen der Gärten«, sagte Hadrian. »Sie sind wunderschön.«

»Wir sollten nach Lord Ardleigh suchen.« Miss Wren wandte sich von der Wand mit den Gemälden ab und ließ ihren Blick durch den langen Raum schweifen. »Hier sind so viele Menschen, und der Raum ist so riesig. Warum sollte jemand in so einem Haus leben?«

»Ich stimme zu, dass es übertrieben ist, aber Northumberland House ist seit dem Tod von Königin Elisabeth im Besitz der Familie. Ich glaube, das Metropolitan Board of Works würde es gerne abreißen, wie so viele andere große Häuser entlang des Strand, um Platz für weitere Geschäftsgebäude zu schaffen.«

»Ich glaube zwar, das wäre das Beste, aber ich bin sicher, dass es für Ihre Gnaden schmerzlich wäre.« Sie sah sich weiter im Raum um, dann richtete sich ihr Blick auf Hadrian. »Ich habe den Viscount nur einmal getroffen, und das auch nur kurz – bei Sir Henrys Beerdigung. Sie werden mehr Glück bei der Suche nach ihm haben.«

»Stimmt.« Er führte sie die Galerie entlang. »Lassen Sie uns einen Rundgang machen, bis wir ihn finden. Vielleicht ist er noch gar nicht angekommen.«

Die nächste Stunde verbrachten sie damit, sich mit den verschiedensten Gästen – und deren Frauen – zu unterhalten, die allesamt Kollegen von Hadrian waren. Einige von ihnen blickten Miss Wren misstrauisch an. Einige würden sicher ihr Urteil darüber fällen, dass sie ihn begleitete. Obwohl Hadrian zugab, dass ihr Zusammensein zumindest ungewöhnlich war.

Das war ihm allerdings einerlei. Ihre Arbeit hier heute Abend war zu wichtig. Sie war es wert, das Risiko eines gesellschaftlichen Urteils einzugehen.

Endlich entdeckte er Ardleigh. »Ich sehe den Viscount«, sagte Hadrian. »Er ist etwa fünfzehn Schritte vor uns. Er spricht mit Lord Dalwyn.«

Miss Wren seufzte erleichtert. »Endlich.«

»Sind Sie bereit?«

»Mehr als das.« Sie schritt voran, und Hadrian folgte ihr.

Wenige Augenblicke später blieben sie neben den beiden Herren stehen. Sie trugen Abendgarderobe, und einer oder vielleicht auch beide hatten eine Menge Parfüm an sich. Ardleigh nahm Blickkontakt mit Hadrian auf und lächelte.

»Guten Abend, Ardleigh, Dalwyn«, sagte Hadrian. »Erlaubt mir, euch eine gute Freundin der Familie vorzustellen, Miss Matilda Wren.«

»Der Name kommt mir bekannt vor«, bemerkte Ardleigh. Seine grauen Augen musterten Miss Wren und bewegten sich in einer Weise über ihren Körper, dass Hadrian ihn am liebsten zu Boden geworfen hätte.

»Wir haben uns bei der Beerdigung des Cousins meines Großvaters, Sir Henry Meacham, kennengelernt«, sagte sie zaghaft, und ein Lächeln umspielte ihre Lippen. Wollte sie kokettieren? Vielleicht dachte sie, das würde den Viscount ansprechen, und wahrscheinlich war dem auch so.

»Ach, ja, jetzt erinnere ich mich. Frauen sehen immer so anders aus, wenn sie keine Trauer tragen«, meinte Ardleigh lachend.

»Mein Beileid, Miss Wren«, brachte Dalwyn mit einem freundlichen Nicken zum Ausdruck.

»Vielen Dank, Lord Dalwyn. Es war schwierig für meine Großmutter, denn sie kannte Sir Henry natürlich lange Zeit. Und seine Töchter haben einen schweren Verlust erlitten, sodass ich mich um viele Dinge für sie gekümmert habe. Er starb recht plötzlich.«

Hadrian beobachtete Ardleigh auf jede Andeutung einer Reaktion. Da war nichts, außer vielleicht, dass seine Gesichtszüge unnatürlich eingefroren waren. Man hätte zumindest einen Blick des Mitgefühls erwarten können.

»Das ist immer bedauerlich«, erwiderte Dalwyn mit gerunzelter Stirn – seine Miene war äußerst mitfühlend. »Aber ich nehme an, der Tod ist hart, egal auf welche Weise er eintritt.«

»Sehr richtig«, bestätigte Miss Wren. »Erschwerend kommt hinzu, dass der Tod von Sir Henry nicht so eingetreten ist, wie wir dachten. Man sagte uns, er sei an einem Herzinfarkt gestorben, aber es scheint, dass er ...« Sie unterbrach sich selbst und blickte mit besorgter Miene zu Hadrian. »Das möchte ich lieber nicht sagen«, flüsterte sie.

Hadrian klopfte ihr auf die Schulter. »Es ist alles in Ordnung«, murmelte er. Er wollte nichts hinzufügen, denn sie leistete hervorragende Arbeit dabei, Ardleigh zu reizen. Er hatte noch nicht reagiert, aber Hadrian nahm ein Zucken an seinem Hals wahr, das er als Zeichen wertete, dass Ardleighs Ruhe nur gespielt war.

Sie hob ihre Hand zu der Brosche, wo ihre Finger sanft flatterten, bevor sie ihren Arm wieder sinken ließ. Ardleighs Blick folgte ihrer Bewegung und blieb auf der Brosche haften. Seine Lippen bewegten sich, die untere zog er kurz ein. Hadrian schaute auf die Hände des Mannes, um zu sehen, ob er etwas tat. Die Finger seiner rechten Hand rollten sich leicht nach innen und streckten sich dann wieder gerade.

»Das ist eine schöne Brosche, Miss Wren«, bemerkte Dalwyn. Dalwyn! Nicht Ardleigh.

Miss Wren tippte kurz an die Kamee. »Ich danke Ihnen. Sie gehörte eigentlich Sir Henry. Anscheinend hat er sie vor etwa dreißig Jahren gefunden.«

Ardleigh zog seine Unterlippe nochmals ein. Dann vollführte er die Geste mit seiner Hand. Auch seine Nasenlöcher blähten sich. Rötete sich etwa seine Haut oberhalb des Kragens?

»Seine Tochter hatte sie ganz vergessen, und wir fanden sie, als wir das Haus ausräumten«, fuhr Miss Wren fort. »Doch dann habe ich ihr auch die ganze Mühsal abgenommen. Sie war zu verzweifelt, um weiterzumachen. Morgen früh werde ich wieder im Haus sein und hoffentlich alles zu Ende bringen. Ich bin einfach froh, dass ich helfen kann.«

»Wie schrecklich für sie«, sagte Dalwyn. »Meiner Frau erging es ähnlich, als ihr Vater starb. Die Trauer trifft einen auf eine Art und Weise, die man nicht erwarten kann.«

»Was die Sache noch schlimmer machte, war ein hässliches

Vorkommnis, als jemand in das Haus einbrach und den Butler niederschlug, wenn Sie sich das vorstellen können«, sagte Miss Wren mit stiller Empörung. »Es gibt doch wirklich schreckliche Menschen, die versuchen, trauernde Haushalte auszunutzen.«

Dalwyns Augen wurden groß. »Grässlich!« Er wandte den Kopf zu Ardleigh. »Was sagst du?«

»Schrecklich, in der Tat.« Es war, als würde Ardleigh keine originellerer Antwort einfallen, die er darauf entgegnen konnte. Ein Anflug von Sorge war in seinen Augen aufgeflackert, als Miss Wren den Butler erwähnt hatte. Hadrian konnte nicht umhin, sich zu fragen, ob der Viscount dafür verantwortlich war.

Plötzlich erinnerte sich Hadrian daran, was Vaughn zu Teague nach dem Angriff auf ihn gesagt hatte. Er glaubte, der Räuber rieche wie eine Frau, hatte er zu Protokoll gegeben.

Hadrian drehte sich ein wenig in Richtung des Viscount, der ihm am nächsten stand, und atmete tief ein. Das Parfüm des Mannes stieg in Hadrians Nasenlöcher. Es roch nach Blumen und Neroli, und, ja, es war geradezu feminin. Hadrian wusste in diesem Moment, dass Ardleigh bei Sir Henry eingebrochen war und Vaughn niedergeschlagen hatte. Hatte er etwa nach der Brosche gesucht?

Miss Wren strich erneut mit einer Hand über die Brosche, während sie mit den Fingern über ihren Halsansatz fuhr. Verspottete sie Ardleigh mit der Geste an ihrem Hals, weil er die Tochter seines Nachbarn erwürgt hatte?

Das Rot über Ardleighs Kragen breitete sich nun weiter oben an seinem Hals aus. Hadrian stellte fest, dass Miss Wren ihre Aufgabe mehr als erfüllt hatte.

Also wechselte er das Thema und ging zu den Angelegenheiten des Parlaments über. Nach weiteren zehn Minuten trennten sich ihre Wege von den Gentlemen.

Als sie das gegenüberliegende Ende der Galerie erreichten, löste sich endlich die Spannung in Miss Wrens Griff um seinen Arm. »Glauben Sie, dass er morgen zu Sir Henry kommen wird?«

»Zweifellos.« Hadrian blickte die Galerie entlang zu der Stelle, an der sie mit dem Viscount gesprochen hatten. »Ich möchte hier lieber nicht mehr sagen.«

»Können wir gehen?«, fragte sie.

Er sah sie fragend an. »Schon? Das Abendessen wird bald serviert.«

»Ich habe bereits zu Abend gegessen. Aber mir ist klar, dass Ihresgleichen daran gewöhnt sind, spät in der Nacht zu essen. Ich kann mir nicht vorstellen, danach zu schlafen.«

»Leute wie ich schlafen danach nicht«, sagte Hadrian lachend. »Wir sind noch einige Stunden wach, bevor wir ins Bett fallen.«

»Tun Sie das?«, fragte sie. »Aus irgendeinem Grund kann ich mir das nicht vorstellen. Sie scheinen mir viel zu verantwortungsbewusst für solch einen Leichtsinn.«

»Es ist schon richtig, dass ich dem inzwischen weniger fröne als in meiner Jugend, aber ich hatte viele unverantwortliche Nächte.« Er unterdrückte ein Grinsen, als er sich an einige seiner jugendlichen Heldentaten erinnerte. »Jetzt ist es manchmal notwendig – die langen Nächte, nicht die Verantwortungslosigkeit – wenn ich geschäftlich tätig bin.«

»Was für Geschäfte?«

Er zuckte mit den Schultern. »Diskussionen über Gesetzesentwürfe im Parlament, Ereignisse im Land, mit denen wir uns befassen sollten, Dinge dieser Art.«

»Sie nehmen Ihre Rolle im Oberhaus ernst. Das ist sehr bewundernswert.«

»So ist es, und ich danke Ihnen. Vielleicht erkennen Sie jetzt den Vorteil eines späten Abendessens.«

»Nein, danke«, lehnte sie zaghaft ab. »Schon gar nicht heute Abend. Nach der Begegnung mit Ardleigh könnte ich unmöglich etwas essen. Er hat meinen Magen gehörig in Aufruhr gebracht. Außerdem habe ich morgen früh etwas Wichtiges vor.«

Hadrian ernüchterte. »Ja, das haben wir. Lassen Sie uns aufbrechen.«

Als sie in der Kutsche saßen, beugte sich Miss Wren vor. »Haben Sie gesehen, wie Ardleigh versucht hat, seine Reaktionen auf die Brosche und meinen Kommentar auf den Angriff auf Sir Henry und Vaughn zu unterdrücken?« Sie klang fast schwindlig. »Er ist sogar ganz rot am Hals geworden.«

»Ja, ich habe all dies ebenfalls bemerkt.« Dass ihr rein gar nichts davon entgangen war, überraschte ihn überhaupt nicht. »Haben Sie sein Parfüm gerochen?«

Miss Wren machte große Augen. »Ich habe einen vagen Geruch wahrgenommen, aber Sie waren näher an ihm dran als ich. Hat er wie eine Frau gerochen, wie Vaughn es beschrieben hat?«

Hadrian nickte. »Neroli und Tuberose, wenn ich mich nicht irre.«

»Das ist sehr präzise.« Miss Wren schien beeindruckt. »Wie haben Sie diese Düfte erkannt?«

»Meine Mutter liebt Parfüm und hat bei Floris spezielle Rezepturen herstellen lassen. Ich kenne mich gut mit Düften aus, und wenn ich mich recht erinnere, wird die Tuberose oft verwendet, um die Leidenschaft zu wecken.«

Miss Wren erzeugte einen angewiderten Laut in ihrer Kehle. »Sie glauben doch nicht, dass Ardleigh diesen Duft gewählt hat, um junge Frauen zu verführen?«

»Das halte ich für wahrscheinlich, denn er ist wirklich abscheulich. Und ich bin mir sicher, dass er in Sir Henrys Haus eingebrochen ist und Vaughn niedergeschlagen hat.«

Nun zog sie vor Abscheu die Lippen kraus. »Sein schurkisches Verhalten kennt keine Grenzen.«

»Offenbar nicht.« Hadrian konnte kaum erwarten, zu erleben, wie er für seine Verbrechen zur Rechenschaft gezogen wurde. »Nachdem ich Sie abgesetzt habe, werde ich bei Teague vorbeischauen und unsere Pläne für morgen bestätigen.«

»Hat er Ihnen seine Adresse gegeben?«, fragte Miss Wren.

»So ist es. Er ist fest entschlossen, Ardleigh zu erwischen, wenn dieser seine Verbrechen gesteht und dafür zu sorgen, dass allen Beteiligten Gerechtigkeit widerfährt. Und ich setze mich dafür ein, dass Ihre Sicherheit gewährleistet ist.«

»Ich komme schon zurecht. Teague und Sie werden ja in der Nähe sein, um im richtigen Moment einzugreifen.« Miss Wren faltete die Hände in ihrem Schoß und verzog das Gesicht zu einer traurigen Miene. »Immer wieder muss ich an die arme junge Frau denken, die Ardleigh getötet hat, und wie verzweifelt ihre Familie sein wird, wenn sie erfährt, was in Wahrheit mit ihr passiert ist. Vermutlich wird es gut für die Familie sein, die Wahrheit zu erfahren.«

»Das ist das Beste, was wir für die Familie tun können«, bemerkte Hadrian feierlich. »Wir können ihnen die Wahrheit sagen.«

»Um wie viel Uhr werden Sie mit Teague bei Sir Henrys Haus eintreffen?«

»Sehr früh – kurz nach Sonnenaufgang – und wir werden uns durch den Dienstboteneingang ins Haus schleichen. Wir wollen das Risiko umgehen, dass Ardleigh früh ankommt und uns eintreten sieht.« Sie hatten besprochen, an welchen Stellen Hadrian und der Inspektor sich versteckt halten würden. Miss Wren würde sich im Salon aufhalten, Hadrian in einem Schrank, den er und Teague aus dem Erdgeschoss holen würden. Teague würde sich in den voluminösen Vorhängen an den Fenstern verbergen.

»Ich werde gegen neun Uhr dort eintreffen«, kündigte Miss Wren an. »Für alle Fälle habe ich meine Pistole bei mir.«

Hadrians vorherige Unruhe kehrte nun mit noch größerer Intensität zurück. »Hoffentlich wird das nicht nötig sein. Teague und ich werden ebenfalls mit Pistolen bereit stehen. Wir werden nicht zulassen, dass Ihnen das Geringste zustößt.« Hadrians Inneres krampfte sich bei diesem Gedanken vor Beunruhigung zusammen. Er hatte Miss Wren sehr liebgewonnen. Er tat sich schwer damit, an die Zeit zu denken, in der er sie nicht mehr jeden Tag sehen würde, aber wenigstens würde er wissen, dass dies möglich wäre. Wenn ihr etwas zustoßen würde und er sie nicht mehr sehen könnte, niemals ... nun, das wäre unverzeihlich.

»Ich werde dafür sorgen, dass auch Ihnen nichts passiert«, versicherte sie ihm.

Hadrian lächelte sie an. »Wenn Sie auf mich aufpassen, habe ich nicht das Geringste zu befürchten.«

KAPITEL 24

Die Pistole von Tildas Vater fühlte sich in ihrem Retikül heute schwerer als sonst an, als sie vor Sir Henrys Haus aus der Mietdroschke stieg, aber vielleicht lag dies auch an der zusätzlichen Fotografie, die sie mitgebracht hatte, um ihr Opfer zu verwirren, sollte dies erforderlich werden. Das Haus strahlte eine gewisse Bedrohlichkeit aus und es hatte nicht einmal mehr schwarze Fenster oder einen Eibenkranz an der Tür.

Sie wurde von einem Anflug von Traurigkeit darüber erfasst, wie Sir Henry sein Ende gefunden hatte. Obwohl er das Geld ihrer Großmutter wahrscheinlich gestohlen, mehrere Morde vertuscht und versucht hatte, jemanden zu erpressen, hatte er nicht verdient, erstochen zu werden. Im Grunde war sie gar nicht so sehr wegen ihm traurig, sondern eher wegen Millicent und ihrer Großmutter. Es war nicht nur sein Tod, der ihnen Kummer bereitete, sondern es war auch so, dass das Wissen um seine Taten diesen Kummer noch verstärken würde, wenn sie die Wahrheit erfuhren.

Genau das hatte Tilda gefürchtet.

Sie schloss die Haustür auf und zog sie hinter sich zu. Seit

Vaughn – offenbar von Ardleigh – überfallen worden war, hatte sie peinlichst darauf geachtet, die Tür zu verriegeln, wenn sie hier war. Heute jedoch würde sie allerdings davon absehen, denn das würde ihren Plan vereiteln.

Angstschweiß rann ihr über den Nacken und die Brust. Sie versuchte, nicht daran zu denken, wozu Ardleigh fähig war. Dazu würde es heute nicht kommen.

Mit einem Blick nach unten berührte sie leicht die Korallenbrosche, die sie heute erneut trug und die sie an das Mieder ihres graugrünen Ausgehkleides geheftet hatte.

»Sie tragen sie schon wieder.«

Die tiefe, fast verführerische Stimme ließ sie aufschrecken. Tildas Herz hämmerte wie wild. Der Viscount war bereits hier.

Er stand auf der anderen Seite der Eingangshalle, als wäre er aus der Treppenhalle gekommen, wo er ihr wahrscheinlich aufgelauert hatte. Er trug einen dunkelblau-grauen Anzug und einen schwarzen Hut. Graue Handschuhe verhüllten seine Hände. Sein Gesichtsausdruck war heiter, und sogar angenehm.

Tilda überlegte fieberhaft, wie sie diese Szene mit ihm meistern sollte. War es besser, so zu tun, als wisse sie nicht, wovon er sprach, damit er vielleicht alles verriet, um sich ihr vollständig zu erklären? Oder sollte sie ihn mit ihrem Wissen provozieren, um ihn zu ködern, genau die Aussage zu machen, mit der er sich selbst belasten würde?

Beides würde funktionieren, und somit wollte sie abwarten, in welche Richtung er sie dirigierte. Zuerst musste sie jedoch in den Salon gelangen, wo sie näher bei Ravenhurst und Teague war. Das galt nicht nur ihrer Sicherheit, sondern es war auch notwendig, damit der Inspektor Ardleighs Geständnis hören konnte.

»Verzeiht mir, Lord Ardleigh«, brachte sie hervor und lenkte ihre Schritte sodann in Richtung des Salons. »Ich bin überrascht, Sie hier anzutreffen.«

»Wo wollen Sie denn hin?«, fragte er sie barsch, stürzte vor und packte sie am Arm.

Tilda widerstand ihrem ersten Drang, aufzuschreien und davonzurennen. Sie wollte ihn nicht verschrecken, und sie wollte auch nicht, dass Ravenhurst oder Teague angerannt kamen, bevor sie ihre Mission hinter sich gebracht hatte.

Sanft zog sie ihren Arm aus seinem Griff. »Ich will nur in den Salon gehen, wo es bequemer ist.« Sie warf ihm einen kühlen Blick zu, der ganz im Gegensatz zu ihrem Herzklopfen stand, bevor sie langsam zum Salon weiterging.

»Ich bin hier, weil Sie mich gestern Abend geradezu eingeladen haben«, sagte Ardleigh von hinten.

Als Tilda die Mitte des Raumes erreichte, drehte sie sich zu ihm um. »Ich kann mich nicht erinnern, Ihnen eine Einladung ausgesprochen zu haben.« Sie legte den Kopf schief. »Sie waren seit der Beerdigung mindestens einmal hier, nicht wahr?«

Er blinzelte, doch das war wohl auch der einzige Hinweis darauf, dass sie ihn vielleicht überrascht hatte. »Wann soll das gewesen sein?«

»Als Sie dies hier gesucht haben.« Sie hob ihre Hand zu der Brosche. »Sir Henry hat diese Brosche gefunden, als er Ihnen mit dieser jungen Frau geholfen hat – der Tochter Ihres Nachbarn, glaube ich.«

Der Viscount stürzte sich mit einem Knurren auf sie. Tilda wich zurück.

Anstatt ihr weiter nachzusetzen, holte er tief Luft. »Sie müssen mir nur die Brosche geben und vergessen, was Sie zu wissen glauben. Sir Henry war ein Narr, Ihnen etwas zu verraten.«

»Sir Henry hat mir gar nichts verraten.« Tilda griff in ihr Retikül. Ihre Finger berührten die Pistole, die ihr Mut machte, und sie zog die Fotografie hervor. »Wie ich höre, haben Sie eine bessere Version dieser Fotografie, auf der Sie deutlich zu sehen sind.«

Ardleigh bearbeitete seine Unterlippe auf die gleiche Weise wie gestern Abend im Northumberland House.

Tilda zeigte auf die Personen auf der Fotografie. »Das ist Sir Henry, Martin Crawford, Erasmus Blount und schließlich Sie. Es wurde 1839 aufgenommen, einen Tag nachdem Sir Henry diese Brosche gefunden hatte. Er hat Sie damit erpresst, nicht wahr?«

Ardleigh stieß die Luft aus, nahm seinen Hut ab und warf ihn auf einen Stuhl. »Ich hatte wirklich gehofft, dies hier so angenehm wie möglich zu halten, aber Sie provozieren mich immer mehr.« Sein Blick war auf ihr Haar geheftet, und ein unnatürliches Glimmen flackerte in seinem Blick. »Schade, dass Sie nicht brünett sind.«

Tilda gefror das Blut in den Adern. »Warum wollen Sie versuchen, mich zu verführen?« Sie streckte ihren Arm aus und legte das Foto auf einen kleinen Tisch.

»Leider ist eine Verführung nicht immer möglich, obwohl ich diese Vorgehensweise bevorzuge.« Er trat einen Schritt auf sie zu, und Tilda griff nach ihrem Retikül. Wenn er ihr zu nahe käme, würde sie die Pistole herausnehmen und auf ihn richten. Und sie würde Ravenhurst und Teague alarmieren. Vielleicht konnten die beiden nicht sehen, was geschah. Sie hoffte nur, dass ihre beiden Beschützer – insbesondere Teague – sie hören konnten.

Tilda berührte die Brosche noch einmal und sagte: »Die junge Frau, der diese Brosche gehörte, hatte dunkles Haar.«

»Sie wissen sehr viel. Ich nehme an, Sie wissen auch, dass ihr Name Susannah Baxter war. Was mit ihr geschah, war ein Unfall.«

»War der Vorfall mit der anderen Frau im Jahr 1835 auch ein Unfall?«

Ardleigh bekam schmale Augen. »Sir Henry muss Ihnen davon erzählt haben. Er war der Einzige, der davon wusste.«

»Meiner Ansicht nach, ist es am besten, wenn man sich nicht

darauf verlässt, zu wissen, wer was weiß. Sehr viele Leute wissen sehr viel. Wir wissen von all Ihren Verbrechen.«

»Gilt das auch für Ihren Großvater?« Seine Stimme war spöttisch, doch seine Augen drücken Leere aus.

Tilda fing zu zittern an. Wenn sie ihn auch nie kennengelernt hatte, empfand Tilda noch immer eine große Liebe für den Mann, von dem ihr Vater und ihre Großmutter so viel erzählt hatten. »Nein«, flüsterte sie.

Ardleigh trat einen weiteren Schritt auf sie zu, aber Tilda war wie erstarrt, ihr Blick war unverwandt auf dieses Monster gerichtet. »Ich habe das nur ungern getan, aber er ließ mir keine andere Wahl. Er hätte nur einen jungen Diener finden müssen, dem die Schuld angelastet worden wäre, eine meiner Hausmädchen erwürgt zu haben, aber er weigerte sich. Er war so verdammt selbstgerecht. Und nachdem Henry versprochen hatte, dass sein Cousin mir helfen würde.« Ardleigh kicherte.

»Was haben Sie getan?« Tildas Stimme wurde lauter.

»Ich platzierte eine Kette unter den Sattel von Wrens Pferd, als wir eines Morgens ausreiten wollten. Das Pferd hat ihn abgeworfen. Ich hatte gehofft, die Sache würde sich damit erledigen, aber so war es nicht. Ich musste ihn mit einem Stein erschlagen, um die Sache zu Ende zu bringen.«

Wie konnte er den Mord an ihrem Großvater als »Sache« bezeichnen? Tilda krümmte sich zusammen und umfing ihre Taille mit den Armen. Sie fühlte sich, als wollte sie ihr Frühstück wieder von sich geben. Ardleigh eilte auf sie zu und fing sie auf, damit sie nicht stürzte. Er drückte sie sanft an sich, und seine Stimme klang beruhigend, als er murmelte: »Na, na, süße Matilda. Ich werde dich trösten.«

Mit einem lauten Schrei stieß Tilda ihn weg. Er packte ihren Arm und warf sie auf den Boden. Panik überflutete sie. »Raven!«, schrie sie, als Ardleigh sich über sie beugte.

Das Geräusch von Möbeln, die durch den Raum schrammten, erfüllte die Luft. Ein Körper prallte gegen den Viscount und stieß

ihn zur Seite, von Tilda weg. Ravenhurst schlang seine Arme um
Ardleigh, als sie beide miteinander rangen und auf ihrem Weg zu
Boden gegen einen Tisch stießen.

Tilda rappelte sich auf und zog mit zitternden Händen die
Pistole aus ihrem Retikül. »Halt! Ich habe eine Waffe und werde
Sie erschießen, Ardleigh.«

»Die Kugel könnte stattdessen Ravenhurst treffen«, spottete
er.

Das war möglich, da die beiden in ihrem Kampf ineinander
verschlungen waren. Doch dann rammte Ravenhurst seine Faust
in Ardleighs Bauch, und der ältere Mann stöhnte auf. Ravenhurst
erhob sich über dem Viscount, packte ihn am Revers, zog ihn
zum nächstgelegenen Stuhl und drückte ihn auf den Sitz.

»Sie verdammter Mistkerl«, brüllte Ravenhurst. »Sie sind
erledigt. Sobald die Polizei eintrifft, werden Sie wegen einer
ganzen Reihe von Verbrechen verhaftet – die Frauen von 1835
und 1839 Jahren, der bezahlte Auftrag an Fitch für den Mord an
Crawford und Sir Henry, der Mord an Fitch, das gelegte Feuer
bei Farringer's, nachdem Sie Dunwell auf den Kopf geschlagen
haben. Und die Ermordung von Alexander Wren.« Ravenhurst
wandte seinen Blick nicht von Ardleigh ab, sondern sagte: »Es tut
mir so leid, Tilda.«

Zum ersten Mal benutzte er ihren Vornamen, und sie war
sehr froh darüber. In diesem Moment hatte sie seine Fürsorge
bitter nötig. Es war eine schockierende Erkenntnis, denn sie war
immer stolz darauf gewesen, so etwas von niemandem gebraucht
zu haben, nicht seit sie ihren Vater verloren hatte.

»Sie glauben, Sie können das alles beweisen?«, höhnte
Ardleigh.

»Das können wir, denn wir haben Beweise und einen Berg
von Zeugenaussagen von Leuten wie Selwin, Blount und
Gregson von Farringer's, ganz zu schweigen von dem, was Sie
heute gegenüber Miss Wren zugegeben haben. Ich habe alles
gehört.«

»Ich wollte das Feuer eigentlich nicht auslösen«, sagte Ardleigh ohne einen Hauch von Reue. »Ich habe Dunwell geschlagen, und er griff nach einer Lampe auf seinem Schreibtisch und warf sie um. Sie fing Feuer, und ich wertete dies als glücklichen Zufall.«

»Sie sind nicht zurechnungsfähig«, stellte Tilda fest. »Das hat *nichts* mit Glück zu tun.«

Der Blick des Viscounts war leer, und seine Miene nahezu ausdruckslos. In diesem Moment war Tilda davon überzeugt, dass es ihm an irgendetwas mangelte.

»Die Liste Ihrer Verbrechen ist umfangreich«, bemerkte Ravenhurst und stellte sich direkt vor Ardleigh. Tilda hielt die Pistole auf den Viscount gerichtet. »Leider kann man Sie nur einmal hängen.«

Plötzlich holte Ardleigh mit einem Tritt aus und traf Ravenhurst am Schienbein. Das genügte, um Ravenhurst ins Wanken zu bringen, und Ardleigh sprang vom Stuhl auf und stieß den Earl zur Seite.

»Halt!«, sagte Tilda und spannte die Pistole.

Doch der Viscount stürzte in Richtung der Eingangshalle. Zum Glück wurde er durch das Erscheinen von Teague und drei Constables aufgehalten.

Teague richtete seine gezogene Pistole auf Ardleigh. »Bleiben Sie stehen, oder ich werde Sie erschießen. Ich würde sie allerdings viel lieber einem Prozess unterziehen, damit Sie gehängt werden.«

Ravenhurst hatte sich aufgerichtet und war an Tildas Seite getreten. »Ardleigh hat eine ganze Reihe von Dingen gestanden, unter anderem, dass er Dunwell geschlagen, das Feuer bei Farringer's gelegt und – schockierenderweise – Miss Wrens Großvater, Alexander Wren, getötet hat.«

»Sie waren ja sehr fleißig«, urteilte Teague mit kalter Verachtung, und sein eisiger Blick war auf Ardleigh gerichtet. »Aber jetzt hat Ihr Treiben ein Ende. Nehmt ihn in Gewahrsam.«

Die Constables bewegten sich auf den Viscount zu, der einige Schritte zurückwich. Er drehte sich um und sah Tilda und Ravenhurst an, der sich wieder gefangen hatte. Ardleigh blickte wild umher, als er verzweifelt nach einem Ausweg suchte.

»Es gibt keinen Ausweg«, knurrte Ravenhurst.

Ardleighs Blick blieb auf der Brosche haften, die Tilda trug. »Sie wollte nicht sterben«, flüsterte er. »Susannah hat mich geliebt. Sie war so ein süßer, kleiner Vogel. Aber was sollte ich mit ihr machen? Ich war bereits verheiratet, und ihre Ansprüche waren vollkommen unrealistisch. Sehen Sie, mir blieb gar keine Wahl.« Er hatte sie absichtlich umgebracht.

»Und was ist mit dem Hausmädchen vor ihr?« fragte Tilda leise. »Oder mit den unzähligen anderen Frauen, die Sie wahrscheinlich auf dem Gewissen haben?«

»Nicht unzählige«, grenzte er ein und hob seinen Blick zu ihr. »Es waren nur sechs. Allerdings habe ich ein Auge auf ein neues Hausmädchen geworfen, das kürzlich zu uns kam. Dora. Sie ist ein hübsches Ding mit so einem Leuchten in ihren braunen Augen.«

Dora? Tilda musste sich davor hüten, ihn auf der Stelle zu erschießen. Er musste Sir Henrys Hausmädchen, Dora Chapman, meinen. »Sie sind ein abscheuliches Monster«, schleuderte Tilda ihm entgegen.

Er warf ihr einen hochmütigen Blick zu. »Ich bin dein Meister, meine Liebe.« Mit einer einzigen, erstaunlichen Bewegung hob er einen kleinen Tisch an, der in der Nähe stand, und schwang ihn auf Tilda zu. Sie bückte sich und drehte sich, um dem Schlag auszuweichen, aber die Tischbeine erwischten ihren Oberschenkel, als sie das Geräusch von Teagues Waffe hörte. Zumindest nahm sie an, dass es die von Teague war.

Ravenhurst fing sie auf und zog sie an sich, während die Constables den Viscount umringten, der nun auf dem Bauch lag. Auf seinem Rücken bildete sich ein nasser Fleck, während Tilda versuchte, wieder zu Atem zu kommen.

»Verdammt. Ich wollte ihn wirklich nicht erschießen«, sagte Teague. »Ist er tot?«

Einer der Constables, der sich neben Ardleigh gekniet hatte, schüttelte den Kopf. »Noch nicht. Seine Atmung ist schwer.«

»Ich hoffe, Sie können mich hören«, sprach Ravenhurst ihn an. »Sie werden in der Hölle verrotten, und genau da gehören Sie hin.«

Tilda wurde von einer Welle von Gefühlen übermannt, als sie den Viscount beobachtete und hörte, wie er nach Luft rang. Der Hass, den sie auf diesen Mann empfand, wurde von der Traurigkeit über all die Toten überschattet, die er auf dem Gewissen hatte. Darin lag auch ein kleiner Trost. Wenn Ardleigh starb, würde es keinen Prozess geben. Die wirklich furchtbaren Dinge, die er getan hatte, konnten weitestgehend verschwiegen werden. Insbesondere wollte sie nicht, dass ihre Großmutter erfuhr, wer für den Tod ihres geliebten Mannes verantwortlich war. Es schien unnötig, die Wunde dieses Verlustes wieder aufzureißen und sie noch größer zu machen.

Teague betrat den Salon. »Ich bedauere, dass ich nicht früher hier sein konnte. Ich wurde weggerufen.« Er runzelte tief die Stirn. »Aber es sieht so aus, als hätten Sie alles im Griff.«

»Größtenteils«, antwortete Ravenhurst. Sein Arm lag immer noch um Tilda, und sie war ganz zufrieden damit, sich an seine Seite zu schmiegen. »Ich wünschte, Sie hätten gehört, was er gesagt hat.«

»Ich habe noch so einiges gehört«, meinte Teague. »Susannah ist die Nachbarin, die er 1839 getötet hat?«

Tilda nickte. »Susannah Baxter. Sie sollten sich so schnell wie möglich mit ihrer Familie in Verbindung setzen.« Dann schaute sie Ravenhurst an und lächelte, ehe sie einen Schritt von ihm wegtrat, da sie ihre Hände brauchte, um die Brosche zu entfernen.

»Nicht«, röchelte Ardleigh.

»Sie sind noch unter uns?« Teague grunzte.

Tilda reichte dem Inspektor die Brosche. »Ich bin sicher, ihre Familie wird froh sein, sie wieder zu haben.«

»Ja, und sie werden die Herkunft des Schmuckstücks bestätigen können.« Teague steckte die Brosche in seine Tasche und nahm den Ring heraus. Er hockte sich neben den Viscount und fragte: »Ist das Ihr Ring, Ardleigh?«

Schockiert versuchte Ardleigh, danach zu greifen. »Diese Ratte hat ihn verlangt, weil sie Crawford getötet hat. Er behauptete, so ein Auftrag erfordere eine besondere Bezahlung.«

»Waren Sie wütend, als er stattdessen mich erstochen hat?«, fragte Ravenhurst.

»Wütend. Aber eine Woche später hat er den richtigen Mann ausgeschaltet.« Ardleigh hustete. »Fitch war nicht der Schlaueste, aber er war sehr arbeitswillig.« Er schloss für einen Moment die Augen und keuchte.

»Warum ihn dann töten?«, fragte Teague.

»Wollte mehr Geld. Erwähnte Erpressung, die Henry bereits versucht hatte. Als ich in jener Nacht im Club herausfand, dass er es war, zögerte ich nicht, Fitch zu sagen, er solle ihn loswerden, was er auch ohne mit der Wimper zu zucken erledigte. Gierige Mistkerle.« Ardleighs Stimme war schwächer geworden, und er hustete erneut.

Tilda wollte so viele Antworten wie möglich von ihm erhalten, ehe sein Leben zu Ende war. »Wenn Sir Henry Sie erpresst hat, warum hat er Crawford getötet?«

»Ich dachte, es wäre –« Ardleigh holte stotternd Luft. »Crawford. Sein Vater hat mir vor ein paar Jahren erzählt, dass er seinen Sohn über den Vorfall ins Vertrauen gezogen hat. Er hatte nicht mit dieser Schuld leben können. Crawford, der Feigling, habe ich ihn genannt.« Ardleigh versuchte ein Lächeln, doch es geriet eher zu einer Grimasse.

»Was ist mit Padgett?«, verlangte Ravenhurst zu erfahren. »Haben Sie ihn dafür bezahlt, seine Ermittlungen einzustellen und sie dann als vertraulich einstufen zu lassen?«

»Es hat nicht viel gekostet. Ich ... brauchte nur ... alles ... um ... davonzukommen.« Der Körper des Viscount zuckte kurz, dann war er völlig still, seine grauen Augen starrten ins Leere. Im Tod sah er noch genauso aus wie im Leben – emotionslos und leer.

Teague erhob sich. »Anscheinend hat sich Ihre Theorie bewahrheitet. Jeder Fall wird neu aufgerollt und berichtigt werden müssen.«

Ravenhurst warf Teague einen finsteren Blick zu. »Und Padgett muss von dieser Maßnahme

ferngehalten werden, da es so klingt, als hätte Ardleigh ihn bestochen. Seine Korruption kann nicht einfach ignoriert werden.«

»Apropos Korruption: Vergessen Sie nicht John Prince bei der Londoner Polizei«, bemerkte Tilda, während sie die Pistole ihres Vaters wieder in ihr Retikül steckte. »Wir haben gehört, wie Ardleigh gestanden hat, Fitch getötet zu haben, was bedeutet, dass jemand diese falschen Beweise platziert hat.«

Ravenhurst nickte Tilda zu. »Da Ardleigh den Versuch gestanden hat, einen Richter zu bestechen, um seine Verbrechen zu vertuschen, und dass er Padgett bestochen hat, halte ich es für möglich, wenn nicht sogar für wahrscheinlich, dass er jemanden bei der Londoner Polizei bezahlt hat, um Prince etwas anzuhängen.«

Tilda starrte auf die Leiche, die hier in Sir Henrys Haus auf dem Boden lag. »Oder Ardleigh hat die Mordwaffe selbst in Prince′ Unterkunft platziert.«

»Ich werde dafür sorgen, dass das alles untersucht wird«, versprach Teague. »Zumindest werde ich mein Bestes tun. Leider habe ich keinen Einfluss auf die Polizei der Stadt London.«

»Sie sind ein guter Mann«, bemerkte Ravenhurst.

Teague steckte seine Pistole zurück in das Holster und wandte sich an die Constables. »Bringen wir ihn raus.« Er blickte zu Ravenhurst und Tilda. »Nehmen Sie sich ein wenig Zeit, um sich zu sammeln. Und wenn es Ihnen später dann nichts ausmacht, zu Scotland Yard zu kommen, um Ihre Aussage zu machen, wäre ich Ihnen dankbar.«

Ravenhurst nickte. »Natürlich.«

»Inspektor«, bat Tilda um Aufmerksamkeit. »Darf ich Sie bitten, die Tatsache, dass Ardleigh meinen Großvater ermordet hat, aus den Zeitungen herauszuhalten? Meine Großmutter braucht die Wahrheit nicht zu erfahren. Es würde viel Schaden anrichten und absolut nichts Gutes bewirken.«

»Ich verstehe.« Teague sah sie mitfühlend an. »Ich werde mein Bestes tun.« Er wies die Constables an, Ardleighs Leiche zu ihrer Kutsche hinaus zu tragen. Dann warf er noch einen letzten Blick auf den Boden. »Wenigstens gibt es keine Unordnung zu beseitigen.«

Tilda lachte und überraschte sich selbst mit dieser Reaktion. Sie presste ihre Hand auf ihren Mund.

»Danke, Inspektor«, sagte Ravenhurst und begleitete Teague nach draußen.

Tilda stemmte die Hände in die Hüften und stieß die Luft aus, während ihr die Ereignisse des Morgens durch den Kopf gingen. Ravenhurst kehrte zurück. »Es tut mir leid, dass das nicht ganz so gelaufen ist wie geplant.«

»Ich war überrascht, als ich bemerkte, dass Ardleigh bereits hier war«, antwortete sie und fühlte sich erstaunlich zittrig, nachdem nun alles abgeschlossen war und keine Gefahr mehr bestand. Vielleicht war aber genau das der Grund, warum sie sich jetzt so unruhig fühlte – vorher hatte sie sich das nicht gestattet.

»Ich habe ihn wahrscheinlich eine Stunde vor Ihrer Ankunft kommen hören. Es war unglaublich schwierig, still zu bleiben, insbesondere als Sie zur Tür hereinkamen und ich hörte, wie er Sie ansprach.« Ravenhursts Gesichtszüge spannten sich an. »Ich war bereit zuzuschlagen und hätte es fast getan, als er Sie packte.«

»Ich bin froh, dass Sie hier waren und bereit, ebenso wie ich froh bin, dass Sie nicht sofort eingegriffen haben. Am Ende hat sich alles zum Guten gewendet, würde ich annehmen. Ich kann nicht sagen, dass mir sein Tod leidtut, und schon gar nicht, nachdem ich gehört habe, was er meinem Großvater angetan hat.« Tränen brannten in ihren Augen, aber sie blinzelte sie weg, ehe sie zu laufen begannen.

»Das kann ich auch nicht.« Ravenhurst kam auf sie zu und blieb kurz vor ihr stehen, um sie zu berühren. »Es tut mir so leid um Ihren Großvater.«

»Es ist merkwürdig, denn obwohl ich ihm nie begegnet bin, habe ich das Gefühl, ihn zu kennen, da mein Vater und meine Großmutter mir so viel von ihm erzählt haben.« Tilda musste wieder blinzeln, damit die Tränen nicht zu laufen begannen. Sie ließ die Hände sinken. »Mein Vater hat ihn sehr bewundert. Ihre Beziehung klang ähnlich wie die, die ich zu meinem Vater hatte. Es ist erschütternd zu wissen, dass sie beide umgebracht worden sind.«

»Ardleigh wird niemandem mehr etwas zuleide tun, und dafür müssen wir dankbar sein.« Ravenhurst hob den Tisch vom Boden auf, den Ardleigh als Waffe zu benutzen versucht hatte, und stellte ihn ordentlich hin. »Hat er Ihnen damit wehgetan?«

»Nicht ernstlich. Er hat mich nur gestreift. Sind Sie unversehrt, nachdem Sie mit ihm gerungen haben?«

»Ja. Ihn zu verprügeln war bemerkenswert befriedigend, muss ich sagen.« Er lächelte, und Tilda nickte, denn das konnte sie sich gut vorstellen.

Tilda hob die Fotografie auf. Sie war vom Tisch gefallen, als der Viscount sie beiseite geschoben hatte. »Ich bezweifle, dass Millicent sie haben will, und ich möchte sie ganz sicher nicht.«

»Verbrennen Sie sie, wie Blount es getan hat«, schlug Ravenhurst vor. »Ich möchte sie auf keinen Fall noch einmal anfassen. Ich frage mich, ob wir Teague nach Brighton begleiten sollten, um Blount zu erzählen, was passiert ist.«

»Ich denke, das sollten wir«, meinte Tilda und steckte die Fotografie in ihr Retikül zurück, um sie Teague als Beweismittel zu geben. »Ich kann mir vorstellen, dass Ardleighs Tod eine Erleichterung sein wird, ebenso wie die Rückgabe von Susannahs Brosche an ihre Familie. Ich glaube nicht, dass Teague versuchen wird, Blount etwas vorzuwerfen.«

»Ich bin einverstanden«, stimmte Ravenhurst. »Nachdem Leach uns bei Scotland Yard abgesetzt hat, werde ich ihn zu mir nach Hause schicken, um Gregson mitzuteilen, dass Ardleigh tot ist. Er wird sehr erleichtert sein. Sind Sie jetzt bereit zu gehen?«

»Das bin ich.« Tilda schaute sich ein letztes Mal im Salon um und dachte an die Zeit, die sie in letzter Zeit hier verbracht hatte. »Ich bin schon froh, wenn ich nicht mehr in dieses Haus zurückkehren muss.«

»Wenn Sie das tun, werde ich Sie gerne begleiten. In der Tat, ich bestehe darauf.« Damit reichte Ravenhurst ihr seinen Arm und begleitete sie hinaus.

KAPITEL 25

Nach mehreren zermürbenden Stunden bei Scotland Yard, in denen sie ausgesagt und Fragen beantwortet hatten, unter anderem auch welche von Superintendent Newsome, waren Hadrian und Miss Wren zur Londoner Polizei gegangen, um die Freilassung von John Prince sicherzustellen. Zufälligerweise kamen sie gerade an, als er entlassen wurde. Sie hatten mit ihm sprechen können, und er war überglücklich und für die Hilfe dankbar, mit der seine Unschuld bewiesen worden war.

Als sie wieder in der Kutsche saßen, ergriff Miss Wren das Wort: »Dies ist der Teil der Ermittlungen, der so erfüllend ist – die Wahrheit wird aufgedeckt und es ist sichergestellt, dass Unschuldige nicht für ein Verbrechen bezahlen, das sie nicht begangen haben.« Ihre Gesichtszüge verfinsterten sich. »Der arme Diener, der damals für den Tod des Hausmädchens verurteilt wurde, nachdem mein Großvater sich geweigert hatte, ihn für schuldig zu erklären, tut mir wirklich schrecklich leid.«

Bei Durchsicht der entsprechenden Unterlagen bei Scotland Yard konnten sie feststellen, dass der junge Mann nach Australien deportiert worden war. Teague sagte, es sei unwahrscheinlich, dass sie ihn finden oder nach England zurückbringen könnten, aber vielleicht hatte er bereits den Weg zurück gefunden. »Ich habe darüber nachgedacht, ihn ausfindig zu machen«, sagte Hadrian.

Überrascht sah Miss Wren ihn an. »Das wäre eine gewaltige Aufgabe. Und würde vielleicht eine Reise nach Australien erfordern. Haben Sie dafür Zeit?«

Er war sich sicher, dass sie dies als Scherz gemeint hatte. »Nein, aber ich könnte jemanden einstellen, der an dieser Suche interessiert sein könnte.«

»Sie meinen doch nicht etwa mich?«, fragte Miss Wren mit einem leichten Lachen. »Ich habe kein Interesse daran, durch die Welt zu reisen, zumindest nicht im Moment. Meine Großmutter braucht mich.«

»Ich meinte eigentlich, ich könnte jemanden in Australien einstellen. Ich werde mich darum kümmern. Ich würde sogar für die Überfahrt des Dieners nach England aufkommen, wenn er zurückkehren möchte.«

»Würden Sie in das Land zurückkehren wollen, in dem Sie auf korrupte Weise für einen Mord verurteilt wurden, den Sie nicht begangen haben?« Miss Wren erschauderte. »Wenigstens wurde er nicht gehängt.«

»Eine kleine Gnade«, murmelte Hadrian.

Miss Wren unterdrückte ein Gähnen. »Verzeihen Sie mir. Es war ein ziemlich langer Tag.«

Hadrian musste sich die Hand vor den Mund halten, um sein eigenes Gähnen zu verbergen. »Das war es wirklich.« Er war viel früher aufgestanden als sonst, und am vergangenen Abend waren sie wegen der Veranstaltung im Northumberland House lange auf gewesen. Das schien jetzt so lange her zu sein. »Morgen müssen wir schon wieder früh aufbrechen, um nach Brighton zu reisen.«

Sie hatten vereinbart, dass sie Teague zu einem Besuch bei Erasmus Blount begleiten würden. Und heute Nachmittag war

Superintendent Newsome nach Essex gereist, um mit den Baxters über den Tod ihrer Tochter zu sprechen und ihre Brosche zurückzugeben. Teague würde Blount nach dem Aufenthaltsort von Susannahs Leiche fragen, damit auch dies der Familie mitgeteilt werden konnte.

»Ich bin froh, dass ich die Reise machen kann«, sagte Miss Wren. »Und ich bin erleichtert, dass keine Anklage gegen Blount erhoben wird. Ich wage zu behaupten, dass er ohnehin nicht mehr lange auf dieser Welt ist.«

»Auch gegen Selwin gibt es keine Anklage, aber er darf keine Totenscheine ausstellen oder an einer Untersuchung mehr teilnehmen.« Hadrian war sich nicht sicher, was er davon halten sollte. Selwin hätte die Leben von Fitch, Dunwell und den anderen, die bei dem Brand bei Farringer's gestorben waren, retten können.

Als die Kutsche vor Miss Wrens Zuhause ankam, knurrte Hadrians Magen. Sie hatten den ganzen Tag kaum etwas gegessen, nur ein paar furchtbar trockene Fleischpasteten, die ihnen von Scotland Yard angeboten worden waren. Er war geneigt, Miss Wren zu bitten, mit ihm zu Abend zu essen, aber er stellte sich vor, dass sie es kaum erwarten konnte, nach Hause zu kommen. Vielleicht bei einer anderen Gelegenheit.

Hadrian begleitete sie zu ihrer Tür. »Ich hole Sie dann morgen früh ab.«

»Danke. Ich kann kaum glauben, dass wir die Untersuchung abgeschlossen haben.« Sie lächelte. »Es gab Zeiten, da dachte ich, wir würden die Wahrheit nie ans Licht bringen.«

»Es war ein sehr verworrenes Netz. Das nächste Mal hoffe ich auf eine einfachere Sache.«

Erstaunt zog sie eine Augenbraue hoch. »Sie scheinen sehr an einem nächsten Mal interessiert zu sein.«

»Ich kann nicht leugnen, dass es mir Spaß gemacht hat, mit Ihnen zu arbeiten, Miss Wren. Ich würde Sie sehr gerne wieder einstellen und Sie weiterempfehlen. Und ich kann nur hoffen, dass Sie mich irgendwann einmal zu Rate ziehen müssen.«

»Ich muss gestehen, dass Ihre besondere Fähigkeit bei den Ermittlungen sehr hilfreich war. Ich bin hin- und hergerissen zwischen der Wertschätzung Ihres Einsatzes und dem Wunsch, dass Sie diese Last nicht länger ertragen müssen.«

»Ich gewöhne mich allmählich daran. Ein bisschen wenigstens«, fügte er mit einem Lächeln hinzu. »Das Berühren von Menschen, wie z. B. das Händeschütteln, ist es, was mich am meisten beunruhigt. Ich würde gerne eine Möglichkeit finden, dies zu umgehen. Es sei denn, es ist uns von Nutzen.« Lachend schüttelte er den Kopf. »Offenbar bin auch ich darüber hin- und hergerissen.«

Miss Wren lachte mit ihm, und das war schön. Es würde ihm nichts ausmachen, sie zu berühren, und doch war er sich nicht sicher, was er davon halten sollte, ihre Erinnerungen zu sehen oder ihre Gefühle zu spüren. Das erschien ihm über die Maßen aufdringlich.

Vaughn öffnete die Tür und unterbrach ihr Gespräch. »Miss Wren, es ist gut, dass Sie zurück sind. Mrs. Wren hat sich schon um Sie gesorgt.«

»Es war ein sehr arbeitsreicher Tag, Vaughn«, antwortete Miss Wren, als sie das Haus betrat. »Ich habe viel zu berichten, auch über die Identität des Mannes, der Sie überfallen hat.«

Hadrian wünschte, er könnte bleiben und seinen Beitrag leisten. Aber dies war nicht sein Haushalt.

»Tatsächlich?« Vaughns Augen wurden ganz schmal. »Ich würde mich gerne mit ihm unterhalten.«

»Leider hat er bereits seinen letzten Atemzug getan, und das ist auch gut so. Er war ein wirklich schrecklicher Mensch.« Sie schüttelte den Kopf. »Eigentlich gar kein Mensch. Eher eine Bestie.« Sie drehte sich um und sah Hadrian an. »Wir sehen uns morgen früh.«

»Ja. Schlafen Sie gut.« Die Tür schloss sich, und Hadrian kehrte zu seiner Kutsche zurück.

Die Sonne ging gerade unter, als er nach Mayfair fuhr. Hadrian merkte, dass er die Stirn runzelte. Eigentlich fühlte er sich mürrisch. Er wusste zwar, dass er Miss Wren morgen wiedersehen würde, aber er wusste nicht, wann er sie ihm Anschluss daran wiedersehen würde. Ihre Ermittlungen waren abgeschlossen. Welchen Grund sollten sie beide haben, ihre Zeit miteinander zu verbringen?

Wenn es nach ihm ginge, sollte sie bald wieder einen Fall bekommen, nicht, weil er hoffen konnte, daran beteiligt zu werden, sondern weil er wusste, dass sie das Einkommen brauchte. Das erinnerte ihn daran, dass sie ihm noch eine Rechnung schuldete. Wahrscheinlich würde sie ihm diese morgen früh geben. Miss Wren war sehr effizient.

Das wäre allerdings nicht das Ende seiner Zahlungen an sie, denn sie brauchte weiterhin Geld, um ihren neuen Butler zu unterstützen und sich vielleicht sogar ab und zu ein Kleid zu leisten. Er wusste, dass sie von ihm kein zusätzliches Geld annehmen würde, auch wenn er ihr zu erklären versuchte, dass sie es nach allem, was sie zur Lösung dieses Rätsels getan hatte, mehr als verdient hatte.

Eine Idee kam ihm in den Sinn. Nachdenklich zog er die Lippen kraus. Es könnte klappen. Er würde Whitley eine Nachricht zukommen lassen, bevor er morgen früh nach Brighton aufbrach.

Er dachte wieder daran, einen neuen Fall mit ihr zu untersuchen. Vielleicht würde sie seine einzigartige Gabe brauchen.

Wann hatte er begonnen, diese Fähigkeit als etwas anderes als einen Fluch anzusehen? War es, weil dies ihn mit Miss Wren zusammengebracht hatte? Denn dies erachtete er eindeutig als Segen.

Er fragte sich, wie seine Fähigkeit sich in Zukunft entwickeln würde. Würde sie einfach aufhören zu existieren, da dieser Fall ja nun gelöst war? Die Dinge, die er gefühlt und gesehen hatte, schienen ihn – und Miss Wren – in die Richtung zu führen, wo die Wahrheit zu finden war.

Trotzdem würde er in Zukunft vorsichtig sein, wenn er Dinge – und Menschen – berührte.

Überraschenderweise dachte er daran, Miss Wren zu berühren, und zwar auf eine nicht ganz platonische Weise. An jenem Morgen, als Ardleigh hinter ihr her war, hatte er ein starkes Bedürfnis verspürt, sie zu beschützen. Hadrian war sich sicher, dass er den Mann ohne Zögern getötet hätte, wenn dies erforderlich geworden wäre.

Dies war allerdings kein Moment erhöhter Emotionen oder Empfindungen gewesen. Es war damit zu erklären, dass Hadrian seine Partnerin in Sicherheit wissen wollte. Er entschied, dass es nicht mehr als das war.

AM DARAUFFOLGENDEN DIENSTAG saß Tilda mit ihrer Großmutter und Lord Ravenhurst in der Stube. Die Sonne strömte durch das Fenster, was Großmutter immer sehr freute. Sie freute sich auch über den Besuch des Earls. Sie war traurig darüber, dass sie ihn nicht mehr so oft sahen wie früher.

Auch Tilda war davon enttäuscht. Und das in einem weitaus stärkeren Maße, als sie erwartet hatte. Sie mochte und respektierte den Earl, aber sie hätte nie gedacht, dass ihre Verbindung nach Abschluss der Ermittlungen fortbestehen würde.

Und dann stattete er ihnen heute einen Besuch ab und überraschte sie damit. Vielleicht würden sie Freunde bleiben, was angesichts seines Standes im Vergleich zu ihrem ein bisschen seltsam wäre. Ganz zu schweigen davon, dass sie beide unverheiratet waren. Konnten sie wirklich Freunde sein?

»Tilda, du musst Lord Ravenhurst unsere guten Neuigkeiten überbringen.« Großmutter lächelte dem Earl zu.

Tilda richtete ihre Aufmerksamkeit auf Ravenhurst. »Mr. Whitley hat endlich die Zusammenfassung von Großmutters Anlagekonto geschickt. Bei der Suche nach den Unterlagen für die zweite Investition hat er einen Geldbetrag auf einem Konto gefunden, das auf Großmutters Namen läuft.«

»Das ist ja wundervoll«, freute sich Ravenhurst mit einem breiten Lächeln.

»Ja, und jetzt können wir es uns leisten, Vaughn zu behalten«, sagte Großmutter.

Ravenhurst hielt inne, bevor er an seinem Tee nippte. »Als Butler?«

»Wir haben ihm den Vorschlag gemacht, sich in den Ruhestand zurückzuziehen«, sagte Großmutter. »Aber er hat uns angefleht, ihn als Butler weiterarbeiten zu lassen. Ich muss sagen, dass sein Plädoyer, warum wir ihn brauchen, sehr eindrucksvoll war.«

Tilda unterdrückte ein Lachen. Nichts von alldem, was er erwähnt hatte, war nicht schon vor seiner Ankunft erledigt worden oder musste so oft getan werden, wie er es vorgeschlagen hatte. Allerdings bedeutete seine Einstellung eine Arbeitserleichterung für Mrs. Acorn.

Die Finanzen wären zwar noch immer etwas angespannt, aber Tilda plante, einen kleinen Teil des Geldes, das Whitley wiedergefunden hatte, als zusätzliche Sicherheit zu investieren. Sie musste nur noch herausfinden, in welcher Weise.

»Ravenhurst, ich frage mich, ob Sie mir helfen könnten, einen kompetenten und angesehenen Anwalt zu finden, der einen Teil des Geldes investiert, das wir erhalten haben. Ich möchte nicht mit Mr. Whitley weiterarbeiten. Einen Neuanfang halte ich für das Beste.«

»Mein Anwalt kann Ihnen sicher helfen. Ich werde unverzüglich einen Termin vereinbaren, wenn Sie möchten.« Er setzte seine Tasse ab. »Ich habe eine Neuigkeit zu verkünden. Teague hat mir heute Morgen mitgeteilt, dass Padgett in

den Ruhestand gegangen ist und Blount leider gestern
verstarb.«

»Er hat mir auch die Nachricht geschickt«, sagte Tilda.
»Allerdings bin ich enttäuscht, dass Padgett in den Ruhestand
gehen durfte und nicht für seine Korruption belangt wurde.«

»Das fand ich auch enttäuschend«, antwortete Ravenhurst.
»Allerdings kann ich nicht sagen, dass mich das irgendwie überrascht, nach allem, was Sie mir über die Kultur der Bestechung
erzählt haben.«

Tilda hatte beschlossen, niemanden mehr für Informationen
zu bestechen. Dies könnte ihre Ermittlungen erschweren, doch
diese Praxis würde sie nicht länger mit gutem Gewissen unterstützen, wenn sie auch einigen Mitgliedern der Polizei half, ihre
Familien durchzubringen.

Großmutter schaute fast finster drein. »Was für eine grau-
same Praxis. Tilda, dein Vater und dein Großvater hätten ein
solches Verhalten niemals gebilligt.«

Nein, das hätten sie sicher nicht getan. Tildas Herz krampfte
sich zusammen, als sie daran dachte, dass ihr Großvater wegen
genau dieses Prinzips gestorben war.

»Das mit Blount tut mir zwar leid, aber es ist kein Schock«,
meinte Ravenhurst.

Tilda nickte zustimmend. »Vielleicht hat er erkannt, dass er
alles getan hat, um die Dinge wieder ins Lot zu bringen und war
nun bereit zu gehen. Aber nichts lässt sich wirklich in Ordnung
bringen.« Als sie nach Brighton gereist waren, hatte Teague sie
darüber informiert, dass die Familie Baxter die Nachricht über
ihre Tochter sehr schlecht aufgenommen hatte. Tilda hoffte nur,
sie würden ihren Frieden finden.

Teague hatte Tilda auch mitgeteilt, dass Ardleighs Witwe
London verlassen würde. Sie war am Boden zerstört, als sie von
den Verbrechen ihres Mannes erfuhr, und hatte erklärt, sie
würde sich hier nie wieder blicken lassen. So viele Leben waren
durch diese schreckliche Bestie verloren und ruiniert worden.

»Hat Teague erwähnt, wie bedauerlich er es findet, dass Sie nicht für die Metropolitan Police arbeiten können?«, fragte Ravenhurst.

Tilda lachte. »Das hat er.«

»Nun, ich bin froh, dass du das nicht kannst«, sagte Großmutter, während sie einen Keks vom Tablett nahm.

»Er schrieb auch, dass er sich darauf freue, wieder mit uns zusammenzuarbeiten, sollte sich die Gelegenheit dazu ergeben«, meinte Tilda mit Blick zu Ravenhurst.

»Das hat er mir auch geschrieben.« Ravenhursts Blick war warm. »Hoffentlich haben wir diese Gelegenheit eines Tages. Sie wissen, wo Sie mich finden, wenn Sie meine ... Fähigkeiten benötigen.«

Sie blickte auf seine bloßen Hände, denn er hatte seine Handschuhe zum Tee ausgezogen. Hat er etwas gesehen, als er die Teetasse oder die Armlehne seines Stuhls berührte? Vielleicht spürte er etwas. »Das tue ich in der Tat«, sagte Tilda und dachte, dass seine besondere Fähigkeit vielleicht nützlich sein könnte, wenn Mr. Forrest ihr den nächsten Auftrag erteilte.

Nach einer Weile tranken sie ihren Tee aus, und Großmutter zog sich ins Wohnzimmer zurück. Tilda begleitete den Earl in die Diele, wo er sich den Hut auf den Kopf setzte. Vaughn war irgendwo anders im Haus.

Tilda betrachtete wieder seine bloßen Hände. »Ich habe mich gefragt, ob Sie etwas gesehen haben, als Sie den Stuhl oder die Teetasse berührt haben.«

»Das habe ich nicht«, antwortete Ravenhurst. »Ich habe seit Abschluss der Ermittlungen nichts mehr gesehen oder gespürt. Vielleicht war ich nur dazu bestimmt, diesen Fall zu lösen, und jetzt bin ich wieder normal.«

Sie lächelte. »Ich bin sicher, dass Sie darüber erfreut sein müssen. Ich weiß, wie beunruhigend dieser Fluch auf Sie gewirkt hat. Außerdem waren die damit verbundenen Kopfschmerzen schrecklich.«

»Da haben Sie nicht unrecht. Aber ohne diese ... Gabe hätte es keinen Fall zu lösen gegeben, und ich hätte Sie nicht kennengelernt.« Sein Blick traf den ihren, und sie spürte dieselbe seltsame Hitze in ihrem Bauch, die sie schon öfter in Ravenhursts Gegenwart heimgesucht hatte.

Seit dem Tag, an dem er sie in den Arm genommen hatte, nachdem Ardleigh sie mit dem Stuhl angegriffen hatte, waren ihre Gedanken über ihn verändert. Sie konnte sich des Gefühls der Wärme und Geborgenheit nicht erwehren, wenn sie in seiner Gegenwart war, oder wenn sie an ihn dachte.

»Ich wollte Sie schon lange nach dem Gerät fragen, mit dem Sie Schlösser öffnen können«, meinte Tilda und wechselte das Thema, damit ihre Gedanken nicht auf Abwege gerieten, die sie nicht unbedingt beschreiten wollte. »Sie sagten, Ihr Diener hätte Ihnen ein solches Gerät gegeben und Sie wollten mir den Grund dafür erklären, aber dazu ist es nie gekommen.«

Ravenhurst lachte leise. »Ursprünglich war das eigentlich eine Art Scherz. Nachdem meine Verlobte und ich uns getrennt hatten, schenkte mir Sharp das Gerät als eine Art Universalschlüssel. Er sagte, ich könne damit das Herz jeder Frau aufschließen und mir ihrer Gefühle sicher sein.«

Tilda lachte. »Ich kann mich nicht entscheiden, ob das sehr liebenswert oder unglaublich albern ist.«

»Es ist beides«, antwortete er mit einem Grinsen. »Sharp ist ein sehr fürsorglicher Diener. Ohne ihn würde ich nicht auskommen.«

Die Vorstellung, einen Kammerdiener zu haben, war Tilda unglaublich fremd. Damit wurde sie erneut an die große Kluft erinnert, die zwischen dem Earl und ihr bestand, zumindest was ihren gesellschaftlichen Status betraf.

»Danke, dass Sie zum Tee gekommen sind, Ravenhurst.«

Er zögerte, dann sagte er: »Sie können mich Hadrian nennen. Oder Raven, wenn Sie das vorziehen.«

Beides kam ihr fast unerträglich formlos vor, aber als er sie neulich Tilda genannt hatte, hatte ihr das sehr gut gefallen. Vielleicht lag es daran, dass es in ihrem Leben so wenige Menschen gab, die ihr nahe genug standen, um ihren Vornamen zu benutzen. Es gefiel ihr, dass Ravenhurst – Hadrian – diesem Kreis angehörte. Bedeutete das, dass sie beide sich weiterhin treffen würden?

Darauf hatte Tilda keine Antwort, aber sie ging auf seinen Vorschlag ein. »Ich würde mich freuen, Sie Hadrian zu nennen, wenn Sie einverstanden sind, mich Tilda zu nennen.«

»Es wäre mir ein Privileg.« Er sah ihre Hand an, als ob er sie nehmen wollte. Dann zog er schnell seine Handschuhe an und tat es. »Bis zu unserem nächsten Treffen.«

Sie hatte sich so sehr gewünscht, seine Hände wären entblößt geblieben. Hatte er gezögert, sie zu berühren, weil er fürchtete, etwas sehen oder fühlen zu können? Das könnte unangenehm sein. Trotzdem hoffte sie, sie würde einen Grund haben, ihn zu berühren.

Leider wäre das heute nicht der Fall. Oder in den nächsten Tagen. Oder zu irgendeinem Zeitpunkt in der Zukunft, wie sie sie sah.

Er öffnete die Tür und ging zu seiner Kutsche. Tilda sah ihm hinterher, bevor sie die Tür schloss. Sie bemerkte, dass auf dem Tisch, wo Hadrians Hut und Handschuhe gelegen hatten, ein Brief lag.

Tilda nahm den Umschlag in die Hand, öffnete ihn und überflog den Inhalt. Er war von Mr. Forrest. Er hatte einen Fall für sie!

Eine Frau wollte sich scheiden lassen und brauchte Hilfe, um die Untreue und den Missbrauch durch ihren Mann zu beweisen. Tilda erstarrte, als sie den Namen las: Mrs. Beryl Chambers.

Hadrians ehemalige Verlobte.

Verpassen Sie die Fortsetzung der Raven & Wren Serie »EIN

WISPERN UM MITTERNACHT« nicht. **Tilda erklärt sich bereit, Hadrians früheren Verlobten bei der Scheidung von ihrem Ehemann zu helfen. Als der Ehemann ermordet wird, ist es an Tilda, den Mörder finden und ihn der Gerechtigkeit zuzuführen ... selbst wenn die Spuren sie zu Hadrian führen.**

Rezensionen helfen anderen, Bücher zu finden, die für sie geeignet sind. Ich schätze alle Bewertungen, ob positiv oder negativ. Ich hoffe, dass Sie erwägen werden, eine Bewertung bei Ihrem bevorzugten der Seite Ihres bevorzugten Internet-Netzwerkes abzugeben.

Ich mag meine Leser so sehr. Danke!

Sind Sie an Regency-Romantik interessiert? Schauen Sie sich meine Serien an:

Regeln für Halunken

Als eine junge Lady ruiniert wird, schwören ihre Freundinnen, dass keine von ihnen sich jemals wieder von einem Herzensbrecher umgarnen lässt. Sie werden dem Charme eines jeden Gentleman widerstehen, selbst – und vor allem – wenn dies bedeutet, sich damit den Ruf zu erwerben, unmöglich zu erobern zu sein. Es braucht schon außergewöhnliche Herzensbrecher, um ihre Regeln zu brechen ...

Der Phönix Club

Die exklusivste Einladung der feinen Gesellschaft ...

Willkommen im Phönix Club, in dem Londons waghalsigste, anrüchigste und intriganteste Ladys und Gentlemen Skandale, Erlösung und eine zweite Chance finden.

Die Unberührbaren
Geraten Sie ins Schwärmen über zwölf der begehrtesten und schwer fassbaren Junggesellen der feinen Gesellschaft und die Blaustrümpfe, Mauerblümchen und Außenseiterinnen, die sie in die Knie zwingen!

Die Unberührbaren: Die Prätendenten
In der faszinierenden Welt der Unberührbaren spielend, handelt die Saga von einem Geschwistertrio, die sich darin auszeichnen, sich als jemand auszugeben, der sie nicht sind. Werden ein unerschrockene Bow Street Ermittler, ein niedergeschmetterter Viscount und eine desillusionierte Dame der feinen Gesellschaft es schaffen, ihre Geheimnisse zu lüften?

Chroniken der Ehestiftung
Der Pfad der wahren Liebe verläuft niemals geradlinig. Manchmal ist eine Hausparty zur Ehestiftung vonnöten. Wenn Paare sich auf einer Hausparty kennenlernen, ereignen sich provokative Flirts, heimliche Rendezvous und Verliebtheit im Überfluss.

Ruchlose Geheimnisse und Skandale
Sechs unglaubliche Geschichten, die sich in den glamourösen Ballsälen Londons und den herrlichen Landschaften Englands abspielen.

Die Liebe ist überall
Herzerwärmende Nacherzählungen klassischer Weihnachtsgeschichten im Regency-Stil, die in einem gemütlichen Dorf spielen und von drei Geschwistern und dem besten Geschenk von allen handeln: der Liebe.

Der Club der verruchten Herzöge
Sechs Bücher, geschrieben von meiner besten Freundin, Erica

Ridley, und mir. Lernen Sie die unvergesslichen Männer von
Londons berüchtigtster Taverne, dem Verruchten Herzog,
kennen. Verführerisch attraktiv, mit Charme und Witz im
Überfluss, wird eine Nacht mit diesen Wüstlingen und Filous nie
genug sein ...

Die Bräute von Marrywell

Kommen Sie nach Marrywell, im schönen England, denn hier
findet schon seit Hunderten von Jahren alljährlich das Maifest
zur Partnerfindung statt, bei dem hoffnungsvolle Romantiker
zusammenkommen. Die Herzöge und Halunken des Regency-
Zeitalters begegnen hier temperamentvollen und bezaubernden
Ladys, die ihnen ihre Herzen stehlen könnten.

BÜCHER VON DARCY BURKE

Eine Nacht des Skandals by Darcy Burke

Eine Nacht zum Erinnern by Erica Ridley

Eine Nacht der Versuchung by Darcy Burke

ÜBER DIE AUTORIN

Darcy Burke ist die USA Today Bestsellerautorin für sexy, emotionale, historische und zeitgenössische Romantik. Darcy schrieb ihr erstes Buch im Alter von 11 Jahren – mit einem Happy End – über einen männlichen Schwan, der von der Magie abhängig war, und einen weiblichen Schwan, der ihn liebte, mit nicht sehr gelungenen Illustrationen. Schließen Sie sich ihr an newsletter!

Darcy, die in Oregon an der Westküste der Vereinigten Staaten geboren wurde, lebt am Rande des Wine Country mit ihrem auf der Gitarre spielenden Ehemann und ihren beiden ausgelassenen Kindern, die das Schreiben geerbt zu haben scheinen. Sie sind eine nach Katzen verrückte Familie mit zwei bengalischen Katzen, einer kleinen, familienfreundlichen Katze, die nach einer Frucht benannt ist, und einer älteren, geretteten Maine Coon, die

der Meister der Kühle und der fünf-Uhr-morgens-Serenade ist.
In ihrer ›Freizeit‹ ist Darcy eine regelmäßige ehrenamtliche
Mitarbeiterin, die in einem 12-stufigen Programm einge-
schrieben ist, in dem man lernt, ›Nein‹ zu sagen, aber sie muss
immer wieder von vorne anfangen. Ihre Lieblingsplätze sind
Disneyland und das Labor Day Wochenende in The Gorge. Besuchen Sie Darcy online unter https://www.darcyburke.de.

facebook.com/darcyburkeautorin
instagram.com/darcyburke_autorin
pinterest.com/darcyburkewrites

ANMERKUNG DER AUTORIN

Als Geschichtsstudentin genieße ich die Recherchen sehr, die ich
für jedes von mir verfasste Buch durchführe, und lege großen
Wert darauf. Dies ist mein erster Ausflug in die viktorianische
Ära, und ich bin begeistert davon, mehr über diese faszinierende
Epoche der britischen Geschichte zu erfahren. Ich wusste, dass
ich über eine weibliche Privatermittlerin schreiben wollte, und
ich wusste auch, dass dies nicht der Norm entsprach. Sie waren
aber durchaus Teil der Kultur, wie der Roman *The Female Detec-
tive* von Andrew Forrester aus dem Jahr 1864 beweist. Die
Hauptfigur, Mrs. Gladden, ist eine professionelle Privatermittlerin.

Das bedeutet nicht unbedingt, dass es leicht war, eine weibliche Privatermittlerin zu finden, aber Anfang 1860 arbeiteten in
den Vereinigten Staaten bereits Frauen für die Pinkerton Agency.
Später, im 19. Jahrhundert, wurden weibliche Ermittler in
England wahrscheinlich für Scheidungsfälle eingesetzt, was ich
Tilda überlassen wollte. Der Matrimonial Causes Act von 1857
ermöglichte es in England, dass Scheidungen vor einem Zivilge-
richt und nicht durch einen Akt des Parlaments ausgesprochen
werden konnten. Der Einsatz von Privatermittlern kann für eine

Partei notwendig sein, um ihren Anspruch zu beweisen, und wer könnte einer Frau, die sich scheiden lassen will, besser helfen als eine andere Frau?

Ich lerne immer mehr über diese Epoche, insbesondere darüber, wie die Polizeiarbeit durchgeführt wurde. Ich möchte spezifische Einzelheiten erfahren, wie z. B. die genauen Grenzen der Polizeidivisionen im Jahr 1868 oder die genauen Aufgaben der einzelnen Polizei- oder Detektivdienstgrade gesteckt waren. Leider finde ich nicht immer die gewünschten Informationen, und in diesen Fällen tue ich mein Bestes – und ändere sie, wenn nötig. Ich bin stetig auf der Suche nach neuen Büchern und Quellen, und wenn ich mir ein klareres Bild verschaffe, werden sich die Einzelheiten in dieser Serie vielleicht noch weiterentwickeln. Eines kann ich jedoch sagen: Wenn ich über Whitechapel zur Zeit der Morde im Jahr 1888 schreiben wollte, gäbe es einen Überschuss an Informationen!